KB126553

기억해 봐, 마지막으로
시인이었던 것이 언제였는지

ARCADE 0005 CRITICISM 기억해 봐, 마지막으로
                      시인이었던 것이 언제였는지

1판 1쇄 펴낸날 2019년 5월 20일
지은이 신동옥
펴낸이 채상우
디자인 최선영
인쇄인 (주)두경 정지오
펴낸곳 (주)함께하는출판그룹파란
등록번호 제2015-000068호
등록일자 2015년 9월 15일
주소 (10387) 경기도 고양시 일산서구 중앙로 1455 대우시티프라자 B1 202호
전화 031-919-4288
팩스 031-919-4287
모바일팩스 0504-441-3439
이메일 bookparan2015@hanmail.net

ⓒ신동옥, 2019, printed in Seoul, Korea

ISBN 979-11-87756-39-2 03810

값 22,000원

기억해 봐, 마지막으로
시인이었던 것이 언제였는지

신동옥

기억하려 애써 봐

어떻게 시인이 되었는지

시인이 된다는 건 어떤 것인지

기억해 봐

마지막으로 시인이었던 것이 언제였는지

―타데우시 루제비치, 「기억」 중에서

최성은 역, 『루제비치 시선』, 지만지, 2008, p.140

　시인이라는 이름을 '나'라는 인간의 고유명으로 받아들이기까지
꽤 오랜 시간이 필요했다. 그 시간은 시가 비롯되는 장소를 '몸'으로
돌리기까지 걸린 시간과 맞먹을지도 모른다. 한 인간이 시를 쓰고,
동시에 감각과 사유의 동근원적인 움직임 속에서 기억을 재구성하
는 과정은 분명히 실재한다. 그동안 나는 시를 써 오며 '시가 무엇이
며, 무엇을 할 수 있는지?'에 대한 물음에 섣불리 답을 내리려 한 적
없고, 심지어는 시를 정의하고 시의 가능성에 대해 생각하려 시도조
차 해 본 적이 없는 것 같다. 시가 위안을 준다면 누구에게 어떤 경
로를 거쳐 다가서는지? 답을 찾으려는 노력과 시를 살리려는 노력 사
이에는 넘어설 수 없는 간극이 도사리고 있는 것은 아닐까? 내가 써
온 시와 내가 해석한 나의 결절점들, 그리고 그 사이에서 읽히고 발
각되고 해석되는 무언가에 대해 따로 말을 보태는 것은 내가 써 온
시를 다시 나에게로 귀속시키는 '허무주의' 내지는 '냉소주의'의 발로
일 수도 있기 때문이다.

　이 책을 펼쳐 든 당신에 대해 상상해 본다. 당신은 아마도 나와 비
슷한 정도로 논변을 풀어헤칠 지적인 능력을 갖추고 있을 테고, 나
와 비슷한 방식으로 이 세계를 마주하면서 정서적인 움직임을 살아
낼 테고, 나와 같은 방식으로 범주와 체계를 넘나들며 세계를 인식
할 테고, 그 가운데서 자신만의 취향을 때로는 머뭇거리며 때로는
과감하게 드러내는 미감(美感)을 가지고 있을 것이다. 경험과 가능

성의 알고리즘으로 세계를 해석하지 않는 당신은 때로는 직관에 의지하여 때로는 운과 우연과 욕망에 의지하여 세계를 해석할 것이다. 나는 당신이 가진 지적·정서적·인식적·미적 척도에 기대어 시를 써왔다. 그러므로 내가 시를 쓰는 일은 당신의 지성과 정서와 인식과 미학과 직관을 받들어서 문장을 이어 가는 작업에 불과했을 수도 있다. 여기에는 어떤 멋진 아포리즘도 없고, 신비도 없다. 우연으로 시작된 마주침과 이해 그리고 계속되는 해석의 공방전이다. 이 책은 객관적인 실체인 '시'와 '당신'을 탐문하기 위해 써 내려간 헛말 뭉치다.

철학자 존 설(John Searle)은 "우리가 시를 쓰고 과학 이론을 발전시킬 수 있다고 해서 이것들이 어떤 식으로든 별개의 세계에 속한 것이고 우리 모두가 살고 있는 하나의 세계 일부로 볼 수 없다는 것은 일종의 신비화이다"[1]라고 말했다. 정의할 수 없으므로, 논리를 동원해서 변증하기 곤란한 것들일랑 우리가 살아 내는 마음과 몸의 세계 바깥의 어딘가에 괄호 치고 이야기를 나누는 것은 손쉬운 해결책일 수도 있다. 시는 인간의 '몸-마음'의 연결 고리 안밖 어딘가에 신비한 방식으로 '실재한다'라고 말하는 것은 일반화된 통념일 수도 있지만, 한편으로는 시에 대한 사유를 중단시키려는 일종의 사술에 불과할 수도 있다. 인간을 규정짓는 조건들에 대한 사유를 포기한 대가로 얻은 대답이기 때문이다. 설은 '인간'을 철학적으로 사유하는 필요조건으로 여덟 가지를 든다. 의식, 지향성, 언어, 합리성, 자유의지, 사회 및 제도, 정치, 윤리가 그것이다. 나는 시를 정의할 용기도 없고, 지혜도 없다. 대신 설이 말한 저 여덟 가지 조건들에 관해 시

---

1 존 설, 『신경생물학과 인간의 자유』, 강신욱 역, 궁리, 2010, pp.38-39.

로 품은 물음들을 풀어낸 소박한 궁금증으로 내 방식의 '오답'에 다가서고자 했다. 이 책의 주제는 시인이라는 인간의 필요조건에 관한 탐구인 셈이다.

그간 쓴 글들 가운데 골라서 책을 묶었다. 주제마다 문체를 달리하려고 애썼다. 월평과 계간평, 서평과 시집평, 발문과 해설 들은 모두 뺐다. 자연스럽게 소위 현장 비평이나 실제비평이라고 불리는 종류의 글들은 빠졌다. 시인이라는 고유명과 비평은 어쩌면 이중 구속(double bind)을 강제하고 있는 것일지도 모른다. 현장에 가담하면서 때때로 내가 텍스트에 더하는 평점(評點)과 내 시에 빠진 지배소를 구분하는 것은 시작 행위에 백해무익한 일일지 모른다고 생각한 적도 있다. 성실하게 실제비평에 임하는 비평가들의 문장을 존중하는 의미에서도 그런 종류의 글은 빼는 것이 온당하다고 생각했다. 여기 간추린 글들은, 마지막 글을 제외하고는, 모두 지면을 통해 청탁을 받고 쓴 것들이다. 마감을 어겼고, 분량을 넘겼으며, 편집자와 기획자를 애태우기 일쑤였다. 주제를 받을 때마다 내가 글을 쓸 능력을 충분히 갖추었는가를 생각하고 청탁을 수락했다. 글을 쓸 때마다 우선은 일기와 시작 노트와 시를 다시 읽었다. 사유와 정념이 자연스러운 흐름에 따라 태어나고 소멸하는 과정에서 받아 적은 질문들이 빼곡한 문장들을 돌보는 데서 글을 시작한 셈이다. 문장은 어느 순간 단상이 되었다. 짧은 글줄들을 선별하고 다시 조립해서 한 편 한 편 완성해 나갔다. 그러니 여기 실린 글들 속에는 내가 쓴 시와 습작 노트와 일기가 고갱이를 이루어 고스란히 스며들었을 테다.

원고를 확정한 다음 책을 4부로 나누었다. 1부와 4부에서는 '나'라는 '서정적 주인공'의 존재 가능성에 관해 물었나. 1부와 4부만을 읽으면 고백에서 시작해서 시론으로 끝나는 구도다. 어쩌면 이 책에 실린 모든 글들은 마지막 꼭지에 실은 나대로의 '시론' 하나를 쓰기 위한 문장 연습에 불과할 수도 있다. 2부는 내가 쓰는 '시'라고 불리는 것들이 한국어 밖의 제3세계 언어권에서는 어떤 모습을 하고 있는지, 한국어 안에서는 어떤 모양으로 있었고 있는지를 훑어본 글들이다. 시인과 시단과 영향사와 실재와 환상의 토대 따위의 물음들이 2부에 쓴 글들의 주제인 셈이다. 3부에 실린 글들은 나를 문학으로 이끌어서 내 삶을 '이 지경으로 만든 이들'에 대한 헌사다. 애초에는 3부에 실릴 글만으로 한 권의 책을 쓰려고 했다. 그 가운데 김정환, 박용하, 박정대, 함기석, 강정, 안현미 시인과 나를 가르친 이승훈, 유성호 두 분 선생님 그리고 나와 '이름만 비슷한' 신동문에 대한 글을 골랐다. 여기에서 빠진 이들은 이성복, 송찬호 시인 그리고 소설가 서정인, 최인석 그리고 철학자 에른스트 블로흐(Erenst Bloch) 그리고 소설가 다닐로 키슈(Danilo Kiš)다. 이들을 읽으며 문학에 눈을 떴고, 시인이 되었고, 이들을 떠나려 발버둥 쳤고, 이 책까지 쓰게 된 것이다.

나는 2001년 12월 스물다섯 나이에 '등단'이라는 것을 했다. '드디어 시인이 되기는 했구나'를 받아들이는 데만 16년이 걸려서 어느새 마흔을 넘겼다. 마흔이 되면 시집 세 권과 시론집 한 권을 낸 시인이 되어 있겠지. 그때가 되면 '등단'이라는 말을 스스로 받아들일 수 있을까? 2001년 스물다섯의 나는 생각했다. 그해에 마이 케미컬 로맨스(My Chemical Romance)라는 록그룹이 결성되었고, 2002년에 데뷔 음반을 냈다. 스물여섯의 나는 마이 케미컬 로맨스가 음반을 한 장씩 낼 때마다 시집을 내야지 하고 마음먹었더랬다. 내가 첫 시집을 내던 2008년 1월 무렵, 그들은 이미 '라이브의 신화'라 불렸고 한국에서도 공연했다. 나는 이제야 '시인'이라는 이름 하나 받아들였는데, 마이 케미컬 로맨스는 4장의 정규 앨범을 내고 2013년 3월 해체했다. 왜 하필 그들과 더불어 나이를 먹기로 했을까? 마이 케미컬 로맨스는 왜 해체한 것일까? 아무리 생각해도 곡절을 알 수가 없다.

우연이라면 우연이겠지. 우연의 필연성일까? 고마운 인연들이 책을 엮었다. 마법 같은 우연이 스쳐 지나간 시간 속에서 나는 늘 동료 시인들의 호의에 빚졌다. 그들이 없었다면 나는 여태 책 한 권은커녕 발표 한번 못 하고 절필했을지도 모른다. 채상우 시인께 감사드린다. 장석원 시인을 비롯한 '파란' 편집위원들께 감사드린다. 미리 쓰는 서문 갈피로 빗줄기가 들이치는 새벽이다. 숫제 퍼붓는다. 늘 부족한 인간에게 곁을 주어서 무언가 하나의 이름 아래 살아갈 기회를 준 '식구(食口)'에게, 우리가 처음 만났을 때보다는 조금 더 담대해진 언어로 사랑의 인사를 건넨다. 마지막 인사는 이 책을 펼쳐 든 당신의 몫.

2016년 봄, 송천동에서
신동옥

라고 쓴 것이 3년 전의 일이다. 그간 작지만 큰 변화가 있었다. 여러모로 (……) 여전히 고마운 분들이 많다. 그분들 곁에서 읽고 쓰며 살아가고 있다. 그것 하나로도 축복받은 삶이다. 못다 쓴 행간을 마저 채워 갈 나의 독자, 여러분에게 감사의 인사를 올린다.

2019년 봄, 송친동에서
신동옥

차례

007   책머리에

제1부 나

019   망하는 시인은 추하지만, 망해 가는 나라의 시가 왜 아름다
       운지 당신은 아는가?
028   한 소설가 지망생의 1990년대
037   역사에서 잘려 나간 내면의 함성―그런지 록(Grunge Rock)
048   청동 시대 또는 젊음의 아포리아

제2부 안/밖

057 헤지라 이후, 끝없는 노래의 길

068 족쇄와 멀미를 이겨 내고 네그리뛰드 대항해
    —에메 세제르의 「족쇄」에 대하여

078 옥타비오 파스와 한국문학

084 인식과 충격—'시적 현실'의 문제에 대하여

097 청년의 자기 호명에서 시작된 문학장의 재편
    —『68문학』과 『사계』에 대하여

116 '개새끼 표현'의 계보

138 '괴랄'한 시의 시대

제3부 전위/후위

161　김정환=당대의 문법

178　이 순간 두 번이 아니기에 나의 문학은 지금 시작이다

195　귀릴라 레이디오우! 또는 섬망의 주파수

214　서정의 위상차 변이, 절멸 이후를 기록하는 숙명의 언어

231　기림(奇林), 강정

255　무능력의 능력자, 안현미

267　이승훈 시론의 구조 변이와 시 형태 변화의 무궁동 운동
　　　―형태론적 접근을 위한 시론

301　비평의 거울, 삶의 기율

314　호모 폴리티쿠스, 호모 포에티쿠스, 호모 네간스, 호모 레지
　　　스탕스―신동문(辛東門, 1927.7.20-1993.9.29) 시인과의 대화

제4부 다시, 나

329   진정성, 현상과 역치

340   이 시대의 서정적 주인공 '나'의 생존 전략에 관하여

352   나의 윤무에 끼어들어 너 자신을 발명하라

360   문장론

373   서정과 비서정의 논리

394   시창작론 수업에 앞서서

403   발표 지면

일러두기

인용문 가운데 일부는 읽기의 편의를 위해 한자어를 한글로 바꾸거나 괄호 속에 병기하였으며, 현행 맞춤법 규정에 따라 띄어쓰기를 수정하였습니다.

제1부 나

망하는 시인은 추하지만,
망해 가는 나라의 시가 왜 아름다운지 당신은 아는가?

내가 아직 어릴 적, 아버지는 자주 '죽고 싶다'고 말씀하신 것 같다. 한잠 자고 일어난 아버지는 내게는 유독 별말이 없으셨다. 유자나무를 심으며, 수박, 딸기를 심으며, 어렵사리 내 머리통을 쓰다듬어 주시곤 했다. 무슨 이유 때문인지는 몰라도 나는 유독 별나게 일찍 머리가 굵어져 버린 거다. 머리통을 쓸어 주는 아버지의 손마디는 거칠었다. 그때, 아버지는 물론 아름답고 지혜로운 말씀을 들려주셨겠지. 나는 별 무탈하게 컸다. 유별난 독서광도 아니었고, 유별난 사고뭉치도 아니었다. 나는 아버지와 어머니가 동생들을 데리고 자는 방 건너, 부엌 건너 큰방 할아버지 품에서 자랐다. 할아버지는 과묵했다. 잠자리에 들기 전에는 방을 쓸고 닦았다. 벽장에서 이부자리를 꺼내 침소를 보아 드렸다. 벽장에는 『아라비안나이트』 등속의 동화책이 있었던 것 같다. 나는 가끔 그것을 꺼내 읽는 대신 뒤꼍에 있는 빈 항아리 속으로 들어가 몸을 웅크리고 한참을 숨어 있곤 했다. 내가 막 걷고 나서 가족들을 그들의 위치와 '품계'에 맞게 부르게 된 이후부터 나는 존댓말을 몸으로 익혔다. 아침이면 넓은 마당을 쓸고, 저녁이면 쇠죽을 쑤었다. 내가 학교에 들어가 공부하고, 숙제하고, 글짓기와 미술과 노래에 약간의 재능을 보인 이후로 가족들은 내게 별다른 일을 시키지는 않은 것 같다. 아주 바쁠 때를 빼고는 소를 끌고 자전거를 끌고 산야며 강, 바다를 쓸고 다니며 어린 시절을 보냈다. 초등학교에 들어갈 무렵부터는 혼자 낚시를 다녔다. 대나무를 잘라서 며칠을 말렸다. 무명실에 바늘을 묶고 납을 녹여 달아 엉성하게 장비를 갖춘 대낚시였다. 샛강에서 바다를 향해 뻗은 너른 하천으로 이어지던 낚시 여정은 바다에 이르기 직전에 끝났다. 그리고 나서 나는 대처로 떠나서 고등학교 시절을 보냈고 그 시절은 영영 기억 속에서 잊힌다. 잊힌 다음에서야 간혹 시에 나타난다. 애써 회감(回感)의 힘을 빌리지 않아도 끌어낼 수 있는 어떤 선명한 힘과 노동의 작업으로 그것들은 내 시 안으로 불려 온다. 그 시절에는 검붉은 '강 조개'를 캐서 내장을 미끼로 썼다. 그것도 떨어지면 '문절이' 내장을 꺼내 미끼로 썼다. 저녁이 이슥해지면 혼자 자전거를 끌고 산을 돌아 무덤 사이를 헤집고 집으로 돌아왔다. 지치고 고된 노동에 곤죽이 된 어머니는 남은 힘을 짜내어 매질을 하셨다. 옷을 다 버려 왔다고 불쏘시개를 들어 내 종아리를 치셨다. 물고기들은 수챗구멍에 버려졌고, 다음 날 아침이면 집 앞 하수구에 죽은 채로 눈이 허옇게 불어 터져서 떠올랐다. 나는 죽은 물고기를 막대로 두어 번 찔러 본 다음 학교에 갔다. 그 시절에는 유난히 작고 동그랗고 아득한 물건들이 많았다. 나는 작고 동그랗고 아득한 물건들에 넋을 잃고 한동안 그것들을 들여다보곤 했다. 그리고 오랜 시간이 지난 지금 나는 생각한다. 누가 생각이나 했겠는가? 내가 이런 모든 말들을 시에 담아 쓰게 되리라고. 고등학교 시절에 지방 소도시에서 하숙을 하면서 보냈다. 시골 영재들이 모이는 학교였는데, 그 시절 이야기는 다시 입에 담고 싶지 않을 만큼 끔찍했다. 기계가 되어서 책만 들여다보았다. 무슨 자존심이 시킨 허세였는지 모르겠지만, 스스로 극한까지 내몰며 공부만 했다. 벙어리라는 소리를 들어 가면서 책을 파고 또 팠는데, 그때는 정말이지 아무것도 되고 싶지가 않았다. 인생에서 가장 아름답다는 고등학교 시절, 소중한 친구와 은사는 고사하고, 친구 하나 남기지 않고 그곳을 떠나왔다. 그러고는 곧장 서울 생활이 시작되었다. 서울 생활이야 말해 무엇하겠는가? 다만 서울이라는 곳에서는 어떤 집합 의식에 시달리지 않아도 된다는 사실이 작은 위로가 되었다. 어떤 사회적인 정체성을 가져도 서로를 적대시할 이유가 없었다. 파편화된 채 유동하고 떠돌아다녀도 마음은 여유로웠고, 여유로운 만큼 불안한 것이 적당한 흥분을 불러일으켰다. 뿌리가 뽑힌, 아니 뿌리가 얕고 작은 개구리밥 하나가 저수지 위에서 춤을 추며 떠돌고 있는 그림이 그려진다. 어떤 집단 정체성에도 감염되지 않았지만, 그것은 막 성인이 된 나 스스로 독을 삼키는 일이었음을 이제야 알겠다. 아무튼, 누구나 겪는다는 그 지독한 '한 시절'을 겪으면서 문학이라는 것에 눈을 떴다. 나는 내가 글에 유별난 재주가 있는 것은 아니라는 것을 일찌감치 알았다. 앞의 문장에 쓰인 이상한 이중부정만 해도 그렇지, 누가 저런 번역 투를 써서 담백하고 사실적으로 써 내려가는 글의 흐름을 망치려 들겠는가? 이 문장만 해도 그렇지, 누가 이렇게 글에 엉뚱하게 개입하면서 흐름을 끊으려 들겠는가? 아무튼, 글을 쓰기에 나는 생각이 너무 많았고, 생각을 죽이기에는 너무 많은 것을 난데없이 한꺼번에 느끼는 데 일찌감치 길들어 있었던 셈이다. 그리고 나는 그것이 나의 단점이라는 것을 알았다. 요컨대 내가 집성촌에서 소도시로, 소도시에서 다시 대도시로 옮아가면서 본 사회는 어떤 '집합적 흥분이 없는 사회'였다. 도리어 흥분은 내가 모르는 어떤 질서와 기제에 따라 합리적으로 규율되고 연출되는 것 같은 인상이 들었다. 몇 년이 흐르고 나서 시인이 되었는데, 이제 내가 사는 사회는 어디건 그런 연출된 흥분이 집합적으로 규율되고 관리되는 사회인 듯한 인상마저 풍긴다. 이십 대의 허세로 나는 그런 연출된 광경 속에서 멀찌감치 떨어져 지내기를 즐겼다. 결국, 나는 군에서 제대하고 복학을 한 해에 등단이라는 것을 했다. 군에서 제대하기 직전에 휴가를 나왔다. 그때였던가? 휴가를 나와 이층집으로 오르며 나는 문득 이상한 울음소리를 들었다. 짐승의 울음소리와 같은 통곡을 말이다. 아버지께서 집 베란다 장독 곁에 앉아서 '차라리 죽어 버려'라고 혼잣말을 하면서 울고 계셨다. 내 아버지가 연약한 인간이고, 악전고투를 치르는 남자에 불과하다는 것은 이미 오래전에, 그것도 예닐곱 살에 알아 버렸지만, 그것은 색다른 충격이었다. 세상에 어떤 남자는 저런 위악으로 애써 '집합적인 흥분'과 '연출된 광기'에서 벗어나는 수도 있구나. 내게 그 광경은 작은 위안을 주었다. 자기만의 방식으로 연출된 위악의 문법을 읽었기 때문일 것이다. 그 무렵 아버지는 대처로 나와서 막일을 하고 계셨다. 무잡하고 거친 도회의 막노동꾼들과 어울리면서 아버지께서 자주 입에 담으시는 '품위'라는 것을 잃어 가고 있었다. 딴에는 오래 이장도 하고, 문중에서 족보 편찬에도 관여하는 젊은 유가(儒家)였는데, 대관절 그것이 무슨 상관이라는 말인가? 아버지는 도시가 연출한 흥분과는 다른 지점에서 돌올하게 흥분하셨고, 그런 힘으로 한 가정을 지키고 계셨다. 나는 그것을 알았다. 무슨 내막인지는 알 수가 없었지만, 그때 집에 우환이 있었던 것은 분명하다. 큰아들인 내게 부모님은 물론 할아버지와 동생들도 그런 일은 이야기해 주지 않았다. 걱정 없이 하고 싶은 것을 할 수 있도록 돕는다는 마음으로 그랬을 거다. 그 시간 큰아들은 도서관에 틀어박혀서 카프카와 미셸 세르를 읽고, 김종삼과 오비디우스를 읽고 있었을 것이다. 시를 쓰기도 했겠지. 대학 문학상을 받고, 점점 시인의 길로 삶의 궤도를 수정하고 있었을 것이다. 내가 술을 마시게 되면서 저녁 밥상에서는 항시 아버지와 대작을 했다. 우리 부자는 대화 아닌 대화를 길게 이어 가는 데 익숙해졌다. 대부분의 첫 시집은 '아버지와의 대결' 같은 것을 직선적인 방식으로 드러내는데, 나는 애당초에 그런 대결을 내 안에서 무화하는 법을 알아 버렸다. 이중으로 바라보는 데 익숙해진 거다. 그래서 나는 첫 시집을 내는 데까지 약간의 어려움을 겪었다. 내가 쓸 수 있는 것과 쓸 수 없는 것이 무엇인지를 깨달아 가는 것은 오랜 시험이었고 숙제였다. 그 과정은 내가 읽을 수 있는 것과 읽을 수 없는 것을 구별하는 일이기도 했다. 읽는 것과 쓰는 것이 같은 일이고, 느끼는 일과 생각하는 일은 배를 맞대야 한다는 것을 깨달았다. 그것들이 저도 모르는 사이에 펜 끝의 한 구멍에서 비어져 나오는 잉크가 되어 몸을 섞어야 한다는 것을 알았다. 요는 내가 무엇을 하고 싶은지를 깨닫는 데까지도 오랜 숙련과 시험이 필요했다는 말이다. 그다음에는 쓰는 일인데, 아시다시피 그 일 역시 만만치는 않았다. 어찌어찌 해서 하고 싶은 일을 하면서 살게 되었다. 하고 싶은 일을 하면서 살게 되기는 했는데, 역시 시는 내 삶에 사다리 하나 걸치지 못했다. 이렇게 되리라는 것을 알고 있었다. 이 삶이 진창이고 허방이라면 나는 그 진창에서 허방에서 뒹구는 쪽을 택하는 인간에 속한다. 어쩌다 산문집을 한 권 냈는데, 거기에는 삶을 둘러싼 거의 모든 생긱과 느낌들을 시 쓰기의 과정으로 귀착시키는 작업이 빼곡하다. 말하자면 내가 쓰고 싶은 시와 읽고 싶은 시와 내가 살아온 한 시절의 삶을 있는 그대로 받아 적은 셈이다. 어쩌면 이 글은 시의 췌언이 아니라 내 삶의 췌언으로 남을지도 모를 일이다. 나는 산문집 『서정적 게으름』에 이렇게 쓰기도 했다. "나는 가끔 시를 완성하고 나서 그 여운에서 빠져나오지 못한다. 잘된 시건 못된 시건, 완료된 시건 지지부진 뭉개진 시건. 여운들 사이에 빈말을 잔뜩 부려 놓고 빠져나온 것만 같아 울적할 때도 있다. 어렸을 때는 심지어는 자살 충동을 느낀 적도 있다. 그 아득한 적막함과 여운 속에서 죽지 않으면 빠져나올 수 없을 성싶었기 때문에. 어떤 날에는 세상의 모든 시집을 읽은 기분이 들기도 하는데, 세상에 존재하는 모든 생물의 수만큼 다양하고 아기자기하고 깊고 도저하고 엉망진창으로 각자가 된 그들 각자의 책갈피를 훑은 기분이 들기 때문이다. 그런 날에는 무엇이 되었든 하나의 취향을 타깃으로 삼아서 깔아뭉개고 무시하고픈 충동이 생기기도 한다. 초과와 결핍 사이에 허방 하나를 부리고 싶어지는 거다. 그것이 나를 죽이는 일인지, 그들을 죽이는 일인지, 시를 죽이는 일인지, 삶을 뭉그적뭉그적 제쳐 두는 일인지는 오랜 시간이 지나 봐야 알 일이지만."(pp.231-232) 이 글의 문맥에서, 결국 시는 회감의 초과와 결핍 사이에서 진동하는 부드러운 충동이었다. 한사코 어떤 집합적인 흥분과 새롭게 만들어진 혼종의 감정들을 벗어던지는 것, 그 애매하고 질척질척한 감정과 흥분과 사유의 더께를 걷어 내고 한 인간의 민낯을 있는 그대로 보여 주는 에너지의 작업, 노동과 힘의 문법이되 새로운 문법을 만들어 내는 일…… 말이다. 이런 작업은 조금 어렵게 이야기하자면 '자기 아이러니(self irony)'가 될 것이다. 나는 내 인생의 문법과 문장을 아이러니의 대상으로 삼으면서 다시 아이러니를 쓰려고 했다. 비슷한 방식으로 자기와 싸우는 이들의 문법과 문장과 리듬을 사랑했다. 아마 앞으로도 그렇게 읽고 쓸 것만 같다. 어쩌다 보니 어린 시절에는 배우지 못한 술을 시인이 되고서야 제대로 배웠고, 광기와 허세를 있는 그대로 드러내는 일을 일삼기도 했다. 그 가운데서도 총명함을 잃지 않으려 애쓴 나날이었다. 눈빛으로 종이의 뒷면까지 꿰뚫는 의기가 내 평생을 사로잡을 줄만 알았다. 지금도 그런 눈빛이 시의 중심에 놓여야 한다는 것이 내 생각이지만, 거울을 들여다보면 눈빛으로 세상을 사로잡는 시절은 이미 갔다. 저녁이면 누군가가 내 두개골 안쪽에 두 손을 집어넣고 눈동자 두 개를 쑥 잡아당기고 있는 것만 같다. 안으로 안으로 눈알이 빨려 들어가는 이상한 기분과 곤혹 속에서 시는 지지부진 이어지고 있다. 그래 술을 끊었다. 친구들은 여전히 친구인 채로 남아 있고, 혼자 있는 시간이 조금씩 늘어나고, 가족이 하나씩 불어나고 있지만, 시간은 금세 어딘가로 날아가 버린다. 어린 시절에 술을 즐긴 것이 후회된다. 알량한 심사다. 그 긴긴 명정의 밤들, 내 술잔 속에서 누구 하나 즐거웠겠는가? 아버지는 최근에 병치레하셨고 다시 일어나셨다. 아버지마저 술을 끊으셨다. 시를 쓰면서 효자가 되거나 선인이 될 생각은 애당초에 접었다. 다만 큰 인간이 되려고 했을 따름이다. 무람하고도 곧은 한 인간, 흔들리면서 내처 앞길을 향해 가는 한 인간 말이다. 실수도 있을 테고, 즐거운 날도 있겠지. 있었겠지. 그리움은 근본도 없이 허기지기 일쑤니 말이다. 2001년, 나는 결국 시인이 되었다. 행인지 불행인지 나는 시인이 되었다. '신작'을 발표한다. 시집을 두 권 펴낸다. 산문집을 한 권 낸다. 행인지 불행인지 매번 같은 이름으로 작품을 선보일 기회를 얻는다. 그러면서 시에서 멀어지지도 않았고, 시로부터 놓여나지도 않았다. 물론 몇 년은 한 줄도 쓰지 못한 적도 있다. 써 놓으면 시 비슷한 것이었지만, 되뇌기에는 시 비숫한 것도 못 되는 엉터리를 쓰며 보내기도 했다. 그러는 사이 쓰는 법을 잊어버렸다. 삶은 삶대로 내처 흘러갔다. 책상 앞에 앉으면 온몸이 가루가 되어 흩어지는 기분이었다. 간신히 시를 쓰는 법을 다시 배웠고, 다시 쓰고 발표하고 묶어서 책을 냈다. 계속해서 시를 쓴다면, 시 근처에서 삶을 꾸려 간다면, 몇 권의 책을 더 내게 될 것이고, 몇 번은 시를 쓰는 법을 영영 잊어버릴 테고, 행으로 또는 불행으로 다시 시를 쓰는 법을 몸으로 익힐 것을 안다. 절망하고, 환호하고, 작아질 대로 작아지고, 허세에 들떠서 작란을 일삼고, 죄책감으로 무위도식하며 더 많은 이름과 환호를 갈구하고, 누가 읽는지도 모를 말을 아무렇지도 않게 쓰며 그것이 나의 말이었다고 우기며, 다시 나의 말을 들어주고 되뇌어 줄 누군가에 대해 생각하겠지. 그들은 누구이기에 나를 읽는 것일까? 이즈음에는 그들에 대해서도 깊이 고민하기 시작했다. 나와 다른 언어를 쓰는가? 나와는 다른 느낌으로 세상을 만나는가? 나와는 다른 방식으로 세상을 사유하는가? 그들은? 그들이 부정할 때도 나는 그들의 친구로 남을 수 있을 것인가? 등등의 질문이 시의 주제가 되어 가고 있는 셈이다. 누군가는 말할 것이다. '문제를 이렇게 복잡하게 만들 필요가 있는가? 시인이여'라고 말이다. 그러면 그들에게 '시인이여'라는 다소 비꼬는 듯한 힐난을 들은 나는 대답할 것이다. '우리가 누구이고, 또 시를 통해서 무엇을 찾고, 무엇을 찾을 수 있을지 모르지만, 왜 털어놓고 서로에게 말을 하면 안 되는가? 문제가 무엇인지 모르지만 왜 직접 문제의 핵심으로 들어가면 안 되는가? 이런 이야기는 수천 번도 넘게 하지 않았는가?'라고. 왜 망하는 나라는 고통스럽지만, 망하는 나라의 백성처럼 술을 마시는 인간들은 저들대로의 나라에서 고통의 안온함을 찾을 수 있는지 당신은 아는가? 왜 망하는 나라의 음악과 시가 한사코 아름다운 것인지 당신은 아는가? 물론 나는 안다. 하지만 그렇게 쓰면 안 된다. 망하는 나라의 시를 쓰기 전에 망해야 하기 때문이다. 이것은 상식에 속하는 알레고리다. 당신은 내 말뜻을 아는가? 이것이 내가 쓰고 싶은 시다. 나는 회감을 믿지 않지만, 회감의 주체는 믿는다. 그리고 내 회감의 주체인 '그'가 망하기를 진심으로 바란다. 그가 망해야 내가 살기 때문이다. 나는 계속해서 쓸 것이다, 마치 어제 시인이 된 것처럼, 망해 버린 공화국의 마지막 인민처럼. 이제 고작 걸음마다.

한 소설가 지망생의 1990년대

　고통으로 점철된 삶은 한 편의 반(反)역사에 가깝다. 고통이 희구하는 지점이 더 나은 미래이거나 증오와 회한으로 점철된 과거인 수가 많은 까닭이다. 증언이나 체험에 바탕을 둔 기록이 역사에 의문점을 제기하는 지점은 바로 여기부터일 것이다. 끝 간 데까지 갔다고 스스로 생각하는 자가 할 수 있는 것은 대개 절망하거나 꿈꾸기 두 가지 가운데 하나가 될 것이기 때문이다. 이 글은 고통의 증언이나 기록을 목표로 삼지 않는다. '내밀한 고통'이라는 단어가 '반역사'라는 표현과 양립할 수 없는 가치를 품어 안는 까닭이 그 첫 번째 이유다. 두 번째 이유는 고통에 대한 사회심리학적 성찰이 허세가 되거나 자기 합리화로 비치기를 원치 않는 까닭이다. 나는 이 글을 1990년대에 관한 실제의 체험에 근거를 두고 이어 갈 참이다. 고통이나 절망이나 끝장에 관한 한 시대의 기록과 나라는 인간 개인의 체험은 양립하지 않는다. 내 삶의 궤적이 대개 사소한 것들 주변에서 망설인 시간에 바쳐진 까닭이다.

그렇다면 반역사란 어떤 속성을 가지고 있는가? 이 글에서 말하는 반역사는 개인의 고통이 집단의 고통으로 전화하고 역사 이해의 가능성으로 향유되며 역사를 다시 쓰는 지점에서라야 집단적 삶의 고갱이라는 데 의미가 있다. 체험을 담은 글은 때문에 개체와 집단 사이에 발생하는 촉매 작용이나 전화 가능성을 고려하지 않을 것이다. 직접 체험을 쓸 수밖에 없는 자신의 사회심리적 발달 행로를 담으면 그뿐일 테다. 이 글은 그러한 방식으로 쓰일 참이다. 비로소 '1990년대에 나는' 하고 글을 시작하자니 다시 이런 물음이 생긴다. 자신의 삶을 스스로 까발리는 글은 어떤 목적을 가지는 것일까? 그것도 체험을 바탕으로 절실하게 드러내는 산문이라면. 그 글은 어떤 증언 권력이나 인정을 염두에 두고 쓰이지는 않을 것 같다. 작가는 오히려 증언 권력이나 인정의 테두리 바깥에 있는 순수한 자신만의 체험을 바탕으로 하는 글을 원할 것 같다. 작가는 자신의 체험이 절실하면 절실할수록 그가 쓰려고 했던 시대의 아우라를 벗어나는 것을 알게 될 것이다. 한 시대의 아우라라는 것은 공기와 같은 것이어서 한번 호흡하고 나면 대사 작용의 비밀은 호흡 속에 묻혀 버리는 까닭이다.

1990년부터 1992년까지 나는 전라남도 고흥에 있는 고흥남양중학교를 다녔다. 1993년에서 1995년까지 나는 전라남도 순천에서 순천고등학교에 다녔다. 1996년 서울에 상경해 한양대학교 국어국문학과에 입학하고 2학년을 마친 후 1998년 군에 입대했다. 부대는 경기도 포천에 있었다. 2000년에 제대하고 2001년에 시인이 되었다. 이상이 내가 산 1990년대의 개략적인 시공간이다. 내 삶은 분명 1990년대적 선형성에서 벗어나 있었다. 앞쪽에는 88년 서울올림픽 개최 성공에서 시작된 경기의 활황과 1990년 동구권 해체에 힘입은 탈이념 정서가 자리하고, 뒤쪽에는 1997년 구제금융 사태 이후의 사회 전반의 아노미 윤리의 재편이 자리하는 시대. 그러니까 문화와 개인의 가치가 유기적으로 길항하는 날렵한 공기, 도시를 중심으로 하는 소비-교육-경제-생산 모델이 전국적으로 고착되어 가는 일원적 토포스의 공기, 그리고 보통 사람과 문민과 햇볕정책이 아집을 이론으로 바꾸는 정치 실험을 하던 옐로저널리즘의 공기 등등을 1990년대를 살아간 이들은 몸으로 호흡했을 것이다.

크게 보면 나의 1990년대는 우물 안 개구리가 우물을 벗어나다가 말라 죽는 과정과 흡사하다. 처음 고향을 떠나서 홀몸으로 순천이라는 소도시 하숙방에 짐을 풀었을 때 느꼈던 도시의 살풍경, 거기서 느낀 질식해 죽을 것만 같은 두려움과 공포를 나는 아직 기억한다. 다시 순천에서 서울로 올라왔을 때는 더는 놀랄 힘조차 없었으니 말이다. 내 공포의 기원은 이미 잊힌 이촌 향도의 오이디푸스 콤플렉스도 아니었고, 촌놈의 철모르는 봉건적인 세계관도 아니었다. 1970년대 후반에 태어난 나는 또래들의 관심사와 열정과 꿈에 교감할 여력이 없었고, 내 취향은 유별나고 고리타분했다. 1990년대에 아직 청소년이었던 나는 몸이 가진 당대적인 무의식과 머리가 가진 노인네 고집과 가슴에 저민 공포와 경이의 카타르시스를 버무려 돌올한 지점에 평지돌출하기 일쑤였으니 말이다. 그래 나의 1990년대는 문화와 도시에 대한 체험과 육화가 아니라 경이와 공포로 시작되었다. 그러니 결국 이 글은 다소 지엽적이고 예외적인 상황의 나열이 될 수밖에 없다. 이 글을 쓰는 나는 나만의 체험을 내 또래 모두의 것으로 일반화해서는 안 된다. 이 글은 적절한 강도로 객관적 거리를 만들고 심적·물리적 수치를 계량화하고 거기에 어떤 평이하고 일반적인 준거집단을 제시하는 섬세한 능력을 요구한다. 그러나 불행히도

나의 문체와 글의 힘이 객관적 분석력을 요구하는 주제 앞에서는 맥을 못 춘다는 것을 스스로 안다. 그러니까 이 글은 시작과 동시에 반쪽짜리 증언이다. 마침표를 찍을 때마다 문장은 불가능한 반역사의 기록으로 전락할 것이다.

아무튼, 글을 시작했으니 1990년부터 말하자. 중학교 시절에 나는 고향 집에서 학교까지 통학했다. 아침이면 낡은 삼천리 자전거를 끌고 구불구불한 산길 냇길을 따라 40분쯤 달려 학교에 도착했다. 내가 태어난 마을은 '고령 신가'들이 모여 이룬 집성촌이었다. 옆 마을은 맹가의 집성촌, 옆 마을은 송가의 집성촌, 그런 식으로 생겨 먹은 마을들이 모여 면이 되었을 것이다. 고향 사람들 대부분은 농사나 물질을 생업으로 삼고 있었다. 마을은 이장과 몇 개의 집안을 중심으로 큰일 작은 일을 결정했다. 농사를 지었으니 봄이면 보리 수매, 가을이면 쌀 추곡 수매가 큰 벌이였을 것이다. 1980년대 말에는 '양다래'라고 키위 비슷한 것이 시험 재배되던 고장이었으니 확실히 따스운 남쪽이었다. 농민들은 수매가로 번 목돈에 소 값, 돼지 값을 받아서 농협에 비료 값, 사료 값으로 갚았다. 목돈을 벌어서 농협 빚을 갚는다. 특화 작물 재배니 농업 기계화니 때문에 다시 농협에 빚을 진다. 한 해 농사를 지어서 갚는다. 정부와 농협이 제공해 주는 다디단 미끼는 투자와 기계화와 개량 따위였고, 농투성이들은 빚의 굴레에 빠져 든다. 1980년대의 소 값 파동을 떠올리지 않더라도, 농촌은 이미 붕괴 직전이었다. 내가 아직 중학생이었던 1990년대 초반에는 사정이 그나마 나았던 것일까? 아무런 특색도 없는 조그만 면 단위 중학교, 전교생은 250명 정도였다. 선생님들은 모두 전남대나 순천대 사범대학교를 졸업한 열정이 넘치고 어린 초임 교사들이었다. 스물너덧 살의 여선생님들은 읍내의 단칸방에 자취하면서, 아침 첫차를 타고 산비탈에 있는 근무지까지 출근했다. 아이들은 저마다 아버지의 오토바이며 자전거를 끌고 학교를 오갔다. 그 시절 선생님께 받은 공책에는 '참교육' 마크가 찍혀 있었다. 시골 중학교에서 반별 합창 대회, 요리 경연 대회, 연극, 중창, 시화전 등등에서 캠프파이어로 이어지는 '축제'를 기획하던 젊은 선생님들이 있었다. 그리고 젊은 여선생들과 싸우기도 하고 어르기도 하던 교장과 교감 선생님이 있었다. 대부분 중학교를 졸업하면 순천 등지로 유학을 떠났다. 공부를 잘하고 집안이 어려운 친구들은 저 멀리 전라북도의 기계공고까지 떠나기도 했다. 연합고사를 보았고 순천고등학교에 입학했다.

1993년 전라남도 순천으로 상경했다. 학교에서 30분 정도 떨어진 하숙을 잡았다. 아직 고등학교 입학이 비평준화였던 순천에서는 교복을 입은 품새만으로도 아이들 보는 시선이 달라지던 무렵이었다. 어렵게 들어간 고등학교니 어렵게 버텨 보자는 심사로 공부에만 매달리는 아이들이 600여 명씩 학생만 1,800명에 가까운 학교였다. 지척에 큰 서점이 있었고, 서점 문을 나오면 커다란 레코드 가게가 있었고, 레코드 가게 옆에는 악기점이 있었다. 시내에는 지하상가가 있고 거기에는 백화점도 있었다. 밤에도 불이 꺼지지 않는 도시를 따라 4월이나 5월이면 대학생들이 몰려다녔고, 1993년인가 언젠가는 시내가 온통 최루탄 연기로 자욱했던 기억이 있다. 댄스와 랩과 록 비트를 섞은, 댄스와 힙합을 섞은, 댄스에 일렉트로닉을 섞은 새로운 대중가요들이 쏟아지고 있었다. 나는 레드 제플린(Led Zeppelin)이나 딥 퍼플(Deep Purple)을 듣거나 시나위나 시인과 촌장 등을 들으며 고등학교 시절을 건넜다. 1993년 고등학교를 들어가고서야 대입 제도가 '수학능력평가'로 바뀌었다는 것을 알았다. 학력고

사와 수능 사이에서 갈팡질팡하던 선생님들이 어느 정도 수능에 익숙해지던 무렵에 나는 대입 시험을 치렀다. 고등학교 과정의 커리큘럼은 중학 과정과 별다를 바 없었다. 과목이 20개 정도에서 30개 정도로 늘어난 게 차이라면 차이였다. 공부도 죽자 사자 하니 어느새 우등반에 앉아 있었다. 그 무렵에는 클래식 록을 들으며 단편소설을 읽고 독후감을 쓰는 것이 취미였다. 스스로 생각해도 이상한 시대에 맞는 이상한 취미 훈련인 듯해, 대견한 듯 허세를 부렸던 기억이다. 고2에 올라가던 봄에 모교 선배 초청 행사가 있었다. 전북대 영문과 교수이자 소설가인 서정인이었다. 맨 앞자리에서 들었다. 무슨 말을 했는지는 기억나지 않는다. 그의 강연을 듣고 나서 일기에 '오늘 최인훈이 학교에 와서 수업했다'라고 써 놓았다. 그 무렵에 최인훈이 『화두』를 냈고, 나는 그 책을 도서 대여점에서 『현대문학상 수상 작품집』과 함께 빌려 보았다. 내 꿈은 자연스럽게 소설가가 되었다. 웃기는 것은 소설을 읽고 독후감을 일기로 쓰는 것이 취미인 아이의 꿈이 소설가였다는 것이다. 누군가 그 아이에게 '비평가라는 직업도 있단다'라고 가르쳐 주었다면, 나는 아마 비평가를 꿈꾸었을지도 모를 일이다. 좋은 소설가들은 대부분 영문학이나 불문학이나 독문학을 배웠다는 것을 알게 되었다. 그들이 졸업한 영문과 아니면 독문과, 그도 못 되면 국문과를 목표로 잡고 공부했다. 공부에 방해될까 봐 소설은 한 줄도 쓰지 않았다. 아니 소설이라고 쓰다 보면 엉망인 상상력의 한계를 스스로 알게 될까 무서워서 시도 한 줄 쓰지 않고 고등학교 시절을 마쳤다.

1996년 한양대학교 국어국문학과에 입학했다. 학교에 입학하자 1990년대 초반 학번과 중반 학번 사이에 '맥주 논쟁'이 한창이었다. 대학생들이 맥주를 마시는 문화가 퇴폐적으로 변질되고 있다는 것이 주제였다. 공중파 TV에서 맥주 광고가 한창 인기를 끌었던 기억이 난다. 듣는 음악은 어느새 영국에 국적을 둔 밴드들이었다. 스미스(Smiths), 스톤로지스(Stoneroses), 오아시스(Oasis), 블러(Blur), 라디오헤드(Radiohead) 등등. 한동안 자의 반 타의 반으로 여기저기 '끌려' 다녔다. 눈을 뜨면 종로 한복판에 누워서 침묵시위 중이었다. 고개 돌리면 '학원자주화투쟁'을 벌이며 점거 농성을 벌이던 총장실 탁자 밑이었다. 왕십리에서 신월동 이모네로 통학하다가, 봉천동 작은아버지 집에 빌붙다가, 학교 앞 고시원에 자리를 잡고 살게 되었다. 기타 반주를 할 줄 안다는 말을 들은 선배가 처음 보여 준 악보는 「철의 노동자」라는 노래였다. '민주노조 깃발 아래 와서 모여 뭉치세' 어쩌고저쩌고하는 노래였다. 유치찬란하기 짝이 없는 반주를 뽕짝처럼 해 주며 도대체 뭐하자고 여기 들어온 것일까? 고개를 갸우뚱하다 보면 또 어느새 교문 앞에서 깃발을 흔들며 최루탄 연기를 가르고 있었다. 그러니까 내가 심심해질 무렵이면 아무 이유 없이, 대의도 명분도 모르는 집회에 슬쩍 끌려가도록 내버려 둔 것이다. 서울 법대를 갔다는 한 친구가 고등학교 때 역사 선생님께 찾아가서는 '선생님이 가르쳐 준 것은 역사가 아니라 쓰레기입니다. 당신이 선생이야?'라고 했다던 블랙 코미디는 이미 고등학교 때 뗐지만, 대학은 대체로 무료했고 무미건조했다. 술과 음악과 새로운 하위문화에 관한 관심이 넘쳐났던 것으로 기억된다. 왕십리 한양시장 모퉁이에도 록 바(Rock Bar)가 몇 개 생겼으니 말이다. 이상한 음악에 영화를 종일 틀던 그곳에 막걸리 통을 들고 들어가 잠시 앉아 있곤 했다. 소설을 쓰려던 애초의 꿈은 잊어 먹었고, 어느새 시를 쓰고 있었다. 1997년이 되자 대학은 학과제를 없애고 학부제로 바꾸었다. 학교에서 96학번은 어쩌면 국문과로 입학한 마지막 학번이 될 것만 같았다. 후배가 없어졌다. 그게 당시의 내 성격에 맞는 것 같아 혼자 왠지 기분이 좋았던 기억이 있다. 후배 같은 건 차라리 없는 게 나아, 라고 낄낄거리던 스물하나가 끝나 가던 무렵이었다. 즐겨 읽던『소설과 사상』과『현대시사상』이 폐간 광고를 냈다. 고려원이 부도가 날 거라고 하기에 길거리에 나온 김용의『영웅문』전질을 사서 시골집에 모셔 두었다. IMF라고 했다. 예정대로 1998년 4월 군에 입대했다. 입대하기 전 과외를 해서 등록금을 내놓았다. 2000년이 되면 대학이 또 어떻게 될지 모르는 일이었고, 내가 대학을 계속 다닐지는 나도 모르는 상황이었으니 말이다.

1998년 4월에서 2000년 6월까지 강원도 철원에서 훈련을 받고, 경기도 포천에서 군 생활을 했다. 여동생 하나는 1998년에 대학을 갔고, 그 아래 여동생은 2000년에 대학을 갔다. 그 아이들은 공부에 열의도 많았고 곧잘 했는데 지방 소재 국립대와 서울 소재 시립대를 택했다. 군대에 있느라고 세상이 얼마나 변했는지 몰랐다. 제대하고 나서 알게 되었다. 신용과 신뢰를 기반으로 하는 경영과 거래에서 선량한 다수들이 피해를 보았다는 것, 그리고 하루하루를 노동과 피곤으로 메꾸던 다수의 일반인이 길거리로 나앉았다는 것, 그리고 그들의 아들이자 동생이던 이들이 돌연 대학을 떠났다는 것 등을 말이다. 태어나 한 번도 그 가치에 대해 의문조차 품지 않았던 '돈'이라는 것에 대해 처음으로 생각했다. 1997년 이전에 내가 막연히 무의식 속에 각인하고 있었던 '윤리'니 '도덕' 따위의 단어가 이미 사라진 세상이 와 있었다. 군대에서 제대한 나는 순천의 한 단과 학원에 국어 선생으로 일자리를 잡았다. 원장과 싸우고 그만두었다. 그러고는 가전제품 배송 업체에 들어가 냉장고며 세탁기를 등짐으로 나르는 일을 10개월 정도 했다. 등에 굳은살이 박일 무렵이 되자 다시 학교가 그리워졌다. 2001년에 나는 대학으로 돌아왔다. 그리고 그해에 내 생에 처음이자 마지막 소설을 썼다. '그로테스크 본기(本紀)'라는 제목의 유치하기 짝이 없는 글을. 그리고 그해 겨울 나는 시인이 되었다. 내 인생의 선택은 사십을 목전에 둔 지금 시작될 것인가? 아니면 이십을 넘어오던 1990년대 중반에 걸쳐 있는 것일까? 그때 내가 한 선택은 어느 지점에 결과와 목적을 두고 있을까?

그로테스크 본기라니…… 더는 글을 이을 힘이 없다. 이제 그만.

역사에서 잘려 나간 내면의 함성
—그런지 록(Grunge Rock)

블루스의 시절을 건너 하드록의 시절이 가고 (팝)메탈의 시절이 왔다. 댄스와 일렉트로니카의 시대가 막 시작되자 랩과 레게의 시절이 함께했다. 포크는 앰프와 신디사이저로 무장하고 프로그레시브를 넘어 아트로 넘어간 지 오래였다. 그런지. 하드록과 펑크의 만남. 직선적인 에너지와 사회참여적인 가사. 삶에서 길어 올린 진정성을 무기로 리프를 이어 붙인 참여시. 주류가 되었을 때, 주류가 된 스스로 자신의 존재를 아이러니로 만들어 버리고 해소된 순수 아마추어들의 사랑의 문자. 사랑의 음, 그 시니피앙. 일단은 이렇게 정의하고 글을 시작해 보자. 이 글에서는 네 명이 죽고 두 명이 살아남을 것이다.

고등학교를 다니던 무렵에는 학교 도서관을 나와 하숙집을 향해 걸으며 심야 음악 방송을 들었다. 15분이면 걸을 길을 느릿느릿 한 시간을 넘어 걸으며 음들을 차곡차곡 폐부에 채워 넣는 것으로 하루의 시계를 닫았다. 그러다 마음에 드는 음반이 있으면 '21세기 음악사'(여전히 순천 남파오거리를 지키고 있다)에 달려가 주문을 하고, 며칠을 기다려 들었다. 가끔은 'Favorite Songs'라는 라벨을 붙인 신청곡 녹음반을 닳을 때까지 들었다. 그러다 무료해지면 시내 대학교 앞에 있는 '빌보드 팜스'라는 극장식 술집에 들어가 앉았다 왔다. 그곳에선 신청곡을 MTV 녹화본 뮤직비디오로 보여 주기도 했으니까. 마실 줄도 모르는 맥주 한 병을 놓고 신청한 음악이 나올 때까지 앉아서 '수학 정석'을 풀다가 나오곤 했다.

1996년에 서울에 상경했다. 서울역에서 택시를 탔다. 종로2가로 향했다. 지방 도시에서 고등학교를 다니던 나는 단골 레코드사 사장 아저씨에게 종로의 '뮤직랜드'와 신촌의 '향음악사'를 소개받는다. 뮤직랜드는 종로1가 시사어학원 건물 지하에 있었다. 한쪽 벽면을 가득 메운 실황 공연 비디오들 가운데 몇 개를 사서 비디오 플레이어도 없는 집 책장에 고이 모셔 두고 군침을 삼키는 이십 대 초반의 삶은 그렇게 시작되었다. 세상에 이렇게 큰 음반 가게가 있구나, 싶었다. 그 음들을 모두 귓바퀴에 담아 두고 싶었다. 음반 가게를 나서면 종로서적, 세상에 또 이렇게 큰 책 가게가 있구나, 싶었다. 이십 대는 그렇게 시작되었다. 그해 봄, 그리고 이듬해 봄에는 영문도 모르고 내가 '사랑하던' 음반 가게 앞에 드러누워서 최루탄 향을 맡기도 했다. 기악을 전공한다던 어느 여대생과 미팅을 하고, 그이의 커다란 첼로를 몇 시간 들고 돌아다니다 퇴짜를 맞은 곳도 뮤직랜드 근방이었던 것으로 기억한다.

그 시절 나는 무슨 음악을 들었을까? 이 물음은 '무슨 음악을 들을 수밖에 없었던 시절이었는가'로 고쳐 쓰는 것이 옳겠다. 1987년이 지나자 영원히 권좌에서 내려오지 않을 것 같았던 군인 대통령들이 자리에서 끌려 내려와 군화를 벗고 흰 고무신에 푸른 수의를 입었다. 그들이 포승줄에 묶여 법정에 들어서는 장면은 마치 김민기의 「늙은 군인의 노래」를 MTV 스타일 뮤직비디오로 재해석한 한 장면 같았다. 1988년 올림픽이 지나고도 사라지지 않던 독재의 무의식적 주체는 이른바 '국뽕'의 기억 서사였다. 1990년이 지나자 붉은 깃발을 달았던 나라들이 차례로 무너지는 모습이 TV로 중계되었다. 이제는 인류 역사에 남을 술꾼 대통령으로 기록된 저 러시아의 한 저항 인사(당시에는 그랬다)가 탱크 위에 올라서는 모습은, 마치 Star TV에서 방영되던 WWF 프로레슬링의 철창 매치의 한 장면 같았다. 기억 서사 만들기는 여전히 무의식적 주체의 '의지'로 계속되고 있었겠으나, 바야흐로 국뽕의 시절은 지난 것 같았다. 토마스 브루시히라는 독일의 소설가는 동독의 붕괴가 한 남자의 성기 노출에서 시작되었다는 상상을 쓰기도 했다. 그것은 확실히 1990년대식 유머였다.

부모에게 적당히 개길 줄도 알았고, 마음만 먹으면 부모가 알아들을 수 없는 이유들로 용돈을 긁어낼 구실도 충분했으며, 대학을 가고 직업을 선택하기란 단계별로 익숙해 가는 가능성의 제한이라기보다 목표의 단일화에 가까웠던 것 같다. 반짝이는 '닥터 마틴' 신발을 신고, 조금 헐렁한 줄무늬 셔츠를 입고, 반쯤은 해지고 군데군데 칼자국이 난 청바지를 즐겨 입는 것이 유행이었다. 머리는 되는대로 기르고 기르다 단발을 넘어 장발이 다 된 남자들. 귓바퀴 위로 짧게 쳐낸 매니쉬(mannish)한 머리칼에 눈가에 포인트를 넣은 메이크업을 한 여자들. 때로는 엄마의 옷을 걸친 것만 같은 원피스 비슷한 넝마를 입은 사람을 볼 수도 있었다. 사람이라는 말 속에는 분명히 양성이 구유되어 있으니 'androgynous'라는 말은 중성이 아니라 '사람의 모습'이라는 의미로 받아들여지던 시절의 유행이다. 패션이라는 하나의 완고한 자기만의 스타일이 문화 속에 자리를 잡아 가기 시작한 것일까? 그런지 룩(grunge look). 이 스타일을 상업화하기 위해서 마크 제이콥스, 크리스챤 디올 등이 달려들었지만 결국 실패했다는 후일담이다.

그런지었다. 시인이 되어서 동료들과 음악 이야기를 할 때가 있다. C 형은 펄 잼(Peal Jam)파였다. 또 다른 C 형은 앨리스 인 체인스(Alice in Chains)파였다. 형들은 1980년대 후반에 대학을 다녔다. 어쩌면 1990년대에 대한 기억은 스물을 온전히 지나면서 시작한 그들의 몫이지 내 몫은 아닐 것이다. 1996년에 대학을 들어간 내가 만날 수 있는 선배들은 88학번부터였고, 선배들은 이른바 전대협 결성기의 세대였다. 선배들은 1990년대 초반 학번들을 겪으며, 이른바 수능 학번인 94학번 이후의 후배들에 대해서는 '지도'를 포기하다시피 한 상황이었다. 구심력은 없고 원심력으로 튕겨 나갈 듯한 분위기였다. 1990년대였다. 선배 세대와 우리를 한데 묶어 '알 수 없다'는 뜻으로 'X'라는 함수를 붙이기를 서슴지 않던 옐로저널리즘의 시대였다. 물질적으로 풍요로운 시대였으니 풍문에 허기질 이유는 충분했다. 어쩌면 그 모든 자극은 개인 각자의 내면에서 재생산되었다고 해야 맞을까? 끝 모를 향유의 근거들이 충분한 사회 분위기였고, 아직은 욕망을 충족시키기에 충분히 적당하고 달콤한 자본이 작동하던 시대였다.

첫 번째 죽음은 1994년이다. 너바나(Nirvana)의 프론트맨 커트 코베인(Kurt Cobain)의 죽음. 그는 'X 세대'의 상징이었다. 동료 음악인 커트니 러브(Courtney Love)와의 신경질적이고 종잡을 수 없는 사랑은 '필연보다는 우연, 이성보다는 감각을 우선시한다'는 '철학'으로 격상되어 신세대 사랑의 방정식 정도로 낭만화되었다. 기약 없는 인사와 희망 없는 달콤함에 기댄 낭만으로 포장된 사랑. 얕고 피상적이고 일회적이지만, 강한 경험의 생채기를 남기는 만남. 이런 것들은 MTV나 하루키의 소설에나 존재했다. 그것은 그런지가 아니라 재즈니까. 사랑을 상품으로 희화화시키는 시대가 시작된 것이다. 그때 알아차렸어야 했다. 이 자본은 재생산이 불가능한 믿음을 연료로 하고 있구나. 이제 남은 화석연료는 몸뚱이와 꿈밖에 없겠구나. 정작 코베인은 유서에 자신이 사랑했던 사람을 '여신'이라고 썼으나 그마저 음모론으로 부풀려 재생산되었고, 그의 죽음은 1980년을 연 '혁명가 음악인이었던 존 레논(John Lennon)의 사망'에 비견되었다. 살아남은 그의 애인은 풍문 속에서 요코 오노의 자리를 떠맡아야 했다.

　불과 몇 년 사이에 테이프는 CD로, CD는 MP3 음원으로 대체되었다. 록 스타는 여전히 록 스타였고, 음악은 음이라는 시니피앙을 향유하며 사람들을 낱낱으로 사로잡아 장르를 만들어 갔다. 비퍼가 씨티폰이 되고, 씨티폰이 모바일로 대체되는 순간에도 음악은 음악이었고 스타는 스타였다. 컴퓨터의 CPU는 386에서 586이 되고, PC 통신이 인터넷으로 대체되는 순간에도 삶은 삶 그대로였다. 테크놀로지는 순간순간 진화하며, 미래에서 날아와 현재를 두 동강 내는 혁명을 선보이고 있었던 셈이다. 그것을 집어삼키고 유통시키기에는 '욕망의 시장'은 순정했다고 써야 옳을까? 이상(李箱)이 쓴 대로 그것은 인간의 마음속에 존재하는 묵직한 돌덩이와 같은 것일 테다. 역사를 하노라고 누군가 밤사이 길 한가운데 버려두고 간 돌덩이 말이다. 길이 뚫리건 말건, 그 길 위를 달리던 마소가 KTX가 되건 말건 돌덩이는 움직이지 않는 것처럼 구르는 동시에 그 자리를 지킬 것처럼 보이지 않는 속도로 풍화하고 있었던 셈이다.

　1990년, 시애틀에서 이세 막 활동을 시작한 록 그룹의 프론트맨이 죽는다. 사인은 역시 약물 과용. 앤드류 우드(Andrew Wood)는 마

더 러브 본(Mother Love Bone)에 생채를 입히던 인물이었다. 그는 뼛속까지 록 스타였고, 록 스타의 순정한 광기로 삶을 채우다 죽었다. 두 번째 죽음이다. 그 자리를 중저음의 목소리를 가진 수줍은 소년 이미지의 에디 베더(Eddie Vedder)가 대신하면서 펄 잼(Pearl Jam)이 결성된다. 스타가 되어 간 자신의 삶을 못 견디며 죽음을 순정함으로 만들어 낸 이가 커트 코베인이었다면, 스타의 삶을 뼛속까지 아로새기며 자신의 포즈를 순정함으로 바꾼 이는 앤드류 우드였을 것이다. 그들이 자의로 선택한 죽음은 테크놀로지가 아무리 변신에 탈피를 거듭해도 바뀌지 않는 인간의 허무, 허무를 들여다보며 자각하게 되는 진정함을 얼핏 보여 준다. 무엇에 부닥쳐도 실패할 수 없는 시대였으니 별빛이 만드는 지도도 없었고, 지도가 없으니 동경도 없었다. 젖과 꿀이 차고 넘치다 못해 차라리 썩히고야 마는, 자본주의가 승리의 개가를 울리던 시대였다. 어쩌면 나는 싸울 게 없으니 질 수도, 실패할 수도 없는 세대로 1990년대를 넘어온 것일 수 있다.

닥터 마틴, 헐렁한 체크무늬 남방, 찢어진 헐렁한 청바지, 아무렇게나 기른 머리카락, 어깨에 걸친 커다란 농구 가방. 저 패션 속에서 '국뽕' 시절의 강제된 연대감을 찾기는 힘들다. 조금 커도 좋고, 조금 찢어져도 좋고, 숫제 성별이나 나이 따위와 무관한 걸치장은 역설적으로 개성을 도드라지게 만들었으니 말이다. 그러니 되는대로 몸에 걸쳐서 스타일을 만들어 내려는 미학적인 의지가 개성을 추동했을 수도 있다. 지배소(Dominant)는 하나로 족하고, 그것은 바로 나 자신이라는 생각, 그렇게 만들어진 개인들에게는 집적되는 시간으로 기억될 역사는 무의미했을 수도 있다. 해년마다 학원자주화투쟁을 한다고 총장실을 점거해도 등록금은 천정부지로 올랐고, 해년마다 출정식이면 대학생이 하나씩 죽어 갔다. 정치에 미래는 없어 보였고,

그나마 남은 해방구였던 대학은 학부제를 시행하며 시장에 백기투항을 감행하고 있었다. 지도받을 선배가 없었던 세대에게 선배는 1987년 이전 '전설' 속의 서사였고, 후배는 미래에 강탈당했다고 써야 할까? 이건 모두 사후 작용이다. '우리'나 '세대'라는 말로 대체하기에 그 시절의 나는 강하고 아름답고 다채로운 에고들 가운데 하나였고, 내가 발을 디딘 자리마다 스탠스는 확고했지만 시야는 희미했고, 허무한 내면을 다 비워 냈으니 끊임없이 차오르는 정념으로 충만했다. 굳이 글로 쓰자면, 그건 미래 없는 희망이었다.

1991년 사운드 가든(Sound Garden)과 펄 잼의 멤버들이 모여서 죽은 자신들의 친구 앤드류 우드를 추모하는 음반을 발매한다. 프로젝트 이름은 'Temple of the Dog'. 히트한 싱글은 「Hunger Strike」. 저마다 다른 개성을 진정성으로 포장해 주는 것만 같았던 그런지 룩에도 치명적인 약점은 있었다. 디올도, 제이콥스도 고가의 상품으로 대중화시키지 못한 이유는 바로 이것이다. 다른 모든 유니폼들과 마찬가지로 그런지 룩이 모이면 저마다 엇비슷한 넝마를 걸친 모양이라는 것. 결국에 그들 각자의 개성을 도드라지게 만들었던 것은 그들의 몸놀림과 표정이었다는 평범한 사실. 허무와 희망을 섞어 놓은 직선적인 내면의 함성은 'X 세대'라고 통칭되는 이들에게 덧씌워진 냉소의 철학에 불과했을 수도 있다. 작게, 작게 소집단을 만들어서 자신만의 '그룹'을 이어 가는 실험이 시작되었던 것일 수도 있을 것이다. 이념과 모토로 시작된 유구한 역사를 지닌 학원의 동아리들이 해체되기 시작하던 것도 1990년대 후반의 변화 가운데 하나였다. 종교도 없는 내가 속한 동아리는 SCA라는 기독교 동아리였는데(무려 1948년에 생긴 동아리였다) 결국 그 동아리의 묵직한 나무 간판은 별다른 활동도 하지 않았고 소속감도 없었던 내 손으로 내렸다. 함께 모여서 무언가를 상기한다는 것. 그것은 나도 모를 지식의 근원일까? 우리도 모를 연대의 씨앗일까?

1996년 이후로 앨리스 인 체인스의 보컬 레인 스탤리(Layne Staley)는 신(Scene)에서 자취를 감춘다. 스탤리는 그가 구입한 아파트 건물에서 나오지 않았다. 그가 위임한 자산 관리인에게서 정기적으로 수표를 끊어 생활비를 충당했고, 밴드의 베이스를 맡았던 마이크 스타(Mike Starr)가 이따금 스탤리의 집에 들르곤 했다. 2002년 4월 스탤리는 자신의 집에서 죽은 채로 발견된다. 190㎝에 가까웠던 그는 40kg이 채 안 되는 몸무게였고, 사인은 'overdose' 약물 과용이었다. (나는 지금 1990년대 음악 잡지의 '스캔들 기사'를 흉내 내고 있다.) 사망 직전에 스탤리의 아파트에 마이크 스타가 들렀다. 스탤리는 중독으로 이빨과 머리카락이 거의 빠졌고, 간과 내장의 기능은 거의 멈춘 지경처럼 보였다. "어젯밤 꿈에 뎀리(Demri, 요절한 스탤리의 애인)가 다녀갔어. 마이크, 조금만 더 있어 줘." 경찰은 사체가 심하게 부패된 것으로 보아 죽은 지 2주는 지난 것으로 보인다고 공식 발표했다. 몇 년 후에 마이크 스타 역시 약물 과용으로 세상을 떠난다. 이 죽음이 자신이 마지막까지 지키고자 했던 사랑에서 연유한 것이라면, 2002년 4월에 발견된 한 록 스타의 '자살'은 지난 시절의 완전한 끝을 선언하는 사건으로 기록될지도 모른다. 숨 막히도록 지독하고 느린 자살.

더 이상 어떤 부고에도 상실감을 느끼지 않는 나이가 되었다. 이제 내게 다른 이의 죽음은 지금-이곳의 삶을 조금 조였다 풀어 주는 힘줄 같다. 육친의 죽음이라 할지라도. 2015년 12월 3일 스콧 웨일랜드(Scott Weiland)가 죽었다. 약물 과용. 장소는 미네소타 블루밍턴 인근에 있던 투어버스 안. 스콧은 자신의 밴드 와일드어바웃츠

(Wildabouts)와 신보 발매 투어 중이었다. 스콧은 2015년 초부터 미국 소도시들과 영국을 오가며 공연을 펼쳤다. 스콧 웨일랜드 앤 와일드 어바웃츠(Scott Weiland & Wildabouts)의 공연은 (외지의 평을 빌리자면) '술 취한 악당 삼촌의 가라오케 난장'과 같았단다. 1990년대 초반 스톤 템플 파일럿츠(Stone Temple Pilots, 약칭 STP)의 프론트맨으로 활동하던 당시의 거칠고도 섹시하면서도 애잔함을 불러일으키는 묘한 중저음 보컬은 오간 데 없었다. 불량스럽게 다리를 흔들고, 마이크 스탠드를 기울이며 흔들어 대면서도 묘하게 균형 잡힌 역동적인 퍼포먼스도 없었다. 솔로 앨범 『12 Bar Blues』(1998)에서 들려주었던 안정적인 화음 위에 불안하도록 화려한 멜로디를 얹은 두꺼운 리듬감은 찾기 힘들었고, 그가 그토록 사랑했던 크리스마스 시즌의 노래만을 모은 『The Most Wonderful Time of the Year』(2011)에서 들려주던 풍부한 성량도 날아가고 없었다.

죽은 후에도 STP의 상징으로 기억되는 웨일랜드를 생각하자면, 폭발하듯 질주하던 에너지로 가득한 시애틀 그런지 록 신(scene)에 등장한 캘리포니아 샌디에이고 출신의 밴드라는 이질적인 오라(aura)를 떠올리게 된다. 맞세울 근거를 찾기 힘든 두 개의 시간이 만나서 일으키는 화이트 노이즈. 그것은 내게 1990년대와 2010년대의 거리감으로 다가온다. 죽어도 20년 전에 죽었어야 할 젊은 날의 아이콘 가운데 하나가, 마흔여덟에 지난 세기의 낭만과 향수가 다 기화하고 없는 대기 가운데서, 지난 세기의 록 스타들이 죽어 간 방식 그대로 죽었다. 웨일랜드의 부고를 접하고 한동안 마치 내가 웨일랜드의 죽음이라는 꿈을 꾸고 있는 것처럼 여겨졌다. 1990년대의 헛된 부활과 재림을 다시 목격하는 것처럼 웨일랜드의 거친 웅일거림이 이명을 거듭했다.

시간이 흘러, 사운드 가든의 리드 보컬 크리스 코넬(Chris Cornell)도, 펄 잼의 리드 보컬 에디 베더도 어쿠스틱 기타 한 대만 들고 공연을 벌이며 21세기를 시작한다. 적어도 그들은 자신들이 영문을 모르고 세계적인 스타가 되어 버렸을 때, 스타가 된 자기 스스로 부끄러워했고, 그런 그들을 팬과 갈라놓는 대형 기획사와 음반사의 협잡에 노골적으로 저항하기도 했다. 동정도, 동경도 없었는데 근거 없는 희망이 난무하던 감상의 풍요로 얼룩진 저 1990년대 초반의 방식 그대로 세상을 떠나는 일은 무언가? 역사에 포박된 현실에서 단숨에 스스로 잘려 나가듯이 이탈하는 죽음이다. 모든 죽음은 생경하고 또 낯설다. 죽음까지 꿰뚫고 들어간 현재를 갈구하던 이들의 삶 역시 낯설기는 매한가지다. 크리스 코넬은 1964년생이니 오십 대 중반이 되었다. 사운드 가든은 잠시 재결합했었다. 몇 년 전, 에디 베더가 우쿨렐레를 들고 바위 위에 앉아서 펄 잼 시절의 곡을 다시 부르는 모습을 보았다. 흰 머리카락, 깊게 팬 주름, 낡은 그런지 룩. 펄 잼은 재결합했다.

생각해 보면 '우리'는 함께 고상하게 1990년대를 건너 2017년까지 여행해 왔다. 불행한 열정과 희망 없는 사랑을 모두 경험한 다음에 시를 쓰고 노래를 불렀다. 물론 우리가 서로 필요하다고 생각될 때에는 우리만의 무대를 만들어 잠시 활동하기도 했다. 내가 아직 스무 살이었던 1996년에는 그 시절이 결코 역사에 기록되지 않으리라 여겼다. 그것은 문화지리학의 어느 좌표 위에도 점을 찍지 못할 것만 같았다. 자잘하지만 주체하기 힘든 열정들은 역사에서 잘려 나간 세대의 '상수(常數)' 같았다. 물론 그 시절에 부여받은 이명은 대개 '신(新)-'이거나 'X-'였지만 말이다. 시간이 지났으니 이렇게 쓸 수도 있겠다. 역사가 잘라 낸 것만 같은 내면은 있을 수 없다. 그것은 오히려 진정한 삶을 도려낸 역사의 간지일 뿐일 수도 있다. 주제를 무겁게 끌고 갔다. 글이 비감해지는 것을 원치 않았지만 이렇게 끝내게 된다. 어쨌든 천천히 조금씩 현재에 익숙해져 가며 나이를 먹어왔고, 이제 마흔하고도 하나가 되었다. 나는 여직 젊은가? 1990년대가 조로(早老)했다면, 2017년의 나는 여직 젊을 테다. 반대라면?

후기: 이 글이 실린 지면이 출간되고 얼마가 지난 2017년 5월 19일, 펄 잼 파 C 형에게서 문자를 받았다. "…… 근데 크리스 코넬이 죽었단다." 크리스 코넬(Chris Cornell, 1964.7.20-2017.5.17), Rest in Peace, Chris.

후기: 2019년 3월, '21세기 음악사'는 문을 닫는다. 우리의 21세기 음악사 대표, 고(故) 황순명 님의 명복을 빕니다.

청동 시대 또는 젊음의 아포리아

1870년 로댕은 프로이센-프랑스 전쟁에 참전한다. 제대 후에 벨기에 브뤼셀에서 건축에 장식물을 만드는 직공으로 연명한다. 1875년 10월 이후 로댕은 오랫동안 구상해 왔던 남자 누드를 만들기 시작한다. 1876년 이탈리아 여행을 하면서 미켈란젤로의 작품들을 보고 돌아온다. 로댕은 벨기에 출신의 군인인 오귀스트 네이를 모델로 전신 조각을 만든다. 이 조각은 1877년 살롱전에 출품되지만 '살아 있는 사람을 모델로 했다는 이유'로, '살아 있는 사람과 지나치게 유사하다'는 이유로 혹평을 받는다. 작품의 원래 제목은 '정복당한 자' 또는 '자연에 눈을 떠 가는 사나이'였지만 후에 '청동 시대'라는 제목으로 개작된다. 작품의 크기는 180㎝로 건장한 남자의 실제 크기와 비슷하다.

작품에 영향을 준 첫 번째 요인은 미켈란젤로라는 거장의 입김일 것이다. 명암과 요철, 진흙으로 빚은 듯한 근육의 미세한 떨림은 마치 살아 숨 쉬는 인간의 숨결을 전해 주는 듯하다. 결정적인 순간으로 발돋움하려는 찰나의 인간이 내뿜는 호흡이 브론즈 주변을 에워싸고 있는 듯하다. 살아 있는 남자의 누드를 만들겠다는 다짐은 '작품의 진릿값'에 가깝도록 조각을 만들겠다는 작가의 의도를 추동했을 것이다. 그러니까 이 작품은 작가가 가져야 할 세계에 대한 인식의 태도를 드러내며, 바로 이 지점에서 미학적인 시야를 선취한다. 세인들의 무지는 비평적 시야를 선취한 작가의 명

로댕, 「청동 시대」
(Metropolitan Museum of Art)

민함을 돋보이도록 만든다. 로댕은 작품을 출품하기 위해 제목을 '청동 시대'로 고쳐 달고, 주물 틀과 작업 과정을 지켜본 친구의 보증서를 곁들인다. 한 작가가 선취한 비평적 시야는 작품과 평가가 보이는 낙차에서 공감을 얻거나 불안에 휩싸인다. 그러니까 작가는 언제나 작품에 앞서서 자신만의 미적·정서적·인식적 깊이를 담보하는 비평적 시야를 선취해야 하지만, 그것은 글로 쓰이거나 말로 발언되는 것보다 더욱 분석적인 '이론'을 내장해야 한다. 로댕은 아직 스스로 만든 '비평적 시야'와 '예술적 의도' 사이에서 갈팡질팡하고 있었을 수도 있다.

작품을 제작할 당시 로댕의 나이는 37세였다. 그는 전쟁에서 살아 돌아온 후였다. 1차 대전으로 전쟁의 양상이 현대전으로 바뀌기 이전, 세계대전 50년 전의 전쟁. 민족의 개념에 대한 계몽주의적인 발

언들이 난무하던 무렵이다. 이제 막 발표된 진화론이 논쟁의 씨앗을 싹틔우기 직전이었다. 제국의 질서가 만들어지기 시작하던 무렵이었고, 자연과학의 발견들이 물리학과 화학의 영역으로 폭발하기 직전이었다. 과학의 시대였고, 회화의 시대였고, 시의 시대였다. 무수한 충돌들이 빚어낸 하루하루 속에서 긴장과 불안이 넘쳐나던 시기는 2차 대전에 이르는 100년 동안 이어진다. 전쟁의 시대였고 전쟁광의 시대였다고 쓸 수도 있으리라. 이러한 시대에 어울리는 예술이란 언뜻 생각하기에도 날카롭고 응집력이 있는 '형식감'을 갖춘 작품들에 걸맞지 않겠는가. 일상을 넘어서는 특이하고 또 괴이하고 생생한 이미지들이 삶의 다양한 모습을 보여 주기에 맞춤했을 수 있기 때문이다. 우아한 직관을 보여 주면서도 낭만적인 호소력을 뿜어내는 팸플릿과 도록과 타블로이드 판형의 신문과 잡지들이 제공하는 정보들은 작품의 시선과 작가의 시선과 향유자의 시선을 적당히 벌려 놓을 수 있었으리라. 여기서 비롯되는 간극을 객관적 거리라고 해도 좋고, 오해와 편견의 실마리라고 해도 좋을 것이다. 전쟁의 경험은 예술적 긴장이 태어나는 조건에 대해 다시 생각할 기회를 제공했을 것이다. 일상에서의 긴장과 전시에서의 긴장은 다르다는 것이 첫 번째 문제다. 어떠한 조건이 제공되면 노이로제와 히스테리가 폭발적으로 발현되며, 그때 인간은 그전의 인간과는 다른 사람이 되기 때문이다. 극심한 포격과 육탄전이 벌어지는 '삶' 속에서의 긴장은 마치 근육을 뚫고 나올 것만 같은 피톨들의 질주로 묘사되기 일쑤다. 노이로제의 시대 속에서의 평상심이란 무엇인가? 로댕의 비평적 시야는 바로 이 지점을 궁구하고 있는 것처럼 보인다.

작품의 원래 제목은 '정복당한 자' 또는 '자연에 눈을 떠 가는 사나이'였다. 완벽한 사실성을 구축하는 이 작품은 시대를 초월하는 젊은이의 초상이다. 이 자가 처한 젊음의 상태는 전쟁과 다르지 않다. 젊은이가 맞서 싸우는 것들은 바로 이 세계 자체가 품고 있는 모든 참화와 불화의 근본 조건들인 수가 많은 까닭이다. 다소간 어이없고 무모한 싸움일지라도, 돈키호테와 풍차의 결투라 할지라도 젊음은 삶을 어떤 토대에 고착되지 않은 유동적이고 불가해한 하나의 상태로 바라볼 힘을 제공하기도 한다. 젊음이 악전고투를 벌이는 지경에 눈을 돌리고 보면, 거기에는 우리가 모두 왕왕 놓치고 있었던 어떤 진실이나 애써 외면하고 억눌러 왔던 욕망이 전장(戰場)을 드러낸다. 분명 거기 그렇게 있었고 있을 터인데, 모두가 눈뜬장님이 되어 보지 않으려 했던 삶의 광경이 펼친다. 이 지점에서 젊음은 삶의 아포리아와 맞서고, 예술(시)은 젊음이 선취한 비평적 시야에 늘 빚을 진다. 로댕의 청동 시대의 젊은이는 저 아름다운 육체를 뽐내고 있지만, 결정적인 한순간 삶이라는 아포리아에 잠식된 존재다. 이 젊은이는 이제 비로소 '불안한 존재'로 거듭난 것이다. 그는 악무한으로 진전하는 젊음의 아포리아에 정복당한 자다. 예술(시)은 젊음의 아포리아에 귀를 기울이면서 한 단계 한 단계 진전하는 것처럼 보이는 것이 사실이다.

어딘가로 막 걸음을 디디려는 이 젊은이의 모습에서는 신인(神人)의 기미가 엿보인다. 이 젊은이는 고작 60㎝×60㎝의 작은 받침대를 디디고 있다. 자신의 존재가 자신이 디디고 선 토대를 압도하는 지경이다. 작고 보잘것없고 의미조차 없는 연약한 토대다. 이 자는 젊음이라는 상태에 압도되었기에 스스로 자신의 에고가 우주의 무게보다도 무겁다는 것을 어렴풋이 느끼고 있다. 자아가 세계보다도 큰 상태는 바로 비극이 태어나는 조건이다. 이렇듯 섦음의 아포리아는 누구나 한때 인생을 걸고 덤벼들어야 할 비극의 작동 구조를 드러내기도 한다. 젊은이는 해결할 기미와 낌새조차 없는 불가해한 방향으로 불가능성을 가능성으로 걸머진 채 첫걸음을 디디려 한다.

이제 그가 어디로 가는지는 중요하지 않다. 그가 걸음을 떼었다는 사실이 중요할 뿐이다. 이 젊은이의 발걸음 속에서 공포는 매 순간 스스로 발언한다. 젊은이에게는 공포가 스스로 발언한다는 사실을 아는 것과 불안에 사로잡혔다는 것을 막연히 느끼는 것이 오롯이 같은 느낌으로 다가온다. 이 사람 앞에 선 모든 것은 미지(未知)다. 젊은이는 눈을 감고 있다. 알 수 없는 것으로 익히 알아 왔던 것을 부정하고 재구성한다. 미지와 기지(旣知)가 전도되었다. 젊은이는 기억에 의존해서 말하지 않는다. 감은 눈으로 걸음을 준비하는 이 젊은이는 머리에 오른손을 비켜 올리고 왼손은 힘없이 들고 서 있다. 묵언과 침묵이 지시하는 미지의 목적지를 갈구하는 듯 보인다. 공포의 발언을 자신의 내면으로 무겁게 가져올 남은 힘이 허락된 시대였나 보다. 그래서 이 조각의 다른 제목이 자연에 눈을 뜬 사나이였던 것이겠지. 자연이라는 미지, 비정형, 비규정성으로 가득한 불가해에 눈을 뜬 사나이가 느끼는 불안, 거기서 비롯된 공포가 저 스스로 말을 건네 오는 목소리에 귀를 기울이려는 듯 눈을 감고 발걸음을 내디디는 찰나의 도약.

그러나 과연 이 시대의 시가 불안과 도약의 기미를 제 안에 갖추고 있는가. 아니 이런 자조를 쓰기 전에 저 '미지에 정복당하고 비규정성에 눈을 떠 가는 사나이'가 살아남아서 온전한 시인으로 예술가로 스스로 자신을 써 나갈 수 있는 시대인가. 이런 물음들은 너무도 케케묵어서 목에서 가래침이 다 끓어오를 지경이다. 내가 읽은 한국 문학에서 저 청동 시대의 젊은이는 1960년대의 젊은이였고 이성복의 등장과 함께 죽어 버린 것만 같다. 청동 시대의 젊은이가 보여 주는 예술가의 현재성, 개성, 주체성이라는 덕목도 그들이 선취한 비평적 시야와 더불어 잊히고 사라진 가치로 전락한 느낌이다. 물론 잘못된 개성, 빠져 사는 삶, 허위의식에 대한 가열한 폭로는 뜨겁다. 어딘가 우리가 모르는 곳에 디스토피아가 있었던 시절에는 젊음의 아포리아에 좌초하고 침몰하는 악전고투가 그 자체로 '저물면서 빛나는' 광휘를 보여 줄 수도 있었으리라.

초현실적인 일상, 조작되는 것만 같은 집합적인 흥분, 명명백백한 허위와 공포, 지시 대상이 불분명한 반성과 독재가 횡행하는 사회에서 젊음뿐만 아니라, 시인이 선취해야 할 비평적 시야마저도 아포리아에 직면한 것만 같다. 디스토피아가 지나치게 가까이 있다. 시가 가져야 할 저 젊음의 아포리아, 그 속에 갖춘 수많은 '무기와 악기'들이 거추장스럽게 느껴질 정도이니 말이다. 이제 소용을 다한 무기들을 버리고 필살기 하나만 구비할 것인가, 아니면 악기에 어떤 앰프를 달아 악다구니를 증폭할 것인가가 그나마 유효한 선택지 가운데 하나인 것처럼 보인다. 스스로 자신의 작품을 들여다볼 수 있는 조건은 희미해졌고, 작품이 열어젖히는 시야는 폐색되기 일쑤다. 이제 더는 누구도 자신의 육체를 완전하게 볼 수 없기 때문이다. 어쩌면 이 시대를 살아가는 시인들에게는 지각기관인 눈 그 자체가 지각 대상 전체에 속하는 것처럼 보인다. 저 명명백백한 지각 대상 전체에 지각기관 전체인 눈이 함몰된 것처럼 보이기 때문이다.

시인이여, 그대는 여전히 '– 이후'를 꿈꾸는가? 그대의 물음표가 젊음의 아포리아를 향하기를 진심으로 바란다. 그것이 당분간 나의 과제이기에 그대의 시는 적어도 나에게는 유효한 세계상의 아포리아로 느껴질 것이다. 그것이 비록 요령부득의 수수께끼일지라도 말이다. 나는 이제 더는 전광석화와 같은 기타 리프, 면도날로 긁어내는 듯한 절규의 애드리브를 듣지 않는다. 나는 이미 김승옥의 1964년보다 더 나이를 먹어 버렸다. 나는 이제 이성복의 금촌과 모래내를 주름잡던 '아버지 개새끼'에 가까운 모습이 되었다. 누가 나에게 삶을 우려내는 평전과 직관적인 미문으로 점철된 시대의 아포리아를 던져 다오. 그대는 여전히 이상 이후를, 김수영 이후를, '뒹구는 돌' 시절의 이성복 이후를, 기형도 이후를 꿈꾸는가? 그들은 죽었고, 죽어서 현재를 살고 있다. 집에 가서 김수영을, 이성복을, 기형도를 찢고, 컴퓨터를 불태우고, 시집을 모조리 찢어발겨라. 우리는 아포리아를 건너뛸 젊음을 살기에 절규가 부족하다. 기껏해야 포즈로 전락한 절규를 쓸 뿐일 수도 있다. 서로가 낱낱의 작품으로 소중하지만, 서로가 서로에게 미지의 아포리아가 되는 시대는 이미 끝났다고 쓴웃음을 짓는 데 익숙해졌기 때문일 것이다.

부디 웃음을…….

제2부 안/팎

헤지라 이후, 끝없는 노래의 길

　2005년 9월, 팔레스타인 시인들을 만났다. 그들은 남성 둘이었다. 신촌의 어지러운 토요일 저녁, 어느 몽환적인 카페. 카펫이 깔린 바닥에 좌식 테이블. 군데군데 커다란 쿠션들. 벽면엔 어지러운 '춘화(春畵)'들. 천장에서 하늘하늘 흩날리는 붉은 잠자리 날개 커튼들. 내게 에스오에스를 친 선배는 특유의 쾌활함이 싹 가신 무표정이었다. 침묵. 이쪽은 이삼십 대 혼성으로 시인 여섯. 더듬더듬 말을 이어 갔다. 'Shin Dong Ok'이라고 써 건네자, 그쪽은 아라비아어로 큼직하게 내 이름을 써 돌려준다. 아라비아 말의 기하학적인 곡선의 율동을 처음 읽은 순간이다. 찰나의 감광(感光)이 유쾌하고 또 개결하게 이어지는 밤이었다. 시를 이야기하기 전까지는. 그들이 하지 말았어야 할 말은 이렇다: "한국의 시문학사는 중국의 시문학사에 종속된 것이 아닌가? 아직도 벗어나지 못하고 있고. 한자문화권 가운데 한국의 역사는 고작 100년 이쪽을 빼고는 중국에 정신까지 빚진 것 아닌가?" 화가 났다. 서로의 문화에 대해 캄캄하게 무지한 상태에서 대화는 대치 국면으로 들어갔다. 분노하고 해서는 안 될 실수를 한 것은 내 편에서 더욱 무참했다: "나는 코란을 취미로 읽는다. 당신들의 노래는 당신들의 노래로 남아 있을 뿐 아닌가. 당신들은 왜 여기에 있는가? 당신들은 가자(Gaza)의 경계 벽에 벽보시를 붙이고 있어야 할 젊은이들이다." 서로의 시를 짧은 영어로 자가 번역하면서까지 대화를 이었다. 「제망매가」를 번역하려고 '짱구'를 굴리다가 풋, 웃음이 터지고 만다. 우리는 시를 통해 다시 하나가 되었다. 시인들이 이렇다. 스스럼없다. 그날의 치기를 생각하면 여태도 손바닥에 땀이 고인다. 젊은 팔레스타인 시인들의 맑은 눈동자가 기억에 남는다.

젊은 팔레스타인 시인들이 가장 많이 쓴 단어는 '노래(song)' '부족(tribe)' '역사(history)'였다. 노래와 부족과 역사는 그들이 지금 어디에 있건 인류 문명사 만년의 형극과 질곡을 고스란히 일깨운다. 노래와 부족과 역사는 비로소 칼날 같은 각성으로 매 순간 자신을 일깨우는 계기로 작용할 것이다. '유랑'이니 '디아스포라'니 얘기해도, 그 팔레스타인인들의 영혼(그들은 이 단어도 자주 꺼냈다)과 심장에 아로새긴 감각과 정의까지 다 담을 수는 없을 것이다. 그들에게 헤맴이란 역사의 완결이자 노래의 아름다움이자 부족(아랍)의 정의의 과정인 것이다. 이것을 정의의 실현이라 이르면 그들이 아담에게 꿇어 엎드려 하는 말을 헤아릴 수 있다. "저를 헤매게 하였기 때문에 저는 당신의 바른 길에서 인간들을 숨어서 기다리겠습니다. 그리고 앞에서 뒤에서 오른쪽에서 왼쪽에서 그들에게 쳐들어갑니다. 그렇게 하면 당신은 그들의 대다수가 감사하는 인간이 아닌 것을 알게 될 것입니다."[1] 마흐무드 다르위쉬의 시선집 『팔레스타인에서 온 연인』(아시아, 2007.11)을 읽으며 코란의 몇몇 기도의 음성을 노래의 근음(根音)으로

들은 것은 우연이 아니다. E. 피츠제랄드의 영역으로 유명한 오마르 카이얌의『루바이야트』의 영혼의 깃대의 펄럭임을 들은 것은 우연이 아니다. 잘랄 앗 딘 루미의 도저한 신비주의의 일자성(一者性), 그 비밀스러운 시원을 느낀 것도 우연이 아니다.

노래와 부족과 역사와 개인의 영혼, 이것은 이슬람력 제1년의 시작인 622년 7월 16일, 헤지라 이후에 지금 이 순간까지 아랍을 사로잡는 삶의 주제일지도 모른다. 다소 과장된 것처럼 보이는 이런 생각은 다르위쉬를 위시해서 그 이전에 바드르 샤키르 알 샤이얍, 압둘 와합 알바야티와 다르위쉬와 동시대에 속하는 아도니스를 묶어 읽는 공통되고 일관된 특징이다.[2] 그들에게 역사는 인류의 기원과 더불어 시작된 역사이다. 종교와 신성이 문명과 동시에 시작된 발원지로서, 아랍이 그들의 땅이기 때문이다. 어쩌면 그들이 가꾸어 온 삶 전부가 무의식과 DNA에 새겨져 있어서, 그들에게 역사는 '하나의 일체화 과정'에 다름 아닐 거라는 가정도 가능하다. 그렇다면 물리적인 국가는 무엇인가? 물리적인 국가는 역사의 과정에서 일의적으로 스치는 토대에 불과하다.

우리는 우리의 살로 이루어지지 않은 한 나라로 간다.

그 밤 나무들이 우리의 뼈로 이루어지지 않은. 그 바위들이 산(山) 노래의 염소들이 아닌. 그 자갈들의 눈이 붓꽃이 아닌.

우리는 우리 위에 우리만의 해를 걸어 주지 않는 나라로 간다

---

1 『쿠란』, 「고벽(高壁)의 장(章)」, 〈메카 계시 전206절〉.
2 임병필 역, 『걸프만의 이방인』, 화남, 2005는 바드르 샤키르 알 샤이얍, 압둘 와합 알바야티, 아도니스 세 사람의 시선집이다. 다르위쉬의 시집과 함께 읽기를 권한다.

신화 속의 여인들 우릴 위해 박수를 친다: 우릴 좋아하지 않는 바다,
우릴 좋아하는 바다

당신들에게 밀과 물이 떨어지면, 우리의 살을 먹고 우리의 눈물을
마셔라

검은 손수건들은 시인들의 것. 줄지어 대리석 조상(彫像)들은 우리
의 목소릴 높여 줄 거다

우리 영혼을 세월의 먼지에서 지켜 줄 탈곡 마당. 우릴 좋아하지 않
는 장미, 우릴 좋아하는 장미

당신들에겐 당신들의 영광이, 우리에겐 우리의 영광이. 아! 보이지
않는 우리의 비밀만을 볼 수 있는 나라

―「우리는 한 나라로 간다」 부분

조국(祖國)이라는 단어가 적확할 것이다. '우리'라는 복수 일인칭
의 살로 이루어진 나라. 우리의 뼈로 일어선 나무와 숲. 바위는 염소
로 더불어 노래를 품고, 자갈은 붓꽃으로 더불어 눈을 뜨는 나라. 조
국은 이처럼 규정이나 고착을 벗어나 미끄러지며 재정의되는 명사
들의 집적이다. 조국은 호명으로 완성되는 어떤 경지 형태의 내면
에 불과하다. '우리'라는 인칭은 항용 아랍의 다른 이름이 되고, 이는
'꿇어 엎드리는 자(코란에 따르면 꿇어 엎드리는 자는 천민이다, 깨달음 앞에 놓
인 자)'이자 노래하는 자인 시인에게는 단수이자 복수인 일인칭이 된
다. 시인에게 조국이라는 낱말은 이렇게 기능한다: "나는 법칙을 깨
기 위해 피의 법정에 적합한 모든 말을 배웠다./나는 모든 말들을
배웠다, 그리고 오직 하나의 어휘를 조립하려고 그 말들을 해체했
다/그것은 조국……"(「나는 거기서 왔다」).

18세기 계몽주의 이후 문학을 나누는 어떤 세목들에는 '무슨 무

슨 주의'니 '무슨 무슨 이즘'이니 갈래가 생긴다. 당대가 당대를 인식하기 시작하는 순간, 이전과 이후는 분리된다. 불연속이 시작된다. 지금을 지금이라고 인식하기 시작하는 순간, 뇌 속에서 해마(hippocampus)는 기억이라는 창발적인 오독의 집적을 '기능하기' 시작한다. 언제가 되었든 처음으로 문학에 '주의'나 '이즘'을 붙인 그 당대의 문학은 처음으로 불연속을 인식한 것이다. 봉합할 수 없는 또는 봉합을 거부하는 단절이 아니라, 연속을 전제로 한 불연속을 인식한 것이다. 이때 쓰이는 문학은 이상이나 사념, 감성이나 감정, 행복과 충일함의 추구, 희망과 완성, 이 모든 것들의 재배치와 통합을 위해 기능한다. 또는 그 역을 위해 기능했다. 가정이 이럴 때 문학이 추구하는 아름다움은 불연속에 대한 대처와 사념에 불과하다. 미추(美醜). 문학이 쓰는 자와 읽는 자에게 끼치는 영향은 이러한 기능성에서 출발한다. '아도니스의 낭만성', '다르위쉬의 모더니즘'…… 이런 비평적 분류도 문학의 '진화'에서 세목을 빌려 보다 눈 밝은 감식안을 제공하고자 하는 방편일 것이다. 이러한 문학사적인 방편이 하등 소용이 없어지는 지점이 바로 노래가 태어나는 지점이다. 다르위쉬에게 노래로서의 시는 코란 이후의 모든 시가(詩歌)를 품어 안는 바다와 같기 때문이다. 코란의 '메카 계시'의 짧은 읊조림의 문장에서 포스트모더니즘을 방불케 하는 극시에 이르기까지, 다르위쉬의 시력은 폭넓고 일관된다. 그의 시는 PLO(팔레스타인 해방 기구)와 관련된 그의 실천적 행보와 상승 작용을 일으키며 그의 삶의 기저를 구성하는 것으로 보인다.

초기에 다르위쉬는 지사적 감상성에 기대기도 한다. 애초에 노래가 길러지는 사리는 "조국을 위한 조가(弔歌)"이자 "그대의 말씀"이다. 시는 "그것을 불러 보려고 애쓰"는 것이다. 이런 감상성을 빠져

나오며 "순교자와 입맞춤 그보다 더 고귀한 하나의 문장을 쓰리라:/ 그녀는 팔레스타인의 처녀였다. 그리고 아직도 그러하다!"로 나아 간다(「팔레스타인에서 온 연인」). 이때 노래하는 자로서의 시인은 선지자 다. 선지자로서의 시인은 화려함을 지닌 탁월함과 위엄을 영혼에 각 인하고 있다. 이는 노래의 특질이다. 헤럴드 블룸에 따르면 월트 휘 트먼, 페르난두 페소아, 하트 크레인, 가르시아 로르카, 루이스 세르 누다 등의 시인들에게 발견되는 광휘이다.[3] 블룸의 분류를 참고하자 면, 다르위쉬의 시가 갖는 노래성과 화려한 위엄, 탁월함과 종교성 은 이 분류에 해당할 것이다. 다르위쉬의 시에서 노래로서 시가 가 져야 할 상징적인 특징을 드러내는 단어는 '장미'다. 이슬람의 전통 에서 장미는 예언자의 피를 상징한다. 예언자의 피는 꿇어 엎드리 는 자의 이마에 떨어지는 순연한 피이자 이슬이 된다. 이 피와 이슬 은 시인의 노래의 노래성이라는 청동과 같은 상징에 덧대어진다. 문 명이나 종교를 초월하는 공통되고 일반적인 상징 말이다. 다르위쉬 는 "아무렴 그래야지……/나는 장미를 거절해야만 해/사전, 혹은 시

---

3 헤럴드 블룸은 인류 이래의 문학사상 100명의 천재의 천재성을, 카발라(Kabbalah) 와 영지주의(Gnosticism)의 주개념인 세피로트(sefirot, 카발라에 나오는 10가지 유출물과 세력을 가리키는 말, 어원 세피라) 10가지 분류의 세피라를 따오고 거기 에 5명 2조로 10명씩을 대응시킨다. 예를 들어, 여덟 번째 세피라는 '호드(Hod)' 로, 화려함을 지닌 탁월함 또는 위엄을 나타낸다. 첫째 그룹으로 월트 휘트먼, 페 르난두 페소아, 하트 크레인, 가르시아 로르카, 루이스 세르누다가 속하고, 둘째 그룹으로 조지 엘리엇, 윌라 캐더, 이디스 휘턴, 스콧 피츠제럴드, 아이리스 머독 이 속한다고 한다. 종교를 떠나서 다르위쉬의 시의 노래와 신성의 특질이 블룸의 분류에 대응한다고 여겨졌기 때문에 인용한다. 참고로 코란의 무함마드와 구약의 야훼스트는 두 번째 세피라인 '호크마(Hokmah)' 즉 지혜 문학의 인물에 속한다고 한다. 헤럴드 블룸, 『세계문학의 천재들(사람이 알아야 할 모든 것)』, 손태수 역, 들녘, 2008, pp.10-19 참조.

집으로부터 오는 장미"라고 노래한다. 이어서 "장미는 농부의 팔뚝에서, 일꾼의 손아귀에서 움튼다/장미는 전사(戰士)의 상처에서 움튼다/그리고 바위의 이마에서……"(「장미와 사전」)라고 쓴다. 예언이 실현되는 곳은 칼날같이 미분되는 이 현실의 시공간과 그 자장 안이다. 시인은 예언을 받아 적는 자가 아니라, 예언과 간섭하면서 함께 숨쉬는 자다. 시는 이때 일상적인 종교라는 아이러니에까지 이른다.

　　무엇도 나를 현실로———흙이 됐든 불이 됐든———데려오지 못한
다. 무엇을
　　할 것인가, 사마르칸트의 장미가 없다면? 무엇을
　　할 것인가, 달빛 머금은 돌로 노래하는 이들을 단련시키는
　　무대에서? 우리는 먼 바람 속 우리들의 집만큼
　　가벼워졌다. 우리는 구름 속 이상한 존재들과도
　　친구가 되었다…그리고 우리는 정체성의 땅
　　그 중력에서 풀려났다. 무엇을 할 것인가…무엇을
　　우리는 할 것인가, 유랑이 없다면,
　　그리고 긴 밤이 없다면
　　강물을 응시하는 이 긴 밤이?
　　　　　　　　　　　　—「유랑이 없다면, 나는 누구란 말인가?」 부분

「네 개의 개인 주소」라는 작품(큼직하고 또 아름다운 작품이다!)에서 다르위쉬는 "1. 감옥의 1제곱미터" "2. 어느 기차의 한 좌석" "3. 중환자실" "4. 호텔 방"을 자신의 주소로 든다. 자신의 운명에 새로운 중심을 부여하려는 기도(企圖)는 경험 속의 주소들을 일깨우는 방식으로 시작된다. 예를 들어 "1. 감옥의 1제곱미터"는 이렇게 시작된다.

"그것은 문이다. 그 뒤에 마음의 낙원이 있다. 우리 물건들은? 모든 게 다 있지만―엉망이다. 그런데 문은 문이다, 환유의 문, 이야기의 문. 문은 4월을 손질한다." 다르위쉬가 어떤 장소를 시 속에 불러들이는 방식은 이처럼, 무언가의 질서를 재구조화하려는 기도이다. 떠돎이란 단순히 휩쓸려 다니며 '흐름 위에 보금자리 친' 운명론적 체념의 자리가 아니다. 떠돎, 유랑은 그 자체로 재구조화된 중심으로 삶에 기능한다. 인용한 시에서 알 수 있듯. 그 중심은, 흙과 불의 교차로에 있는 현실이라는 지점, 돌과 노래의 교차로에 있는 무대라는 지점, 정체성–중력과 구름을 아우르는 대지라는 지점의 한가운데다. 시의 부르짖음으로 육박해 들어가며 재구조화하는 삶의 중심에는 언제나 유랑이 있다. 유랑이 진실을 가지고 전진하는 자리에 장미가 핀다. 이때 장미는 예언자의 피라는 이슬람 상징을 넘어서서 재구조화된 현실의 중심에 피어나는 초월적인 성스러움에까지 이를 것이다. 사마르칸트의 화려한 푸른 모스크와 붉은 장미의 색채 대비를 연상해 보라. 진정한 유랑은 진짜 삶에 닻을 내리는 것과 같다. 인용한 시에서 유랑의 지점은 "티그리스 강과 나일 강 사이", "파라오의 배", "사마르칸트의 장미", "몽골의 준마", "꿈의 언덕"에 이른다. 스스로 다짐하는 아픈 물음이 있기에 유랑은 "강물을 응시하는 이 긴 밤"에도 '우리는 무엇을 할 것인가'라는 근원적인 물음을 체현한다.

다르위쉬에게서 노래, 유랑, 장미, 교차점이라는 테마를 좇으며 읽는다. 역사를 묻고 부족을 묻고 인간을 물을 때 다르위쉬는 아랍인으로서 자신, 인간의 삶과 인간의 현상과 인간적 삶의 위치를 되묻고 있다. 다르위쉬의 물음은 아프리카 반도의 에메 세제르를 연상케 하기도 한다. 타자화되며 의미를 소급하지 못하고 미끄러지는 아프리카 니그로 문화의 의미를 웅숭깊게 되묻는 에메 세제르의 작업 말이다. '유랑'의 의미와 '귀향'의 의미와 '뿌리'의 의미에 기원과 관점을 덧씌울 때, 미시화하는 의미 물음의 덫에 걸려들고 만다. 그런 의미에서, 다르위쉬는 에메 세제르와는 또 다른 입장에서 아랍을 노래한다. 다르위쉬의 시에서 마지막으로 눈여겨볼 단어는 '결혼' 즉 '혼인'이다. 어떤 고통의 순간에도 다르위쉬는 "나는 꿈꿨어요 어린 나이의 결혼을/눈이 큰 여인을 꿈꿨어요"라고 고백한다(「사과(謝過)」). 그 혼인과 잔치는 전쟁의 순간에도, 전쟁이 끝나고 모두가 한데 모이는 순간에도, 꿈이 시작되고, 잠이 시작되다가, 죽음으로 파묻히는 순간에도 삶에 끼어든다. 유랑의 한 지점에서 "사랑에 겨워나 죽으면 나를 묻지 마시오/바람의 속눈썹이 내 묘지가 되게 하시오/진흙마다 내 그대의 목소리를 기르도록/싸움터마다 내 그대의 검을 꺼내 들도록" 절규하며, 결혼과 혼인에 대한 의지는 계속된다(「십자가 위의 사랑 노래」). 부족, 노래, 역사, 영혼, 각성, 유랑, 장미, 교차점, 혼인, 잔치, 총과 칼…… 이런 단어들이 한꺼번에 50년 동안 한 시인의 내면을 키우고 지켰다. 이 단어들은 다르위쉬가 압제와 통곡의 이분법을 넘어설 수 있게 하는 시적 구심점이 되었다. 끊임없이 현실, 현실, 현실이라고 노래하면서도 특칭의 현실을 넘어서는 작용점이 되기도 했다. 아라비아의 마흐무드 다르위쉬, 이렇게 불러야 다르위쉬의 50년과 앞으로도 계속될 그의 유랑의 나날을 아우를 수 있을 것이다.

억압받는 자들의 역사는 인간의 미래를 위한 행위의 모델을 구축할 수 있게 하다. 민족이나 국가라는 개념이 지배하기 시작하면서, 다르위쉬의 구상이 사라져 버렸다. 아마도 1960년대 이후, 노래하는 자로서의 시인, 예지의 피를 구현하는 시인의 의미는 낡았다는 의미에서 용도 폐기되었다. 학살과 척살이 더욱 정교하게 전술-전략 속에서 진행되기 시작한 바로 그 순간이다. 지옥과 같은 대전(大戰)의 개념이 사라지고, 더욱 정교한 소규모 전투와 국가 간 민족 간 명분과 자본을 내건 협잡으로서의 전쟁이 연옥을 TV에 재현하기 시작한 바로 그 순간이다. 자신에게 직접적이고 또 구체적이며 절박한 문제들을 통해 창조력을 발휘하는 노래의 시대는 끝이 났다. 노래는 잠시 잠깐 불렸다가 휘발되고 호출되었다 나달나달해지는 애물단지가 되었다. 다르위쉬는 바로 그 순간 인류의 역사를 역행하며, 세계 난민으로서 팔레스타인으로서 삶을 살았고, 그 유랑의 삶을 노래로 바꾸어 시를 썼다.

원고를 쓰며 「바시르와 왈츠를」[4]을 다시 보았다. 애니메이션 형식의 다큐멘터리다. 영화는 1982년 이스라엘의 레바논 침공을 다룬다. 그 잔인한 학살의 한가운데 있었던 감독 자신의 트라우마를 역추적하며 영화는 진행된다. 다르위쉬의 시를 읽고 또 읽으며, 나는 자연스레 영화 말미에 등장하는 실사(實寫) 장면을 떠올렸다. 시체들이 뒹굴고, 그 위로 파리 떼가 검은 구름을 만들고, 울부짖는 여인들, 그 뒤에 세워총 자세로 선 군인들…… 다르위쉬는 그 참화 속의 레바논에 어김없이 있었다. 1972년부터 1982년까지 그는 베이루트에 거주하면서 PLO에 깊숙이 간여했다. 저널리스트로, 문필가로, PLO 대변인으로, PLO 집행위원으로, PLO 문교상으로 활동했다.[5] 1982년을 겪고 레바논에서 PLO와 함께 축출되면서 다르위쉬의 유랑은 더

4 아리 폴먼 감독, "Waltz with Bashir", 2008.11.20 국내 개봉. 청소년 관람 불가. 다르위쉬의 시집과 함께 시청하기를 권한다.
5 송경숙, 「유랑의 삶과 문학」, 마흐무드 다르위쉬, 『팔레스타인에서 온 연인』의 해설, p.135 참조.

욱 처참한 곤경이 되어 간다. 그러면서 그의 시는 서사시, 극시로 스케일을 키워 간다. 브레히트는 '연극은 혁명을 위해 이용되어야 한다'라고 말했다. 다르위쉬에게 혁명은 아랍 역사의 현재형이 될 것이다. 아마도 다르위쉬는 이렇게 말하는 것만 같다. 팔레스타인의 시는 아랍의 역사를 위해 노래해야 한다. 노래는 부족의 일부이고, 부족은 역사의 입각점이고, 역사는 인간의 궁극에 다가서는 리허설이다.

역사는 인간의 궁극에 다가서는 리허설이다.

족쇄와 멀미를 이겨 내고 네그리뛰드 대항해
—에메 세제르의 「족쇄」에 대하여

족쇄[1]

대항해는 모든 길들을 묶고 앗아 간다

바다 안개만이 힘을 간직하고 도시를 가마 태워 항구로 이끌어 온다

그리고 그대 그대를 내 발아래 데려오는 것은 파도이다

그런데 선잠을 자는 땅거미 아래의 이 배를

나는 항상 이 배를 알고 있었느니

어깨로 허리로 나를 잘 붙잡아라

노예들이여

---

1 에메 세제르, 김병욱 역, 『시와 반시』, 1997.가을.

그것은 열기 식은 울음소리 거품

내포(內浦)의 흙탕물과 이 고통 그리고 아무것도

그곳에서 우리 둘은 옛날처럼 오늘도 끈적거리는 밤의 가운데에서

무거운 가슴으로 차곡차곡 실린 노예들

어쨌든 나의 벗이여 우리는 항해한다

배의 키질에 겨우 조금씩 멀미를 이겨 내며

에메 세제르(Aimé Césaire, 1913-2008)는 카리브 해에 자리한 앤틸리스 제도의 프랑스령 마르티니크 섬 태생의 시인이다. 브르통이 읽고 '한 위대한 검은 시인'이라며 극찬을 한 『귀향 수첩』(1939)[2]과 셰익스피어의 「템페스트」를 탈식민주의적 시각에서 다시 쓴 희곡 「어떤 태풍」(1969)으로 한국에도 익숙한 시인이다. 이 글에서 소개하는 작품은 1960년에 쓴 시집 『족쇄』의 표제작이다. 15세기에서 17세기 초반 대항해의 시대에 지금의 아시아, 아메리카로의 뱃길이 개척된다. 아프리카 서부의 국가와 섬들, 남부의 희망봉, 동부의 마다가스카르, 인도를 위시한 동양의 남부에서 '향료와 비단의 전쟁'으로 불릴 수 탈이 시작된다. 고통을 통한 자기 응시로 다가서는 흑인성은 이 시의 주제일 것이다. 이 시는 흑인들의 정체성을 왜곡하는 '노예'로서의 강요된 숙명을 보여 주고 있다. 노예라는 존재는 족쇄에 구속된

---

2 흑인들의 고통의 역사 속에서 피부에 새겨진 어둠을 넘어서는 경험을 재구성하는 이 서사시의 일부는, 1966년 김수영, 신동문, 유정 등이 편역한 『세계 전후 문제 시집』, 신구문화사, 1966, pp.147-151쪽에 이효상의 번역으로 실렸다. 이 책에서 '에메・쎄에제르'는 '佛蘭西篇' 시인 가운데 한 명으로 소개되고 있다.

처지다. 노예는 강요된 노동의 '열기'와 고통 속에서 자신이 인간임을 다시 깨닫는다. '주인들의 배' 속에서 뒹굴며 차꼬를 차고 키질을 하며 멀미를 이겨 내는 순간에 주체성을 깨닫게 된다. 그 순간은 안개가 데려온 도시 너머 어딘가 대륙과 항구 너머 파도 너머 이방의 식민 종주국 사이에서 멀미를 하고 흔들리는 수난과 고통의 순간이다. 이들은 떠날 수도 없다. 내포(內浦)를 향해 돌아오는 파도는 이들의 발을 족쇄와 상인들의 배에 붙박는다. 이들의 "무거운 가슴"에는 흑인들의 정체성 속에 도사리는 검은 대륙의 열기가 스며 있으나 이들의 울음소리는 식어 버렸다. 무거운 가슴으로 천년도 넘게 끈적거렸을 밤을 응시하는 것이다. "열기" "식은 울음소리" "흙탕물"과 "고통" "끈적거리는 밤" "무거운 가슴"의 노예로 전락한 흑인들의 정체성은 어디서 기원하는가? 흑인들의 흑인됨의 정체성, 네그리뛰드(négritude)[3]는 어디에 깃들어 있으며 어디까지 추구해야 열리는 미래인가? 세제르는 다른 시를 통해 네그리뛰드의 기원과 거처와 행로를 밝히고 있다. "나는 신성한 상처에 깃들여 있다/나는 상상 속의 조상들 속에 깃들여 있다/나는 막연한 소원 속에 깃들여 있다/나는 오랜 침묵 속에 깃들여 있다/나는 치유되지 않는 갈등 속에 깃들여 있다/나는 천년 동안의 여행 속에 깃들여 있다/나는 300년 동안의 전쟁 속에 깃들여 있다"(에메 세제르, 「나, 다시마」).[4]

---

3 네그리뛰드 운동은 레온 다마스(Léon-Gontran Damas, 1912-1978), 셍고르, 세제르 등 기아나, 세네갈, 마르티니크와 같은 아프리카 유학생 중심으로 1935년경 파리에서 이루어졌다. 이들은 랭보, 마르크스, 프로이트는 물론 브르통을 위시한 당대의 초현실주의에 직접 영향을 받았다. 이들은 대부분 프랑스령 식민지의 부르주아 출신이라는 점, 프랑스 정부의 국비 장학생이라는 점, 그럼에도 유럽인들과 차별되는 흑인들만의 문학을 기원까지 사유했다는 점, 대부분 고국의 현실 정치에 직접 관여했다는 공통점을 가진다.

1502년 콜럼버스는 대항해의 도중 서인도 제도의 한 섬에 정박한다. 아프리카 서안의 한 섬이 서유럽의 열강의 한 나라에 발견되고 종속되는 역사는 이렇게 시작된다. 1635년 섬은 프랑스의 식민지가 된다. 지배와 예속, 수탈과 밀반입, 속국에서 본거지로의 출항과 귀향의 '항구'들 가운데 하나가 된다. 섬 이름은 마르티니크. 마르티니크는 1660년 프랑스의 식민지로 편입된다. 약 300년이 지나고 난 1946년 3월 19일, 마르티니크는 과들루프, 기아나, 레위니옹과 더불어 프랑스공화국의 일부로 공식적으로 편입된다. 마르티니크는 프랑스라는 나라의 '일부'이므로 프랑스 국기를 쓴다. 프랑스라는 국가와 역사를 공유하지 않으므로 파란 바탕에 흰 십자가가 가른 4개의 면에 흰 뱀을 그려 넣은 마르티니크 국기를 쓴다. 국기의 비독립적인 상징성처럼, 아프리카 대륙 서부 세네갈을 포함해 대륙에서 떨어진 카리브 해의 풍광은 아름다운 해변의 깊숙한 이면에 문화지리학적인 면에서 이중 구속의 굴레를 숨기고 있다.

1887년, 고갱은 마르지 않는 순수, 협잡과 이해타산이 없는 피의 정열을 갈구하는 자신을 마르티니크에 유폐한다. 고갱은 마르티니크에서 폴리네시아에서 원주민들 틈에 어우러진 시기에 인상주의 화풍을 벗어던진 그림들을 그린다. 그중 한 점 "우리는 어디서 왔는가, 우리는 무엇인가, 우리는 어디로 가는가"라는 그림 제목은 고갱 자신의 주제였을 것이다. 제목은 그림 속 등장인물인 흑인의 어제와 오늘과 내일을 묻는 수도 있다. 제목 그대로 프랑스어로 쓰인 아프리카 문학 또는 아프리카의 프랑스어 문학의 주제, 또는 검은 아프리카의 아프리카인 문학의 주제 네그리뛰드의 근원적인 문제의식과

---

4 장 지글러, 『빼앗긴 대지의 꿈』, 양영란 역, 갈라파고스, 2010에서 재인용.

일치하기 때문이다. 고갱이 그림을 통해서 묻는 주제는 계몽과 변형을 넘어서는 어떤 근원적인 순수의 지점일 것이다. 그림 속에 예수의 모양으로 물동이를 지고 팔을 벌린 채 기다랗게 서 있는 여인들은 고갱의 의식의 타자일 것이다. 자신의 내면에 '있을 그 무엇'으로서의 '순수'의 이름들인 동시에, 자신을 포함한 문명이 더럽히고 짓밟은 '없는 근원'의 타자라는 점에서 망상에 가까울 수도 있다. 과연 이 흑인들은 어디서 와서 어디로 가는 것인가? 과연 흑인만이 가지고 있는 이 흑인성은 어디서 와서 어디로 가는 것인가?

1873년, 랭보는 시집 『지옥의 계절』에 수록한 시 「나쁜 피(Mauvais Sang)」에 과학과 종교와 이성으로 눈을 떴다는 아집에 사로잡힌 "가짜 흑인"을 등장시킨다. 랭보는 1880년을 전후로 프랑스를 떠나 유럽을 종단해 마르티니크의 반대편인 아프리카 동북부와 홍해 일대를 떠돌았다. 랭보는 썼다.

그렇다. 내 눈은 당신들의 불빛에 눈을 감는다. 나는 짐승이다. 흑인이다. 그러나 나는 구원받을 수 있다. 당신들은 가짜 흑인이다. 미치광이다. 잔인한 자이다. 탐욕자이다. 상인이여, 너는 흑인이다. 법관이여, 너는 흑인이다. 장군이여, 너는 흑인이다. 황제여, 늙은 무뢰한이여, 너는 흑인이다. 너는 세금 붙지 아니한 악마의 공장에서 나온 술을 마셨다 ─ 가장 멋진 것은 이 대륙을 떠나는 것이다. 여기선 이 한심한 자들에게 볼모를 마련해 주려고 광기가 횡행한다. 나는 캄(Cham)의 진정한 어린이 왕국에 들어간다.

─아르튀르 랭보, 「나쁜 혈통」 부분[5]

5 아르튀르 랭보, 『랭보 시 전집』, 이준오 역, 숭실대학교 출판부, 1996, p.372.

랭보가 말하는 "가짜 흑인"은 엉큼한 백인을 싸잡아서 비난하는 말일 테다. 그들은 신앙의 빛으로 눈을 떴다고 믿으며 강요된 거짓 위계를 만드는 자들이므로 구원받을 수 없는 자들이다. "가짜 흑인"들은 부패한 정치에 빌붙어 협잡을 일삼는 관리들이고 군인들이다. 인간을 팔고 사며 매질을 일삼는 상인이며 법관들이다. 그들은 백인들 가운데서도 위선에 사로잡힌 협잡꾼이며 자본주의의 분화된 이윤의 흐름을 좇아 "악마의 공장"을 건설하는 자들이다. 문명 이후의 세상에 문명의 이름으로 열등한 종족이 태어났다는 비유, 랭보는 차라리 중세 이전을 꿈꾸는가? 문명이라는 발전의 고리를 벗어난 "나쁜 피"가 자신을 사로잡고 있다고 랭보는 말하는 듯하다. "나쁜 피"를 지니지 않은 백인들은 랭보에 의하면 차라리 자의식이 없는 "가짜 흑인"들이다. 랭보는 자신의 운명을 야만적인 피의 어쩔 수 없는 순환의 고리에 놓는다. 시 속에서 '나'는 '당신들의 옳음'으로부터 과감히 눈을 돌려 버린다. 시 속의 '나'는 태생부터 '당신들' "가짜 흑인"들이 가진 도덕률을 비껴간다. 랭보가 택한 '나의 숙명'은 백인의 것인가? 흑인의 것인가? 여기서 주인과 노예 사이의 '상대적 도덕관념'의 문제가 생긴다. '진짜 흑인들'의 절박한 정체성 물음으로 돌려 놓으면 '도덕률의 상대주의' 문제는 위계가 한층 복잡해진다. 여전히 문제는 랭보의 비유가 품고 있는 흑인의 이중적인 의미이다.

진짜 흑인들의 문제는 '검은 아프리카' 자체에 대한 문학으로 쓰일 수 있다. 아프리카가 가진 아프리카만의 아프리카에서 얻은 경험에 의지한 문학일 수 있다. 노아의 둘째 아들 캄(Cham)으로부터 비롯되었다는 흑인의 근원은 무엇이며 아프리카라는 범주와 범위는 어디서 어디까지인가? 16세기 선교사들이 휘두르는 총과 칼 아래 배운 '프랑스어'를 모국어로 쓰는 아프리카인들의 한편에는 '가짜/진짜'의 대립 구도를 내면에 새긴 크레올의 나라들이 존재한다. 인도양과 카리브 해와 아프리카 대륙에 자리한 크레올의 나라는 강제에 의해 두 번째 언어로 프랑스어와 같은 구미어(歐美語)를 '선택'당했다. 강제당한 주인의 언어로 인종을 넘어서는 문화적 정체성을 재구성하는 작업은 조선의 김사량이나 이효석 또는 이상이 보여 준 이중 언어적인 글쓰기와는 차원이 다른 '식민/탈식민'의 질문을 던진다. 크레올어는 문제가 언어 대중의 피부에 새겨져 있다는 점에서 복잡한 차원의 질문을 던진다. 진짜 흑인들이 던지는 물음은 기원 찾기에서 시작된다.

'우리가 우리로부터 소외를 당하기 전에 우리는 무엇이었나?'와 같은 물음이 그것. '저들 백인이 우리를 지배하기 전에, 저들을 알지 못하고 저들과 우리의 구분조차 없었던 '분리 인식' 이전에 우리는 무엇이었나?'와 같은 물음말이다. 여기서 기원 찾기는 '귀환'이나 '회귀'의 의미가 된다. 하나를 알고 둘을 알아 가는 과정이 아니라, 하나를 알고 모르는 것들을 지워 가는 과정이다. 종합하고 통합하는 자아화의 과정이 아니라, 자신의 기원을 파편까지 거슬러 올라가는 과정이다. 거기에는 문명의 공통 존재로서의 원형(archetype)이 피와 살을 입고 살아 약동할 것이다. 세네갈의 시인 셍고르(L.S. Sengor, 1906-2001)가 말한 '근원의 네그리뛰드'는 이런 의미에서 흑인 아프리카 문명이 인류 문화의 변이태로서의 공통의 문화적인 가치와 정신을 배태했다는 것, 그리고 그것들을 아울러 흑인이라는 전체상을 되찾아야 한다는 의미를 내장한다. 그러나 강제된 식민 언어로 글을 쓴다면 인종주의적인 표상과 만들어진 전통으로서 아프리카의 이미지와 이식된 근대성이 충돌하는 모순을 노출할 수도 있을 것이다. 셍고르는 이런 이중 삼중의 모순을 극복하기 위해 문화 혼합의 방법을 선택한다. 셍고르가 불어를 선택하는 논리는 이런 방식이다.

불어가 보편적 사명을 가졌으므로 또 우리의 메시지가 프랑스인과 다른 이들에게도 전달될 수 있는 것이므로 우리는 불어로 자신을 표현한다. 우리 언어 안에서(즉 아프리카어에서), 단어를 둘러싸는 후광이 그 성격상, 수액이나 피의 후광 같은 것이라면 불어 단어는 마치 다이아몬드 같은 수천의 광선을 내뿜는다.

　　—레오폴 세다르 셍고르, 『에티오피아적인』(1954.9.24)의 「서문」[6]

불어가 내 모국어가 아닌 것은 사실이다. 나는 7살 때 잼, 초콜릿 같은 단어에서부터 불어를 배우기 시작했다. 이제 나는 자연스레 불어로 생각하고 불어를 이해한다. 그것에 대해 부끄러워해야 하는가? 어떤 다른 언어도 이해하지 못하는 것보다 낫다. 즉 내게 있어 불어는 단지 '이방의 매개 수단'일 뿐 아니라 새 사고의 자연적 표현 형태라는 것이다. 불어에서 내게 낯선 것은 아마 그 스타일이리라. 그 고전 건축물 같은 스타일이다. 나는 감성적 열정의 부추김 없이도 자연적으로 그 좁은 틀을 이미지로 부풀릴 수 있게 되었다.

　　—레오폴 세다르 셍고르, 「레오폴 세다르 셍고르」,
　　　　　　　　　　　　　　　　　『아프리카의 존재』(1962)[7]

셍고르에게 네그리뛰드는 흑인의 정체성을 되찾을 때마다 저 미

6　응구기 와 씨옹오, 「아프리카 문학 언어」, 『마음의 탈식민지화』, 박혜경 역, 수밀원, 2007, p.45에서 재인용.

7　응구기 와 씨옹오, 「아프리카 문학 언어」, p.71에서 재인용.

지의 기원에 자리한 문화적 유산을 찾아 긍정하고 숨결을 돌려놓아야 할 근원의 다이아몬드와 같은 의미다. 불어는 강제된 민족성이나, 타고난 인종성과 같이 부정적 폄훼의 바깥도 내부도 아닌 '매개 수단'에 불과하다. 불어를 네그리뛰드로 전유해 불어의 의미 차원으로 돌려주어야 한다는 논리다. 흑인성은 그 본질에서 우주의 숨결에 가닿는 정서적 태도와 감수성을 힘으로 내장하고 있기 때문이다. 흑인성이 내장한 "감동성의 열기가 말에 생명을 부여하여 말을 동사로 변환"[8]하기 때문이다. 프랑스어가 가지고 있는 스타일이 흑인인 생고르에게 낯선 것은 '자연적으로 좁은 틀'에 정서적 기반을 두기 때문일 것이다. 강요받지도 선택하지도 않은 제국의 프랑스어로 쓴 프랑스의 문학은 자신만의 스타일을 만들기 위해 '감성적인 열정'을 부추겨야 한다. 그러기 위해서는 매개가 필요할 것이다. 그것은 정신을 변형시키는 다양한 실험과 문학적 전통이나 역사를 갈급할 수밖에 없다. 생고르의 말이 네그리뛰드에 대한 긍정적인 가치 부여로 읽히는 이유다. 반대로 해석하자면 흑인성 안에는 이미 '감성적인 열정'이 포함되었다는 것인데, 이때 생고르의 방법적 논리와는 반대의 결론에 닿을 수도 있다.

에메 세제르의 네그리뛰드 논리는 근원을 긍정하는 것이 아니라, 근원의 핵을 추구한다는 의미에서 혁명적이다. 자기 기원에 대한 긍정을 뒤집으면 근원에 대한 긍정이 아니라 근원을 추구하려는 열정이 될 터다. 이런 열정을 넓게 보면 무의식의 근원에 대한 천착으로 이어질 수 있다. 시적인 천착을 통해 세제르는 흑인 문화의 내면성

---

8 김희영, 「불어권 흑인 문학―생고르와 세제르를 중심으로」, 『프랑스학 연구』 19, 프랑스학회, 2000, p.43.

에까지 닿을 수도 있을 것이다. 이러한 역구성의 탈맥락화는, 파편화된 무의식을 넘어서는 통합의 기제를 거쳐 종합을 통해 개별 자아가 재구성된다는 통념을 뒤집는다. 흑인성은 그 자체 안에 감성과 열정을 가지고 있고, 그것을 통해 아프리카라는 우주에까지 정신적으로 이어진다는 논리다. 통합된 자아가 아니라 분열하고 파편화된 자아의 핵 속에서 오롯이 객체가 된 네그리뛰드의 역사를 발견한다는 논리에 가깝다. 스타일은 곧 정신의 반영이기 때문이다. 흑인성을 추구한다는 것은 가지고 있는 것을 긍정하는 것이 아니라, 가지지 못한 것까지 추구한다는 의미가 된다. 스타일은 흑인성이라는 정신을 바탕으로 무의식의 근원을 파고들어 가서 객체화하는 방식으로 얻어진다. 이렇게 "네그리뛰드에 기초한 이념에 반대하고, 인종차별주의와 격화된 유럽중심주의와 자민족중심주의를 반대하고, 휴머니스트의 변모를 내보이는"[9] 것이 에메 세제르의 방식이다. 에메 세제르의 방식은 흑인 '다중' 중심적이며 비판적이다. 세제르의 시각은 마르티니크 출신의 제자인 프란츠 파농에게 이어져 논전의 전선을 확장한다. 파농은 흑인의 정체성에 대한 기원 추구와 식민주의 비판을 넘어서서 '흑인의 정신을 지배하는 무의식의 타자로서의 백인과 백인성'에 대한 접근으로까지 시각을 넓힌다. 이러한 관점은 가야트리 스피박 등에 이르러 '탈식민주의론'으로 확대될 문제의식을 정초하기에 이른다.

---

9 김병욱, 「에메 세제르와 네그리뛰드」, 『시와 반시』, 1997.가을, p.80.

옥타비오 파스와 한국문학

   1.1. '마르틴 하이데거와 한국문학'이라는 주제를 생각해 볼 수 있다. 본질과 현상이라는 큰 밑그림을 그려 볼 수 있다. 그리고는 '한국에서의 하이데거 수용'이라는 주제를 놓는다. 수용사를 일별한 뒤에 사상적인 입론을 갈라서 정리한다. 작품의 번역과 관련해서 각론들을 펼친다.

   1.2. 2012년 3월에 출간된 『실존과 참여―한국의 사르트르 수용 1948-2007』이 바로 그런 기획이 될 것이다. 하이데거나 사르트르의 자리에 들어갈 수 있는 이름들은 많다. 대체 가능한 기획들은 셀 수 없이 많다. 그 이름들은 작가 한 사람을 넘어서는 '사상'의 다른 이름이기 때문이다. 영향사를 갈음하기 이전에 교차 비교가 불가능한 위상차가 생긴다. 하이데거나 사르트르가 샘이라면, 그 지류에서 복류까지 흐름을 게워 내고 받아먹은 땅과 물줄기의 모양을 그려 보이는 기획이기 때문이다. 이런 이름들은 '뉴스라이브러리'의 세목과 '단행본/논문/저널'의 기사의 세목과 '작품의 번역/강연/강좌'의 세목을

추적하면서 그 영향사의 흐름을 갈무리해 볼 수 있다.

2. 하이데거니 사르트르니 비트겐슈타인이니 하는 이름들의 그늘은 비단 한국만의 것이 아니기 때문이다. 한편으로는 '도스토옙스키와 한국문학'이랄지 '엘리엇과 한국문학' 같은 주제도 생각할 수 있다. 영향의 범위가 직접적이고 커서 작가들의 산문을 병렬적으로 들추어만 보아도 글이 가능할 것이다. 한편으로 '거트루드 스타인과 전후 모더니즘 시 운동'이랄지 '잭슨 폴록과 2000년대 한국 현대시'와 같은 각론도 생각할 수 있다. 앞의 경우는 1950년대 모더니즘 시운동에서의 서구 추수가 맹목으로 향한 것은 아닌지를 되묻게 될 것이다. 뒤의 경우는 2000년대 한국시의 지형에서 언어의 물질화와 기법화가 동시에 일어나는 사례들을 들추어내게 될 것이다.

3. '한국시에서 아방가르드는 없었고, 아방가르드라는 어의의 유사어가 있었다'라는 기획의 말이 붙을 것이다.

4. 모순은 여기에 있다. 아마도 '옥따비오 퍼즈'라는 단어가 처음 나온 해는 1980년이다. 사회면, 하버드 대학교 수강 신청에 '제7위'를 기록한 과목이 '퍼즈'의 '중남미 시사'였다.

5. 어떤 학자는 비슷한 시기에 '옥따비오 빠스'라는 이름의 인간에 대한 본격적인 글을 썼다. 한국말로 Octavio Paz라는 인간의 글이 처음 등장한 해는 1966년이다. '옥따비오 빠스'의 시집은 1986년에 『태양의 돌』이라는 이름을 달고 선집으로 나온다. 그는 1990년에 노벨문학상을 받는다. 유수의 출판사를 경유한 '두 번'의 특집이 있었다.

6. 재미있는 부분은 여기서부터다. 1990년 옥타비오 파스가 노벨 문학상을 받고, '뉴스라이브러리'는 이상하게 폭발한다. 1986년에 시선집이 나왔다. 1990년에는 이미 '4쇄'를 돌파했다. 아직 '그'의 시 전집은 한국에 번역된 적이 없다.

7. 그러나, www.poemhunter.com에 따르면 16편의 작품이, 이미 아주 오래전에 영역(英譯)되었다.

8. 여기서 옥타비오 파스의 삶과 한국의 역사를 유비해 본다. 1884년을 기점으로 놓고 시작하겠다. 이 기간은 독재 정부의 기간이었다. '크레올'이라는 독특한 언어가 완성되어 가는 기간이다. 옥타비오 파스는 1914년에 태어난다. 아직도 용어가 불분명한 멕시코 '내란' 또는 '혁명'이 한창인 기간이다. 여기서 '호세 에르난데스'와 '호세 마르띠'의 접점이 발생한다. 이 자들 사이에는 이상한 거리가 있다. 앞은 1차 세계대전의 '이베리아' 시인이고, 뒤는 '라틴'이라고 불리는 지역의 사상가이다. 그러나, 1984년 이전의 세계문학 시(詩) '앤솔로지'에서 호세 마르띠는 시인으로, 호세 에르난데스는 사상가로 분류된다.(한국말, 번역사에서 말이다.)

9. 옥타비오 파스의 말을 듣고 싶다면, 대담을 참조할 수 있다.
9.1. 장 프랑스와 르벨(Jean-François Revel)과의 대화(1983). 1986년 『외국문학』에 번역되었다.
9.2. 끌로드 펠(Cloude Fell)과의 대화(1981). 2011년 「멕시코와 고독의 미로」, 『멕시코의 세 얼굴』에 번역되었다.
9.3. 대담에서 옥타비오 파스가 표 나게 강조하는 것은 '일탈한 중

심'이라는 개념 아래 있는 '라틴'이다. 여기서 다시, 역사의 유비로 돌아가면 1920년대의 멕시코와 1960년대의 한국이 교묘하게 겹친다. '멕시코의 기적'이 1960년대에서 시작되었다면, '한강의 기적'이 1980년대에 시작된 것이다. 과연, '옥타비오 파스와 한국문학'이라는 주제가 성립할 수 있는가!

10. 1998년 모 출판사는 '옥타비오 파스 전집'을 기획한다. 같은 해『활과 리라』라는 파스의 '산문' 선집을 낸다. 이 산문집은 1990년 옥타비오 파스가 노벨문학상을 받는 순간, 한국에 출간된『옥따비오 빠스』라는 책과 87% 이상 겹친다. 시간을 지우는 이상한 힘이 발휘되는 순간은 여기서부터다.

옥타비오 파스라는 시의 아포리아와 옥타비오 파스라는 시의 금언이 그의 첨예한 이론을 지우고 한국에 수용되기 시작한다. 아시다시피 1992년 한국에서는 '국외 여행 자유화'라는 전에 없는 조처가 내려졌다.

11. 아스투리아스가 과테말라 사람이었는지, 네루다가 칠레 사람이었는지, 세사르 바예호가 페루 사람이었는지 나는 모른다. 그러니 '아스투리아스와 한국문학'이라고 물었을 때, '네루다와 한국문학'이라고 물었을 때, '세사르 바예호와 한국문학'이라고 물었을 때 나는 똑같은 글을 쓸 수밖에 없다. 그러나 우루과이 몬테비데오의 '이지도르 뒤까스와 한국문학'이라고 하면 누구나 한마디는 하고 싶어질 것이다.

12. 시몬 볼리바르와 최시형을 묻지는 않지만,

12.1. 어떻게 문화와 문명이 반목할 수 있는지 '라틴'은 묻는다. 1968년 멕시코의 '유혈'이 옥타비오 파스의 시의 기점이 될 수 있었는지 없었는지 묻지 않았던 것은, 반목의 가능성을 묻는 이유가 아니라고 믿고 싶었기 때문은 아니었을까? 만약에 옥타비오 파스와 한국문학의 영향사가 성립한다면, 그것은 역사의 회기(回期)를 은유로 읽고 싶었던 까닭일 것이다.

12.2. 아마도 옥타비오 파스는 죽는 순간까지 중남미 '모데르니시모'가 중남미 독립기 전후에 있는 이유를 스스로 물었을 것이다. 그는 이미 1972년 '포스트'라는 단어가 붙은 유령을 견제하지 않았는가! 여기서 왜 옥타비오 파스의 적자(適者)가 호세 에밀리오 파체코인지 알게 된다.

12.3. 이들은 모두 스페인어를 쓴다. 아마도 앞서 언급한 칠레나 우루과이나 페루와 멕시코와 그 모든 '코르테즈' 언어권을 형성하면서도, 그들만의 '옥수수 신'을 뛰어넘는 현실을 옥타비오 파스가 보여 주었기 때문에 그것이 문명사를 넘어서는 영향사를 형성한다고 볼 수도 있을 것이다. 파스의 시가 에로티시즘에서 비롯되어 다시 에로티시즘으로 귀환하는 먼 여정이라고 보는 견해에서는 타당한 이야기다.

13. 옥타비오 파스에 대한 서구(西歐)의 가장 '서구 추수적인' 평가는 그가 1940년대에 도달한 초현실주의 계열의 작업이었다. 여기서 다시 묻자면, 왜 1980년 이전에 그의 작업이 '한국문학' 그것도 시사(詩史)에 호출되지 않았느냐는 것이다. 폴 클로델이나 로버트 그레이브즈와 한국문학의 영향 관계를 묻지 않는 것과 같은 이유는 아닐 것이다. 옥타비오 파스가 동양학에 능통했다고 해서 그의 시와 한국

과의 영향 관계는 추수되지 않을 것이기 때문이다.

14. 조심스레 결론을 내리건대, 옥타비오 파스의 언어가 일종의 '세계화된 피진'이 아닐까 한다. 결론은 물론 일종의 '역계몽(counter-enlightenment) 프로젝트'와 통할 테다. 세르보-몬테네그로어를 썼던 이도 있고, 아일랜드 남부의 유려한 허밍을 쓴 이도 있는데 말이다. 이들 모두가 정치나 경제에 앞서거나 뒤지는 문화를 이룩했다고 보기는 힘들지 않은가? 계몽과 길항하는 언어로서의 'counter', 'cross', 'inter'를 이미 옥타비오 파스는 말했을 수도 있다.

15. 한국시는 옥타비오 파스의 은유를 읽었던 적이 없었다. 객관을 가장한 그의 은유는 믿을 것이 못 되기 때문이고, 한국시는 잘하고 있다. 모든 도움을 받으며, 누구의 영향을 겪지도 않으며, 한국시는 이미 '시라는 아방가르드의 어사(語辭)'에 다가가고 있기 때문이다.

인식과 충격
—‘시적 현실’의 문제에 대하여

1. ‘저만치’의 문제

소월과 만해는 자기 고백적 서정시로 한국 근대시사의 출발점이 된다. 소월과 만해가 투사해 던진 시야에는 자연과 내면이 ‘한 몸’으로 딸려 온다. 이 지점에서 소월과 만해는 서경(敍景)과 서정(敍情)의 동화라는 지점에까지 가닿는다. 현대적인 언어로 다시 쓴 그들의 서정시편은 전통 한시의 맥락 위에 놓여 있는 셈이다. 소월은 1925년 『개벽』에 「시혼(詩魂)」을 발표했다. 이 글에서 소월이 개진한 ‘리듬’에 관한 논의는 근대시에서 ‘호흡’을 리듬과 결부시킨 논의라는 점에서 의의를 가진다. 소월은 일찍이 ‘근대적인 몸’과 ‘호흡’이 언어에 결부되는 측면에 대한 안목을 보여 준 것이다. 근래의 리듬 논의는 시에서 형태와 주체와 자아가 한데 결부되어 전개되는데, 이때 불규칙한 자모(子母)의 변화는 소월이 논한 바 ‘혼의 몸’과 결부되기 때문이다.

소월의 ‘몸’과 리듬에 대한 논의는 물론 이론의 여지가 많다. ‘한국 근대시의 전통이 자기 고백적 서정시에서 기원하고 있다’는 주장은 이 지점에서 보다 자세히 검토될 필요가 있다. 먼저 소월과 만해로 특정되는 근대 시인들이 내세운 자기 고백의 주체가 어떤 모습이냐는 점을 살필 필요가 있다. 그들이 투사에서 동화(액화)로 기능하는 '세계의 자아화'의 공식에 충실히 따르고 있다면, 자아는 어떤 모습이냐는 점에 주목할 필요가 있다.

김윤식은 '배역시(Rollengedichte)'라는 볼프강 카이저의 개념을 빌어 1910년대의 시를 분석한 바 있다. 어떠한 특정한 페르소나의 입을 빌어 표현되는 시를 일컬어 배역시라고 부를 수 있고, 배역시는 1910-20년대 초반 근대시의 주축을 설명하는 데 유용한 틀을 제공한다는 것이다. 김윤식에 따르면 1920-30년대의 시는 영미시의 전통에 보다 가까운 영향을 드러내는데, 이런 진단은 영미 이미지즘이나 상징주의의 영향이 습합된 근대 '모더니즘 시'의 전통을 설명하려는 시도로 해석된다.[1]

민요의 전통에 대한 새로운 해석을 내장한 소월과 만해의 시는 분명 '음악'에 대한 명민한 자각을 시의 무의식적 요건으로 거느리고 있었다. 하지만 여전히 이들의 시에 나타나는 자아를 단순히 배역의 서정적 기능화에 기댄 시적 발화로 보기에는 미진한 복합성이 존재한다. 소월의 「진달래꽃」이나 만해의 「님의 침묵」의 시적 자아와 시인과 시적 주체의 모습을 해석해 내는 일은 여전히 만만찮은 이론적 설명을 필요로 하는 구석이 있다. 소월과 만해의 시적 자아는 분명 '서정적 자아의 단일한 자기표현'으로 읽히고, 때로 불분명한 '시인의 목소리'가 직접 드러나는 때에도 그것이 소월과 만해가 상정한 '어떤 주체의 목소리'가 외화된 표현이라는 데에는 이견이 없을 것이다.

---

1 김윤식, 「1910년대의 시와 그 인식」, 『한국현대시론비판』, 일지사, 1986, p.226.

문제는 소월의 표현대로 "저만치"(「산유화」)다. 소월이나 만해의 '시적 주체'가 서 있는 '현실'의 자리는 투사하는 존재의 시야와 동화되는 현실의 그물망과 그 균열 지점에 있는 것이다. 그것은 때로 만해의 '님 시편'에서 특정한 정동의 움직임으로 나타나기도 한다. 저 익숙한 체념과 정한의 탄식, 삶과 자연에 대한 외경과 무상, 칠정이 바투는 내면의 고뇌 등등. 근대시는 "저만치"의 균열 지점에 선 시인의 어쩔 수 없는 현실 인식을 내장한 채로 상화, 영랑, 백석으로 이어지는 성가들을 들려주었다. 이 흐름은 '서정시'라고 통칭하는 '한국적인 정의'의 바탕을 이루는 것이 사실이다. 1950년대의 '모더니스트' 김종삼의 표현을 빌자면 그것은 '꽃과 이슬을 노래한 시'다. 김종삼이 '꽃과 이슬을 노래하지 않았다'는 이유로 추천을 거부당한 사례에서 확인할 수 있듯이, 이 땅의 시사는 '세계의 액화'를 존재론적인 기반으로 두는 서정시 일반의 정의에서 유별나게 모더니즘 시사(詩史)와 (전통) 서정시사의 대타적인 자리다툼으로 쓰인 것처럼 보인다.

2. '리얼'의 문제

2014년 지금 이 자리에서 '리얼(Real)'을 시적 현실의 측면에서 논의할 때, 더구나 그것이 한국 현실주의 시사에서 참조 항이 아닌 명제적인 정의의 차원과 관계될 때, 서정시사와 모더니즘 시사의 틈바구니를 이야기하지 않을 수 없을 것이다. 예를 들어, 조지훈이 한국전쟁 이후에 전개된 시단의 모습을 다섯 가지 정도로 분류하는 모습은 현실주의 시의 위치를 정하는 데 1960년대에 이르기까지 상당한 고심이 있었음을 방증한다. 조지훈은 당시의 시는 첫째, 전통파의 율격을 현대적인 감각으로 세련한 시인, 둘째, 서구시의 방법을 가져와 새로운 서정을 구사한 시인, 셋째, 문명과 사회적 모럴의 파토스를 담으려는 시인, 넷째, 지적이며 문명 비판적인 시인, 다섯째, 협의의 모더니즘 정통파로 나누고 있다.[2] 이런 분류는 모더니즘과 서정시의 이분법적인 구도에 기대고 있는 것이 사실이다.

조지훈의 분류에서 첫 번째는 기왕에 익숙한 '자기 고백적 서정시'의 전통을 계승한 모습일 것이다. 둘째는 서정시의 자기 갱신이 나아가는 방향으로 이것은 해외문학파가 보여 준 성취를 참조 항으로 했던 식민지와 해방 직후와 그 이후의 시사의 모습을 정리한 것으로 보인다. 이 둘은 참조점을 외부에 두느냐 내부에 두느냐에 방점을 찍은 모습이 다를 뿐 시사의 '서정시'의 주류와 그대로 일치하는 측면이 있다. 문제는 셋째에서 다섯째인데, 조지훈의 분류는 이것들은 모두 한데 묶어서 '광의의 모더니즘' 일파로 나누었던 기존의 견해에서 한 걸음 더 나아갔다는 데 의의를 찾을 수 있을 것이다. 조지훈이 세 번째로 지적한 '문명과 도시와 사회적 모럴의 파토스'를 보여 준 시인들을 언뜻 떠올리자면 김기림의 「기상도」와 같은 모습을 한 시일 것이다. 이것은 이후에 김준오가 1980년대 이후의 시를 '도시시와 해체시'로 분류했을 때, 바로 그 '도시시'에 해당할 테다. '협의의 모더니즘 정통파'를 제외하면 '지적이며 문명 비판적인' 태도가 남는데, 문명과 지식의 에피스테메가 과연 작금의 현실주의 시사의 주제를 모두 포괄할 수 있는지는 의문이 든다.

조지훈의 분류에서 읽을 수 있는 것은 1950년대까지도 시에서 말하는 '현실'이라는 개념이 '서정적 자아'의 (정신분석적인) 시야를 벗어나지 않는다는 것이다. 이때의 현실은 그대로 '현실 오인'에서 기원한 자아의 내면의 모습들 그리고 그것을 개관하는 '현실 검증'의

---

2 조지훈, 「한국 현대시사의 관점」, 『조지훈 전집─문학론』, 나남, 1996, pp.161-164.

장치로서의 기억 흔적과 관계되는 것으로 볼 수도 있을 것이다. 다분히 정신분석에 기댄 이 분석이 유효하게 조지훈의 틀에 전제될 수 있는 이유는, 조지훈의 분석법이 '시적 개인'에 대한 정치한 분석에 머물지 '시적 실재'에 대한 물음까지를 아우르지 않는다는 점을 방증할 것이다. 요는 1950년대까지도 시사에서 '현실'에 대한 물음이 시적 자아의 '현실 검증'에 복무하는 결과로 해석된 세계의 '이미지의 부활'로 이행된 모습이라는 점이다. 이미지의 현실 검증으로 해석하자면 심지어 일군의 전쟁시 역시 단일한 자아가 바라보는 세계와 기억 흔적의 자리다툼으로 읽을 수 있을 것이다.

한국시사의 계보학과 분류법들은 현실주의 시사를 특정하는 데 시작부터 '이데올로기'에 대한 배타적인 시각을 드러내는 것은 아닌지 의심할 수 있는 대목은 여기에 있다. '포스트'가 붙는 온갖 담론들이 횡행한 지금 남은 결론적인 참조 항은 '텍스트를 벗어나면 거기에는 어떠한 현실도 없다'는 해체적인 담론의 위험성일 것이다. 물론 이때의 텍스트 역시 '확장된 담론'이라는 의미에서 기호학의 그물망에 걸려들 것이지만 말이다. '이데올로기'라는 단어 자체가 금기어가 된 냉전과 분단 치하의 나라에서는 '시적 현실'에 대한 현실주의적인 정의가 더불어 금기시되거나 다시 이데올로기를 유도하리라는 것은 자명한 이치일 것이다. 이 땅의 현실주의 시가 '신경향파'에서 'KAPF'와 그 이후로 이어졌다고 가정할 때, 이런 흐름은 분명 계몽주의와 이데올로기의 관계성을 계몽 일변도로 탈각시키기 때문이다.

페터 지마는 한스-요하힘 리버를 인용하며 이데올로기와 이론의 상관관계는 '계몽주의적인 전통'에 뿌리내린다고 말한다. 계몽주의가 이데올로기를 생산하고, 계몽주의의 개념이 변주되는 만큼 사회

비판적인 이론과 현실 인식의 틀이 바뀐다는 것이다. 지마는 이데올로기와 이론은 항시 '언어적이고 술화적(diskusiv)인 구조'로 서로에게 제약을 가하고 있다고 말하고, 이 양자는 술화 안에서 불가분리성을 띤다고 정리한다. 이 땅의 현실주의가 어떤 의미가 있는지를 살피기 위해서는 이런 전제를 세울 수 있을 것이다. 현실주의가 언어적이고 술화적인 구도 안에서 어떤 이념소(ideologem)들의 차이와 허위를 폭로하는 데 기능하기 위해서는 계몽과 거짓 계몽되는 현실을 구분할 필요가 있을 것이고, 문학 가운데 시적 발화는 여기에 일정 기능을 담당할 것이다.[3]

다시 지마를 인용하자면 "이질적인 집단들 사이에서 성립하는 잠정적인 부분 합의가 하나의 집단어 내부에서 이루어지는 주체 간 합의보다 더 큰 인식적 가치를 지니기 때문이다."[4] 그런 점에서 홍승용이 1985년에 편하고 실천문학사에서 간행된 논문집『문제는 리얼리즘이다』는 이 글의 주제가 지향하는 논의의 행복한 고투를 보여 준다. 루카치가 자연주의에서 초현실주의 이후로 특징되는 이른바 '순문학'과 '전위문학'과 '통속문학'을 비판하면서 보여 준 논지의 변화는 나름 일관성을 지닌다. 거기에는 자국의 문학적인 유산에 대한 사회역사적인 문제틀(problematics)이 작동하고 있기 때문이다. 블로흐와 브레히트와 아도르노의 반론을 함께 읽으면 그것은 비단 표현주의와 아방가르드에 대한 '리얼리즘의 공격'에 머물지 않는다. 홍승용의 말대로 루카치의 문제 제기를 둘러싼 논쟁은 '이론이 현실과의

---

3 페터 지마,『이데올로기와 이론—비판적 인문사회과학을 위하여』, 허창운·김태환 역, 문학과지성사, 1996, pp.26–31.
4 페터 지마,『이데올로기와 이론—비판적 인문사회과학을 위하여』, p.27.

치열한 대결 과정'을 치르는 모습을 보여 주기 때문이다. 이런 대결
은 비단 시나 문학을 넘어서서, 실재의 지식사회학적인 구성의 가능
성까지도 확장되는 문제의식을 내포할 가능성마저 내비친다.[5]

3. '실재'의 문제

앞서 '리얼'의 문제에 대해 언급했다. 그런데 이 땅의 현실주의 시
사가 처하는 곤경은 '시적 실재'의 문제가 현실주의 고유의 것인 양
치부되고, 이 곤경은 현실주의 시가 공박한 역사와 거의 일치하는
것으로 보인다. 논쟁 국면에서 현실주의의 입론은 앞서 나눈 '자기
고백적인 서정시'와 '모더니즘 시' 양자로부터 공박을 받는다. 적어
도 어느 한 부분이 침묵할 때, 다른 입장과 번갈아 가며 싸우는 식으
로 논쟁은 이어져 온 것이 사실이다. '리얼리즘 시 vs 자유시', '리얼
리즘 시 vs 모더니즘 시', '리얼리즘 시 vs 서정시'의 구도가 각각 다
른 층위와 입론을 할 것이라는 예상과 달리 시사는 이런 논쟁의 시
작과 끝을 리얼리즘 고유의 문제로 치환해서 결론을 맺어 온 것으로
보이기까지 한다.

이런 가정은 리얼리즘에 직접 이론적 자양을 제공하는 마르크시
즘 비평의 문제의식이 이 땅의 시에 그대로 적용되기 힘들었기 때문
일 수도 있다. 로이스 타이슨에 따르면 마르크스주의 이론의 비평적
문제 제기는 대략 다섯 가지 정도가 된다. 첫째, 문학작품과 (자본주
의적·제국주의적·계급차별적) 이데올로기들의 관계 설정 문제, 둘
째, 작품이 지닌 (자본주의적·제국주의적·계급차별적) 이데올로기
에 대한 비판 가능성 문제, 셋째, 작품과 (자본주의적·제국주의적·

---

5 게오르크 루카치 외, 『문제는 리얼리즘이다』, 홍승용 역, 실천문학사, 1985 참조.

계급차별적) 이데올로기적 대립 양상과 타협 양상의 문제, 넷째, 작품과 작품의 시대의 사회경제적 요건의 반영성의 문제, 다섯째, 종교 등 사회경제적 억압 기제에 대한 작품의 비판 가능성 문제.[6] 이상의 문제들에서 중요한 지점은 '자본주의적, 제국주의적, 계급차별적' 현실에 대한 인식의 시각 문제다.

일찍이 1920-30년대에 KAPF 내부에서 진행된 일련의 논쟁들의 테제는 타이슨이 제기한 문제점들을 두루 아우른 논쟁들이다. 그러나 1935년 KAPF의 해산 이후에도 (어쩌면 오늘날에 이르기까지) 정치사회적인 현실과 문학적 현실, 또는 정치사회적인 실재와 문학적 실재 사이의 괴리는 좀처럼 그 간극을 좁히지 못했다. 특히 일제강점기의 문학은 그 정도가 현실 인식이 아니라 '현실 개조의 당위' 쪽에 무게가 실렸다. 이를테면 회월 박영희와 더불어 신경향파 문학의 장을 연 팔봉 김기진의 경우 그가 한국 문단에 모습을 드러낸 것은 1923년 1월에 발간된 『백조』 3호를 통해서다. 팔봉은 일본에서 '토월회'에 직접 관여했고, 귀국 후인 이 시기에도 '민중의 호흡이 제일 가까운 극장'에 관련된 일에 애정을 두었다. 팔봉은 『백조』 3호에서 문학과 극의 차이를 "활자로 주는 감명과 직접 언어로 주는 감명의 차이"로 나누어 설명한다. 물론 여기에서 팔봉이 선택한 쪽은 직접 언어로 주는 감명의 차원이다. 『백조』는 3호로 종간된다. 낭만주의적인 유미주의를 표방한 동인에 김기진이 가져온 충격은 동인지의 폐간으로 이어진 것이다. 김기진은 이후에 박영희와 더불어 1920년대 말까지 카프를 이끈다.

김기진의 행보는 당시의 문화사회적인 조건과 문학작품과 작가

---

6 로이스 타이슨, 『비평 이론의 모든 것』, 윤동구 역, 앨피, 2012, pp.162-163.

의 의식과 작가의 비평적 태도 간에 발생한 낙차를 그대로 드러낸
다. 팔봉에 비하면 이후의 카프는 점차 세련된 이론과 행보를 보여
준다. 그러나 일제강점기의 현실주의 문학사가 보여 준 유산에 대해
문학을 작가의 이론적 실체로 받아들이고, 작품을 그 이론적 실체가
구성한 '설명적인 구성물'로 전락시킨 것은 아닌가 하는 비판은 여전
히 유효할 것이다. 한국 리얼리즘의 실질적 내용의 문제는 '시적 실
재와 현실'인지, '시적 현실과 실재'인지에 있는 셈이다. 이 문제는
비단 어떤 비평적인 가치판단이나, 문학의 사조나, 서정시의 갈래
내지는 유파에 관계된 문제가 아닐 것이다.

현실주의 또는 리얼리즘은 작품이 사회에 대해 참여의 형상으로
발언하는 메시지의 차원에만 관련되지 않는다. 더구나 그것을 시 안
에서 드러나는 시적 주체의 목소리와 그 메시지로 한정할 때는 '시
적 주체가 시적 현실에 대해 취하고 있는 태도(attitude)'로 한정될 것
이기 때문이다. 현실에 대해 시적 주체가 취하는 태도의 문제로 리
얼리즘과 참여의 문제를 환원하고 나면 문제가 되는 것은 화자의 목
소리 또는 시적 자아의 (정치적) 무의식일 테니 말이다. 그 태도가
'저항적'일 때는 저항시로, '참여적'일 때는 참여시로 규정될 것이다.
실제로 1960년대 이후의 현대시사에서 리얼리즘 시의 다른 이름은
저항시이거나 참여시일 경우가 많은 것이 사실이다.

사정이 이럴진대, 현대시사는 저항이나 참여의 문학적인 '굴절'의
당위성을 묻는 것이 아니라, 그것이 역사의 시점에서 기능한 이데올
로기적인 기능성과 논쟁점으로 평가될 수밖에 없었을 것이다. 그것
은 '민족'이나 '진보'와 같은 테제의 개념사적인 정의를 문학이 추수
하는 경향으로 정리되는 사례들에서 확인할 수 있을 것이다. 민족문
학이라는 개념 하나를 살피기 위해서는 한민족 문화의 전승과 단절

양상을 살펴야 하고, 거기서 비롯된 수용과 배제의 과정을 살펴야 하며, 한민족 외부의 세계와 민족 내부의 개별자의 사정을 정치사회적인 조건 아래서 고려해야 하며, 마지막으로 한국어와 외국어의 층위를 무의식적 조건까지 살펴보아야 한다. 이런 문제는 문학 사회적인 조직의 내부와 외부에까지 관련되는 방대한 주제가 될 것이다. 해방 직후의 논쟁이나 1980년대의 논쟁은 이런 사정을 여실히 드러냈다.[7]

4. '새로움'의 문제

리얼리즘의 문제는 '무엇이 리얼인가?'에 다름 아니지만, 현실 인식의 구조적인 조건과 층위를 묻는 것이기도 하다. 현실에는 인간이 결정지을 수 있는 것과 없는 것이 있고, 그것들은 나름의 견고한 층위를 이루고 있다는 것이다. 일찍이 마르크스가 통찰했듯이 그 가운데 가장 주효한 억압 기제는 이데올로기다. 이데올로기는 인간이 관여하는 모든 사회적 이해관계에 봉사하며 다시 인간을 옭아매는 '생각'의 다종다양한 변주가 될 것이다. 그리고 그 반영으로써의 허위의식 또한 문제가 된다. (정치사회적으로 역사적으로 또 문화적으로) 진정한 자신으로 존립하기 위해서 생각하는 주체인 인간이 스스로 사고로부터 소외되는 양상이 바로 허위의식의 드러남일 것이다.[8]

문제를 이렇게 보면 현실 인식의 문제는 이데올로기적인 허위의식의 문제가 되는 셈이다. 이때의 이데올로기는 이제 언어나 무의식

---

7 신동옥, 「해방기 '전위시인'의 시적 주체 형성 전략」, 『동아시아 문화 연구』 52집, 한양대학교 동아시아문화연구소, 2012, pp.267-300 참조.
8 피터 L. 버거·토마스 루크만, 「서문—지식사회학의 문제」, 『실재의 사회적 구성』, 하홍규 역, 문학과지성사, 2013, pp.11-36 참조.

의 차원과도 관계된다는 의미에서 훨씬 복잡한 양상을 보인다.

한국 현대시에서 이데올로기적인 현실의 정치사회적인 문제가 비로소 '시적 자아로서의 시민'에 내면화된 사건은 아마도 4.19일 것이다. 4.19는 정치사회적인 문맥에서의 자유를 순수라는 개념으로 탈각시켜서 전유하게 된 계기이기도 했다. '학생의 순수·정의 vs 이승만 정권의 부패·불의'의 구도가 혁명의 과정 내내 지속되었다. 프랑스의 초현실주의 운동사나 중남미의 모데르니시모가 공산주의 내지는 무정부주의와 결합하고 직접적인 행동으로 나아간 데 반해, 4.19 이후 한국 현대시의 모더니즘에서 전유한 '순수'의 개념은 정치적인 의미가 거세된 '자유시'로 나아간다. 그 아슬아슬한 경계에서 자유와 순수를 동시에 궁구한 사례를 기껏해야 김수영 정도에서 발견할 수 있다고 말하면 과격한 주장으로 읽힐 것인가.

신동엽은 1961년 3월 30일에서 31일에 『조선일보』 지면에 「육십년대 시단 분포도─신저항시운동의 가능성을 전망하며」라는 글을 발표한다. 신동엽은 개개의 시인이 처한 사회적·역사적 기반에 충분한 고려를 문학비평의 "상황의식"의 척도로 제시한다. 신동엽은 시단의 분포도를 크게 두 갈래로 나눈다. "하나는 시정적인 생활, 사회적인 현실에 중탁(重濁)한 육성으로 저항해 보려는 경향의 사람들, 또 하나는 예술지상주의적 경향에 몸 적신 사람들"이다. 신동엽이 부정적으로 평가하는 쪽은 물론 후자의 경향이다. 그는 시의 경향을 다시 다섯 갈래로 세분해서 설명한다. 첫째, '향토시', 둘째, '현대감각파', 셋째, '언어세공파', 넷째, '시민시인', 다섯째, '저항파'. 신동엽은 향토시, 현대감각파, 언어세공파를 '귀족풍'으로 규정하고 전후 10년 간 한국 현대시를 지배한 이들은 이들이 주름잡은 아카데미즘에 기원한다고 진단한다. 일개 시민시인이 가진 "도시적 지식인 감성의 제한된 울타리"를 넘어서야 한다고 말하며 신동엽은 그것이 역사사회적인 요청이라고 말한다. 요는 "이조(李朝)적인 병반(病斑)의 연장인 영탄문화(咏嘆文化)"와 "구미 식민 세력의 문화"를 한꺼번에 떨쳐야 한다는 것이다.[9]

여태까지 신동엽과 김수영은 '문학과 정치'와 같은 주제가 등장할 때 논의의 출발 지점에 놓인다. 이들의 문제의식이 그만큼 선구적이었다는 반증일 테다. 하지만 신동엽의 진단은 1961년 당대의 입장에서 돌아보아도 그리 세련된 주장은 아니다. 4.19 이후 모더니즘 시(신동엽의 분류에서 언어세공파와 현대감각파와 시민시인 일부일 것이다)가 제 몫으로 가져간 (자유의 윤리적인 요청이 거세된) 순수와 전통 서정시(향토시와 시민시인 일부일 것이다)가 제 몫으로 가져간 순수는 현실주의 시의 주제가 되지 못했다. 신동엽이 놓친 부분은 순수와 자유의 이질적인 투쟁과 변증법의 지점에 있다. 그것은 김수영의 사변에 가까운 어지럽고 난삽한 시론을 현실주의 시사의 다른 참조점으로 끌어들이게 한다. 이로써 김수영과 신동엽은 50여 년이 지난 지금 이 자리의 '시적 현실'의 문학사적인 논쟁점의 첫자리를 차지하기에 이른다.

1960년대의 현실주의 시문학사가 놓친 부분은 아마도 신동문이 지적한 "감각의 리얼리티"[10] 차원일 것이다. 분명 한국 리얼리즘 시사는 현실과 역사사회적 조건을 당대라는 차원에서 결곡하게 들여다본 결과이자 쟁투의 산물이다. 그러나 한편 그것은 '진정한 적은 누구인가?'라는 물음으로 현실을 들여다본 결과로 편협한 시각을 그대로 노출한 것은 아닐까 생각해 본다. 칼 슈미트의 표현에 따르자

---

9 신동엽, 『신동엽 전집』, 창작과비평사, 1985, pp.374-380.
10 신동문, 「문학적 세대론」, 백철 편, 『이십세기의 문예』, 박우사, 1963, pp.278-282.

면, '절대적인 적'과 '실제의 적'을 구분하는 복잡다단하고 지리멸렬한 쟁투의 차원으로 논의를 한정한 것은 아닌지 되묻게 된다.[11]

2014년 지금 이 자리에서 읽을 때 1980년대에 쓰인 박노해의 「손무덤」이 던진 메시지의 충격과 황지우의 시편들이 던진 전위적인 메시지 전달 방식의 충격은 다소 무딘 지점에서 문제점을 노출하며, 한편으로 당대를 넘어서는 보편적인 '인식의 충격'을 질문으로 던지기도 한다. 그것을 2000년대를 한참 넘어선 지점에 쓰인 진은영의 「1970년대산」과 같은 시와 1960년대의 김수영, 신동엽의 시는 물론 1946년에 노농사에서 문학가동맹 계열의 전위시인들이 주축이 되어 발간한 『전위시인집』과 나란히 놓고 읽으면 문제의 지점은 한층 선명해진다. 이제 '적'의 존재 여부와 행동 방식과 반경을 물을 때가 아니라는 점이다. 문제는 문제의 향방이 아니라, 문제의 존재 자체가 될 테니 말이다. 테리 이글턴에 따르면 그것은 자유의 운명과 의미를 가늠하는 문제다.

자신의 기획을 아무 저항 없이 실현하기 위해 절대 권력은 세계에서 의미를 모두 배출시킨다. 그러나 의미 없는 세계는 사실 정복할 가치 역시 갖지 않는 세계이며, 따라서 자유는 자기 스스로 무가치한 것으로 만든 실재 위에 군림해야 할 운명에 처하게 된다.[12]

---

11 칼 슈미트, 『파르티잔』, 김효전 역, 문학과지성사, 1998, pp.139-154 참조.
12 테리 이글턴, 『성스러운 테러』, 서정은 역, 생각의나무, 2007, p.146.

청년의 자기 호명에서 시작된 문학장의 재편
―『68문학』과『사계』에 대하여

1. 청년의 동인에서 장년의 문학으로

1970년 가을『문학과 지성』이 계간지의 꼴로 발간되기 시작한다. 이즈음부터 1977년「서울 달빛 0장」을 발표하기까지 김승옥은 한동안 소설을 쓰지 못한다. 1970년『사상계』5월호에 김지하의 담시「오적(五賊)」이 발표된다. 유신 체제의 서막을 알리는 이 사건은『사상계』의 폐간,『사상계』의 후신인『다리』의 폐간과 언론인들의 구속으로 이어진다. 김지하는 '오적 필화 사건'으로 6년 4개월 수감된다. 김승옥은 대학 시절 '문리대 거지'로 하길종, 주섭일 등과 절친한 우정을 나눈 김지하의 구명에 앞장선다. 대학 시절인 1960년 김승옥은 문리대 신문『새세대』기자였다. 1년 후배인 김화영 역시 같은 신문의 기자였다. 이 시기에 김광규, 박태순, 이청준 등 독문과 친구들과 동인 모임에 참여하기도 한다. 김승옥의 회고에 의하면 숨어 다니던 김지하가 김승옥에게 '더 이상 숨을 수 없다. 박성희가 나를 죽일 것 같다. 자수할 테니 밖에서 문학인들을 모아 구명해 달라'고 말했다고 한다. 김승옥은 이 시기에 술에 의지해서 자신을 달랬노라고 고백한다. 영화를 하기 이전부터 절친했던 하길종이 1979년에 죽은 것도 김승옥의 울분을 더했다. 1960년대 후반 하길종이 LA에 유학을 하던 시절, 곽광수에게 보낸 편지에서 하길종은 김승옥과 김현(김광남)의 안부를 빼먹지 않는다. 하길종은 이들이 원하는 책을 영역본으로 또는 불어 원서로 구해서 보내 주기도 한다. 한편으로는 김현에게 영화평을 써 보라고 곽광수를 통해서 채근하기도 한다. 김현, 김승옥은 최하림과 더불어 『산문시대』 창간호를 낸 이들이다. 곽광수 역시 산문 동인에 합류한 이다. 김화영은 이후에 『사계』 동인으로 동인지 1호에서 3호에 시를 발표했다. 이청준과 박태순은 『68문학』에 소설을 실었다. 주섭일은 『산문시대』의 순수 지향에 반발해서 조동일과 함께 임중빈, 이광훈 등 타 대학 학생들을 끌어들여 1963년 『비평작업』 동인지를 펴낸 인물이다.

『문학과 지성』 창간호가 발간된 지 3년 후인 1973년 9월에서 12월까지 김승옥은 「『산문시대』 이야기」라는 후일담을 칼럼 형식으로 『서울대 학보』에 연재한다. 애초에 김승옥이 『산문시대』 동인으로 추천한 인물은 고등학교 때부터 문사로 이름을 날렸고 서울대 입학 후에 동인 모임을 갖기도 한 김광규, 이청준, 박태순과 문리대 신문을 만들면서 알게 된 염무웅, 김화영, 조동일, 주섭일 등이었다. 김현과 김치수의 반대로 조촐하게 『산문시대』 창간호는 1962년에 나온다. 대신 김현이 추천한 최하림이 동인으로 합류한다. 김승옥은 1962년에 『한국일보』를 통해서 소설로, 최하림은 『조선일보』를 통해서 시로, 김현은 『자유문학』을 통해서 평론으로 각각 등단한 후였다. 1962년에서 1964년까지 5호가 발간된 『산문시대』 동인들은 대부분 비슷한 시기에 등단을 했고, 동인 활동을 할 무렵에는 대부분 대학생 신분이었다. 기왕에 지적된 바대로 전라남도라는 특정 지역과 서울대라는 특정 학교와 외국 문학 전공자들이라는 특정한 학문 분과에 치중한 '에꼴'이라는 작인(作因)보다도 그물망처럼 얽힌 이들의 인연에서 비롯된 '서로에 대한 앎과 믿음'이 동인 활동의 전제 조건이었던 셈이다. 외국 문학을 전공했다는 것은 1960년대의 상황에서 당대의 애매하게 중역으로 통용되던 실존주의 내지는 심리비평을 원어로 읽고 번역할 능력을 갖춘 이들이 등장했다는 점에 주목할 수 있는 요건이다. 『산문시대』에는 실제로 이오네스코의 「대머리 여가수」가 번역되기도 했고, 사르트르와 프로이트 등이 섬세하게 코멘트 되기도 했다. 더불어 이들이 대학생 신분이었다는 사실이 『산문시대』 동인이 가진 상대적인 가치관으로 1960년대적 현실을 바라보는 감성을 길어 올리는 기반이 된 것일 수도 있다. 이들의 작품과 상황 인식에 세대론적인 단절에 대한 명민한 자각, 그리고 만들어진 역사와 전통이 빚어낸 계몽 의식에서 탈구되고자 하는 역동성은 대학생으로서의 자각에서 비롯될 것이기 때문이다.

그것은 1960년의 시작인 4.19를 '학생 의거'라고 부를 때, 바로 그 학생 주체를 역사의 주체로 전유해서 호명하는 시대적인 인식과 궤를 같이할 것이다. 4.19는 '부패'한 기득권과 '순수'한 학생의 주체 싸움을 전략으로 바꾸어서 민주주의의 '권리'를 장전하고자 했다는 의미에서 혁명이기 때문이다. 1960년대 초반에 심지어 5.16 쿠데타 이후까지도 '불의' '부패'와 '정의' '순수'의 대립 구도는 정치사회적인 판을 짜는 대립 축으로 자리했기 때문이다. 그렇다면 이런 구도 속에서 호명되는 '문학적인 순수' 역시 다른 의미를 가질 것이다. 그것은 순수하게 미학적인 태도로 읽기에 곤란하고 그렇다고 심리학적인 콤플렉스로 치부하기에는 아직 학술적인 궁구가 설익었고 사회적인 그림을 모두 포괄하기에는 역부족인 상황에서의 순수였을 것이다. 『산문시대』『사계』『68문학』『문학과 지성』은 계보학적인 발전 과정으로 읽힌다. 그러나 자세히 읽어 보면 여기에도 연속선이 있고, 절취선이 있다. 『사계』와 『68문학』의 인적 구성과 발간 당시 이들의 신분을 분석하면 자세히 밝혀질 것이다. 그런데 이들 대부분이 외국 문학 전공자였다. 이들이 1960년대 초중반에 데뷔했다. 평론가의 길을 택한 이들은 1960년대 후반에 학위를 마치거나 외국 유학을 마친다. 이들은 1960년대 후반에서 1970년대 초반 사이에 대학에서 선생의 일을 업으로 삼는다. 김윤식은 이들이 "턱에 조금 수염이 돋았을 때 『68문학』을 간행하였다"라고 쓰면서, 이들이 "마침내 어른이 된 것은" 김주연과 이청준이 가담한 순간이 아니라, 김병익을 포함한 순간이라고 못 박아 말한 이유도 여기 있을 것이다(김윤식, 「60년대 문학의 특질」).

2. 이상화된 현실과 문학이라는 사회 언어

김승옥의 고백에 따르면 이들이 『산문시대』를 펴내면서 표방한 제일 원칙은 순수한 대학생 문단지를 원칙으로 삼는 것과 개방적이지 않고 재능 있는 친구들을 취사선택하여 작품을 싣자는 것이었다. 이지점에서 먼저 지적되어야 할 것은 4.19로 호명받은 학생 주체는 정치적인 현실을 삶의 우위에 놓을 줄 알게 되었다는 사실이다. 그러면서도 전 세대가 막연히 '박래품'으로 인식해 온 민주주의라는 관념을 현실과 등가치로 놓고 사유할 줄 알게 되었다는 점이다. 그 가운데서도 대학생은 학원 바깥의 공기와 소통하는 데 유연함을 발휘하려 애썼다는 점이다. 그런데 이들의 바탕이 된 순수와 내면은 이데올로기적인 정합성을 애써 외면하는데, 그것은 이데올로기와 계몽이 언어를 통해서 접합되는 순간의 불순함에 대한 생래적인 반발심 때문이었을 것이다. 이들이 백철, 조연현, 김동리를 위시한 1950년대의 문학 의식과 절연하는 것을 문학의 출발점으로 삼았음은 이 지점에서 다시 한 번 주목할 필요가 있다. 이 지점에서 『산문시대』를 통해 보여 준 '시정신에 의한 산문'은 '시정신에 의한 현실 인식'과 같은 값을 지닐 것이다. 그것은 산문이 가진 가변성과 역동성, 그리고 가치의 상대적인 조망에 유연한 힘을 발휘하는 조건이 시정신으로 승화하는 조건이 되는 셈이다. 이러한 역할을 동인 내에서 담당한 이는 김현과 최하림이었다. 이런 면에서 '조직가'로서의 김현의 능력과 감각은 이후 『사계』와 『68문학』에 일관성을 담지하는 조건이 되는 셈이다. 문학 언어를 이런 의미로 궁구하는 이들은 물론 '지식인'이고, 이들은 약관 스물 근방의 나이에 펴낸 동인지에서 '지식인의 소명'과 같은 것을 문학적인 언어로 그것도 시정신을 내장한 소설 언어로 표현하려 한 셈이다.

『산문시대』 5호가 종간호를 낸 1964년에 김현은 「초현실주의 연구」로 서울대 불문과를 졸업하고 동 대학원에 진학한다. 같은 해 7월에는 첫 평론집인 『존재와 언어』를 펴낸다. 1966년에 김현은 대학원 졸업논문을 쓰고 있었고, 이때 그는 바슐라르를 접한다. 그리고 1960년대에 등장해서 한 권의 작품집을 냈거나, 왕성하게 활동하고 있는 동시대의 작가들 편에 서서 그들의 미학적인 특질과 문학 사회학적인 감수성과 내적인 인식을 밝히는 평론을 썼다. 『사계』 1호가 나온 것은 바로 1966년 6월 20일이다. 김현은 당시에 적극적으로 옹호하던 황동규, 박이도, 정현종 등의 시인과 평론가 김주연 그리고 군에서 제대하고 시를 쓰던 김화영과 함께 『사계』 동인지를 펴낸다. 이후 『사계』는 한 해에 한 번 꼴로 발간된다. 2호는 1967년 6

월 25일, 3호는 1968년 7월 20일 발간되었고, 동인의 변화는 전혀 없었다. 1호의 저자 대표는 황동규, 2호의 저자 대표는 박이도, 3호의 저자 대표는 정현종으로 표기되었다. 출판사는 가림출판사고 발행인은 김종배였는데, 가림출판사는 1962년부터 『산문시대』를 간행한 출판사다. 『산문시대』를 간행할 때, 애당초에는 등사판으로 프린트하려고 했다. 최하림이 전주에서 활판 인쇄가 가능한 방법을 찾아낸다. 가림인쇄소 사장 김종배라는 이가 종이 값만 부담하면 인쇄와 조판과 제본에 이르는 전 과정을 무료로 처리해 주겠다고 약속한다. 대학생들이 의기투합하여 만든다는 말에 당시 사십 대였던 김종배는 '내가 당신들을 기르겠다'며 동인지의 출간을 적극 도왔다. 활판 인쇄가 가능하다는 말을 듣자 애초에 '산문 동인'을 제의한 김치수가 빠졌다. 지역 문화의 발전에 관심을 가지고 있던 사업가의 도움으로 동인지가 나올 수 있었던 셈이다. 종이는 김현의 아버지가 제공했다. 가림출판사라는 이름으로 등록한 이곳에서 1962년에서 1964년까지 『산문시대』 다섯 권이 나왔고, 1966년에서 1968년까지 『사계』 동인지 세 권이 나왔다. 동인지에는 황동규, 박이도, 정현종, 김화영이 순서대로 시를 실었다.

시는 일종의 소시집처럼 실렸는데, 예를 들자면 동인지 1호에 실린 황동규의 시편들은 "평균율"이라는 큰 제목 아래에 「기항지(寄港地)」「겨울 항구에서」「한 시민」「태평가」「오십보시(五十步詩)」「뜰의 내부」「토가(土家)」「네 개의 전주(前奏)」가 실렸다. 황동규는 1957년 서울대 영문과에 입학을 했고, 훗날 『68문학』과 『문학과 지성』에 관여할 김병익이 친구였다. 황동규가 등단한 해는 1958년이었고, 1961년에 이미 처녀 시집 『어떤 개인 날』을 펴내고 호평을 받았으며, 1965년에는 제 2시집 『비가(悲歌)』를 펴냈다. 시집을 두 권이

나 낸 황동규가 김현과 친교를 맺은 것은 군에서 제대하고 대학원에 입학한 1964년 무렵이었다. 황동규가 동인지 세 권에 발표한 작품들은 1968년 마종기, 김영태와 함께 펴낸 동인지『평균율 1』에 대부분 실린다. 박이도는 1959년『자유신문』, 1962년『한국일보』를 통해 등단한 시인이었고, 1963년에는 경희대학교를 졸업한 상태였다. 이무렵 그는 교사와 기자 등의 일을 하고 있었다. 박이도는 1960년대에 이미『신춘시』동인 활동을 하고 있었고,『신춘시』동인지의 편집 후기를 몇 차례 쓰기도 했다.『신춘시』와『사계』동인 활동이 끝나는 1969년에 이르러 박이도는 두 권의 시집을 한꺼번에 펴낸다.『북향』과『회상의 숲』이 그것인 바, 특히 뒤의 시집에는『사계』동인으로 활동하면서 발표한 시들이 대부분 실린다. 정현종은 1965년에『현대문학』을 통해서 등단했고 같은 해에는『60년대 사화집』에 참여하기도 했다. 역시 1972년에 출간된 첫 시집『사물의 꿈』의 고갱이는『사계』동인으로 활동하며 발표한 시들이었다. 김승옥은『산문시대』동인지에 '시를 제외한' 장르의 글들만 싣기로 한 데에는 1960년대에 이미 많은 시 동인지가 발간되고 있기에 특색을 주기 위해서였다고 고백했다. 그러면서『60년대 사화집』이라는 동인지가 기성 시인에 의해 '착실하고 충실하게' 나오고 있었다고 콕 집어서 말했다. 황동규와 김주연과 김화영은 김현과의 친분에 의해서 동인에 영입이 되었다고 가정한다면, 박이도와 정현종의 동인 활동은 어떻게 설명할 수 있을까? 이들은『산문시대』동인에서 시를 제외하도록 하는 이유가 되기도 했던 기존 시단의 기성 문인으로 동인지에 작품을 실은 전력이 있고, 박이도 같은 경우에는 '성실하고 충실하게' 동인 활동을 하기도 했는데 말이다. 1965년에 등단과 동시에 김현과의 인연을 시작한 정현종의 경우나, 김현의 비평을 통해 주목을 받은 박이도의 경우는 이후 『68문학』이 동인 '그룹' 체제로 종합 잡지의 전열을 갖추기 위한 전사(前史)의 단계를 보여 준다고 할 수도 있을 것이다. 김화영의 경우 동인으로 활동하던 무렵에 대학 학부생에서 대학원생으로 건너뛰었고, 이후 1970년대에는 프랑스 유학길에 오른다. 이색적인 것인 김화영이 동인지에 시를 발표했다는 사실이다. 김화영이 발표한 작품들은 그대로 시대의 민낯을 들여다본 청년의 자아상을 드러내는 것처럼 여겨진다는 점에서 다른 시인들과는 차별된 작품 세계를 보여 주기도 한다. 동인 1집에 김현은 소설 「노숙(露宿)」을 발표했다. 1962년 『산문시대』 1호에 소설 「잃어버린 처용」 등 소설 두 편을 발표하고 '매우 부끄러워했다'던 김현이 4년 후에 다시 소설을, 그것도 『산문시대』에서는 '제쳐 두었던' 시를 선보이는 동인지에 발표하고 있는 것이다. 소설이 아니라 '산문(散文)'이라고 명기되었지만, 자세히 읽으면 작품은 분명히 소설이라는 것을 알 수 있다. 글의 도입부에서 화자는 어느 여름에 "전주에서 조그마한 단행본을 끝마치고 목포로 되돌아가기 위해 이리에 들른다." 소설은 이리역에서 하룻밤 노숙을 하고 다음 날 기차표를 끊지만 다시 2시간 연착을 하는 것으로 끝맺는다. 이 소설은 중간에 '트리스탄의 고백'이라는 액자 에피소드를 하나 삽입하고 있다. 에피소드는 전쟁이 끝난 도시로 총을 들고 가며 외로움에 떠는 한 남자가 전쟁이 끝난 거리로 돌아와 다감하게 각자의 삶을 살아가는 개인들에게 총을 난사하고 집으로 돌아간다는 내용이다. 그리고 그가 고향에 돌아갔을 때 거기에는 아무것도 없다는 것이다. 트리스탄과 이졸데의 비극 속에서 옛것과 새것의 대립, 밤과 낮의 대립, 사회적 강제와 개인의 자유의 대립 그리고 그것의 낭만적 승화로서의 죽음을 읽을 수 있다. 이 작품은 낭만주의적인 비극을 개인의 무의식적 환상으로 바꾸어서 다시 쓰고 있는 셈이다. 파국을 다시 매듭짓는 것은 지리멸렬한 일상이다.

3. 1970년대를 위해, '썩는 작업' 또는 문학적 고고학

저 소설 속의 일상과 환상의 경계에 대하여 답하려는 듯, 김현은 『사계』 2호에는 「상상력의 두 경향」이라는 평론을 쓴다. 이 평론은 이즈음 김현이 심취하고 머잖아 소개하게 될 바슐라르를 원용하며 "동적 이미지를 산출하는 능력"과 "형태적 이미지를 산출하는 능력"으로 나누어 설명한 후, 최하림, 김화영, 이승훈, 정현종, 강호무, 이성부 등의 시를 분석한다. 바슐라르의 물질적 상상력과 형태적 상상력을 평문에 적용한 이 글은 인간 존재의 근본적인 존재 조건으로서 이미지를 분류하고 확정하는 방식에 대한 고민을 담고 있다. 이런 고민은 3호에 김현이 쓴 「고은의 상상적 세계」의 서두로 그대로 이어진다. 서두에서 김현은 "상상력은 기억을 통해 과거의 어떤 것을 모방하여 이미지를 산출한다"고 정의하는데 이렇게 확정적인 대상에로 고착되는 기억은 바슐라르 식으로 말하자면 형태적인 이미지에 가까운 것이다. 상상력이 이미지를 얻고 나타난 것이 '상상적인 것'이라는 점을 김현은 강조한다. 한 작가의 '상상적 세계'는 역동적인 방식으로 드러나지 역사적인 한계나 심리적인 콤플렉스로 환원되어 한 형태로 고착되지 않는다. 때문에 당대를 사로잡은 프로이트류의 심리비평은 '현대 작가와 현대 작품' 앞에서 분석적인 소구력을 잃으며, 이미지가 충동의 표현일 경우 이미지들이 변주되지 않고 고착된다는 한계를 지닌다. 이 분석 방법을 통해서 김현은 고은의 어떤 언어가 상징적 허무와 낭만적인 죽음 사이에서 길을 트는 방식을 읽고 있다. 감각과 원초적인 존재보의 실트기와 그 이미지의 변용은 1960년대적 개체성에 대한 김현 식의 이름 붙이기가 아니었을까?

이 지점에서 동인지에 실린 「서문」을 읽어 보자.

①

1965년에 쓴 작품 가운데서 골라 모아 보았다. 1966년에 제작되는 작품은 1967년 봄에 발간되는 제이집(第二集)에 모아질 것이다.

좋은 땅을 마련하기 위해서는 썩는 일이 필요하다. 이 책에 실린 작품들에게서 그 썩는 작업을 찾아볼 수 있기를 바랄 뿐이다.

—「서문」,『사계』1호(1966.6.20)

②

2집을 낸다. 첫 호와는 달리 전부 신작으로 바꾸었다. 앞으로도 그럴 것이다.

한국의 현대시는 그 기초를 확정할 만한 영토를 지금쯤은 갖추어야 되지 않을까 생각한다. 시와 시인을 동시에 읽을 수 있는 때가 오기를 기대한다.

—「서문」,『사계』2호(1967.6.25)

1집과 2, 3집의 차이는 시를 모두 창작시로 바꾸었다는 점이다. 1집에 실린 작품들은 황동규, 박이도, 정현종의 개인적 사정에 따라서 시집에 수록된다. 1집을 발간할 당시에 이들은 일정 정도 개인의 친소 관계에 따라 다른 동인에 적극 참여했고, 다른 시인들과 연대 시집의 가능성을 타진하고 있었다. 약 10편에 못 미치는 분량의 작품이지만 모두 창작시로 바꾼다는 것은 1년 동안 동인지에 자신의 시적 역량을 집중하도록 유도하려는 방편이었을 것이다. 이것은 동인지의 기획자이고 '조직가'였던 김현의 생각으로 여겨진다. 동인지에 실은 작품들을 이후에 모두 개인 창작집에 그대로 수록했다는 점, 그 시점이 『사계』 동인의 발전적인 해체와 같은 시기였다는 점이 이런 추측에 타당성을 실어 준다. 1집에서 비유를 통해 강조하는 것은 두 가지다. "좋은 땅"이라는 비유를 통해 드러나는 이들이 시를 통해 가닿으려는, 열어젖히려는 새로운 시대의 새로운 시의 모습이 그 첫 번째이다. 앞서서 김현은 어떤 형태와 기억으로 고착되어 유전되는 역사에서 기원하는 상상력의 폐해를 지적한 바 있다. 이 서문에서 김현은 물질적인 활동성과 역동성을 가지며 스스로 존재 차원에서 변전을 거듭하는 힘을 궁구하는 모습을 『사계』 동인의 시적 지향으로 갈음한 것이다. 이 대목에서 "좋은 땅"이라는 표현은 어떤 가치와 의도를 표현하는 은유라기보다는 '좋다'는 단어가 가지는 생명력과 직관의 싹을 강조하는 표현으로 읽힌다.

그렇다면 "썩는 작업"이라는 것은 무엇일까? 이것은 물론 1960년대적인 상황 인식과 관련된다. 김승옥이 『산문시대』를 회고하던 1973년 무렵 최하림은 「60년대 시인 의식」이라는 평문을 발표하는데 여기서 최하림은 김수영의 자유에서 문학의 개념을 추출하는 논리를 보여 준다. 최하림에 따르면 "자유의 쟁탈 작업인 문학은 현실과의 타협보다도 현실을 보다 높은 차원으로 끌어올리려는, 현실의 이상화를 촉진하고 그것을 실현하기 위해서 현실 유지 세력과 대치하는 불순한 문서가 되는 것이다." 문학이 현실이라는 토대를 역동적으로 변용하는 "불순한 문서"가 되어야 한다는 최하림의 인식은 기실 저 1960년대 주류 기성 중진 문단의 패착을 지적한 대목이다. 이런 지적을 통해 우리는 1960년대를 넘어서도록 한국시는 "기초를 확정할 만한 영토"를 가지지 못했다는 신난에 새심 주목하게 된다. 문단의 기초라는 것은 역사와 문학이 따로 놀고, 현실과 문학이 따로 놓고, 현실의 안정성과 문학의 불온성이 서로 길항하지 못해 온 역사를 지적하는 것이다. 이들이 태생적으로 1960년의 저 혁명을 통해 호명된 학생 주체에서 지식인 장년층으로 성장하면서 갖춘 내면의 시야와 역사적인 전망의 결합태가 바로 '현대시의 기초를 확정할 만한 영토'에 대한 계몽적인 요구로 드러난 셈이다. 이런 계몽은 내재적인 차원이고, 탈각되고 잊힌 존재의 차원을 다시 묻는다는 점에서 역계몽(counter-enlightenment)에 다름 아니다. 역계몽의 방식은 '썩어 문드러지기'가 될 것이다. 시와 시인을 동시에 읽을 수 있는 차원은 삶과 현실, 내재적인 감성과 외부로부터 주어지는 사유의 통합을 갈망하는 것일 테다. 김주연은 동인지 1집에서 한국시사를 "횡렬적으로" 조망한다.

소위 신체시라고 불리우는 이 땅의 신문학 이후 우리는 시에서만도 많은 표정을 가지어 왔다. 소월과 영랑의 소박한 릴리시즘이나 이상의 그로테스크한 초현실성을 거의 같은 시간에 목도하였고 지용과 기림의 모더니즘도 이어 구경하였으며 서정주나 박목월, 그리고 김종문이며 김춘수의 얼굴을 횡렬적(橫列的)으로 조감하고 있다.

—김주연, 「언어의미론으로 본 시와 진실」

이 글에서 김주연은 문학사조가 어떤 '이즘'으로 시대의 사회역사적·현실적 적합성과 동떨어진 지점에서 무잡하게 충돌하면서 발전해 온 한국시사의 단면을 짚고 있다. 한국의 시사는 언어의 심연을 확충하려는 노력이 전혀 없었다는 것이 김주연의 지적이다. 김주연에 따르면 리리시즘도, 그로테스크한 초현실주의도, 도시적인 또는 감각적인 모더니즘도, 서정주의 신비적인 서정도, 박목월의 포멀리즘에 가까운 민요시도, 김종문의 초현실주의도, 김춘수의 감각과 인상의 변증법도 모두 서구의 시가 보여 준 실험을 한국적으로 추수하고 있는 모양새를 벗어나지 못한다. 더구나 서구의 시는 모더니즘과 리얼리즘의 쟁투 속에서 부단한 실험을 행해 왔고, 그 실험의 결과 삶을 잃고 언어와 형식이 삶의 내용을 잠식하면서 자체로 절대화되는 시의 아포리아에 직면했다는 것이다. 아포리아는 언어에 대한 관심으로 극복될 수 있는데 한국시는 이런 노력마저도 게을리 했다는 것이다. "썩는 작업"에 골몰하는 시인이란 김주연의 표현을 그대로 가져다 쓰자면 "시대인"일 것이다. 김주연은 글의 말미에 이렇게 쓴다. "시대인은 자기의 실재에 대해 끊임없이 회의하지만 결코 그의 삶을 부인할 수는 없다. 삶을 사건적인 감격을 통해서만 평가하려 드는 한 우리의 시는 끝없는 조야와 허무맹랑한 허세의 울타리 안을 헤맬 것이다."(김주연, 「언어의 미론으로 본 시와 진실」) 김주연과 김현의 논리는 이 지점에서 간신히 어떤 공통점에 다다른다. 그것은 시대와 현실과 시라는 조건을 공통의 영역에 두고 그것의 언어적인 변용을 통해서 어떤 '진실'에 가닿으려는 감각과 사유의 움직임일 것이다. 김현의 방식으로 말하자면 이것은 '문학적 고고학'의 태도와 같은 맥락으로 읽을 수도 있다.

4. 1968년 참여와 순수 사이 또는 창비와 문지 사이

1967년에 순수와 참여 논쟁이 불붙는다. 이때 김현은 순수와 참여의 이분법을 폐기하자고 제언한다. 문학과 삶의 이분법 역시 폐기해야 하고, 언어의 새로운 가능성을 위해서는 상상적인 것의 힘을 재발견하고 발명하는 '고고학적 태도'를 기저야 한다는 입장을 취한다. 한편 1968년에 발간된 동인지 『사계』 3호에서 김주연은 신동엽의 시가 가진 참여시로서의 허약한 논리를 지적하는데, 이 평론은 그 맥락에서 「언어의미론으로 본 시와 진실」에 이어진다. 흔히 참여시는 격한 감정의 토로이기 때문에 그 안에서 사물은 용해되어 버린다. 참여시 속에서 사물의 고유성이 사라진다는 것이다. 활력을 불어넣기 위해 택하는 직유와 상징은 대부분 '사회적인 콤플렉스'를 지닌 채 권력을 야유하고 불평을 쏟아 낸다. 김주연은 신동엽이 "일상적인 것을 보다 보편적인 것으로 평범한 감각으로 노래하면서 자유와 평등이 용인되고, 계급과 알력 다툼이 없는 원시에 집착한다"고 진단한다. 그런데 이런 원시 상태란 김주연에 따르면 무정부 상태에 불과하다. 여기에는 시인의 체험이 없고, 그것을 해석해서 삶과 연관시키는 정치적이고 역사적인 내용에 대한 부정 정신이 없기 때문이다. 역설적으로 신동엽이 「금강」에서 보여 준 이런 무정부적인 인식은 "현실에 대한 무책임성"을 노출할 뿐이다. 이 지점에서 김주연의 해석은 지식인으로서의 사회 전망과 반성, 그리고 그에 따른 언어와 문법의 새로운 가능성을 타진하는 과제로 이어질 것이다. 그것은 시적인 것의 선취와 같을 수도 있다.

이런 인식은 1966년 『창작과 비평』 창간호 권두 논문에서 백낙청이 강조한 "작가와 비평가가 힘을 모으고 문인과 여타 지식인들이 지혜를 나누며 대다수 민중의 가장 높은 기대에 보답하는" 지식인의 소명 의식과 통하는 바가 있다. 백낙청이 『창작과 비평』을 창간하고 유학길에 오르자 신동문과 함께 신구문화사에서 일을 하고 있던 염무웅은 『창작과 비평』을 이끌어 간다. 앞에서 본 김주연의 인식과 1969년 1월 13일 인쇄, 1969년 1월 15일 발행된 『68문학』에 실린 염무웅의 논조를 나란히 놓고 보면 이들의 인식이 1960년대를 거쳐, 1970년대로 나아가면서 어떻게 달라지는지 알 수 있다.

염무웅은 『68문학』 말미에 「집착과 변용—김동리 문학의 현실 감각」을 발표한다. 염무웅은 김동리의 문학이 역사적으로 의미를 추출하고 형상화하는 예술 활동에서 멀어졌다고 지적한다. 특히 해방 이후에는 「무녀도」 등이 보여 준 값있는 문학적 성취를 스스로 포기했다고까지 비판한다. "민족적 현실이 감겨지던 터전으로서의 농촌은 시대성을 외면한 신비 감정의 희롱 부대로 변모하고, 전통적인 것의 몰락을 기능적으로 표현하던 소설적 도구로서의 종교적 관심은 관념적 일반화로 애매하게 해소되며, 지식인의 도피와 무력을 제시할 수 있었던 개인 생활 주변의 묘사는 장황한 지엽 말단으로 떨어지고, 생명의 직관력과 신비성에 대한 관심이라고 주장되던 경향은 합리적 모색과 해결을 포기하는 반지성주의로 변신"했다는 것이다.

이 지점에서 염무웅이 지적하는 문학의 현실 감각을 읽을 수 있다. 시대성을 담지한 현실, 전통적인 것 그러니까 샤먼과 신비의 몰락을 정교하게 표현하는 소설적 언어, 지식인의 무력과 도피를 제시하는 개인의 삶의 터전, 생명의 직관과 신비성에 대한 관심이 드러나야 한다는 것이다. 이것은 1950년대에서 1960년대로 이어져 오는 문학사적인 현실이 놓치지 말아야 할 현실 감각이라는 것이 염무웅의 논지다. 1년 후인 1969년 12월 염무웅은 『시인』지에 「서정주와 송욱—1960년대 한국시를 개관하는 하나의 시선」을 발표한다. 염무웅은 서정주의 시에 드러나는 도착적인 서정주의와 샤머니즘은 물론 송욱의 시에 나타난 황당무계한 모더니티를 비판한다. 이어서 염무웅은 1960년대의 시인들을 호명하는데 이것은 당시에 신동문과 더불어서 『창작과 비평』을 이끌던 염무웅의 평론가로서의 문학사적 전망과 시야를 드러내는 것처럼 보인다. 즉 "1960년대 전 시기를 통해서 언제나 훌륭한 시인이요 가장 용감한 이론가였던 김수영의 활동,

소박한 대로 애국적인 정열을 노래에 담은 신동엽의 활동, 그들의 선배인 김광섭과 김현승, 박두진 등의 계속적인 활동"이 1960년대 시단의 주목할 만한 성과라는 것이다. 이들의 적자로 이성부와 조태일을 꼽은 염무웅은 민용태, 최민, 김지하, 김준태 등을 1970년대 시단의 가능태로 꼽는다.

『산문시대』를 이상에게 바치면서 이들이 함께 보았던 것은 어떤 현실을 개인의 힘으로 감각으로 전용하는 언어의 힘이었을 수도 있을 것이다. 그것이 삶으로 봉합되는 신비한 지경을 드물게 보여 준 희귀한 사례를 이상에게서 읽은 것일 수도 있을 것이다. 그러기에 이들은 『비평작업』과 『사계』와 『68문학』을 거치면서 동인 그룹의 숫자를 늘려 가면서 1960년대 문학사를 문학 장르 안에서 내파하면서도, 세대론적인 단절을 표 나게 내세운 것은 아니었을까 말이다. 그것은 4.19 세대로서 역사를 호명한 '주체'가 비로소 문학사 안에 자기반성을 기입하고 자기 아이러니를 이룩해 가는 과정일 수도 있을 것이다. 이들이 줄기차게 비판한 서정주, 김동리, 조연현, 백철은 물론이거니와 이들의 바로 전의 역사를 기입한 이어령도 어떤 지경에서는 부정되기에 이른다. 동시대의 중견인 김춘수 등은 말할 것도 없다. 그런데 김주연이나 김현이나 염무웅의 1968년 이후의 평론에서 보면 이들이 새 시대의 가능성으로 호명하는 시인들의 이름이 상이하고, 신동엽이나 김수영 등에 대한 평가도 조금씩 낙차를 보이고 있다는 사실을 알 수 있다.

아무튼 이들은 1968년에 하나의 '그룹'을 결성한다. 『산문시대』에서 활동한 김승옥, 김치수, 강호무, 염무웅, 서정인 등과 『사계』에서 활동한 황동규, 정현종, 박이도, 김화영, 김주연을 포함하고, 여기에 다시 이청준, 박태순, 김병익을 포함하고, 거기에 이성부와 홍성원과 이승훈과 박상륭 등 이들이 주목한 문인들을 포함해서 '68 그룹'을 꾸린다. 결성된 해를 따라서 정한 이 '그룹'은 한국문학의 수준을 제고하고 세대와 현실의 새로운 장을 쓰기 위해서 시, 소설, 평론에 걸쳐서 종합지의 형태로 잡지를 발간하는 것으로 방향을 잡는다. 그리고 그 첫 호는 1969년 1월에 한명문화사를 통해 출판된다. 단 한 호만 내고 발전적으로 해체한 68그룹은 1970년에 창간된 문지 그룹으로 문학사의 분화를 이끈다. 이후에는 문지와 창비의 상호 보완적인 담론 다툼과 전망 제시로 문학사의 한 축이 이어진다. 그런데『68문학』을 내던 이 무렵까지 한창 진행 중이던 세대 논쟁이나 순수–참여 논쟁에서『68문학』의 글들은 동인 각자의 개성과 관심을 확장하고 심화시킨 글을 선보인다. 68그룹의 처음이지 마지막 동인지에는 박상륭, 박태순, 이청준, 홍성원이 각각 1편씩 소설 4편, 김화영, 박이도, 이성부, 이승훈, 정현종, 최하림, 황동규가 각각 3편씩 시 21편, 김병익, 김주연, 김치수, 김현, 염무웅이 각각 1편씩 평론 5편을 싣고 있다. 기왕에 관심을 기울여 온 '소설의 가능성'과 '시의 가능성'과 더불어 김현은 '한국비평의 가능성'을 짚고 있다. 김주연은『산문시대』의 창간호에서 헌사를 올렸던 이상에 대한 주제론적 평론으로「깨어진 거울의 혼란」을 쓰고 있다. 주목할 점은 김병익이 발표한 평문「자유와 현실—최인훈 씨의 경우」이다. 이 글은 4.19 세대인 이들의 문학적 존재태를 1960년대의 시작점을 제시한 최인훈으로 한정 지은 글이기 때문이다. 이것은 김승옥이 가지고 온 감수성과 개인의 내면에 역사적인 내면과 전망을 덧입히는 작업으로 읽을 수 있기 때문에 더욱 의미를 가진다. 김현이 쓴 것으로 보이는『68문학』의 창간이자 종간호 편집자의 말을 인용해 본다.

어느 시대를 불문하고, 그 시대를 진정한 의미에서 체험하고 그 시대의 병폐와 한계를 뛰어넘으려고 애를 쓰는 사람들은 반드시 그 시대를 위기의 시대로 파악한다. 저마다의 세대는 저마다의 위기의식을 가지고 그 시대의 현실, 그 세대의 피부를 핥고 뼈속을 갈아 낸, 그리하여 의식의 심층 깊숙이 인각(印刻)을 찍은 그 시대의 현실을 내보이는 것이다. 〈우리는 태초와 같은 어둠 속에 서 있다.〉 젊음의 이상과 환희가 충만되어 있던 시절, 우리는 이렇게 적었다. 그 〈태초와도 같은 어둠〉이 정당한 의식의 조작을 거친 후에 지적인 표현을 얻을 수 있을 것인가, 없을 것인가? 그것은 우리들의 글을 쓰기 시작하고 생각을 의무적으로 표현하기 시작한 때부터 항상 염두에 두어 왔던 것이다. 그것은 토속적이며 비합리적인 세계에 흡수되어 샤마니즘의 미로를 만들어도 안 되었고, 관념적 유희를 즐기게 되어 현실 밖에 우리와는 상관없이 존재하는 어떤 가상의 제국을 만들어 내어도 안 되었다. 우리는 우리 시대의 위기를 샤마니즘적인 것과 관념적인 유희와 비슷한 것이 되는대로 결합하여 빚어내는 정신의 혼란 상태라고 생각한다. 그것을 건전한 논리의 도움을 얻어 극복하는 길만이 우리에게 주어진 사명이라는 것을, 그래서 우리들은 깨닫고 있다. 정말로 우리가 그 일을 맡지 않는다면 그 누가 그 일을 맡을 수 있을 것인가? 저마다 자기의 변명을 내세울 수는 있지만, 한 시대의 인각이 찍힌 한 그루우프는 자기의 사명을 내버린 데 대한 변명을 해낼 수 없다. 그것은 자기 세대의 존재 이유를 스스로 박탈한 것이기 때문이다. 이러한 일이 자유롭게 행해지기 위해서 우리는 정신의 리베랄리즘이 더욱 팽창하기를 희망한다.

—「편집자의 말」, 『68문학』

여기서 강조하는 '진정한 의미의 체험'과 '시대의 한계와 병폐를 뛰어넘는 시도' 사이에 가로놓인 '위기의식'은 이들이 스스로 자신들을 혁명의 주체로 인식한 '4.19 세대 의식'과 상통한다. 이들은 이제 하나둘씩 학위를 마치고, 아카데미에 뿌리를 내리며 스스로 하나의 탐구 기관이자 주체가 되어서 문학사를 각자의 방향에서 수행하기에 이른다. 그것이 1970년대와 1980년대 서정시의 활황을 다시 가져오는 데 일정 부분 힘을 북돋워 주었음은 더 말할 나위가 없다. 외국 문학의 번역사나 조직적인 문학 운동이나 현실 참여는 물론 시와 시집의 대중화 역시 이들 사이에 민음사가 가세하면서 시작되었다는 것은 주지의 사실이다. 이들은 저 1962년 산문 동인으로 처음 만났던 때의 다짐을 반복한다. "우리는 태초와 같은 어둠 속에 서 있다." 문학으로 시대의 현실을 읽고자 하는 이들의 열망은 '샤머니즘의 미로'를 배격하고, 관념의 유희를 떨치고, 그것들로 귀착된 정신의 혼란 상태에서 깨어나고 각성하는 것이었다. 이것은 저마다의 내면에 선연히 간직한 사명감의 빛을 다시 불 밝히는 것일 텐데, 이것은 자각하고 호명하고 호명된 학생 주체에서 장년 주체로 문학장을 호령하는 그들이 세상을 향해 던지는 역계몽의 의지, 그 의지의 사자후에 다름 아니었을지도 모른다. 그것이 바로 "정신의 리베랄리즘"인가? 아무렴 그렇다면 지금 이 자리 2015년 우리의 시사는, 문학사는 과연 저들이 열망한 정신의 자유주의에 가닿았는가? 섹트주의를 벗어던졌는가? 1960년대를 건너온 문학청년들의 물음은 여태도 값지고 아픈 거울이 되어 이 시대를 비추고 있는지도 모를 일이다.

'개새끼 표현'의 계보

　아버지에게 '개새끼'라고 욕을 하는 이는 제정신이 아닌 자다. 욕을 내뱉는 행위가 중요하지 욕에 담긴 메시지는 그리 중요하지가 않다. 아버지에게 욕을 하는 상황을 '연출'하는 행위가 더욱 중요하다. 그러니까 여기서 욕은 어떤 행위가 돌발적으로 일어나는 연극적인 상황 속에서 '레디 액션!'과 같은 출발 신호로 읽힌다. 욕을 통해서 일상적인 가족 구조를 우그러트린다. 가족 별자리는 상징적으로 파괴된다. 욕을 하는 주체의 공격성은 고스란히 스스로에게 돌아온다. 이제 그는 스스로 모멸감과 비천함을 떠안은 자가 된다. 아니 친밀감이 구성하는 강제된 평화에서 이탈하여 스스로 모멸감을 발명한 자가 된다. 비천함은 삶에 대한 냉소와 조롱으로 이어진다. 삶을 비웃는다는 것은 한 번도 제 스스로 누리지 못한 '삶이라는 관념'을 자신만의 시공간으로 가져와 오롯한 스스로의 개체성을 가속하는 시발점을 만든다는 뜻도 될 것이다. 그는 무의미하고 무잡한 세계에서 본인만의 의지로 본인만의 삶을 가속하는 쾌락을 느낄 것이다. 그것은 부정적 쾌락이고, 시쳇말로 삶을 열어젖히는 죽음충동과 맞닿아 있을 것이다. 결국 아버지에게 '개새끼'라고 욕을 하는 순간 그는 스스로 벌을 받고 죄를 수행한다. 그는 내입된 죄책감을 받들어 안고 새로 태어나려는 의지 속에서 자신만의 개체성을 재규정하게 된다.

여기서 '개새끼'라는 욕의 정체가 무엇인가를 자세히 살필 필요가 있다. '개새끼'가 아니라 어떤 욕이라도 상관이 없다. 일차적으로 욕은 증오의 표현일 것이다. 그것은 인종 간, 계급 간, 성별 간, 세대 간의 불화와 대적의 구도를 온전히 드러내는 것으로 여겨진다. 그러나 이 표현으로 인종이나 계급이나 성차의 근원적인, 근원적이라고 여겨지는, 작동 구조를 오롯이 드러내지는 못한다. 증오 표현은 차이를 재확인하거나 서로 묶일 수 없는 대립 쌍들을 폭력적으로 하나의 담론 안으로 끌어들이는 데서 오히려 효과적인 기능을 하는 수가 많다.

너와 나는 다르고, 다를 수밖에 없다는 것을 재확인하는 것. 증오 표현은 이 지점에서 말하는 순간 상대에게로 향하는 척력만큼이나 본인에게로 고스란히 돌아오는 인력을 형성한다. 이 원심력과 구심력은 욕이 가진 폭력성이라는 또 다른 성격을 드러낸다. 폭력성은 소극적으로는 환대를 거부하고 고립을 자처하는 데서 시작된다. 어떤 관용도 소용이 없는 지점에서 관계는 우그러지고 낯설어진다. 낯섦을 느끼는 자가 세상을 향해 내지를 수 있는 외마디는 경악이거나 비명의 몸짓인 수가 많다. 침묵이 시작된다. 침묵을 통해서 타자와의 거리를 재확인하게 되고 관계는 더욱 낯설어진다. 상황은 애초에 원했던 상황과는 다른 방향으로 전개되기 시작한다. 엉뚱한 결과가 고립감을 가속한다. 아이러니한 연출된 상황 속에서 폭력성이 발현된다. 자신을 둘러싼 상황을 아이러니한 국면으로 몰아넣고 거기시 연출된 행위를 '돌발적으로, 실제로' 수행한다. 욕설은 이런 돌발성과 우발성을 거느리면서 폭력적인 의사소통 구조를 폭로하기도 한다.

욕설은 중층적인 구조 속에서 발신자와 수신자의 위치를 결정한다. 단순히 욕을 내뱉은 사람이 가해자처럼 보이고, 욕을 받는 사람이 피해자처럼 보이지도 않는다. 그렇다고 상황을 요리조리 짜 맞추어 해석해도 발신자와 수신자를 같은 맥락 속에 정위하기는 힘든 것이 사실이다. 그런 면에서 욕설은 증오나 분노의 표현인 동시에 폭력성의 표현이고, 극단적인 침묵의 외화일 수도 있다. 욕설을 통해서 사회적이고 상상적인 차원에서 상황과 발신자와 수신자는 한데 묶인다. 욕설은 집단이 내부에 간직하고 훈육한 어떤 결정적인 담론을 한 개체가 전유해서 외화한 발언일 수도 있기 때문이다. 욕설은 때문에 한 사회의 문화적이고 역사적인 편견을, 또는 '진리'를 고스란히 드러낸다. 욕설은 행위와 말을 통해서 표현된다. 이 글에서는 증오 표현, 분노 표현, 폭력성, 문화적이고 사회적인 편견과 진실을 모두 담아서 '개새끼 표현'이라고 부르기로 한다.

먼저 시 한 편을 읽어 보자.

그는 아버지의 다리를 잡고 개새끼 건방진 자식 하며
비틀거리며 아버지의 샤쓰를 찢어발기고 아버지는 주먹을
휘둘러 그의 얼굴을 내리쳤지만 나는 보고만 있었다
그는 또 눈알을 부라리며 이 씨발놈아 비겁한 놈아 하며
아버지의 팔을 꺾었고 아버지는 겨우 그의 모가지를
문밖으로 밀쳐 냈다 나는 보고만 있었다 그는 신발 신은 채
마루로 다시 기어올라 술병을 치켜들고 아버지를 내리
찍으려 할 때 어머니와 큰누나와 작은누나의 비명,
나는 앞으로 걸어 나갔다 그의 땀 냄새와 술 냄새를 맡으며

그를 똑바로 쳐다보면서 소리 질렀다 죽여 버릴 테야

법도 모르는 놈 나는 개처럼 울부짖었다 죽여 버릴 테야

별은 안 보이고 갸웃이 열린 문틈으로 사람들의 얼굴이

라일락꽃처럼 반짝였다 나는 또 한 번 소리 질렀다

이 동네는 법도 없는 동네냐 법도 없어 법도 그러나

나의 팔은 죄짓기 싫어 가볍게 떨었다 근처 시장에서

바람이 비린내를 몰아왔다 문 열어 두어라 되돌아올

때까지 톡, 톡 물 듣는 소리를 지우며 아버지는 말했다

　　　　　　　　　　　　—이성복, 「어떤 싸움의 記錄」 전문[1]

가족 별자리(constellation)[2]: 시에는 아버지, 아들, 큰누나, 작은누나, 어머니가 등장한다.[3] 화자는 아들인 나다. 가족은 무의식적인 상호 관계의 망 안에 놓인 존재들의 총칭이다. 가족 구성원은 가족이라는 네트워크 속에서 각자의 역할을 떠맡는다. 가족 구성원으로서 맡는 역할들은 위계에 따른 것이거나 서열에 따른 것, 그리고 그들의 도덕적·심리적 발달 단계에 맞는 사회적이고 물리적인 연치를 수행하는 데서 정합성을 얻는다. 인간은 자의로 가족 구성원이기를 포기할 수 있지만, 가족을 선택할 수는 없다. 어떤 혈연관계나 지연

1　이성복, 『뒹구는 돌은 언제 잠 깨는가』, 문학과지성사, 1980.

2　장 라플랑슈·장 베르트랑 퐁탈리스, 『정신분석사전』, 임진수 역, 열린책들, 2005의 〈가족 신경증〉 항목 참조.

3　물론 시에서는 아버지에게 대적할 만한 힘을 가진 '그'(아마도 큰형)가 적대자의 역할을 맡는다. 시적 자아의 입장에서는 '나'의 서술적 거리가 주도적이고, 시적 주체의 입장에서는 '그'의 배여저 기능이 주체적이다 이 글에서는 소극적 관조자인 '나'와 적극적 행위자인 '그'를 한데 묶어서 '개새끼 표현'의 발신자로 놓고, 이들 간의 전치와 이들과 아버지 간의 전치에 초점을 맞추어 시를 분석할 것이다.

관계나 학연 관계로 맺어지는 불가역적인 소속 구조는 모두 가족의 형성 방식과 동일하다. 가족은 최초의 세계인데, 한 아이가 가족 구성원으로 소속되는 것이라기보다는 '배치'되고 '규제'되는 것이라고 해도 틀린 말은 아닐 것이다. 선택할 수는 없지만 이탈할 수 있는 집단이 바로 가족이고, 가족에서 이탈한다는 것은 '세계'를 이탈한다는 것과 은유적으로 동일한 의미를 가진다. 시에서 아들인 나는 이탈을 감행한다. 이탈의 첫 번째 징표는 가족에서 항등성과 같은 역할을 하는 아버지에 대한 '개새끼 표현'으로 드러난다. 아버지의 이름을 거부하고, 스스로 아버지의 이름을 덧입으려는 의지가 "개새끼 건방진 자식"이라는 표현 속에 녹아 있다. 여기에는 위계를 전복하고 심리적인 질서를 전치하고자 하는 의지가 전면적으로 개입하고 있다. 자신만의 세계 구조 속에 가족 별자리와는 다른 방식의 항등성을 위치 짓고자 하는 이 의지는 혜성처럼 꼬리를 불사르며 적대적인 대상을 호명하고 그 대상을 향해 돌진하는 '개새끼 표현'으로 구체화된다. 아버지 대신 개새끼를 기입하는 것은 어떤 이데올로기적인 호명이다. 이데올로기적이라고 말한 까닭은 권위와 권력을 탈신성화하려는 본인의 의지가 역설적으로 권위와 권력을 추동하기 때문이다. 큰 원을 벗어나려고 사다리를 걸치는 순간 다른 궤도에 진입하게 되는 가족 별자리의 잔여(residue)들이 만들어 내는 역설과 같다. 때로 큰 별들은 띠 모양의 소행성 구름을 거느리지 않는가.

공격성: 시에서 '개새끼 표현'은 공격성을 드러낸다. 공격성의 첫 번째 단계는 환대를 거부하는 것이다. 환대를 거부하는 것은 소극적인 의미에서 공격성을 보여 준다. 친밀감을 떨치고 혼자 있고자 하는 의지는 침묵으로 표출된다. 친밀감의 형성이라는 측면에서 침묵

은 적극적인 공격성을 보여 주기도 한다. 시에서 '개새끼 표현'에 포함되는 것은 이런 침묵을 넘어선 지점에서 보이는 어떤 공격적인 행위들로 구체화된다. '샤쓰를 찢어발기고 주먹을 휘두르고 눈알을 부라리고 밀치고 술병으로 내리찍으려 하는 행위' 역시 '개새끼 표현'에 포함된다. 공격성은 아이러니한 상황을 실제의 행위로 연출하는 것으로 그려지고 있다. 공격성은 화자인 나의 어떤 상징적인 욕망을 드러낸다. 욕망을 구체화하고 객관적으로 살피기 위해서 '개새끼 표현'은 연극적인 상황을 아이러니하게 제시하면서 효과를 발휘한다. 시에서는 '나'와 '그'가 의도적으로 분리되어 있다. 나의 욕망을 '그의 행위'로 연출하고 그러서 보임으로써 나와 내가 만든 그가 같은 지점에서 인정을 요구하고 있다. 사랑과 증오가 같은 차원에서 싹터서 인정의 원환 관계를 형성한다. 배치되고 규제되면서 시작된 가족 별자리는 이 지점에서 전면적으로 재구성되며, 재구성되어야 할 필요에 직면한다. '개새끼 표현'은 아버지와의 동일시에서 시작되며, 동일시의 좌절에서 아버지 거부로 이어지고, 아버지 거부에서 다른 아버지-되기로 나아간다. 시에서 육체적인 공격이나 비난은 어떤 두려움과 떨림을 보여 주기도 한다. '개새끼 표현' 속에서 아들인 나의 공격과 아버지의 체념은 쌍을 이룬다. 그리고 나의 행위를 '그'로 치환하여 보는 나의 시선 속에서 다시 피공격자가 공격자로 돌변한다. 그가 '개새끼 표현'을 발성할 때, 아버지는 침묵으로 응수하기 때문이다. 아버지의 침묵은 역시 아들인 나의 발화 회로를 차단한다.[4] 아

---

4 "인격의 발달에서 그러한 기제에 중요한 역할을 부여하는 저자들도, 특히 초자아의 구성에서 그것의 영향력은 시로 다르게 평가한다. 안나 프로이트에 따르면, 주체가 제1단계를 통과할 때는 공격적인 관계 전체가 뒤바뀌어, 공격자는 내입되고, 공격받고 비판받고 죄 있는 사람은 외부로 투사된다. 제2단계가 되어서야 비로

버지의 침묵은 자신의 사랑이 침몰했음을 드러낸다. 아들의 증오는 자신의 사랑에의 요구가 좌절되었음을 반증한다. 결국 사랑에서 증오로 증오에서 사랑으로 욕동의 전이가 일어난다. '개새끼 표현' 속에서 정동이 한 차원에서 다른 차원으로 이동하는 양태는 그 자체로 하나의 운동성을 표상한다. 이 지점에서 '개새끼 표현'은 행위와 발언을 아우르는 하나의 실제적인 표상이 된다.

이방인-되기[5]: 이쯤 해서 아들인 나이자 내가 관찰하는 그의 분리에 대해 자세히 살필 필요가 있다. 아들이라는 가족 별자리 내부의 역할을 수행할 때 '나'는 그 별자리에서 의도적으로 소외되고 고립되기를 자처한 자가 된다. 자동화된 가족 구성원의 사회적·상징적인 역할을 거부하려는 소극적인 침묵을 공격성으로 떠안았기 때문이다. 그런데 내가 묘사하고 관찰하는 '그'는 가족 구성원 속으로 들어가서 가족 별자리를 쳐부수고 있다. 이들이 같은 주체로 태어날 수 있는 이유는 이방인-되기를 자처했기 때문이다. 결국 욕망은 불만족과 불안을 '개새끼 표현'으로 대리표상하는 것이다. 이들이 스스로 대타 존재가 되기를 자처할 때, 이들을 지배하는 '법'은 이상적인 영역으로 넘어가게 된다. 결국 가족이건 법이건 아토포스의 별자리에 있는 것이지 실재의 자리에서는 발언과 표상이 불가능한 '개념'들인 셈이다. 이방인인 '나'는 어떤 표상으로도 자리 잡기를 실패하게 되고, 오히려 "자리 잡기를 시도할 때마다 실패하는 '그'는 소속되지 못

소 공격은 내부를 향하게 되고, 관계 전체가 내면화된다." 장 라플랑슈·장 베르트랑 퐁탈리스, 『정신분석사전』의 〈공격자와의 동일시〉 항목 참조.

5 여기서는 김광기 『이방인의 사회학』, 글항아리, 2014의 6장 2절 〈'만족'하지 못하는 존재〉를 참조했다.

하는 자, 즉 자리매김하지 못하는 자의 설움을 안게 되고 이런 경험은 불만족과 불안의 경험과 맞닿아 있다."[6] 법의 이름 앞에서 '그'라는 연극적인 자아의 역할은 소용을 다하고, 내가 전면으로 등장한다. 이제는 내가 나서서 내가 창조한 연극적인 자아인 그를 척살하는 '개새끼 표현'을 내뱉는다. 시의 9행에서 13행 사이는 이렇게 해석될 수 있다. 내가 그를 내세워서 '개새끼 표현'을 보여 주었는데 그것은 어떤 폭력성을 노출할 뿐, 원하는 효과는 달성하지 못했다. 그 효과라는 것은 법의 폐기에 있는 것도 아니고, 법의 구조를 변화하는 데 있는 것도 아니고, 스스로 법이 되는데 있는 것도 아니기 때문이다. 어떤 법도 동조를 통해서 규율과 권위를 확증하지 않는다. 오히려 비동조에 대한 공포가 법의 권위를 만들고, 역설적으로 이때 법은 죄의 권위와 같은 값을 지닐 것이다. '개새끼 표현'은 이방인-되기를 자처한 인간이 결국은 자율성 획득에 실패하고 다시 타자 지향적 인간으로 변화하는 지점을 보여 준다. 법이라는 이데올로기적 호명의 구속에서 벗어나지 못하는 한 "타자 지향적 인간은 '비동조에 대한 공포(fear of nonconformity)'를 갖게 되는 '이념형'적 인간이다."[7]

고문 유희[8]: 시에서 상황 바깥에 있는 자들을 살펴보자. "어머니와 큰누나와 작은누나의 비명"에서 보이듯 일차적으로는 가족 별자리에 배치된 다른 이들이다. 이들은 화자인 나를 가족 별자리에 고

---

6 김광기 『이방인의 사회학』, p.177.

7 김광기 『이방인의 사회학』, p.175.

8 여기서 고문과 고문 희생자의 담론에 관해서는 알폰소 링기스, 『아무것도 공유하지 않는 자들의 공동체』, 김성균 역, 바다출판사, 2013의 6장 〈부패하는 육체, 부패하는 발언〉을 참조했다.

착하는 인간들인 동시에 어떤 상호 주체로 또는 대립 쌍으로 마주
보는 존재들이다. 이들에 대해서는 수동적인 공격성으로써의 침묵
과 어떤 연민과 공감이 한꺼번에 오갔던 것으로 보인다. 그것을 이
들이 내뱉는 경악의 '비명' 속에서 읽을 수 있다. 두 번째는 '열린 문
틈으로 보이는 사람들의 얼굴'이다. 이들의 얼굴은 '별'이 있어야 할
자리에 있다("별은 안 보이고"). 별은 이상화된 법의 아토포스를 말한
다. '개새끼 표현'이 아들인 나에게 어떤 징벌을 효과적으로 수행할
때, 나는 나의 자아 이상인 그의 위치에 도달할 수 있을 것이다. 법
의 아토포스가 긍정적으로 드러난 것이 바로 '별'의 은유가 될 것이
다. 결국 법이 정합성을 가지고 수행될 때 가족이라는 아토포스는
실재의 영역에 뿌리를 내리겠지만, 시에서 드러나듯 현실에서 상황
은 정반대가 된다. '개새끼 표현'을 내뱉는 자는 나이지만 법과 가족
의 아토포스의 전치 속에서 폭력에 내맡겨지는 존재 역시 나이다.

대화자들 사이를 오가는 모든 담론은 국외자들—간섭 의지와 다의
성을 드러내고, 소통이 이루어지지 않는 상황에 관심을 보이는 자들—
에 대항하는 투쟁들이다. 소통이 이루어지고 진술들이 진실들로 확인
되면 대화자들의 담론들은 국외자들을 무분별한 자들로, 불가해한 자
들이나 미치광이들이나 야만인들로 지목하고 그들을 폭력에 내맡겨
버린다.[9]

이 맥락 속에서 '나'는 자신에게 벌을 줌으로써 가족 구성원을 응
징하고 있는 셈이다. '나'의 '개새끼 표현'은 모멸감과 비천함을 떠안

---

9 알폰소 링기스, 『아무것도 공유하지 않는 자들의 공동체』, p.199.

겨 준 가족이라는 법을 욕되게 한다. '개새끼 표현'이 모멸감의 표상
을 지우고 있다고 바꾸어 쓸 수도 있을 것이다. 징벌 행위는 가족 별
자리에서 숙명으로 떠안은 비천함을 '개새끼 표현'의 표상 안에 고착
시키고 인정하는 작업이다. 가족 구조 안으로 들어가서 어떤 사회적
인 정의에 부합하는 역할을 성실하게 이행하고 떠맡을수록 비천함
의 강도는 거세졌을 것이다. 모멸감의 근원은 모호해지고 강박적인
억압이 마치 실재하는 감옥이나 수갑이라도 되는 듯이 '개새끼 표현'
의 발신자를 옥죈다. 모멸감이 안겨 준 비천함의 표상에서 벗어나는
길은 욕보이기이다. 욕보이기를 통해서 자신을 더욱 비천하게 만들고,
비천하게 만드는 행위를 통해서 자신에게 벌을 주는 것이다. 아니
그 스스로 만든 비천함의 표상에 벌을 주고 타격을 가하는 것이다.
이때 나도 아버지도 주변 인물도 모두 희생자로 탈바꿈한다. 모두가
죄의 희생자이다. '나의 팔'이 그러하듯이 모두 '죄를 짓기 싫어 가볍
게 떨고 있다.' 희생자는 자신과 동일한 목표와 대의를 가진 집단 구
성원의 발언과 자신의 침묵을 동일시하며 고통의 근원을 폭로한다.
이때의 대의는 물론 가족이라는 이름의 법이 내장한 '진릿값'일 것이
다. 진실이라고 가정되는 값일 것이다. 여기서 집단의 윤리적 준칙
이 되는 대의는 "자신이 타자들에게 더는 투사할 수 없는 고통의 침
묵하는 발언이자 아무것도 기대할 수 없는 분노의 발언"이다. 희생
자는 "자신이 더는 막아 줄 수 없는 '타인들이 느끼는 고통의 침묵'
을 알아들으며, 자신이 아무것도 기대할 수 없는 '타인들이 느끼는
분노의 침묵'을 알아듣는다."[10]

---

10 알폰소 링기스, 『아무것도 공유하지 않는 자들의 공동체』, p.216, p.221.

계약-대결 구조[11]: 아들의 분노는 "계약적이고 평화적인 지평에서 좌절이 야기하는 분노"다. "돌발 사건 없는 평화와 통제 불가능한 고통 사이에서 삶을 견딜 만한 것으로 만들어 주는 대립과 계약의 그런 접합은 아마도 담화화(mise en discours)에 의해 획득된 상화의 결과로 표현될 수 있을 터인데" 시에서 담론의 영역에서 '상화'를 담당하는 표현은 바로 아들의 분노 행위가 아니라 아들이 내지르는 '개새끼 표현'이다. 이때 '아버지-아들'이라는 상호 주체의 쌍이 보다 공고해지거나 무너진다. 양쪽의 인력과 척력의 강도에 따라 아버지-아들의 상호 주체 쌍의 관계가 변주될 것이기 때문이다. 또 '개새끼 표현'의 발언자로서의 아들과 수신자로서의 아버지로 놓고 보면 이들 사이에는 욕설이 있고 이 욕을 통해 '주체와 대상'이라는 구도로 맞서게 된다. 욕설이 난무하고 폭력이 행해지는 순간 이들의 내면에는 서로가 서로의 '반주체'를 각인하게 된다. 대결-계약 구조를 범주화하는 요소는 대적, 불화, 공모, 화해다. 잠재적이고 실재적인 대결과 계약의 관계 속에서 '개새끼 표현'은 의미를 얻는다. '개새끼 표현'이 어떤 맥락이나 메시지 차원에서 기능하는 동시에 맥락이나 메시지를 재구성할 수 있는 이유는 바로 여기에 있다. 발신자와 수신자의 위치를 바꾼다는 점이다. '개새끼 표현'은 발화되는 순간 발신자와 수신자 모두에게 서로를 반주체로 각인하기 때문이다.

매개로서의 수신자[12]: 시에서 '개새끼 표현'의 직접 수신자는 아

---

[11] 여기서는 알지르다스 J. 그레마스·자크 퐁타뉴, 『정념의 기호학』, 유기환 외역, 강, 2014, pp.89-90를 참조했다.

[12] 여기서 '개새끼 표현'의 수신자와 발신자의 담론 관계에 대한 분석은 주로 레나타 살레클, 『사랑과 증오의 도착들』, 이성민 역, 도서출판b, 2003의 6장 〈악은 보지

버지이고 간접 수신자는 가족을 포함한 상황 주변의 인물들이다. 그리고 시 후반부에 이르면 '내가 만든 그'가 '개새끼 표현'의 수신자로 전치된다. 이때 '개새끼 표현'의 발신자는 '하나'인데 수신자는 모두가 된다는 아이러니한 상황이 발생한다. "주체로서의 내가 누군가의 모욕적인 언사에 의해 상처를 입고 굴욕을 당할 때, 나는 나의 바로 그 상처를 통해서 나를 추궁하는 그자에게 권위를 부여하는 것이다."[13] 수신자의 입장에서 '개새끼 표현'이 받아들여지는 양태에 대해 점검할 필요가 있다. '개새끼 표현'에 대한 대응은 침묵과 폭력 가운데 하나일 것이다. '개새끼 표현'의 의도를 수신자의 입장에서 바라보면 표현의 의도는 두 가지로 정리될 수 있다. "공격당한 사람이 자신의 정체성에 대해 의문을 제기하고 스스로를 열등한 존재로 지각하도록 부추기는 것"과 "모욕적인 말을 발화함으로써 화자는 자기 자신의 정체성에 대한 확증을 구하는 것"이다.[14] 시에서는 아버지의 침묵은 아버지의 좌절과 체념을 반증하고 있다. 시 후반부의 '되돌아올 때까지 문 열어 두어라'는 대목은 오히려 아버지의 갑갑한 심사를 더욱 또렷이 보여 줄 뿐이다. '개새끼 표현'에 노출되면서 아버지는 아버지라는 자신의 정체성 속에서 열등감을 느끼고 그것을 받들어 안아서 아버지의 이름을 더욱 공고하게 고착하고 있는 것이다. "공동체의 희생자는 그 공동체의 증상이라고 할 수 있는 것이라면, 공동체는 강력한 부정적 쾌락에 대한 치명적 애착을 통해서 한데 묶이는 것임이 명백해진다."[15] '문 열어 두어라'라는 표현은 화해가 아

　도, 말하지노 밀라—중오 표현과 인권〉을 참조했다.

13 레나타 살레클, 『사랑과 증오의 도착들』, p.195.

14 레나타 살레클, 『사랑과 증오의 도착들』, p.194.

니라, 체념이나 좌절 내지는 아집으로까지 읽을 수 있다. 물론 아들인 나와 그는 자신의 정체성을 강화하기 위해 '개새끼 표현'을 내뱉는 것이고, 이것은 스스로 반주체를 강화하는 꼴로 그친다. 반주체는 자기 안에서 부정당한 아버지이다. '개새끼 표현'을 내뱉을수록 부정해야 할 아버지가 반주체로 살아서 내안에 '아버지-아들'의 대립 쌍으로 자리한다.

　레나타 살레클에 따르면 인종주의적인 증오 표현과 마찬가지로 '개새끼 표현'은 "말을 발화함으로써 주체는 자신의 정체성을 확증해주고 자신에게 권위를 부여해 줄 타자를 구한다. 그리고 역설적이게도 발신자와 큰 타자의 '매개자' 역할을 하는 것이 바로 이 말의 수신자이다."[16] '개새끼 표현'의 수신자들은 메시지를 수신하는 순간 나와 그 사이에서 매개자 역할을 떠맡는 것이다. 이를 이성복의 시에 대입하여 도식으로 나타내면 아래와 같다.

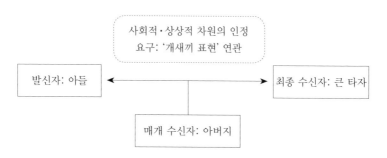

　죄책감의 내입: 시에서 나는 '개새끼 표현'을 발화하기* 위해서 자신을 '그'로 만들어 극적인 아이러니의 주체가 되지만 그의 시도는

15 레나타 살레클, 『사랑과 증오의 도착들』, p.199.
16 레나타 살레클, 『사랑과 증오의 도착들』, p.196.

좌절된다. '개새끼 표현'의 수신자가 그가 바라는 인정의 욕구를 매개하기 때문이다. 결국 메시지와 맥락은 수신자와 '개새끼 표현'이 맺는 사회적·상상적 차원의 연관 속에서 의미를 드러낸다. 이 지점에서 '그'는 나로 선회하게 된다. 어쩌면 시 말미의 이 선회는 자기 자신으로의 선회로 읽어야 할 것이다. '개새끼 표현'을 통해 이 시의 아들인 내가 귀착하게 되는 지점은 바로 죄책감이 내입된 자기 내부이기 때문이다. 내면화된 죄책감은 '개새끼 표현' 이전에 느꼈던 절망보다도 더 큰 절망을 노출하고 만다. "이 동네는 법도 없는 동네냐"라는 울부짖음과 "나의 팔은 죄짓기 싫어 가볍게 떨었다"라는 불안 속에서 죄책감이 내면화되기 때문이다. 법은 분명 가족 별자리처럼 주어지는 것이고 인간은 법의 문 앞에 '배치된' 존재다, 하지만 '개새끼 표현'을 통해서 법조차도 어떤 아토포스의 지경으로 초월해 버리기 때문에 죄책감을 대속할 방법도 징벌할 게재도 잃어버렸다. '개새끼 표현'은 가족 표상으로부터의 탈구와 분리와 해리와 이탈을 추동하는 동시에, 씻을 수 없는 죄책감을 내면화함으로써 법의 아토포스로부터의 탈구와 분리와 해리와 이탈을 추동한다. 시에서 폭력이 실재를 잠식하는 이유는 이런 이유로 다시 구성되어야 마땅할 가족 로망스를 대체하기 위함인 것이다. '개새끼 표현'은 부정되고 탈구되는 존재의 '부정적 쾌락'을 전면에 드러낸다. 부정적 쾌락을 향유하는 존재가 '개새끼 표현'을 쓰기 때문이다. 부정적 쾌락 속에서 가족 별자리와 같은 환상의 작동 구조는 폐기된다. '개새끼 표현'을 내지른 개인은 가족 로망스로 쓰인 역사의 내러티브라는 환상에서 탈구되어서 다시 개체의 내러티브를 쓴다. 그러나 그것은 여전히 '개새끼 표현'이 창조한 환상적인 일탈의 삭동 방식 안에서 기능할 것이다.

'개새끼 표현'이 기능하는 분석 틀을 제시하면서 이성복의 시「어떤 싸움의 기록」을 분석했다. 가족 별자리, 공격성, 이방인-되기, 고문 유희, 계약-대결 구조, 매개로서의 수신자, 죄책감의 내입이 그것이다. 이것은 구조의 측면에서 가족 별자리에 주목하고, 역할의 측면에서는 이방인-되기와 매개로서의 수신자에 주목하며, 발화의 효과 측면에서는 고문 유희와 계약-대결 구조에 중점을 두고, 시적 주체의 측면에서는 죄책감의 내입에 중점을 둔 틀거리다. 같은 방식으로 이성복 이후의 시에 나타난 '개새끼 표현'들을 분석할 차례다. 이제부터 분석할 시들은 이성복 이후의 '개새끼 표현'의 계보로 읽기에 무방할 것이다. 시에서 주목할 부분은 강조 표시를 했다.

방이 하나면
근친상간의 소문을 무릅쓰고
어머니와 아들이 함께
지낸다. 아니
아들과 어머니 사이에
진짜 근친 같은 일이 벌어지기도 한다

방이 하나면
쌀통 위에,
책꽂이를 얹는다. 그리고
교과서의 줄을 잘 맞추어 둔다
어머니, 책 더미 위에는 더
무엇을 얹어야 방이
넓어질까요?

방이 하나면
벽마다 잔뜩 대못을 치고
비에 젖은 옷을 걸어 말린다.
개미들은 고개를 갸웃거리겠지
집터가 왜 이 모양일까
하고서

방이 하나면
세상이 우리 식구에게 빌려 주는
방이 하나면.
아들의 친구는 저녁이 되기 전에
돌아가거나 방문 밖에
새우잠을 잔다. 친구 곁에
아들도 잔다. 찬 서리에 젖으며
두 사람은 꿈속에서 익사한다

그리고 여자 친구와 몰래
한 이불 덮을 수는 없겠지.
방이 하나면
어린 연인들은 여관을 찾아
떠다니리. 손목을 잡고
어슥하게 떠다니리

방이 하나면.

방이 하나면⋯⋯

아아 개새끼!

나는 사람도 아니다.

—장정일, 「방」 전문[17]

시의 화자는 아들이다. 시에서 방은 자궁에서 우주에 이르는 단자 형태의 세계를 은유하는 것으로 읽을 수 있다. 즉 시의 시공간은 어떤 단일한 개체성을 부여받은 '장소이자 역사'가 될 것이다. 물론 이것은 사회적이고 상징적인 차원에서 가족 별자리가 수행하는 역할을 드러낸다. 강제된 평화와 그 한가운데를 가로지르는 불안과 불만족의 작동 구조를 말이다. 발신자는 아들이고 '개새끼 표현'의 일차 수신자 역시 아들이다. 시에서 '개새끼 표현'은 아들인 자신에게서 발언되어서 자신에게로 귀착한다. 자신이 자신의 욕망과 인정 요구의 매개자가 되고 있는 셈이다. 이 시에서 드러나는 욕망은 그러므로 나르시시즘적인 작동 구조를 보여 준다. 그것은 현실적 자아에서 이상적 자아에로 일탈을 감행하려는 '선언'과도 같은 형태로 '개새끼 표현'이 발언된다는 점에서 보다 분명하게 살펴볼 수 있다. 이 시에서 고문 유희의 희생자는 바로 '방'이라는 단일하고 완강한 하나의 세계가 된다. 그 세계가 '개새끼 표현'의 발신자이자 매개 수신자인 나의 욕망을 차단하고 있다. 그런 세계에서 탈출하려는 최초의 저항이 '개새끼 표현'이고, 때문에 '개새끼 표현'은 다소간 자학적인 욕망의 폭로로 귀착된다. 고문은 자학을 통해 유희성을 얻는다. 방이라는 세계를 조롱하기 때문이다. 시에서 이방인-되기는 첫 연과 마지

---

17 장정일, 『햄버거에 대한 명상』, 민음사, 1987.

막 연에서 암시한 대로 일종의 금기 깨기로 드러난다. '근친애'라는 금기다. 근친애라는 금기를 더 넓고 불가능한 사랑에의 요구로 읽으면 이 시는 낭만적 자아의 입사 제의로서의 나르시시즘을 보여 준다고 볼 수도 있을 것이다. 낭만적인 사랑의 요구가 불가능하다는 것을 알기에, 법이라는 이름으로 묵살될 것을 알기에, 큰 타자라는 최종 수신자에게 '개새끼 표현'은 닿지 못하고, 어떤 사회 상징적인 연관 관계 속에서 인정 요구를 드러낼 뿐이다. 죄책감은 '방'에 '내'가 배치된 순간부터 내입한 것인 셈이다.

> 밤늦게 귀가할 때마다 나는 세상의 끝에 대해
> 끝까지 간 의지와 끝까지 간 삶과 그 삶의
> 사람들에 대해 생각하게 된다 귀가할 때마다
> 하루 열여섯 시간의 노동을 하는 어머니의 육체와
> 동시 상영관 두 군데를 죽치고 돌아온 내 피로의
> 끝을 보게 된다 돈 한 푼 없어 대낮에 귀가할 때면
> 큰 길이 뚫려 있어도 사방이 막다른 골목이다
>
> (중략)
>
> 내가 제일 무서워하는 사람들은 강원연탄 노조원들이다
> 내가 말을 걸어 본 지 몇 년째 되는 우리 아버지에게
> 아버님이라 부르고 용돈 탈 때만 말을 거는 어머니에게
> 어머님이라 부르는 놈들은 나보다도 우리 가정에 대해
> 가계에 대해 소상히 알고 있다 하루는 놈들이, 일부러
> 날 보고는 뒤돌아서서 내게 들리는 목소리로, **일부러**

대학씩이나 나온 녀석이 놀구먹구 있다고, 기생충

버러지 같은 놈이라고 상처를 준 적이 있는, 잔인한 놈들

지네들 공장에서 날아오는 연탄 가루 때문에 우리 집 빨래가

햇빛 한번 못 쬐고 방구석 선풍기 바람에 말려진다는 걸

모르고, 놀구먹기 때문에 내 살이 바짝바짝 마른다는 걸

모르고 하는 소리라고 **내심 투덜거렸지만 할 말은**

어떤 식으로든 다하고 싸울 일은 투쟁해서 쟁취하는

그들에 비하면 그저 세상에 주눅 들어 굽은 어깨

세상에 대한 욕을 독백으로 처리하는 내가 더 끝

절정은 아니고 없는 적을 만들어 창을 들고 달겨들어야만

긴장이 유지되는 내가 더 고단한 삶의 끝에 있다는 생각

(하략)

—김중식, 「식당에 딸린 방 한 칸」 부분[18]

이 시 역시 장정일의 시와 마찬가지로 단일한 단자 세계로써 "방 한 칸"을 제시하고 있다. 이 시의 설정이 비극적인 이유는 노동의 공간과 일상의 공간이 구분이 없기 때문이다. 이곳은 법과 노동의 중압감이 한꺼번에 부과되는 곳이다. 시에서 화자는 역시 아들인 '나'이다. 어머니, 여동생은 물론 창녀, 강원연탄 노조원 등등 시에 등장하는 모든 이들은 법과 노동에 구속되어 있는데, '나'만 그 세계에서 이탈해 있다. 노동의 피로와 법의 강제에서 벗어난 지점에서 침묵하고 있다. 아들의 침묵은 가족이 "식당에 딸린 방 한 칸"을 견디는 비참과 거리를 두게 만들고, 이것은 환대의 거부의 형식으로 드러난

---

18 김중식, 『식당에 딸린 방 한 칸』, 문학과지성사, 1993.

다. 그것은 강원연탄 노조원이나, 창녀나 가족의 관심에서 멀리 달아나려는 몸부림으로 드러난다. 시에서는 이러한 소극적인 공격성이 애잔한 어조와 더불어 전개된다. 상황을 에피소드 단위로 제시하는 연 구성 방식이 후반부에 이르면 어떤 '환상의 아토포스'를 공간화하는 것으로 끝맺는다. 기차에 대한 상상이 탈주에 대한 상상으로이어지고 원환적인 세계 구조에 대한 환상적인 갈망으로 끝맺는 것이다. "세상에 대한 욕을 독백으로 처리하는" '나'라는 표현에서 읽을 수 있듯이 이 시는 '개새끼 표현'의 가능성마저 차단당한 화자의몸부림이 핵심을 이룬다. '나'는 한사코 계약-대결 구조의 바깥에 있으려고 하며, 자신에게 강제된 법의 요구를 고통으로 받아들이며, 죄책감의 근원을 아직은 자신의 바깥에서 구하려고 하기 때문이다.

　나의 연인은 말한다 우리가 아침에도 만나고 낮에도 만난다면 우리가 누구인지 내가 누구인지 너는 조금씩 모르게 될 거야 *어째서* 사랑은 그런 것일까 나의 연인은 말한다 우리가 늦은 밤에도 만나고 새벽에도 만나고 공원에서 들판에서도 만난다면 우리가 누구인지 내가 누구인지 결국 영원히 모르게 될 것이고 밤과 낮 공원과 들판에 대해서도 까맣게 잊어버리겠지 *어째서 어째서* 사랑은 그런 것일까 **나의 연인은 소리친다 입 닥쳐 개년아 어째서라니 네가 그 사실을 자주 잊어버릴수록 너는 더 미친 듯이 사랑에 목말라 해야 하고 이곳에 없는 나를 찾아 밤새도록 공원을 숲 속을 헤매게 될 거다 우리가 아침에도 낮에도 공원에서 들판에서도 만난다면 사랑은 역시 그래야 하는 걸까 나의 연인은 돌아선다 *어째서* 나를 개년이라고 부르는 네가 누구인지 너에게 개년이라고 불리는 내가 누구인지 또 우리가 무엇인지 너의 발처럼 영원히 모를 수도 어쩌면 조금 알게 될 수도 있을 거다 모르는 *거니까* 우리들 언**

젠가 공원에서 사랑을 나누는 연인들의 지갑을 훔쳐 과자와 홍차를 사
먹은 적이 있어 그 사실을 아빠가 알게 된다면 우리를 개집에 처넣고
혹독하게 매질을 할 수도 있겠지 하지만 이 밤의 나는 너의 사랑을 받
는 개년이다 *어쨌든 말이다 우리가 누구인지, 아니 네가 누구인지 나
의 첫 번째 사랑이 어떻게 달아나고 마는지 똑똑히 알게 될 때까지는*
　　　　　　—황병승,「트랙과 들판의 별들—러브 앤 개년」전문[19]

　이 시에서 연인은 장정일의 「방」에서 '손목을 잡고 여관을 찾아 어
슥하게 떠다니던' 바로 그 연인들일 것이다. 황병승은 가족 별자리
를 연인들의 세계로 대치한다. 위계와 법과 강제와 강압이 애당초
없는, 평행한 관계의 세계를 제시하는 것이다. 연인들의 세계는 주
체와 주체 간에 역할의 변주가 자유롭다. 한 명이 공격성을 띨 때 다
른 한 명은 곧장 반주체가 되어 공격성을 받아들인다. 인력과 척력
이 정확히 제로섬 게임을 벌이며 전환된다. 이들은 모두 이방인이거
나 공격자이거나 낭만적인 예언자들일 수 있다. 연인들의 세계에서
는 이러한 가능성과 가능성의 좌절로 깨닫는 악순환이 그들만의 법
과 질서를 형성한다. 가족 별자리를 폐기했기에 연인들은 내입된 죄
책감의 회로를 올곧이 자신의 몫으로 들여다볼 수 있다. 이들에게는
사랑과 인정 요구가 같은 값을 지닌다. 때문에 연인들의 세계에서
'개새끼 표현'의 최종 수신자인 큰 타자는 자신들의 사랑에의 요구
가 되는 것이다. 매개 수신자와 발신자는 서로서로가 된다. 사랑과
연인의 대결 구도가 형성된다. 이들은 태생적으로 이방인이고, 존재
자체가 세계에 대한 공격성을 드러낸다. 사랑의 방식이 연극적이며,

---

19 황병승,『트랙과 들판의 별들』, 문학과지성사, 2007.

연극적인 역할 놀이는 아이러니를 함축하기 때문이다. 이것은 환대의 거부와 관용에서 비껴 서기에서 한 걸음 더 나아가서 자신들만의 방식으로 환대와 관용의 질서를 발명하려는 의지로 이어질 테다. 이쯤 해서 "사랑은 역시 그래야 하는 걸까"라는 '개새끼 표현'이 함축하는 인정에 대한 물음과 "어째서 나를 개년이라고 부르는 네가 누구인지"라는 '개새끼 표현'의 발신자의 존재에 대한 물음과 "너에게 개년이라고 불리는 내가 누구인지"라는 매개 수신자의 존재와 기능에 대한 물음이 같은 지점을 겨냥하게 된다. '개새끼 표현'은 발설되는 순간 밀어로 바뀐다. 누설이라고 해야 옳을지도 모른다. 어차피 모르는 거니까 조금씩 알게 되는 세계! 바로 그 세계에 대한 물음이 바로 사랑일 테니 말이다.

'괴랄'한 시의 시대

1. 전제(들)

2010년대의 시를 정치와 윤리 차원에서 들여다보자면 말이 겉돌 테고, 어떤 면에서는 식상한 결론에 머물 것만 같다. '미시적인 정치성'이 시의 주제적인 차원에서 이야기된 것은 이미 2000년 이후의 일이었고, 논쟁의 지점에서 '윤리성'과 '정치성'에 대한 '해석학적' 의견 제출로 비평 언어는 다채로운 결과 무늬를 얻었다. 정치성에 대한 시적 궁구가 윤리성에서 해답을 찾아 나가는 과정을 '해석학적'이라고 말했다. 까닭은 기존의 이분법적인 이념 도식으로는 더 이상 '시적인 것의 실재'를 해명할 수 없다는 암묵적인 동의가 전제되었기 때문이다. 미래파 논쟁과 서정의 개념에 대한 논의, 문학의 정치성에 대한 논의, 감각과 공감의 정동에 대한 문제 제기 등은 시 자체에서 시 자체로 물음과 답을 맞물리면서 진행된다. 이 과정에서 비평 언어는 해석학적 순환에 가까운 '언어 탐구'에 골몰한다. 텍스트와 비평가의 거리는 그만큼 가까워진다.

2000년대 이후에 시단에 제출된 비평적 견해들이 근대문학 이후의 논쟁과 차별성을 띤다. 2000년대가 시작되면서 비평은 리얼리즘/모더니즘 등등의 이분법적인 도식이 '이념'의 내러티브 차원에서 비롯되고 논쟁이 시로 불붙었을 때 다시 이념 환원으로 끝날 수밖에 없다는 문학사의 경험을 비평적인 시야에서 전제로 선취하고 수용했다. 비평적인 전제가 문학사의 과거 경험과 일반 원리에 따라 작품을 이념으로 환원하지 않도록 단절해야 한다는 것, 그리고 그 방식은 해석학적인 방식이 되어야 한다는 것. 이러한 전제들을 선험적으로 받아들인 이후에라야 이데올로기와 메타내러티브, 그리고 메타내러티브에 대한 반발로 등장하는 수많은 안티테제들을 시의 바깥으로 밀쳐 두고 시사의 내러티브를 관찰할 수 있기 때문이다.

시 비평이 해석적 차원에서 시 자체에 대한 날카로운 자기 인식을 선취할 수 있었다면, 논쟁의 수혜자는 일군의 2000년대 시인들이 될 것이다. 2000년을 전후한 시점에 등장한 시인들이 세대론 논쟁에 휘말리면서도 전혀 다른 세대로 마치 평지돌출하듯이 논쟁의 목적과 결과를 비껴갈 수 있었던 것은 이런 비평적인 전제에 힘입은 결과다. '미래파'라는 통칭 안팎에 있는 시인들이 가져온 새로움의 충격은 모더니즘의 해프닝 내지는 사건으로 환원되지 않으면서 시인 각자에게 고유성을 부여했다. 가깝게는 황병승과 김경주부터 이들과는 다른 지점에 있는 진은영이나 신용목은 물론 대척점에 있는 것만 같은 송경동 등등이 같은 '값'에서 비평적인 겨냥점이 되었던 것은 순전히 비평이 확보한 탄력적인 시야에 빚진다. 이들의 작업은 메타내러티브에 대한 불신을 시인 각자의 몸과 감각의 차원에서 드러낸다는 공통점을 가진다. 남는 것은 2000년대 시인들의 인이와 비평적 시야의 충돌 지점이다.

2000년대 시인들은 세대 논쟁에 휘말렸으나 논쟁 이후에 스스로 자신의 세대를 익숙한 문학사의 세대 논쟁 방식 바깥으로 이월시켰다. 한 무리는 '미래파'라는 이름으로 한 무리는 '신서정'이라는 이름으로 이들은 시사에 등장할 당시에 부여받은 이칭(異稱)의 공시성을 지금까지 순전하게 가지고 왔다. 이칭이라고 한 까닭은 그들이 부여받은 비평적인 견해들은 문학적인 견해이면서 동시에 문식성(literacy)의 차원에서 2000년대 시사와 더불어 다시 해석되어야 할 단어이기 때문이다. '미래파' '신서정'이라는 용어 자체가 그렇다. '미래파 이후' 담론들이 어떤 면에서는 무기력해지고, 날카로워졌고, 반동적인 동시에 반항적인 2010년대의 시의 특징들을 면밀하게 들여다볼 분석 틀을 쉬이 확보하지 못하는 것은 바로 이러한 이유 때문이 아닐까. 2010년대를 명명하자면 2000년대 시인들은 시사 바깥에 있을 수밖에 없고, 2000년대 시인들이 없다면 이들을 1990년대와 그 이전에 접속되거나 시사의 타자로 명명하는 수밖에 없을 수도 있다. 이것은 존재론적으로도 논리적으로도 오류고 자가당착이다.

2. '괴랄하다'

내러티브는 소설에서 이데올로기의 속성을 효과적으로 드러내는 장치일 것이다. 언뜻 서사주제학과 같은 분석 틀이 떠오른다. 모티브와 테마에 따라 분류하고 정리하는 방법은 통시적으로 한 시대의 시를 훑기에는 적당한 방법이 아닌 듯 보이는 것이 사실이다. 2010년대의 시를 모티브에 따라서 분류하자면 체계와 도식이 잡히겠지만 계보를 만들기 어렵다. 감각의 층위에서 날카롭게 말을 부리는 시인들을 분류하고 분석해 들어가자면 1990년대에 활동을 시작한 김행숙이나 이원의 자장에서 분석은 지지부진 늘어진다. 비천한 주

체들의 카니발이라는 주제를 잡자면 황병승을 거쳐 김언희 정도에
서 새로운 뿌리를 찾기 어려워진다. 자신을 전체에 포괄해서 설명할
수 있는 명명법은 불가능해졌다. 계보학적인 욕구는 논리를 완결시
키면서 시인들을 지도 위에 배치하려 하지만 이제 계보학은 망상처
럼 보인다. 위상차를 가늠하기 힘들어졌기 때문이다.

　1980년대의 '도시시'는 모더니즘이 내장한 미적 충격과 소격 효과
를 포함하고 거기에 일상적인 자아와 해체적인 특성을 포괄하고 산
책자의 시선과 응시의 미묘한 서정을 버무린 개념이다. 민중시나 현
실주의시가 겨누는 1980년대의 민족 개념이나 현장 개념 또한 서정
과 결부시키자면 논점은 미묘해진다. 황지우, 박남철, 김영승 등이
가져온 충격은 또 얼마나 뒤늦게 시사에 당도한 것인가. 다소 거시
적인 차원에서 서로를 대리보충했던 이 개념들은 1990년대에 들어
서면서, 소설에서 서사주제학이 그랬듯, 테마와 모티브에 따라서 시
를 일별하는 주제론적 접근법으로 이어진다. 여성시, 생태시, 일상
시, 환상시, 신서정, 사이버테틱스와 몸을 다룬 시 등등, 이런 분류
법에 힘입어 1990년대 시사는 '1980년대라는 시적 모티브'와 단절하
면서도 방향성을 확장한 주제들을 다양한 방향에서 면밀하게 천착
한다.

　1930년대의 모더니즘과 카프나, 1950년대의 모더니즘, 그리고
1970년대, 1980년대의 현실주의 시는 시사에 주기적으로 나타나는
타격과도 같은 미적 충격을 주었다. 1990년대 이후의 시사는 어떤
'이즘'이나 '테마'나 '모티브'를 방법론으로 전용하더라도 이미 '시의
문법'으로 주어지는 충격을 탄력적으로 받아서 내면화할 수 있을 만
큼의 '자기 역사'를 맷집으로 키운 셋이 아닐끼 싶다. 2000년대 초중
반의 미래파가 보여 준 '충격'과 반동 담론으로서 2000년대 신서정

의 세련된 화법은 시사의 암초처럼 2010년대 시인들 앞에 가로놓이는 셈이다. 2010년대의 시는 어떤 방식의 모티브와 방법론과 기술을 선보이는 시 앞에서도 충격을 받지 않을 만큼 맷집이 단단해진 몸피 위에 펼쳐진다. 그렇지만 황병승의 '여장남자'를 읽고 채호기의 '슬픈 게이'를 떠올리지 않는 것처럼, 김경주의 '아포리즘'을 읽고 진이정의 '아트만'을 떠올리지 않는 것처럼 당대의 시인과 시사의 개별성은 잔존한다.

괴이(怪異)하고 괴상(怪狀)한 것(uncanny)이 어떤 인식론적, 존재론적, 미적 충격도 가하기 힘들 것만 같은 시대가 2010년대와 더불어 시작된 셈이다. 하필이면 이 시기의 정치, 경제, 문화, 상징적인 현실은 피폐해지고 남루해질 대로 남루해졌다는 점을 지적해야 하겠다. 어떤 모티브가 구상과 추상의 경계를 자재로 넘나들면서 공감과 해석의 여지를 전혀 남기지 않더라도 시인이 간직한 '상상력의 열방사'(보토 슈트라우스)는 여전히 문제적인 방식을 선취할 수 있다. 그러니까 논점은 충격이 없는 새로움을 어떻게 분석할 것인가의 문제로 자연스레 옮아간다.

이 시대의 어휘가 충격에 얼마만큼 둔감해졌는가 하면 '어마무시하다'는 형용사를 만들어 낼 정도이다. 양적이고 존재론적인 차원의 충격과 질적이고 인식론적인 차원의 충격을 한꺼번에 뒤섞어서 말해야 '사태의 질감'을 가까스로 받아들인다. '어마무시함'을 조금 더 세련되게(?) 표현한 단어는 '괴랄하다'일 것이다. '괴랄맞다'나 '괴랄스럽다'가 맞으려나? 아무튼 이 단어로 특정할 수 있는 상황은 내면화된 공포를 건드리는 '자극'과 '반응'이 한꺼번에 일어나는 상태다. '괴'는 괴이하고 괴상하다에서 가져온 '괴(怪)'일 것이다. '랄'은 '지랄' '발랄' '악랄' '아스트랄(astral)' '신랄'의 '랄'일 것이다. 괴이하고 괴상한 상태라고 말하자면 그것은 공포의 차원과 연관되는데, 이 단어가 지시하는 상황은 아무리 괴이하고 괴상한 것이 눈앞에 주어져도 그것이 공포를 불러일으키지 못하기 때문에 형용사적인 명사형이 곁따라 달라붙을 수밖에 없는 내면의 모습이다. 저 2000년대 초반의 시가 '괴랄하다'의 '괴'를 충격과 공포의 차원에서 내면의 감각 차원으로 끌어내렸다면, 내면의 감각에서 다시 표피적인 자극으로 변주하는 데 일정 부분 성공했다면, 이제 남은 것은 때로는 지랄 맞고 때로는 발랄하고 때로는 악랄하고 때로는 아스트랄하고 때로는 신랄한 '시적 태도'다.

태도가 문제가 된다면 비평은 시를 둘러싼 겹들의 인지 구조를 분석하는 행태의 차원으로 넘어간다. 전 시대의 시가 무엇을 의도했고 그것을 얼마나 달성했는지를 점검하고 지금 이 자리를 분석하자면 결론은 간단하다. 지금 여기의 시는 의도를 우연으로 성취할 수밖에 없으리라는 점, 해석 포기인지도 모르겠다. 이미 의도와 실패의 간극에 대해서는 충분히 논증이 되었기 때문에 남는 것은 '초의도적 인과'가 될 테니 말이다. 비평은 의도를 넘어서거나 비껴 서면서 가닿는 결과물들을 분별하는 주체의 해석학 문제와 맞닿는다. 초의도적 인과를 해석하는 비평이라, 자칫 이 지점에서 시 비평은 '행태'를 둘러싼 해석학으로 전락하는 수도 있다. 이런 문제 때문인지는 몰라도 지난 10년 간 시 비평의 논쟁적인 주제 가운데 하나는 바로 '시적 주체' 개념이었다. 개념을 수용하느냐 마느냐를 떠나서 지금 대부분의 논자들은 '시적 자아'라는 말과 '시적 주체'라는 말을 구분해서 쓴다.

3. 삭주 주체들

김현의 『글로리 홀』(문학과지성사, 2014)이 전면에 내세운 시적 장치는 바로 각주(footnote)다. 시에 각주를 도입하는 방식이야 새로울 것이 없다. 송재학의 『얼음시집』(문학과지성사, 1988)이나 박남철의 『용의 모습으로』(청하, 1990)의 경우 각주를 전경화시킨다. 박남철의 작업은 스스로 '비평 시집'이라고 이름을 붙인 데서 알 수 있듯이, 자신의 1980년대의 작업을 해체의 대상으로 삼고 다시 시단을 향한 인정 욕구를 논쟁적인 차원에서 드러낸 시집이다. 이 시집은 온전히 1980년대의 해체 작업에 대한 과격한 결산 작업으로 읽힌다.

송재학의 경우 「프루동의 초상」이나 「툰드라에서 툰드라까지」나 '얼음시 연작'에 쓰인 각주를 주목할 수 있다. 여기서 각주는 자아의 분신이 만드는 기호의 발자국 기능을 한다. 프루동이나 크로포트킨 등 송재학이 호명하는 각주들은 시적 자아의 '인덱스' 역할을 담당한다. 그러므로 이 각주는 발자국인 동시에 참조 항으로 기능하는 셈이다. 여기서는 물론 주체보다 송재학이라는 단일한 자아로 각주의 효과가 수렴된다. 박정대의 각주가 수많은 이명(異名)들을 자신이 만든 아우라로 수렴시키는 것도 비슷한 방식일 테지만, 박정대에 이르러서는 그가 내세운 낭만적 주체가 해석의 초점이다. 시인 박정대와 분리된 낭만적 주체는 박정대 식으로 말하자면 '천사'일 것이다. 함성호의 백과사전식 각주는 또 어떤가? 함성호는 시인이 바라보는 세계 이해의 태도를 각주를 동원하면서 노출한다.

김현의 각주는 기법의 측면에서 괴이할 이유가 전혀 없다. 김현의 각주가 문제가 되는 점은 시인이 내세운 파편화된 주체들의 목소리가 각주의 형태로 틈입하며 한 편의 시를 완성하는 과정에 있다. 김현의 시에서 각주는 하나의 세계를 만드는 그만의 태도를 드러내는 다른 주체들의 목소리인 셈이다. 기호의 차원이 아니라 세속화된(secularized) 세계 이해의 태도를 스스로 조롱하는 방식인데, 아이러니하게도 이 지점에서 독자는 각주의 내러티브를 재구성하면서 시인 김현이 내세우는 강력한 윤리적인 요청과 마주한다. 이 점은 조인호의 『방독면』(문학동네, 2011)에서 더욱 도드라진다. 문학동네가 시인선을 론칭하면서 사실상 신인 가운데 첫 번째로 내세운 이 시집은 '폭력성'이라는 주제를 전면에 내세우는데 각주가 본문에 대한 일종의 의사(pseudo)-계몽적 정보의 구실을 떠맡는다.

조인호는 김현의 주체에서 한 걸음 더 간다. 조인호의 시에서 '우주'를 설계하는 대타적인 주체가 시를 단일한 메시지의 구심점으로 모은다. 이들 시의 주체가 소년 주체인지 비성년인지는 그다지 중요하지 않은 것처럼 보인다. 이들의 각주에서는 유희성이라고는 눈곱만치도 찾아볼 수가 없다. 한사코 진지한 이들의 각주가 어떤 면에서는 과장된 세계 이해로 보이기도 하고 '자기 아이러니'를 다른 방식으로 드러낸 것처럼 보이지만, 이들의 각주를 인유로 읽자면 인유를 통해 끌어오는 세계가 '어마무시'하게 크고 그것이 다시 자기를 지시하고 있다. 기괴한 클라인의 병이다. 이들이 보여 주는 유희성을 재래의 모더니즘 수사로 읽는 순간 '이들은 작업을 하는 매순간 자기 스스로 만든 세계에 압사당할 것이다'라고 호기롭게 예언하는 수도 있다. 그러나 조인호나 김현이 그들의 각주 주체를 데리고 노는 방식은 어딘지 모르게 괴랄하다.

조인호를 참조하자면 서대경의 『백치는 대기를 느낀다』(문학동네, 2012)에 등장하는 수많은 '인물'들을 들여다볼 때 비롯되는 주체의 문제는 더욱 난경(難境)이다. 다분히 현상학적으로 읽히는 서대경의 인물들은 시인이 의도하는 '시적 직관' 안에서 해소된다. 현상학적인 세계 이해가 직관을 모티브로 하고, 그 직관 안에서 존재의 진리가 드러나며 이때 존재가 해소되는 것과 같은 이치다. 서대경의 인물들은 '존재(ens)가 없는 정식(fomula)'(엔조 파치)에서 배역적인 기능을 담당한다. 이때 시는 정식이고 그가 노리는 언표 효과와 결부된다. 남는 것은 신비적인 표상인데 문제는 '신비'와 '표상'이 연결되고 있다는 점이고 서대경이 택한 방법이 완고한 산문의 형식이라는 점이다. 서대경의 정식은 산문화된 세계 이해의 방식이고 서대경은 그것을 '서정'이라고 이름 붙이고 있다. 서정이라니!

문제는 각주 주체들이 '파편화(fragmentation)'(프레드릭 제임슨)하고 있는 전체가 '세계'가 아니라 주체 자신이라는 점이다. 전체를 파편화했다면 그것은 세계의 '편린들'이라는 점에서 주체가(또는 주체를)(반)자동화하고 자율화하는 양상과 관계가 되어야하겠지만, 각주 주체들은 세계를 폭로하기에 앞서서 자신의 시적 주체들을 자동화하고 자율화하는 방법을 반복적으로 보여 주기 때문이다.

각주 주체들은 진지하다. 각주 주체가 내뿜는 아우라는 이데올로기로 환원되지 않을 것처럼 보인다. 이들은 '사회적으로 상징적인 형태의 서사적 통일체로 가득 찬 환경' 속에서 분명한 의도를 향해 시를 이끌어 간다. 이것은 프레드릭 제임슨이 말한 이데올로기소의 정의 가운데 하나지만, 이들이 보여 주는 실험성이 지금 여기를 (역)계몽하려는 욕구와 긴밀한 연관성을 확보하지는 않는다. 제임슨이 조지 기싱을 분석하면서 주목한 '혼합 감정'이나 '모순어법' 그리고 '분한'을 통한 진정성을 각주 주체들에게서 찾기는 쉽지만 여기에 많은 의미를 부여하기는 망설여진다. 오히려 이들은 진정성을 조롱하고 있는 것은 아닐까. 조인호, 서대경, 김현의 시가 '지금 여기에 나 자신으로 올곧이 있음이란 무엇인가?'라는 질문을 던지고 있기는 하지만 그것이 진정성의 이데올로기소로 해석될 여지는 많지 않은 까닭이다.

4. 파국의 재현

나는 2010년 이후에 나온 시집 스무 권을 쌓아 놓고 제임슨을 잠시 덮는다. 조지 기싱은 또 누군가? 싶어서 YBM 세계명작영어학습 문고 49번 『The Private Papers of Henry Ryecroft』를 읽으려고 마음먹는다. 사계절에 따라서 전개되는 이 수기는 '헨리 라이크로프트'라는 가상의 인물을 기싱 자신의 알터 에고로 내세운다. 봄이다. 1장은 침묵에 관한 성찰이다. 첫 문장이다. "The exquisite quiet of this Room!" 이 방은 말할 수 없을 정도로 고요하다. 이 방은 매우 아름답고 섬세하고 복잡 미묘한 분위기에 휩싸여 있고, 완벽한 환희로 가득 차 있으며, 예민하고 감수성이 풍부한 아우라를 뿜어내면서도 모든 사물과 현상의 미묘한 차이들이 즉각 '감각'에 아로새겨지는 인화지와 같이 내 앞에 가로놓였다. 스스로 느낄 수 있는 차원을 초과하는 감각을 드러내는 단어 "exquisite"를 눈여겨본다. 각주 주체들이 주시하는 부분은 세계를 모두 폭로할 수 없기에 촉발된 '초과 감각과 사유'들일 것이다.

2010년대 시들이 드러내는 감각 가운데는 '분한'이나 '혼합 감정'이나 '모순어법' 등이 도드라지는 것이 사실이다. 평자에 따라서는 이들의 반복이 무한대로 확장될 것처럼 끝을 염두에 두지 않고 생략이 돌연하다는 점에서 시가 길어지는 이유를 이들 세대의 '무기력'에서 찾기도 한다. 과연 그러한가? 이들은 무슨 짐을 졌기에 분한 너머의 원망을 드러내야 하고 초과한 감각으로 설명하기를 포기한 우연의 필연성을 드러내야 하는 것일까. 스테판 메스트로비치에 따르면, 이 시대의 문화적인 장치들은 인식 대상을 재포장하고 시뮬라시옹으로 재생한다. 분화석인 재생을 통해 과서에 죽거나 잊힌 가치들을 가상의 형태로 재생하고, 이미 사장된 개념이나 감정을 이끌어

낸다. 재생된 감정은 가상의 형태에서 '집합적인 흥분'으로 관리되고 규율된다. 대표적인 예가 향수 산업이다. 독창성을 자의적으로 거부하는 현대인은 거부하는 자신의 자의식을 합리화할 만큼 똑똑하고, 빅 브러더의 시선을 도처에서 감지할 만큼 예민하지만, 결국 '감각 표상'의 차원에서부터 규제된다. 메스트로비치가 문제를 삼고 있는 것은 '표상으로서의 감정(emotions-as-representations)'이다.

집합적 표상이라는 것이 가능하고 또 있다고 가정하면, 시가 문제 삼고 있는 재현과 표상은 무엇을 드러내면서 대신하고 또 폭로할까? 리얼리즘이라는 단어가 리얼리티의 문제로 옮아간다. 문제의 초점은 실재다. 실재가 겨냥하는 지점은 생활 세계 전반에 걸친 미시적인 '기미'의 탐문 가능성이다. 그러니까 실재는 기미를 통해 포착되고, 이것은 이 시대의 '시적 실재'의 문제와 연관된다. 상징이나 상상 차원이 아니라 불가능한 실재의 차원이라는 점에서 문제는 이미지가 태동하는 과정이다. 정동이나 공감의 연원이 무엇인지에 대한 말들이 많은 것을 보면 문제는 표상이다. 시는 메스트로비치가 말한 '탈감정'이 아니라 실체가 없지만 실재를 추동하는 '느낌'의 문제를 더듬는다. 집합적인 흥분이 아니라 사적(私的) 개인의 감정의 문제를 표상하는 셈이다. 사적 개인을 소환할 때 다시 이미지가 주도권을 잡을 수 있기 때문이다. 윤리학이 윤리 행태를 향한 분석으로 이어지고 이것이 서사 차원에서 '정치적 무의식'을 드러낸다.

박준의 『당신의 이름을 지어다가 며칠은 먹었다』(문학동네, 2012), 황인찬의 『구관조 씻기기』(민음사, 2012), 유희경의 『오늘 아침 단어』(문학과지성사, 2011), 성동혁의 『6』(민음사, 2014), 유병록의 『목숨이 두근거릴 때마다』(창비, 2014) 등등에서는 표상으로서의 감정이라는 주제가 시인 각자의 개성에 따라 '재현'되고 있다. 박준이 내세우는 내밀한 사적인 개인은 죄의식의 연원을 묻고 있는데, 이것은 시적 자아의 기억-이미지와 긴밀하게 결속하면서 하나의 집합적인 이미지를 만들어 낸다.

집단적인 죄의식의 표상과 개인이 가진 기억의 권리가 첨예하게 맞서는 곳에 바로 이들이 내세우는 사적인 개인이 거주한다. 성동혁이 드러내는 상처는 트라우마를 음각하면서 죄의식이나 집단의 문제를 삭제한 자리에 오롯이 드러난 한 개체의 상처를 이미지로 아로새긴다. 운명과 꽃으로 변주되는 성동혁의 이미지가 있다면, 유병록은 보다 익숙한 상징을 제시하면서 사적 개인의 기억의 문제를 건드린다. 유희경의 극적인 독백, 황인찬의 감각적인 이미지 서사는 표상으로서의 감정이 아니라 감정이 표상하는 사적인 개인의 '기억 흔적'의 문제를 드러낸다.

이들의 시가 집단적 죄의식의 표상이나 개인의 기억의 권리와 결부될 때 이처럼 아름다운 이미지들은 '무엇을 이야기하는가?'라고 물을 수도 있을 것이다. 어쩌면 폭발에 가깝도록 자신을 드러내는 이들 사적 개인들의 감정 표상들의 정체는 무언가? 무엇을 전하려는 것일까? 느낌은 의도를 초월한다. 역시 문제는 초의도적 인과다. 원인과 결과가 우연으로 짝지어진다. 의도를 초월했지만 인과를 형성했기에 이들 사적 개인이 표상하는 '자기 역사'는 느낌과 기억 사이에서는 한사코 초의도적이다. 집단과 개체의 문제는 이 지점에서 환원을 벗어날 수도 있다. 이미지가 죄의식의 표상 및 기억의 권리와 결부된다면, 이미지는 결국 통역 불가능한 지점을 일부러 택한 다음 잡히지 않는 세계 표상을 드러내는 재현 장치로 전락할 것이다. 이미지를 통한 재현은 불가능하고, 시는 애초에 불가해힌 '언어 물질'이라고 해야 옳을까.

5. 알레고리 불능

2010년의 시들이 대체적으로 길어졌고 '분한'을 '혼합 감정'으로 표출하고 그것도 '모순'의 논리에 기대고 있다고 가정해 보자. 시가 길어지는 이유를 2010년대 시인들의 무기력에서 찾을 수 있다고 치자. 세계를 파토스로 끌어와 녹일 수 없고, 열정이 가까스로 추동하는 논리를 가져다 붙여도 설명적 소구력을 얻을 수 없기에 자연 발생적으로 생긴 태도가 무기력인가? 문제는 무기력이 '그들만의' 무기력이 아니라는 점이다. 이미지를 통한 세계 이해 방식 자체가 좌초한 데서 비롯된 무기력이다. 메타내러티브에 대한 불신이 시적으로 드러나는 시대가 1980년대에서 1990년대라면, 2010년대의 시는 불신을 세포에 각인된 느낌의 차원까지 육화한 이들이 쓴 절규로 읽히는 수가 있다. 세계가 스스로 설명적 소구력을 발휘하면서 전개하는 이성 언어의 역사가 한계에 부닥쳤고, 이후에 개개인을 묶는 어떤 체계나 구조도 무용한 지경에 이르렀다면, 그런 지경에 봉착한 자들의 허무와 냉소마저도 아무 쓸모가 없다면, 시인 발바닥의 티눈도 핥아 주지 못한다면 입을 다물 일인가?

2010년대의 시가 길어진다면 그것은 언어 자체의 '물성'을 드러내는 데 집중하는 일련의 시인들에게서 단서를 찾을 수도 있다. 블루멘베르크가 말한 대로 시 언어가 미학적인 대상이 된다면 그 구조에서 문제가 되는 지점은 '비개연적인 것의 개연성'에 있을 테고, 개연성이 소멸하고 의미마저 휘발될 때 남은 언어이기 때문이다. '비개연적인 것의 개연성, 물성, 의미 소멸'이라고 적어 놓고 보면 이제니의 『아마도 아프리카』(창비, 2010)가 떠오른다. 시가 「단 하나의 이름」을 지향한다면, 그 끝에는 의미가 아니라 소리가 남는다. 소리나 반향은 언어가 가지는 물성이 단자 차원에서 드러나는 단위다. 파장은 소리 이전의 작용이고, 울음은 반향 이후의 사태다. "소리가 되기 위해 모음이 필요한 자음들처럼 이제 그만 울어도" 좋을 때, 울음 즉 분한을 드러내는 파토스가 시를 지배하는 것이 아니라 모음이 없는 자음들의 소리, 물성이 시를 지배한다. 황혜경의 『느낌 씨가 오고 있다』(문학과지성사, 2013)는 '감각과 기억과 느낌을 받아 적는 언어에서 주어를 괄호 치고 쓰면 어떻게 될까'라는 물음을 파헤치고 있다. 황혜경의 시어는 그것이 어떤 위계에 놓이더라도 감각이 분화되기 이전의 상태를 지시하고 이때 언어는 하나의 리듬으로 돌변하듯이 이어진다. 황혜경의 시나 이제니의 시가 길어지는 것은 우연이 아니라 필연이다. 주어, 목적어, 동사는 통사론적 차원에서 (무의식적으로) 이어지지만, 논리 차원에서는 주사, 빈사, 계사가 제각각 따로 놀기 때문이다.

'우리가 왜 그 가치를 수행해야 하는가?'라는 물음만큼 강력한 반동의 징표가 또 있을까? 계몽 언어가 자기 아이러니를 드러내면서 자신만을 지시하는 생활 세계에서 아이러니는 고리타분하고, 냉소는 무기력하고, 허무는 유치하고, 알레고리는 메시지를 드러내지 못한다. 서효인의 『소년 파르티잔 행동 지침』(민음사, 2010)은 4부로 구성되어 있는데, 부를 나누는 '분절'부터가 알레고리의 방식을 띤다. 각각 "분노의 시절" "잭슨빌의 사람들" "단 하나의 사람" "마스크"라고 제목을 달고 있는데, 이들을 한데 묶어서 "소년 파르티잔"의 이미지를 그리면 전체적인 그림은 서서히 우리가 사는 지금 여기의 역상으로 귀납된다. 서효인의 시를 강력한 정치성으로 읽거나 윤리적인 행동으로 나아가는 주체로 읽기에는 무리가 따르는 것이, 시인이 만든 에피소드들이 미학적인 대상으로 배치되며 낱낱으로 주제를 믿고 나아가는 과정이 도드라지기 때문이다.

시적으로 전혀 다른 세계를 그리고 있음에도 정영효가 『계속 열리는 믿음』(문학동네, 2015)에서 '계단' 상징을 통해 '세계상의 균열 지점'을 보여 주는 방식이나, 민구가 『배가 산으로 간다』(문학동네, 2014)에서 '방'과 '동백'이라는 익숙한 상징을 개인 상징으로 비틀어 쓰면서 우연성을 상징으로 밀어붙이는 방식 역시 명징한 주제로 수렴되지 않는다. 조혜은은 『구두코』(민음사, 2012)를 통해서 일상의 자잘한 국면에 가로놓인 한 인간의 '사회적 자아'들의 분열 지점들을 중첩시키면서 하나의 '시인 이미지'를 섬세하게 직조해 낸다. 이들 모두에게 주효한 방법론은 물론 알레고리다. 이들이 구사하는 알레고리는 1990년대, 2000년대 초반의 알레고리와 지향하는 지점부터가 다르다. 알레고리는 접속사를 거부하는 글쓰기 방식이다. 이것은 알레고리의 형식이다. 이들의 방식은 접속사를 거부하는 알레고리의 형식을 시편을 완성하는 방식으로 차용한다. 그럼에도 이들 시집에서 주제를 꼬집어서 말하기 힘들다. 이들의 시에서 주제는 비개연성을 탐문하고 스타일을 포함한 형태에 대한 자각은 개연성을 궁구한다. 주제가 휘발되고 형태가 보여 준 필연성이 남는다. 그러니 가뜩이나 긴 시가 더욱 길어 보이는 것은 당연지사 아니겠는가.

라캉이 내세운 네 가지 담론은 주인, 대학, 분석가, 히스테리 환자라는 명명 자체에서 알레고리적인 속성을 띤다. 모든 담론에서 행위자(주체, 발신자)와 타자(수신자)와 생산/손실과 진리가 제각각 확정적인 층위를 부여받는다는 점은 알레고리적인 속성으로 읽히기에 충분하다. 주체─주체로서 한 시인이 무엇을 할 수 있는지; 가치─그 과정에서 무엇을 잃고 얻는지; 진실(실재)─무엇을 선명하게 드러내는지; 타자─드러낸 것은 누구에게 전해지는지 명확한 시대는 아닌 것 같다. 주체의 행위가 어떤 행태로 해석되는지, 그것의 가치가 어떤 구조 속에 자리를 차지하는지, 진리가 있다면 그것은 누구에게 어떻게 전달되는지, 그리고 우리가 모르는 '누군가'에게까지 시인의 발화가 당도하는지 대답할 자신이 없다. 주체, 타자, 진리, 가치라는 단어는 이미 오래전에 소멸한 고대의 유물 같은 느낌이 들 정도이니 말이다.

6. 시라는 소외 상품

2010년대의 시인들 역시 반복과 생략과 함축에 기대어 쓰고 있고 그것은 서정시다. 만일 이들이 쓰는 비유에서 단어가 반복되고 정황은 지나치게 생략되고 의도는 함축된 채로 이어진다면, 블루멘베르크가 말한 '폭발 은유'가 2010년 이후의 '생활 세계'에 일상화되었기 때문이라고 진단할 수도 있다. 의미상 충돌하는 메시지들이 저들의 논리를 숨기지도 않고 충돌하면서 서로 진리라고 우긴다면 무엇을 '사실'이라고 확정할 수 있을까?

가장 순정한 방식으로 시적 주체를 드러내고 있는 시집들이 내뿜는 불안한 아우라를 생각해 보자. 비유 속으로 진입하기가 쉬운 만큼 해석이 빠르고, 해석이 빠른 만큼 '주제와 정황'은 쉬이 휘발된다. 백상웅의 『거인을 보았다』(창비, 2012) 이후에 신미나의 『싱고, 라고 불렀다』(창비, 2014)에서 최근 박소란의 『심장에 가까운 말』(창비, 2015)에 이르기까지 같은 특색을 꼽자면, 잠재된 힘을 다하고 물성만 남은 언어를 '도구'로 끌어와 끝끝내 일인칭 자기를 고백하는 '고백 장르'로서의 시의 역할에 충실하려는 의도가 읽힌다. 소박한 의미의 '진심'을 순정한 비유의 안간힘으로 드러내 보이려는 시도들이 눈물겹다. 눈물겹도록 소중한 용기다. 블루멘베르크가 '내재 시학'을 설명하면서 미학적 대상과 미학적 구조를 연결 짓는 하나의 단초로 제시한 '폭발 은유'를 생각해 봄직하다. 이제 더 이상 '생활 세계'와 시가 이질적으로 접속하면서 빚어내는 폭발적인 비유의 힘은 일인칭 자아의 안간힘만으로는 수행하기 버거운 것은 아닐까.

이 시대의 비유(수사)에 대해 말하자면, 발레리가 순수시의 특성으로 지적한 세계에서 특수하게 시적인 요소를 '선택'하고 합리성을 기제로 하는 언어의 '자명성'을 탈각시키는 작업을 떠올릴 법하다. 그러나 이 시대의 시는 더 이상 선택과 배치와 탈자명성만으로는 '비유의 효과로 수반되는 진실'을 드러내지 못한다. 블루멘베르크는 사유와 언어와 표상을 시어의 내적 기능의 차원에서 접근하는 방법을 '내재 시학(immanente poetik)'이라고 말하는데, 어쩌면 2010년대의 시인들을 내재 시학으로 분석하기에는 '자기 언어의 어휘 부족'이 아니라 '자기 언어의 어휘 폭발'에 주목할 일인지도 모른다. 예를 들어, 송승언의 『철과 오크』(문학과지성사, 2015)가 언어의 잠재력의 극한에 도전하고 있다면, 이은규의 『다정한 호칭』은 정념의 기원을 향해 육박해 들어가는 언어를 선보이고 있으며, 김상혁의 『이 집에서 슬픔은 안 된다』(민음사, 2013)는 시로 구성할 수 있는 시적 정황의 맨 얼굴을 살피는 언어를 탐구하고 있다. 이들의 시에서는 언어가 늘어나는 만큼 새로운 리듬 생산 방식들이 늘어난다. 어찌된 일인지 어휘의 잠재력이 고갈될수록 시인은 언어가 증식하면서 잠재력이 고갈되는 사태와 맞서 싸우고 있다. 2011년 첫 시집 『오빠 생각』(문학동네)을 낸 김안은 무의식과 부정적인 쾌감의 속성에 대한 탐구를 사회 상징적인 언어 내지는 모어(母語)의 차원까지 확장하는 작업을 『미제레레』(문예중앙, 2014)를 통해 선보였다. 이처럼 이들 가운데는 집요하게 시적 주제의 전선을 확전하고 있는 시인도 있다.

2010년대의 첫 시집들은 문학의 죽음 가운데도 시의 죽음이라는 풍문 속에서, 소문인지 과장인지 모를 위기가 만든 시의 자기 소외를 딛고, 자기 소외마저 상품으로 만들고 마는 시와 시집의 생산 루트를 거쳐서, 시장에 나왔다. 이들 시집이 만들어 낸 상품 가치는 어디서 조롱받고 있으며, 이들이 등 뒤에 감춘 문학적 척도는 어떻게 상품 가치와 구분되면서 자신의 이름을 얻어 나갈 것인가? 묻자면 벌써 2015년이 다 와서 이들 가운데도 시집을 두 권 이상을 낸 이들이 많다. 자기 소외마저 상품으로 둔갑시키는 시라니…… 갑자기, 말문이 막힌다.

7. 시인/곡예사

폴 오스터의 '뉴욕 삼부작' 속에는 과대망상증에 사로잡힌 자가 나온다. 이 시인 캐릭터는 보들레르 등을 주워섬긴다. 심지어는 스스로 보들레르보다도 위대한 시인이라 여긴다. 세상을 뒤흔들어 깨울 문장을 발명한 자로 여기기도 한다. 이 시대의 시인이 폴 오스터가 만든 '사립 탐정 폴 오스터'가 찾은 퀸의 노트 속에 존재하는 시인과 무엇이 다른가? 싶기도 하다. 이를테면 이 구절.

나는 이제 시인이 다 됐어요. 매일 내 방에 앉아서 또 다른 시를 쓰죠. 나는 암흑 속에서 살던 때처럼 혼자서 갖가지 말을 만들어 내요. 그런 식으로 나는 몇 가지 일들을 기억해 내기 시작했죠. 내가 다시 암흑 속으로 돌아가 있는 척하면서요. 그런 말이 무슨 뜻인지 아는 사람은 나 하나밖에 없어요. 그 말들은 해석이 불가능하니까요. 그런 시들이 나를 유명하게 해 줄 거예요. 핵심을 찌르고 있거든요. 그래요. 그래요. 멋진 시들. 너무 멋져서 온 세상이 울게 되겠죠.

나중엔 아마 다른 일을 하게 될 거예요. 시인이 되고 난 다음에 말이죠. 이르건 늦건 쓸 말이 떨어질 테니까요. 사람은 누구나 마음속에 그렇게도 많은 말을 갖고 있어요. 그런데 나는 다음에 뭐가 될까요? 내 생각엔 소방수가 되었으면 싶어요. 그다음에는 의사가 되고요. 그건 아무래도 좋아요. 내가 맨 마지막에 될 건 줄타기 곡예사니까요. 그러니까 나이를 많이 먹고 드디어 다른 사람들처럼 걷는 법을 배웠을 때 말이죠. 그때가 되면 나는 줄 위에서 춤을 출 거고 그러면 사람들이 놀라 자빠지겠죠. 아주 작은 꼬맹이들까지도. 그게 내가 하고 싶은 거예요. 죽을 때까지 줄 위에서 춤을 추는 거.[1]

이 구절을 읽고 책상에 놓인 스무 권을 번갈아 보니, 시인들의 이름 하나하나가 왜인지 모르게 소중하고 눈물겹게 다가온다. 소설을 살펴보자. 소설 속의 화자는 자신이 무엇을 쓰고 있는지 스스로 알고 해석할 능력이 있다. 저자는 심지어 언젠가 쓸 말이 없어지리라는 것을 안다. 저자는 더 이상 쓸 수 없을 때 어떤 삶을 꾸릴지 늘 꿈꾼다. 시인은 대개 앞의 두 가지를 몸으로 익혀 알고 있다. 스스로 설명하지 못하더라도 그의 글과 행동이 제 시를 해석하고 침묵을 예비하고 있기 때문이다.

그러나 한 인간으로서 시를 작파한 후에 어떤 인간이 되어야 할지를 꿈꾸는 이는 드물다. 시와 꿈과 삶이 같은 값을 가지는 것으로 '착각'을 하곤 하니까. 침묵 이후에 어떤 인간이 될지를 꿈꾸는 것은 알터 에고를 전면에 내세우며 자신이 글을 쓰고 있는 지금 이곳의 삶을 호도하는 방패막이로써의 수사가 아니다. 이 글에서 읽은 2010년대의 시인들은 침묵 이후에 어떤 인간이 될지 꿈을 꾸고 있는 것

---

1 폴 오스터, 「유리의 도시」, 『뉴욕 삼부작』, 황보석 역, 열린책들, 2006(보급판), p.27.

처럼 보였다. 그들이 어떤 꿈을 꾸는지 궁금하지 않다. '죽음과 절필과 침묵 이후의 인간을 꿈꾸어야 할 정도로 '괴랄'한 시대의 시가 어떤 모양새일까?'를 생각하는 것은 그리 유쾌한 경험이 아니겠기에 하는 말이다. 불편함이 주는 모욕감과 괴랄함이 주는 황당무계한 표상들을 시가 홀로 견디기엔 너무도 '괴랄한' 시대다. 당대는 언제나 버거운 것, 호들갑은 여기서 접는다.

제3부 전위/후위

김정환＝당대의 문법

　시인 김정환, 하니 '순수'와 '만능'이라는 단어가 곧장 떠오른다. 1909년 프로이트는 레오나르도 다빈치에 대한 분석적 접근을 감행하기에 앞서서 야콥 부르크하르트를 인용해 이렇게 말한다. "그 윤곽을 추측만 할 수 있을 뿐이지 결코 깊이를 헤아릴 수 없는 만능 천재"라고 말이다. 프로이트는 유년의 경험과 성인의 경험을 매개하는 '자기애'의 근원을 파헤쳐 들어간다. 프로이트는 유년의 기억 쪽에는 억압된 사랑이 자리하고 성인의 기억 속에는 억압된 분노가 자리한다고 과감하게 결론짓는다. 이것은 사랑과 분노를, 억압과 해방을 동일시하는 익숙한 착각을 무의식의 기원 속에 심어 놓는다. 김정환이라면 아마도 '사랑＝억압＝해방＝분노＝시'라는 도식으로 간명하게 정리했을 테다. 나란히 놓일 수 없는 두 개의 세계가 김정환의 정서, 미학, 인식 체계 안으로 포섭될 때, 그 모든 이항 대립 체계들은 선험적으로 '일찌감치 같은 것'이라는 자장 안에서 사유되고 느껴지기에 이른다. 인간 김정환이 꿈꾸는 세계는 모든 수식어와 관념을 거세한 '바로 그 인간'이 계급과 체계에 구속되지 않고 국경과 역사를 넘어서서 '동일한' 미래 곧 현재 곧 과거로 '이미 있는 자기 역사' 속에 있다. 이 커다란 '몽상'의 잠재적 구현체는 김정환이라는 존재에 앞서 김정환의 왕성한 저작을 통해 확인할 수 있다. 너스레를 더해 말하자면, 김정환은 물경 35년 동안 "시를 폭포처럼 쏟아 낸"(고종석, 『모국어의 속살』) 시인이자, 독특한 인식과 정서의 깊이를 미학적으로 끌어올리는 산문으로 무장한 미셀러니의 대가이자, 역사=음악=풍속=사회학=시학에 이르기까지 다방면에 걸친 관심을 왕성한 저술 속에 녹여 낸 인문주의의 투사이자, 한국어 문법을 번역 속에 다시 녹여 낸 문법 창조자이고 번역자이자, 민중운동의 흐름 속에서 이론가이자 활동가로 전위에 섰던 '전인(全人)'이다. 그리하여 글을 시작하기에 앞서 '시인 김정환'의 에너지를 해명하자니 "만능천재"라는 단어 말고 다른 마땅한 말은 떠오르지 않는 것이다.

다빈치는 이런 말을 남겼다. "의견들이 부딪히는 와중에 권위를 휘두르려는 사람은 이성이 아니라 기억에 의존하는 것이다."[1] 어떤 객관성을 지향하는 '담론'들이 일상에 놓일 때, 그 전투적인 관념들은 곧장 설명적인 소구력을 잃고 만다. 의견이 주관성의 벽에 부닥치는 이유는 인간의 말이 '기억' 안에서 술화적(述話的, diskursiv) 적합성을 찾도록 이미 구조화되었기 때문이다. 허다한 이분법의 사리 분별은 적절한 범주들을 만들어 세계를 딱 재단해 놓은 그만큼만 보도록 부추긴다. 그렇다고 논쟁과 논쟁의 끝장과 거기서 부닥친 절망감

---

1 프로이트와 다빈치에 관해서는 피터 게이, 『프로이트 1』, 정영목 역, 교양인, 2011의 6장 3절 참조.

을 내려놓을 수는 없지 않은가? 다빈치의 물음에 대해 김정환은 이런 해답을 내놓는다. "온몸이 몇 천만 도로 타면 시체의/기억을 태워 버릴 수 있을까?/그리고 내가 아닌, 순금의/기억, 아 기억만을 후대가 아닌,/손 닿지 않고 보이기만 하는/보이지 않고 느껴지기만 하는/느껴지지 않고 간직되기만 하는/간직되지 않고, 있는/그런 순금의 보통명사를/남겨 줄 수 있을까?"(「순금의 기억」 전문, 『순금의 기억』, 1999) 문제는 '피의 밭'으로 인유된 저 "시체의/기억"이 살아 내는 '아겔다마(Akeldama)'가 아니라, 아겔다마 이후 '탈리타 쿰(Talitha cumi)' 인바 '소녀여 일어나서 걸어라'의 바로 그 순간이다. 피의 밭에 뒹구는 기억의 역사는 '고유명사'들의 합종연횡으로 구성된 망각의 족보일 뿐이다. 소유와 구속과 고착으로 이어지는 인간의 기억을 넘어서서 '그저 있는' 상태로 존재하는 방식은 '회감(回感)'일 테다. 회감이 일어나는 지점에서 시인은 역사가와 같은 값의 무게를 걸머진다. 당대와 선대를 아우르는 인간 사회의 역사적 표현들은 꿈의 표상에 불과할 수도 있다. 역사가로서의 시인은 그 꿈을 해석하는 지점에서 왜곡된 지점을 풀어내야 하리라. 손에 닿지 않고 보이기만 하는 그것, 어느 순간 환하게 보이는 듯싶은가, 하니 느껴지기만 하는 그것, 느낌이 다하는 순간 오롯이 간직되고 채색되는 그것은 왜곡의 작동 기제를 기함하려는 의도를 넘어선다. 왜곡은 당연한 일이고 왜곡의 기제가 비뚤어진 정치의, 메시아의 표상을 만들어 내도록 고착시켜서는 안 된다는 전언이 바로 저 순금 기억 속에는 도사린다.

시인이 마지막으로 할 일은 "순금의 보통명사"를 남겨 주는 것, 저 허다한 이름들이 가장 보통의 존새가 되어 대기 중에 스미도록 두는 것, 입말에 달라붙어 숨과 더불어 살아지는 '이름'이 바로 시라는 것이다. 이때 시는 어떤 '역사의 천사를 창조할까?' '천사를 어떻게 비틀어서 입말에 들러붙도록 만들까?' 모든 것이 엉망진창이 되어 버린 20세기의 역사를 넘어서는 방법은 무엇일까? 천사를 왜곡시키는 방법은 무얼까? 그것은 바로 육화(incarnation). 김정환은 질문들을 이어받아 이렇게 쓴다. "질문과 대답 사이에 시적으로 열려 있는 창, 창들이 보인다. 그 너머로 가는, 질문과 대답의 틀을 넘어서는 어떤 '것' 혹은 '곳'으로 가는 통로, 통로들이 언뜻언뜻하다. 그것들을 육화, 시키고 싶다."(『순금의 기억』) "순금의 기억"을 보통명사의 존재론으로 치환하고 나면 이처럼 많은 질문들이 고구마 줄거리처럼 딸려 온다. 질문은 하나의 세계관을 전제로 하고 질문 자체가 하나의 세계관일 터다. 그리고 그 세계관이 깨졌을 때 운동은 정지하거나 본대는 없고 측위, 전위, 후위가 각개의 방향에서 헤매는 '움직임'만이 남을 것이다. 이 지점, 모든 대답의 존재 방식은 하나의 움직임일 수도 있다. 질문과 대답 사이에, 눈빛과 움직임 사이에, 몸뚱어리 안에 이미 들어와 있는 '그것'이 돌올한 시야로 주어지라라는 기대, '어마무시'한 좌절과 용기를 동시에 걸머져야 할 인내 속에는 '보기=바라보기=되돌아보기'의 변증법적인 전환이 동시에 한꺼번에 일어나는 수도 있다. 황지우와의 대담에서 김정환은 이렇게 말한 적 있다. "'파경'은 기존의 총체적인 사고랄까 세계관이랄까 이런 게 깨졌다는 뜻이고, '광경'은 아직 새로운 것이 나올 수 없을 때 그때그때의 움직임들, 그걸 성급하게 체계화하지 않고 광경화하는 것."(『김정환의 만남, 변화, 아름다움』, 2007) 사유가 끝장에 이르렀을 때, 그리고 사유를 잃은 움직임들만 충만할 때조차 어떤 역동적인 이미지가 태어날 수 있을까? 이미지의 역동으로 맨 처음 세계에 주어진 것은 바로 노래일 것이다. 김정환은 1980년대 후반에서 1990년대로 넘어오는 지점에 '문화운동'에 투신했다. 1987년 이후 시인 김정환의 직함은 '민중문화운동연합 의장', '노동자문화예술운동연합 회장'과 같은 것이었다. 1년에 한 권 꼴로 내던 시집 출간이 이태 넘게 뜸해지던 시기도 바로 이즈음이다. 이 무렵 그는 노동자문화예술운동연합회의 기관지로 『민중문예』를 발간하며, 시극과 대본과 시나리오를 써내고, 춤, 음악, 굿판, 영상 등에 이르는 종합적인 하나의 '운동' 기획자로 일하기도 한다. 김정환의 오지랖 넓은 관심은 예술을 각각의 장르론에까지 미분화해서 각개격파하겠다는 의지에서 비롯된 것일 테다. 그것은 파경과 광경을 아우르는 하나의 물음에서 대답을 선취해서 다시 물음으로 전유하겠다는 발상이기도 하다. 이런 관심은 1990년대 중후반 이후의 저작들에서 결과물들을 하나씩 내놓기에 이른다.

그 이전에 광경을 이미지의 역동으로 보여 주는 방식은 김정환에게 무엇이었을까? 아니 이미지의 역동을 살아 내는 방법은 무엇이었을까? 그것은 바로 '노래'의 노래성을 살아 내는 것. 김정환이 문화운동에 투신한 이유의 근저에는 노래성의 회복에 대한 갈망이 자리하는 것으로 여겨진다. 그는 이렇게 말했다. "문화운동이란 정치에 피와 땀과 인간성과 감동적 '선전성' 혹은 일상성을 부여하면서 그 정치적 이념의 가두 홍보를 떠맡는 것이며 (중략) 문화는 일종의 홍보 수단이 된다."(김정환·이인성(대담), 「80년대 문학운동의 맥락—문학의 시대적 대응 양상을 중심으로」, 『문예중앙』, 1984.가을) 선전성이 감동을 추동할 때 일상성으로 자리하게 된다는 김정환의 시각은 종래의 '아지–프로'시의 선전 선동과는 다른 자원의 사유를 내상한다. 이 무렵 빌간한 시집 『우리 노동자』(1989)나, 비슷한 주제를 다른 방식으로 전한 소설 『그 후』(1991), 시나리오 「시작」(1992)은 정치를 일상, 그것도 노동으로 끌어와 거기에 땀과 인간성으로 바투는 윤리의 가열한 쟁투를 그려 내고 있다. 그렇다면 김정환이 말하는 '문화'란 무엇인가? 문화는 특유의 형식적 고민이 예술적 의도와 더불어 나타나는 마당이다. 여기에는 예술 의지가 개입한다. 형식은 정치·사회·경제적 조건에 따라 이중화되고 다중화되는 방식으로 분화되어 왔다. 저 리얼리즘과 모더니즘의 지리멸렬한 쟁투를 떠올려 보라. 생산자와 소비자가 분화되고, 작품이 창작자를 소외시키는 자리에서 예술적 의도는 불합리와 모순에 부닥친다. 그것은 사회경제적인 토대를 차치한 모순이라는 의미에서 모종의 현실성과 일상성을 잃고 만다. 이미 오래전에 고전적인 틀은 붕괴되었고 무수한 반동들이 산출되었다. 예술이 있기 전에 이미 문화가 있고, 예술은 이미 얼마간 비역사성에 빠졌다. 비인간화되고, 몰역사성에 함몰된 예술의 비역사성을 헤치고 나오는 작업은 '문화 제작자'의 의도성으로 지향점에 다가선다. '모더니즘'이라는 말, '리얼리즘'이라는 말이 만들어진 이후에 창작자의 죽음과 함께 예술 행위도 죽는 시대가 도래했다. 그렇다면 시인의 죽음에도 시는 살아남는가? 시가 '있을 것이 마땅히 있어야만 하는 질서'를 꿈꾼다면, 그것이 어떤 얼굴에 어떤 목소리를 가졌더라도 성실히 품어 안을 의지가 있어야 하리라. 그 의지의 지난한 첫 장이 바로 김정환이 바라본 문화의 자리였고, 그 문화의 토대로서 노동과 일상은 이미지의 역동 속에서 되살아야 할 '틀거리'로 탈바꿈한다. 이것은 이념적으로 저 모더니스트들 가운데 자유주의자와 진보 진영 가운데 현실주의자를 통합하는 미학적인 기획이다. 김정환 식으로 말하자면 "복합 이미지"를 생산해서 "문화적 총체성"을 회복해야 한다는 것이다. 이런 복합 이미지들은 시 이전에 이미 정치화된 일상 속에 있다. 저 1980년대의 집회의 자리를 떠올려 보자. 한 무리의 움직임이 있고, 노래가 있고, 구호가 몸짓 속에 행위로 체현된다. 여기, 의사 전달 매체를 일원적으로 통합해야 한다는 '종합성'의 논리가 작동한다. 형식은 간결해지고, 메시지는 통일된다. 그렇다면 일상의 그 무수한 '결'들이 아로새겨지는 세련성은 어떻게 길어 올릴 수 있겠는가?

2006년 김정환은 최민의 시집 『상실』의 복간에 붙이는 발문에 이렇게 쓴다. "최민 이전 김수영은 절망을 '노래'했지만, '노래'의 흐름은 시간의, 미래의 개선을 열망하는 것이었다. 고전주의는 절망과 보수주의의 소산이되 감정 내용을 능가하는 형식의 '완벽=깊이'로 열리되, 낭만주의는 희망과 진보주의의 소산이되 내용의 '정치 과잉=얕음'으로 닫혀 버린다. 예술의 낭만주의가 정치의 (보수가 아니라) 반동으로 전화하는 대목이다. 고전이 낭만주의 내용과 고전주의 형식의 길항 자체를 '내용=형식'화한 것이라면, 김수영의 몇몇 작품은 현대 이후 고전에 달한다. 서정주 「동천」은, 감각 잔치와 풍류 인생관의 절묘한 결합인, 그래서 고전적인 대부분의 대표작과 달리, 감정을 물화한다." 고전주의가 내장한 절망과 보수주의, 낭만주의가 내장한 희망과 진보주의의 결합-구분의 가능성을 시작점부터 다시 사유하는 작업은 노래 속에 '흐름'을 역동적인 움직임으로 깔아 두고 미래의 개선을 열망하려는 의지에서 비롯된다는 말이다. 만일 이런 시가 태어난다면 그것은 저 변증법의 부정과 부정의 부정을 움직임 자체로 동력화해 숨겨 둘 것이다. 그러나 이 땅의 문학사는 결합-구분 가능성을 사유하기는커녕 분리시키고 차벽을 쌓아 경원시하는 데 스스로 에너지를 탕진했다는 것이 김정환의 생각이다. 김정환이 시사(詩史)에 가한 비판은 일관된 그의 사유에 바탕을 둔 것이었다. 예를 들어, 1983년 이미 김정환은 무크 『시인』 1권에서 마련한 대담 자리에서 서정주의 시를 "관제적·능동적 서정"으로 비판했고, 당시에 중견이었던 정현종과 김춘수의 시를 "갈수록 어려워지고 작품 수준도 정체된 느낌"이라고 평가한 바 있다. 오랜 시간이 흐른 후에도 김정환의 평가는 달라지지 않는다. 오히려 더 가혹해진다. 1999년에는 『내일을 여는 작가』 겨울호에 발표한 평문 「서정주론—한국 근대 서정의 족장성과 원로성, 그리고 섹슈얼리티」에서는 『화사집』 『귀촉도』의 "천의무봉의 절창"에서 "자기 인용 내지는 반복과 구호주의의 극치"로 전락 "'서정주=서정시 현상'이 시단 전체를 게으르게 만들었다"고 쓴 후 "서정주의 서정주의(抒情主義)는 그를 '생생한 기억의 치매 상태'로 몰아간 것은 아닐까" 반문하고 있다. 이것은 비단 이 땅의 서정시에 대한 비난으로 그치지 않는데, 김정환이 지적하는 바는 어떤 '세계관'과 '움직임'의 분리-결합의 필요성과 그 자리, 그 기원, 그 현 단계에 대한 고찰이 전무하고 자기 세계를 만화경 속에서만 들여다보려는 폐쇄적인 섹트주의였을 것이다. 김정환이 가정한 독자나 문화 수용자는 프롤렛쿨트(Prolekult)에 기왕에 이룩된 진보적이고 미학적인 문화의 유산을 계승 극복한 '노동자 문화' 속에 있는 자일 것이다. 미학과 예술의 발전에 있어서 계급적 제한과 당파적인 제한을 넘어서는 하나의 거대한 '장'을 움직임으로 전유하는 것, 이런 '꿈'이 과연 가능할 것인가?

1990년대 초 해빙기에 김정환은 이렇게 썼다. "내게 시의 문제는, 사회적 서정의 수준을 높이는 것이다."(『희망의 나이』, 1992) 꾸준히 지적되어 온 사실이라 동의도 하고 싶지 않고, 이견을 달고 싶지도 않은 바 이런 시각은 다분히 '엘리트주의'를 노출한 것일 수도 있을 테다. 이 시점에서 김정환이 시인이 되기까지의 과정을 되짚어 보아야 한다. 김정환은 황지우와의 대담 자리에서 자신이 시인이 되기까지의 약사(略史)를 전한다. "술주정뱅이였던 나는 술김에, '(할복 자결한 서울대 농대생 김상진) 추도시 한 편 쓰고 데뷔나 해 봐?' 그랬어. 그렇게 징역 살고 군대 갔다 오고 사회에 발 딛고『창작과 비평』으로 데뷔하니까 갑자기 유망주 시인에 운동권 출신이 돼 있더라구…… 그리고 1980년 5월 광주 소문이 흉흉하던 어느 날, 결혼한 지 얼마 안 됐을 때……."(『김정환의 만남, 변화, 아름다움』) 시인의 부친은 '수풍발전소 전기가 끊긴다는 소식을 듣고' 열일곱의 나이에 월남을 했다. 일본 유학을 '감행'했고, 육군 본부 헌병감실 주임상사까지 군 생활을 했고, 그 후 인생에서는 사업가적 기질을 발휘하며 반공주의자로 살아가셨다. 치열하게 '열린 주관'으로 살아간 아버지와 평행선을 그으려는 듯, 1972년에 대학에 입학한 김정환의 인생은 '민주화 투쟁'과 궤를 같이하게 된다(「나의 아버지」,『전망은 그릴 수 없는 아름다운 그림』, 1999). 1975년 4월 인혁당 사건 관련자 처형이 집행된 지 사흘 후, 서울대 농대 축산과 김상진이 할복자살한다. 1975년 5월 13일 '긴급조치 9호'가 발효된다. 1975년 5월 22일 서울대 교정에서 김상진 추모식이 열린다. 학생 60여 명이 투옥되었다. 긴급조치 9호에 대한 최초의 전면적인 항의 집회로 기록된 '오둘둘 사건'이다. 추모식에서 장례사를 읽은 김도연, 추모시를 읽은 김정환, 추모식을 계획한 채광석 등도 이들 가운데 한 명이었다. 김정환은 투옥되었고, 강제징집되었다. 1970년대의 마지막 5년을 투옥과 징집으로 보낸다. 1980년 1월 제적생에서 복학 대상자가 된다. 1980년 12월 '언론기본법'에 의한 언론 통폐합 이전『창작과 비평』여름호를 통해 '마지막 창비'로 등단한다. 1981년 김도연, 홍일선, 정규화, 황지우, 김사인, 나종영, 박승옥 등과 '시와 경제' 동인을 결성하고 동인지를 발간한다. 동인의 명칭과 동인지 제호는 김정환이 정한 것이라고 한다. 1983년 동인지 2집 『일하는 사람들의 미래』를 통해 '박노해'를 발굴 소개한다. 1985년 이후 '자유실천문인협회'의 창립에 관여하며 사무국장 등의 일을 한다. 1987년 긴급조치 9호 위반에서 사면·복권된다. 대통령령 긴급조치 1호, 2호, 9호는 2013년 3월 헌법재판소의 판결을 통해 위헌, 무효 결정된다. '시와 경제' 동인 가운데 서울대 출신이 6명 이상이었다는 사실은 이들에게 다만 조금이라도 선민의식에서 기원한 호혜감이 없지 않았나 하는 의문을 자아내기에 충분한 것이었다. 김정환을 비롯해 채광석, 김도연, 김사인, 황지우 등은 1970년대에서 1980년대로 넘어오는 학생운동 과정에서 직접적으로 투옥을 당한 경험이 있고, 이후에 노학연대와 노동민중운동에서 대부분 '이론가 파르티잔'과 창작자의 역할을 동시에 (그것도 전위에서) 수행했기에 이중의 소외와 거리감을 감내해야 했을 것이다. 김정환에 따르면 1980년대 리얼리즘 시의 과제는 "내부에 온전한 봉건적 잔재를 청산"하고 "새로운 차원의 윤리와 도덕이 쟁취되어 가는 단계"를 보여 주어야 한다는 것이었다(「리얼리즘 시에 대한 몇 가지 생각」, 『삶의 시, 해방의 문학』, 1986). 이것은 민중의 윤리와 도덕의 새로운 상을 일상성의 근저에 이르도록 문학적으로 선취해야 한다는 생각으로 이어진다. 이 과정에서 김정환은 "시정신은 유격 정신이다"라는 명제를 남기기도 한다. 이런 다소 과격한 발언으로 놓치기 쉬운 지점은, 기실 김정환이 놓치지 않고 천착했던 물음이 "아름다움의 윤리"(『좋은 꽃』, 1985)에 대한 것이었다는 점이다. 윤리는 중도의 전위를 지향할 때 양측에서 대립각을 세우는 관념들을 한꺼번에 들어 올려서 맨 앞자리에 서서 '판'을 만들고 새로운 노래를 들려준다. 이 시기의 김정환에 따르면 "예술은 성과 속의, 관념과 서정의, 이데올로기와 '예술성'의, 관념과 구체성의, 윤리와 정서의, 도시와 농촌의, 매판 선진성과 전통 보수성의, 인간 자유와 조직 평등의, 과정 특수성과 영원 보편성의, 그리움과 미래지향의, 삶과 죽음의, 연애와 아내와 조국의, 식민지와 약소민족 해방 지향성의, 모더니즘과 리얼리즘의, 일상성과 정치성의, 남한과 북한의 변증법이다."(『황색예수 3—예언, 그리고 아름다움을 위하여』, 1986)

변증법에 기댄 논리는 1990년대 중후반 이후에 이르러서는 우리 안에 이미 있는 '부정성'을 다시 꺼내어 싸움 자체를 넘어서는 싸움의 논리를 덧내고 할퀴어 싸움을 잡아먹는 '노래 만들기'로 이어진다. 노래는 어떤 모양새여야 하는가? 그는 쓴다. "미래의 노래가 현재를 강타한다. 그렇다. 노래, 응축된 노래는 이미 온 세상을 머금고 우리들 생애 너머로까지 울려 퍼진다. 그렇다 노래. 노래는 이미 사랑이고 결혼이고 육체적이다."(『노래는 푸른 나무 붉은 잎』, 1993) 이런 점에서 김정환의 논리는 시종일관 묘한 일관성을 내장하게 된다. 1993년에 말한 노래 속에는 육체적인 사랑과 더부살이하는 혼례가 자리하는데, 이것은 일찍이 1983년 『황색예수』의 서장에서 "이루어지지 않는 미래의 어렴풋한 모형을 찾으려는 '의미 찾기'"로 규정되고, 잇따라 발간된 『황색예수 2』에서는 "공동체 논의에 정서적 보탬을 주는 시의 노래성 획득"으로 목적과 지향을 분명히 밝히고 있다. 미래에서 길어 올린 노래가 현재의 움직임과 전망을 뒤흔들어야 한다는 명제는 거의 당위에 가깝다. 김정환이 말하는 '윤리'란 이 지점에서 어떤 '전투적인 실재'의 차원으로 돌변한다. 김정환이 저 1980년대에 썼던 『황색예수』는 실제로는 '사도'들의 '복음'을 향한 고난과 시련에 빚지고 있는 것이 사실이다. 개인적인 판단임을 전제하고 말하자면, 이것은 누가의 『사도행전』보다는 성서의 외경인 『바울행전』과 『요한행전』의 인간화된 동시에 그노시스적인 열망을 함축하고 있는 비전과 상통하는 바가 큰 것으로 보인다. 알랭 바디우는 『사도 바울』에서 "사랑의 전투적 실재는 진리를 구성하는 모두에게 말 건넴이다"라고 쓴다. 이 말은 사랑이 본질적으로 전투적인 속성을 지니는데, 그것은 참-거짓의 구획-분별을 야멸치게 무화하려는 저 진리의 가없는 전투성에 빚지기 때문에 타당성을 얻는다. 뿐만 아니다. 진리는 단일한 하나의 실체가 아니라, 그것을 구성하는 모두의 '말 건넴'으로 스스로를 드러낸다는 논리를 바탕에 두고 있다. 노래는 우리에게 알지 못할 미래의 "그것이 (이편으로) 진리를 주고 있다(gibt es)"(하이데거)는 사실을 실재의 차원에서 느끼도록 추동한다. 무언지 모를 미래의 '그것'이 이편으로 진리를 말 건넬 때, 노래는 사랑의 전투적 실재로 탈바꿈한다? 한다! 무언지 모를 노래가 끊임없이 읽고 듣고 춤추는 이편에 창궐하는 비(非)진리의 부스럼을 긁고 춤사위를 추동한다? 한다! 노래는 스미어 사라진 유령처럼 되살아나 인간을 간질이는 지워지지 않는 미래의 상흔이고 흉터이고 꽃그늘이다? 비유가 멀리 갔다. 아무튼 '노래한 자'가 자신의 노래를 견디는 데 바치는 삶은 예술 행위의 근원적인 차원에 대한 성찰일 수도 있으리라. 김정환이 저 1980년대에서 1990년대로 넘어오면서 지겹도록 무겁고 어둡고 축축한 '후일담 문학'의 유혹을 너끈히 떨칠 수 있었던 것은 윤리를 노래로 탈바꿈해서 '강론'으로 설파한 그의 실천 명제 때문이었을 수도 있다. 1998년 건국 50주년에 부치는 글에서 썼듯이, 김정환에게 한국사는 여전히 넘어서지 못한 '전태일'과 '박노해'의 물음 속에 있는 현재이고, 한국시 역시 마찬가지이다(『내일을 여는 작가』, 1998.여름). 이토록 순정하고 순수한 사유의 안간힘을 본 적 있는가? 바꾸어 말하자면 회감(回感)의 무서운 떨림을 본 적 있는가? 김정환이 한국 현대시사를 통해 '넘어서지기'를 바랐던 서정주와 김춘수 등에게 젊은 날 큰 영향을 준 『예수의 생애』를 쓴(물론 이들에게는 르낭의 『예수전』이 더 직접적인 영향을 주었지만) 엔도 슈샤쿠는 이렇게 쓴다. "우리가 살아가는 가운데, 그 사람의 순수함을 생각하면 자신의 초라함을 뼈저리게 느끼게 되는 누군가를 만나는 일이 이따금 있다."(엔도 슈샤쿠, 『예수의 생애』)

'진리를 구성하는 모두에게 말 건네는 방식'에 대한 고민은 김정환의 '에끄리'에서는 자체 가열한 주제가 되어 왔다. 시, 소설, 비평, 시나리오, 연극, 오페라 대본 등등 문학적인 글쓰기는 물론 각종 미셀러니와 사회학, 역사, 음악, 춤에 대한 글까지 그가 쓴 모든 글들이 이 사실을 증명한다. 미래의 노래가 현재를 강타할 때 발생하는 운동은 김정환의 말대로 죽음 이후의 육화일 것이다. 죽음, 이 단어를 머릿속에 새겨 넣고 다음 인용을 읽어 보자. "그것(죽음)을 받아들일 때 소설은 가장 간절한 시간 스스로의 노동이고 시는 눈물 한 방울의, 예리하게 빛나는 자학이다."(『텅 빈 극장』, 1995) 소설은 계기적으로, 선조적으로, 일의적으로 선네지는 말 건넴의 방식을 비틀어서 제 몸 안에 욱여넣는 시간 자체의 노동이다. 창작자는 무엇을 하는가? 바로 그 시간을 몸에 육화한다. 시는 그 시간을 비집고 나온 눈물 한 방울이 몸과 혼을 지워 버리는 과정을 지켜보는 일이다. 이 시선의 끝에서 부기와 악기가 동시에 빛날 때 그 광휘는 자학이로되 빛의 마조히즘이다. 눈빛 이전에 빛이 추동하는 마조히즘이라니?

상상이 가는가? (나는 오늘 이 글에 여러모로 상상 불가능한 말들을 여럿 쓰고 있다.) 시와 소설이라는 장르로만 한정했을 때 이런 비유가 가능하다. 김정환은 최근에 셰이머스 히니, 필립 라킨, 즈비그니에프 헤르베르트 등의 시 전집을 번역 출간했다. 언론과의 인터뷰에서 김정환은 이렇게 말했다. "어느 나라에서든 훌륭한 시는 문법과 대결하면서 새로운 표현법을 찾곤 합니다. 소설이 어휘의 예술이라면 시는 문법의 예술인 것이죠. 따라서 시를 번역할 때는 '시의 문법'을 찾는 게 중요합니다. 그런 점에서 세계 주요 시인들의 시 전집 번역을 시인인 제가 맡은 게 다행스럽다는 생각도 합니다." 여기서 시인이 창조하는 문법이라는 것에 대해서는 생각할 여지가 많다. 번역은 의미, 의사소통, 총체성, 간접성, 인접성, 통역 가능성 등을 주요 과제로 거느린다. 한 체계에서 다른 체계로의 번역을 생각해 보자. 훌륭한 체계의 번역은 원본을 뒤덮고, 원본의 결마저 다시 써 입힌다. 이것은 인식론의 주제를 벗어나는 물음이다. 예를 들어 보자. 인간의 태초의 삶 가운데서는 노동이 분화되지 않았고, 소유에 대한 개념과 의식이 분명하지 않았다. 소유가 강제되면서 그것을 지킬 의무와 권리가 동시에 강제된다. 노동이 분화되면서 일과 삶, 정치와 일상, 무의식과 현실의 분리가 일어났다. 법은 이 지점에서 기능한다. 무언가를 가지고 있는 자는 '주인'이 되어서 (가지지 못한, 주인이 아닌) 다른 이에 대한 증오심과 연민의 감정을 동시에 느낀다. 에른스트 블로흐는 이것이 바로 '법적 감정'의 속성이라고 말한다. 법은 그 의도에서 이미 "한 사람의 억압자가 교묘한 방식으로 의도하는 정책 내지는 그가 추구하는 이데올로기적 목표와 근본적으로 일치"할 것이라는 '불온한 피해 의식, 망상'을 내재하고 있고, 그것은 무의식 속에서 감정으로 자리한다는 것이다.[2] 법의식과 법적 감정은 아무런 저항 없이 번역될 수 있는가? 어느 한쪽이 개념으로 규정된다고 해서 가능하지는 않을 것이다. 그것은 낮꿈 속에만 존재할 '법 이전의, 법 없는 삶'에서나 가능할 일이다. 블로흐가 말한 '법적 감정'을 '시적 감정'으로 바꾸어 보자. 저 동일자와 노예의 시대, 율법과 복음의 시대를 넘어서는 번역은 가능할 것인가? 김정환이 시를 번역하면서 강조한 반역으로서의 문법이라는 것은 아마도 문화의 가치를 고양하는 '시의 노래성'과 관련된 맥락일 것이다. 김정환은 1980년대에 「인디안 문학에 대하여」라는 평론에서 역사적 조망을 미학적·문화적 가치로 재전유하기 위해서는 오염당하지 않은 문학을 마술적 기능으로 번역해 내는 데 있다고 쓰고 있다. 경직성을 넘어서 탄력적인 전형성을 획득한 인디안 문학에서 김정환이 발견한 가치는 바로 그것이다. '문화적 가치', '역사적 조망', '언어의 마술적 기능'이라는 것을 두루 갖춘 언어는 궁극적으로 시의 모습을 하고 있지 않을까? 그리고 그것은 한 언어에서 다른 언어로, 한 인식에서 다른 인식으로, 한 존재에서 다른 존재로 번역은 불가능하고 그런 논리 체계는 세계에 없다는 '불가능성'을 가능성으로 바꾸는 문법의 치환이 아닐까 말이다.

문청 시절의 내게 『지울 수 없는 노래』(1982)와 『순금의 기억』(1996)과 『해가 뜨다』(2000)는 거짓말처럼 동시대에 한꺼번에 쓰인 '묵시록'으로 다가왔다. 김정환이 한국문학학교 교장 시절 강의 경험을 정리해서 쓴 작가 지망생을 위한 『창작 강의 일곱 장』(1995)은 습

---

2 법적 감정에 관해서는 에른스트 블로흐, 『자연법과 인간의 존엄성』, 박설호 역, 열린책들, 2011의 3장 참조.

작 시절의 교재였다. "내 안의 빛나는 순간을 찾아서" "전략과 비약, 그 사이 절묘한 시적 도약" "빛나는 시의 목적지" "질문으로 열리다"와 같은 장·절 제목은 그대로 내 시의 방법론이 되었다. 심지어 이름을 생략하고 책에 글을 실은 습작생들이, 습작생으로 추정되는 이들이, 하나둘 등단하는 것을 지켜보면서 질투와 망상에 사로잡히기도 했다. 그래, 해묵은 숙제를 받아들이는 기분으로 덜컥, 청탁을 수락했다. 글을 쓰기까지 적지 않은 시간을 망설였다. 두려워서, 허세에 가득 차서, 절망에 빠져서, 기갈이 들려서 시간을 보냈다. 그러고는 막상 책상에 앉자마자 한달음에 글을 마무리한다. 사석에서 김정환 선생은 간혹 이렇게 말씀하신다. "좋은 시 많이 써라." "시로 다죽여 버리자." 누구에게 쓰고, 무엇을 죽인다는 말인가? 나는 선생이 던져 준 이 두 가지 물음을 해명한다는 생각으로 글을 풀어 갔다. 아울러 청탁을 할 때 편집자가 했던 씁쓸한 우스개를 덧붙인다. '후배들은 김정환 시인이 기분이 좋으면 노래를 부르는 맘씨 좋은 아저씨로 안다'고. 설마 하니 그런 무식하고 막되어 먹은 시인이 있을까마는. 편집자의 농담이 세상에 없는 '헛소리'가 되도록 친절하고 정치한 글을 쓴다는 것이, 욕심에 그쳤다. 이 글에서는 2000년대 이후의 김정환 시인의 작업을 다루지 않았다. 2000년 이후의 작업들에 이르면, 김정환이 갱신하려 했던 서정과 낭만주의와 자유주의와 고전주의와 리얼리즘과 모더니즘의 '변이태'가 비로소 시의 모습으로 등장하기 시작한다. 분석할 만한 지점은 많다. 예를 들어, 1996년 「순금의 기억」이 2000년 「금딱지 롤렉스」가 되었다가, 유년 3부작의 약 2만 8천 행을 건너서, 2013년에 이르면 「조각의 언어」나 「폭설의 아내, 안팎과 그 후」로 역진하고 있는 모양새, 그 모양새는 충분히 날렵하고 섹시하다. 1981년 첫 시집을 내면서 김정환은 '군대 생활과 수감 생활의 경험이 내내 글과 행동의 바탕'이 될 것이라고 썼다. 김정환이 궁구해 온 희망과 사랑은 불행과 절망의 깊이에 비례한다고 했을 때, 1975년에서 1980년에 이르는 시기의 체험을 너끈히, 너끈할 정도로 아프게, 건넜다는 사실은 아마도 그가 스스로 '불행이라는 이름의 시험에 불합격했다는 사실'을 일깨웠을 테고, 희망을 향한 길트기는 불행과 절망의 도저하고 무서운 깊이를 응시하는 자의 시야에서 선취된다는 '진실을 말 건네는 것'인지도 모를 일이다. 30년이 넘도록 시를 써 온 그가 '유년 3부작'을 마무리 지은 이유는 그 불행과 불합격의 깊이를 말하기 위함 아니었을까 말이다. 희망에 대해 다시…… 희망의 철학자 에른스트 블로흐를 인용하자면, 진보라는 개념은 '있을 것이 마땅히 있어야만 하는, 있는 질서'다. 블로흐는 가능성이라는 말을 이렇게 정의한다. "비록 조건들의 실현을 위해서는 결코 충분한 여건은 아니더라도 부분적으로 현재 존재하는 것"이라고. 또한 그러한 "가능성의 조건들에 기대자면 너무나 아름다워서 미래에 진실될 수 없는 그런 측면이 드러난다"고 말이다. 블로흐가 강조하는 것은 가능성이 언제나 부분적으로 현재에 존재하고, 바로 지금 여기에 존재 전체를 기댈 때 '현재는 아름다운 지경'으로 탈바꿈하고, 아름다움으로도 '미래에 대한 진실'에는 도달할 수 없다는 점이다. 인간이 믿는 진보는 어떠한 경우를 막론하고 진실이한 차원 향상되는 것을 두려워하지 않는 '용기의 차원'에서 비롯되기 때문이다. 김정환이 말하는 것 역시 '현재를 아름다운 광경의 지경으로 탈바꿈하는 언어 마술의 문법'일 테다.

이 순간 두 번이 아니기에
나의 문학은 지금 시작이다

    2012년 7월 초에 '힉스 입자'로 추정되는 물질이 발견되었다는 소식이 있었다. 요약하면, 자연을 기술하는 데 있어 계속 변하는 것들을 상쇄하는 어떤 입자가 있어 대칭성이 유지된다는 '대칭성 이론'의 가정이 있다. 그 마지막 고리로 대칭성을 깨뜨리면서 소립자들이 질량을 가질 수 있도록 하는 '힉스 입자'를 발견할 때 물질의 실체에 근접하게 된다. 신문을 열면 떠들썩했다. 과학자들이 일제히 일어나 웃으며 박수를 치는 모습이 티브이에 나왔다. 주먹을 치켜올리는 발표자들이 있었고 자리에서 일어나 발표 자료를 머리 위로 돌리는 이들도 있었다.

    내사 복잡한 물리의 영역에 대해서는 모른다. 신문은 "물질을 구성하는 궁극의 실체에 한 걸음 다가섰다"고 썼다. 나는 괜스레 "포에지를 구성하는 궁극의 실체에 한 걸음 다가섰다"로 읽어 보았다. 그러자 그 자리에 있는 이들이 시인들이 될 수도 있겠다 싶었다. 포에지의 대칭을 유지하는 입자가 언제나 있어야 한다는 가정이 있다.

대칭성에 질량을 부여하는 마지막 고갱이를 찾아야 한다. 그 고갱이를 시에서는 무어라 이름 붙일 수 있을까? 아마 시의 '힉스 입자'가 발견되는 날 시인들은 잠시 기뻐하고 오래 우울하다가 잠시 무감하다가 종내는 절필을 할 것 같다. 더 이상 이름 붙이기 위해 싸울 일이 없어졌기 때문이다. 더 이상 '이름'을 실체로 '이름할' 수 없게 되었기 때문이다.

한 시인은 '길'과 '사랑'과 '나무'에 대해 쓸 수 있다면 삶의 모든 시를 쓴 것이라고 말했다. 뒤집으면 '길'과 '사랑'과 '나무'의 반대편을 아우르며 써야만 삶의 모든 시를 쓸 수 있다는 것이다. '나무'라는 물질의 실체와 '길'이라는 시간의 과정과 '사랑'이라는 발전의 변화를 한꺼번에 시로 꿰뚫는다는 것이 된다. 어떻게 이것이 가능하겠는가. 욕망에 온몸을 투신해 자기 정신까지 소화해서 얻을 수 있는 해답은 사랑이 아니라 자유에 이르는 몸부림이나 투신일 따름이다. 이 지점에서 이 글의 주인공인 박용하 시인을 떠올린 것은 우연이 아닐 것이다. 박용하의 투신은 모순과 갈등으로 찬 인간계에서 지구를 떠메오려는 기획에서 출발하기 때문이다. 기획의 가운데 박용하는 다섯 권의 시집과 한 권의 일기를 펴낸다.[1]

---

1 시집으로 『나무들은 폭포처럼 타오른다』, 문예중앙, 1991(세계사, 1995 복간, 이하 '나무'로 약칭); 『바다로 가는 서른세 번째 길』, 문학과지성사, 1995(이하 '바다'로 약칭); 『영혼의 북쪽』, 문학과지성사, 1999(이하 '북쪽'으로 약칭); 『견자(見者)』, 열림원, 2007; 『한 남자』, 시로여는세상, 2012가 있다. 원고를 쓰기 직전, 종로의 대형 서점가를 돌았는데 시인의 시집 가운데 단 한 권도 서가에 꽂힌 것이 없었다. 영풍문고에 『나무』가 한 권 꽂혀 있었지만 그것은 세계사 시집 창고 방출 때 팔리지 않고 남은 것일 테다. 시인의 의사와 상관없이 사라지는 것이 시집의 운명이라지만 씁쓸했다. 그리고 2010년 생활인 박용하의 1년(2008.11.11~2009.11.10)을 가감 없이 써서 『오빈리 일기』(사문난적)를 펴냈다.

박용하는 1963년 3월 22일 금요일, 강원도 강릉시 사천면(沙川面) 사천진리에서 태어난다. 사천천(沙川川)이 면의 서에서 동으로 흘러 사천진항으로 흘러든다. 사천천이 가닿는 사천항에는 배들이 정박하고 있다. 시인은 이곳에서 국민학교[2]를 마친다. 15세가 되던 1977년, 사천중학교 2학년 때까지 이곳에서 성장한다. 이후에 강릉으로 춘천으로 서울로 옮겨 살면서도 "내 피는 동해의 저 푸른 피를 벗어나지 못하고 영동의 저 푸른 소나무 빛을 벗어던지지 못한다"[3]고 고백한다. 동해 바다의 푸르름이 피라면 태백이라는 영(嶺)의 동쪽 소나무의 푸름이 빛이라는 것이다. 그는 유년 시절에 사천진2리의 하평마을 교산(蛟山) 언덕에서 칼싸움을 하며 보낸다. 그러나 "교산 시비(1983년 건립)가 생기기 전까지" 자신이 동무들과 칼싸움을 하며 뛰놀던 대밭이 "교산이었는지 허균과 무슨 관련이 있는지 전혀 알지 못했다."[4] 2000년대에 들어서야 시인은 교산을 알고 고향에 바치는 시를 쓴다.

　　　내 탯줄 묻은 옛 동산을 바람 쐬듯 찾았으나
　　　생가는 헐리고 심장은 무너졌다

　　　내 이빨 던진 어린 지붕 찾았으나
　　　잡초는 우거지고 오솔길은 묻혔다

2　췌언. 1996년에서야 '국민학교'(1941-1996)가 '초등학교'로 바뀐다. 그러니 이 땅에 아직 초등학교에 입학한 시인은 나오지 않은 셈이다.

3　박용하, 「강릉 교산—사람 마음만 한 오지가 있겠는가」, 박후기·이윤학·이문재 외, 『시인의 오지 기행—고요로 들다』, 시인세계, 2012, p.88.

4　박용하, 「강릉 교산—사람 마음만 한 오지가 있겠는가」, p.88.

늙은 모과나무 곁에 우두커니 서서

수줍은 짐승처럼 동해를 품었다

여행하듯 고향을 찾아가는 사람에게

발해나 여진이나 애일(愛日) 같은 여인들의 이름은 너무 멀다

—박용하, 「교산(蛟山)」(『견자』) 전문

시인의 아버지는 한국전력에서 일하셨다. 근무지가 바뀔 때마다 속초로 간성으로 거진으로 대진으로 폭설의 고장을 떠돈다. 박용하는 형 박용재(1960-) 시인과 할아버지 할머니 손에 맡겨져 고향 교산에서 자란다. 방학이면 은어천을 따라 부모님 댁에 갔다. 형과 해질 무렵까지 스케이트를 탔던 기억은 『바다』과 『북쪽』에 그려져 있다. 시인의 형 박용재 시인은 어릴 때 이미 '문사'로 이름을 날렸다. 『한국일보』나 『어깨동무』와 같은 지면에 동시가 실렸다. 형의 영향으로 문학에 관심을 가질 법도 한데, 시인은 20세에 이르도록 『스포츠 동아』와 같은 스포츠 주간지를 보았다. 형제의 애틋함은 지금껏 여전하다.[5] 하지만 아버지, "부성(父性)이란, 그 새 발의 피의 마르지 않은 겨울 강 하구에서/야만의 달과 얼음장 속으로 아들을 길 밖으로 밀어낸다."(「겨울. 1970. 속초.」, 『나무』) 아버지가 아름다웠던 기억은 이름 모를 물고기들을 망태 가득 잡아 오던 낚시광의 모습이다. 박용하 역시 불알친구들과 엉성한 홀치기 낚시로 은어를 잡기를 즐겼다.

---

5   1995년 7월 14일 오후 7시 5분, EBS에서 「책이 있는 스튜디오—형제 시인 박용재 박용하」라는 프로그램이 방영되었다.

박용하는 이 시절을 「천국의 시냇가」(『북쪽』)에 담담하게 풀어놓는다.

박용하가 중학교 1학년이 되던 해 가족은 강릉에 집을 마련한다. 강릉중학교를 거쳐 명륜고교에 입학한다. 형은 대학에 입학했다. 고등학교 시절은 "빡빡머리들이 빳다를 기다리며 줄 서 있다"(「줄」, 「한남자」) 정도의 기억이 전부다. 시인 스스로 '독고다이'로 살아왔다라고 말한 삶이 시작된다. 박용하가 교산을 떠나오며 그의 '혼자 의식'은 사천이라는 지구-소나무-동해와 길항했다. 1982년 박용하는 강원대학교 국어국문학과에 입학한다. 춘천에서의 삶이 시작된다. 북한강과 소양호가 있는 춘천에서의 스무 살과 더불어 '아무 계기 없이' 시를 쓰기 시작한다. 대학 생활 내내 혼자였다. 학점은 엉망이었다. 박용하는 3학년을 마칠 무렵 연속 2회 학사 경고를 맞는다. 1985년 징집된다.

춘천은 그를 시 쓰게 했다. 시인은 이유 없이 시를 쓰기 시작했다고 했는데, 아닐 것이다. 춘천이 아니고서야 가능했겠는가. 남이섬에는 메타세콰이어가 자란다. 소양로1가 번개시장에는 '사천집' '강릉집'이 늘어섰을 법하다. 하지만 춘천의 '안개'는 박용하에게 녹록하지 않았다. 시 쓰며 '독고다이'로 돌아다녔다. 박용하는 "1984년만에도 나는 세 번 죽었다/생(生)이 한국으로 휴가 왔다는 악몽./스승은 없고 기술자만 있는 학교와 도서관./내 피에 아버지의 피가 섞여 있다는 역겨움"이라고 쓴다. "아무것도 변하지 않았는데 모든 게 변질됐다"(「다시는 보스턴에 가지 않으리」, 『북쪽』).

천성적으로 단체 생활과 맞지 않는[6] 시인이지만 군대 생활(1985-

6　박용하, 『오빈리 일기』, p.88. "나는 1980년(고2 때) 경주로 수학여행을 가고 그 후 다시는 경주 땅 밟지 못했다. 아직도 기억한다. 2박 3일 동안 식중독으로 고생했던

87)은 그에게 '필사(必死)의 필사(筆師)'였다. 그는 지독하게 읽고 지독하게 썼다. 강원도 화천 화악산 '이기자부대' 신병교육대에서 밥때가 되기를 기다리던 식당 줄에서도 몰래 시를 썼다. 육군수첩을 온통 시작 노트와 시로 채웠다. 박용하는 '감정의 물줄기를 바꾼' 독서 체험을 하게 된다. 첫 번째는 김화영이 엮은 『카뮈』(문학과지성사, 1984)에 실린 「티파사의 결혼」을 읽은 것이다. 같은 해에 형이 면회를 온다. 박용재 시인(1984년에 『심상』으로 이미 등단한 후였다)은 최승호의 『고슴도치의 마을』(문학과지성사, 1985)을 들고 있었다. 시집에 실린 첫 번째 시에 매료된다.

사람이 하늘보다
어질게 느껴지는 때가 있다

원두막에서 비를 피하던
농부들을 벼락이 때리는 순간이다
—최승호, 「사람이 하늘보다」 전문

박용하는 시집을 허리춤에 숨긴다. 박용하는 시집을 막사에 반입한다. 읽은 시집은 막사 천장의 석고보드 안쪽에 숨겼다. 시편들은 세 살 터울 아우가 타이핑해 두었다.

제대했다.

졸업정원제로 복학은 요원했다. "26살의 작은 등불 하나는/꺼지기 직전의 불빛이기보다/마지막으로 가장 짧은 불꽃, 가장 깊고/아

걸. 아, 빌어먹을 수학여행. 단체 여행의 그 끔찍함!"

름다운 불빛으로 꺼지기 위해/비 내리는 도시의 밤 위에/천둥처럼 켜져 있다". 이 시절 그는 "11월. 썼다/그리고 아무에게도 편지하지 않았다"처럼 혼자 "신음 속에 태어나"고 있었다(「서울의 밤과 비와 26세를 위한 여섯 개의 묵시(黙視)」, 『나무』). 1989년 강원일보 신춘문예에 「비」가 당선된다. 1989년 겨울 『문예중앙』에 「구부러지는 것들」 외 9편으로 시인이 된다(예심은 성민엽, 본심은 황동규, 최하림).

1991년, 첫 시집을 낸다. 당시에는 등단 후 3년 동안 출판 권한이 귀속됐던 모양이다. 첫 시집은 기구한 운명으로 두 번째 시집이 나오던 1995년 복간된다. 첫 시집 『나무』는 3부로 구성되었다. 1부는 1985년에서 1988년에 이르는 시의 폭발 시기를 고스란히 담고 있다. 2부는 춘천 시기를 담고 있다. 3부는 춘천 이전 이후를 아우른다. 박철화는 해설을 통해 '광기의 시학'이라고 이름 붙인다. 시인은 만들어지는 동시에 태어난다. 시인이 절멸과 싸우려면 광기가 필요하다.

나는 박용하의 「춘천 비가(悲歌) 1」을 『1990-1995 탈냉전시대의 문학(시선집)』(고려원, 1996)에서 처음 보았다. 책에는 「감식안에 관하여」 「바다로 가는 서른세 번째 길」이 함께 실렸다. 시를 시작한 20살의 내게 이 앤솔로지는 시집을 사서 모으는 참조점이 되었다. 『나무』는 21년이 지난 지금 읽어도 문제적이고 패기만만하다. 우리 모두의 청춘으로 들끓고 있기 때문이다. 청춘을 '인간적인 신'이라고 한다면 그 신은 '사랑과 열정'을 주인으로 섬기면서 행복한 불행으로 들끓는다. 열정은 죽음의 잠에 다름이 아니다. 죽음이 열정으로 잠자는 곳에서 정령(pneuma)은 흘낏흘낏 들뜨며 신을 놀리기 때문이다. 시인에게 「춘천 비가」 연작이 없었다면 박용하의 춘천은 죽은 춘천이 될 것이다.

한편 『나무』의 3부 말미에는 「바람 부는 날이면 한계령에 가야 한다—유하에게」가 실렸다. 박용하의 시집들을 통틀어서 유일하게 '실제의 친구'에게 보내는 시다. 유하의 시에서 '하나대'와 '선운사'의 맞은편에 '압구정동'이 있다. 박용하는 친구에게 그 압구정을 지나 한계령을 넘어 동해까지 가 보자고 말한다. "내 군 생활 하던 화악산이나 한번 갈까" 하고 능을 치기도 한다. "이연실의 찔레꽃 부르며 만취했던 수송동 포장마차"의 추억은 '21세기 전망' 동인과 함께하는 서울의 삶과 겹친다. 박용하는 1990년 동인지 1집을 막 낸 '21세기 전망'에 합류한다. 함성호는 "깡마른 체구에 심하게 휘어진 등, 검은 뿔테 안경"[7]으로 이 시기 박용하를 기억한다. 시인이 되고 첫 시집을 내고 시우(詩友)를 얻은 박용하는 한양의 백수였다.

박용하는 '서울의 서쪽'에서 제2, 제3 시집을 낸다. 「대신고등학교 옆 대성아파트 806호」(『나무』)에서 2시집을 낸다. 김정란은 『바다』 해설을 통해 '세련되지 않은 열정으로 자신의 영웅적 자아를 향한 어리둥절한 흔들림'을 보여 주는 '돈키호테'를 본다. "응암동 시립정신병원 뒷산 약수터 옆 미모사 빌라//301층······"(「서울의 서쪽」, 『북쪽』)에서 3시집을 낸다.

세상의 안과 밖을 자유롭게 투과할 수 있었던 춘천 시절의 비가는 끝내 "보이지 않을 뿐이지 희망은 지구를 통과한다"(「춘천 비가 3」, 『나무』). 그러나 서울에서 그는 도망갈 곳이 없다. "지칠 줄 모르는 로드워크와 서대문형무소가 있는 공원"을 나와 봐야 극장이나 대형 서점에 못처럼 붙박이는 수밖에, 몸뚱이를 공글려 봐야 감금된 채로

---

7 함성호, 「〈21세기 전망〉 동인 약사(略史)」, 『웹진 시인광장』, 2008.3.2 참조(http://
   seeingwangjang.com/60048615909?Redirect=Log&from=postView).

인 것을. "집중할 왕국"이 필요하지만 "도망갈 수 없는 제국/도망가
도 역시 삶인 나라에서"(「도망갈 수 없는 삶—서울 비가 1」, 『바다』) 삶과 시
가 서로를 옭죈다. 삶이 나를 추억할지, 내가 삶을 추억할지 모르는
판에 시는 무언가. "어처구니없게도/내 삶의 파트롱은 시이고/내 시
의 파트롱은 삶이다."(「단편들」, 『바다』) 어이없는 다짐이여, 시인은 "취
직한 지 1시간 만에 직장을 때려치운"[8] 울분과 낭만으로 한 시절 백
수의 밥벌이를 시로 건사한다.

어디로든 내빼고 싶은 마음이 경계를 찾는다. 경계 없는 상하좌우
(上下左右) 고저(高低)가 두려움을 낳는다. 두려움이 폭발하기 직전에
'바람'으로 '절벽'으로 '연어'로 「지구에 살기 위하여」 내지르는 고함
이 『바다』의 시편들이다. 실컷 내지르는 고함이 아니라, 독립문 **대
성 맨숀 아파—트**[9](시인은 다른 시에서 "대성 **아파! 트**"라고 썼다) 아마도 나
동 공중 806호 6평에서 안으로 내지르는 외침이다. '원두막'이고 '교
도소'다. "아파트는 피사의 사탑 같다", "806호는 수류탄의 내부 같
다."(「대신고등학교 옆 대성아파트 806호」, 『나무』)

아마도 1994년 가을 박용하는 경향신문사 편집국 교열부에서 일
하기 시작한다. 출근 10일째 **별써** 십 일째 흐린 몸 끌고 일터로 나
간다"와 같이 도시의 청맹과니는 시인의 피로와 싸운다. 퇴근하고
돌아와 앉아도 "독립문에서 바라보는 석양 죽도록 아프다." 박용하

---

8 함성호, 「〈21세기 전망〉 동인 약사(略史)」.

9 종로구 행촌동과 독립문 사거리에 있다. 1970년대에 지어졌다. 분홍색과 파스텔
톤 계열의 푸른색 외관이다. 인근이 역사문화미관지구에 속해서인지 여전히 그대
로다. 이제는 낡아 자동차 보닛보다 큰 균열들이 밖으로 드러났다. 옥상에 오르면
고가도로가 종로에서 신촌으로 뻗었다. 인왕산을 배후에 두었다. 아마도 이곳 나
동 806호가 아닐까? 왜 박용하는 서울의 **삶**을 801호, 806호, 301호의 공중에 **붙
박혔을까?**

는 "파처럼 묶여져 밥 벌러 가는 사람"(「가을, 구역질」, 『바다』)이 되어 독립문 '교도소'에서 4년을 더 산다. 박용하는 경향신문사 6층 교열국 구석에서 하루 종일 좁쌀만 한 한자를 핀셋으로 집어내듯이 보아야 했다. 시인으로 하여금 글을 읽을 수 없게 하는 직업의 아이러니. 그 와중에 기사를 기계처럼 찍어 내는 기자들이 더 대단하다는 그의 말은 체념에 가까운 야유일 테다. '경향 뉴스 공장'에서의 생활은 결국 그의 눈을 망친다.[10] 그가 할 수 있는 것은 방에 틀어 앉아 시간에 구애받지 않고 음악이나 들으며 스스로를 내려놓는 것이었다. 이 시절 그가 영화를 보는 것은 '백색소음'을 눈으로 듣는 것과 다름없다. 눈을 쉴 수 없는 자가 귀로는 '화이트 노이즈'에 시달리는 것이다. '서울 비가'는 "너무 고요해 의심이 일어나는 나라의 소음"이고 "돌이킬 수 없는 것들만 사랑하고 싶은 소음"이고 "돈만 생각하는 소음, 일만 생각하는 소음"이다(「서울 천사의 시」, 『바다』).

박용하는 '11월족'이다. 달리며 듣는다. 예컨대, 7번 국도의 시간은 시인을 음악으로 데불고 간다. '나나 무수꾸리, 엔야, 숀 필립스, 조동진, 밥 딜런, 피터 폴 앤 메리……'로 이어지는 익숙한 숨결과도 같은 곡들이 늘 함께한다. 삶이 없이 시를 부화시킬 수는 없는 것과 마찬가지로 음악이라는 연료가 없으면 삶을 기화시킬 수 없다. 7번 국도가 데불고 가는 삶은 음악으로 함께이기에 올곧이 멈추어선 정지태로 완결된다. 음악과 함께하는 "시속 150킬로미터 심야 드라이브 명상"(「드라이브 명상」, 『북쪽』) 속에서 그는 간신히 머무른다. 이때의

---

10 "추억의 망막에 염증이 생겼나. 히들리치럼 생긴 안과의는 '중심성 망막염'이란 병명을 내 코에 붙이며 술·담배·카페인 음료와 이혼할 것을 강력 경고했다." 박용하, 「영혼의 북쪽」, 『북쪽』, p.58.

시간은 식물과 동물의 경계의 시간이다. 7번 국도가 바다라는 영혼과 영(嶺)이라는 몸의 경계이듯이 말이다. "7번 국도는 영혼의 도로다", "7번 국도는 내면의 도로다."(「7번 국도」, 『북쪽』) 7번 국도는 인간의 시간을 허여하지 않는다. 인간의 시간이 없으므로 인간의 속도가 없다. 그것을 볼 줄 아는 이에게 언뜻 비치는 "파도의 속도, 햇살의 속도"(「7번 국도」)가 있을 따름이다. 7번 국도에서 시인은 "봄여름가을 겨울을 지나/오계절(五季節)의 기적이 솟는 나무"(「전망대」, 『북쪽』)와 같이 기적의 시간 속에 있다.

이것은 아마도 11월족의 프러포즈.

"저는 11월의 고적한 나무들을 보면
홀랑 벗고 그 속에 뻗고 싶어요"

……

서울로 오면서
너하고 같이 살아야겠다고
살다가 뻗어야겠다고 목 놓아 웃으면서 도착했다.
　　　　　　　　　　　　　　　　　　　─「성(聖) 누드」(『북쪽』) 부분

1997년 4월 결혼을 한 박용하는 응암동에서 분당 평촌으로 이사한다. 결혼 6개월 만에 다니던 직장에서 쫓겨난다. IMF가 터지기 직전이었다. 1998년 3월 딸이 태어난다. 어머니 최순규의 '규(奎)'와 조카 재은이의 '은(恩)'을 살려 규은(奎恩)이라 아내와 함께 짓는다. 1998년 하는 수 없이 악덕 출판사에서 8개월간 분유 값을 번다.[11] 아이가 태어나고 독서 습관과 글쓰기 습관은 바뀐다. 부부가 직장에 다닐 때는 쓰기는 물론 읽기도 언감생심이었다. 1998년 12월부터 시인은 전업주부로 현재까지다. '집귀신'이 되어 글을 쓴다는 것은 직장 생활만큼이나 만만치 않았다. 시인의 말에 따르면 그때부터 읽기와 쓰기는 강박을 견디고 해 나가야만 하는 일상이다. 1999년 12월 27일 세 번째 시집을 낸다. 2001년 2월 경기도 한 시골로 이주해 7년 6개월을 산다. 인심이 고약한 동네였다. 그 동네에서 4시집 『견자』(2007)를 펴낸다. 2008년 9월 7일 양평군 오빈리로 이사하고 지금까지다. '일기'를 펴냈다. 거기서 『한 남자』(2012)를 펴낸다.

2012년 박용하는 『한 남자』에 이렇게 쓴다. "잊기는 잊어버리기는 할 것"이지만 "뒤를 안면 바꿀 수는 없는 것이다". "뒤에 있는 것들이" "우리를 삶으로 데리고 간다."(「뒤에 있는 것들이」, 『한 남자』) 박용하의 시선은 이미 달라져 있었다.

지금까지의 박용하의 시력은 『북쪽』 이전과 이후로 양분된다.

『북쪽』과 『견자』 사이에는 두 개의 거리(distance)가 있다. 첫째는 사천과 강릉의 거리. 『나무』(1991) 『바다』(1995) 『북쪽』(1999)까지 약력에 '1963년 강원도 사천 출생'이라고 쓴다. 『견자』(2007) 『한 남자』(2012)에서는 '1963년 강릉 출생'이라고 쓴다. 강릉은 선비의 고장이고 양양과 더불어 영동의 정신적 유적지다. 역사로서 또 현재로서의 강릉이다. 강릉은 강원도 강릉이다. 동시에 강원도가 없어도 강릉으로서 오롯한 시적인 '준거'와 '로컬리티'를 확보한다. 하지만 '강원도 사천'이라고 쓰면 이야기가 달라진다. 요컨대 건조한 장소가 아닌 박용하만의 '강원도 사천'을 써 나가겠다는 의지가 세 번째 시집까지

---

11 박용하, 『오빈리 일기』, p.26.

의 골간일 테다. '사천'을 '강릉'으로 바꿀 때 시가 품는 태내(胎內)로서의 고향을 재정립하려는 무의식이 엿보인다. 박용하에게 '15세까지의 사천'이 비로소 '강릉'과 포개어지니 말이다. 사천과 강릉의 한가운데 춘천과 서울이 마주 서 있다. 둘째는 '詩'와 '시'의 거리. 『북쪽』까지는 고집스럽게 '詩'라고 한자를 단독 표기했다. 『견자』 이후에야 '시'라고 한글을 전용한다. 『한 남자』에 이르면 단 한 글자의 한자도 표기되지 않는다.

황현산은 일찍이 박용하를 '나무를 보는 사람'으로 규정했다. 『북쪽』 해설에 쓴다. "그는 도시로 나왔다. 나무로 살던 자는 나무를 보는 자가 되었다. 나무 견자 또는 나무 투시자."(p.166) 이제까지 박용하는 전통적인 의미에서 마술사나 예언자를 내포하는 '보는 자'가 아니다. 박용하는 죽음에 초연하면서도, 다시 시작한다는 의미로 죽음을 생(生) 쪽으로 가져오는 시선으로 '보는 자'이다. 주제가 누설되는 순간 모든 것은 끝이다. 그러나 박용하는 지금까지 다섯 권의 시집을 아우르는 주제를 이미 썼으니 그것은 『북쪽』 제4부의 제목이기도 한 "미래의 고통엔 미래의 날개가 있을 것이다"이다. 장시 「20세기의 북쪽」은 오십 줄에 든 박용하가 삼십 년을 지켜본 것. 거센 횡포로 힘을 행사하는 모든 방향성을 주제적으로 할!하고 있다. 동의를 구하지 않는다. 욥이 되거나 예레미야가 되려 한다. 아니 그것조차 넘어서 '직방으로 보는 자'가 되려 한다.

이때 박용하의 장시의 맥락을 눈여겨볼 수 있다. 박용하는 제1, 제2, 제3 시집에 「단편들」이라는 동일한 제목의 긴 아포리아 논픽션을 배치한다. 박용하는 지구로부터 버려지고 잊힌 자임에도 지구를 응시하는 자를 상정한다. 「단편들」은 페르난두 페소아의 『불안의 책』의 맞은편에 있다. 페소아가 평생을 두고 이명(異名)의 일기를 쓰고 촛농처럼 녹아 가는 고요에 이른다면, 박용하는 「단편들」에서 '일인 칭'으로 문장을 학대하며 스스로 가닿으려는 구극의 고요에 시선을 돌린다. 「단편들」은 구극의 고독에 이르는 파토스다. 파토스는 영혼의 논픽션이다. 고독한 자만이 스스로의 영혼 앞에 비겁할 수 있기 때문이다. 「단편들」은 지독한 일인칭이다. 지독한 파토스는 도화선의 끝에서 증발한다. 이것이 『북쪽』과 『북쪽』 이후의 간극이다. 『북쪽』 이후에 박용하는 굳어 촛농이 된 파토스를 모두 내려놓는다. 그러고는 엎드려 차가운 돌이 된다. 무생물의 고요에서 올려다보고자 한다. 그 시선은 인간의 것이 아니기에 자칫 무책임할 수 있다. 성인들이 물에서 본 현묘한 가르침들은 경(經)으로 빛난다. 시의 가르침은 제 온몸으로 핏빛을 가진다. 애초에 시작한 자리에 동해 바다와 소나무의 핏빛이 서로를 온몸으로 부닥치며 길을 가리켰듯이 말이다.

시인은 최근까지도 되뇐다. 삶은 이 순간보다 길지 않다. 결국에는 지금 이 순간의 한 문장이 있어, 시인의 문학은 지금부터다. 젊은 날을 함께하며 영향을 주고받고, 때로는 아득하게 여겨져 좋아했던 시인이 있었다. 지금에서 그 이름을 밝힐 일은 아니다. 박용하에게 여태 생명력으로서 말의 힘을 전해 주는 시는 '김수영'과 '이성복'이다.[12] 시인이 2000년대에 처음 발견한 것은 사천의 교산이다. 두 번째는 백석이다. 1988년 시가 터져 나올 때, 응모를 하고 고배를 마시고 다시 시와 싸우던 문청 시절 이제 막 해금된 『백석 시 전집』(이동순 편, 창작과비평사, 1987).[13] 시인은 던져두었던 백석을 서울을 떠나고

---

[12] 시인은 쉬운 언어의 리듬을 말하며 김수월의 「옛 이야기」를 꼽았다.
[13] 지난 25년 동안이 본격적인 '백석의 수용사'라면, 2000년대 이후라야 비로소 '백석의 변주'가 시작되는 시기일 것이다. 실제로 그 징후를 찾을 수 있지 않을까?

서야 다시 발견한다.

이러한 모색과 발견들이 『견자』의 시편들을 짧게 가져간 것은 아닌가. 이를테면, 「거울」(『견자』)과 같은 시에 비어져 나오는 분노는 이미 아무것도 심지 않은 이랑과 두둑처럼 단정하게 맺은 행간 속에 '오히려 불안'하다. 시가 되기 힘든 일상의 울분이 문장이 되어 행간에 고스란히 드러난다. 『견자』에서 미처 다듬지 못한 마무리는 『한 남자』에 와서 혹독하게 깎아 낸 민낯을 하고 있다. 두 시집은 수직으로 읽어도 수평으로 읽어도 시인이 보낸 시골의 인식론적 담금질로 읽힌다. 정신 만들기로 읽힌다. 두 시집이 펼치는 '정신 만들기'를 접하며 독자는 오빈리 10만 평 산야를 '번뇌! 망상!' 구호를 붙이며 뛰는 시인을 발견한다. 그리하여 쉽게 시인을 놓아주지 않는 시속(時俗)의 인정이 시인을 놓아주었으면 하는 마음이 드는 것은 나뿐일까. 저 희언자연(希言自然) 앞에서 즉심시불(卽心是佛), 성자가 되거나 폐인이 되지 않기를 바라는 것은 나뿐일까.

박용하에게는 바다와 이파리가 있다. 그 사이 내(川)는 풍경을 이어 붙이는 풀이다. 접합제다. 내는 계곡과 강을 이어 붙인다. 강은 산맥과 바다를 이어 붙인다. 사천천이 있어 오대산과 사천진 바다는 온몸으로 서로를 부딪친다. 태백과 동해는 온몸으로 서로를 덮는다. 오래전 「동해의 영혼─규은(奎恩)에게」(『북쪽』)와 지금 「동해」(『한 남자』)는 유한으로 무한을 작파하려는 꼭 같은 다짐이다. 시작도 끝도 없는 가운데 온몸으로 서로를 부딪치는 동해와 태백 영들의 두 마음이 깃들이느니, 청초호 영랑호 경포호와 사천천 남대천과 이 모두를 접합하며 달리는 7번 국도가 있다. 7번 국도는 박용하의 시와 삶을 이어 붙이는 접합제다.

동시에 우리의 삶 또한 언어라는 접합제로 '말해졌다'는 사실. 인간이 이파리를 보고 있으며 동시에 말(言)은 이파리 위에 앉아 있다. 이파리에 앉아 있을 때 비로소 나무는 몸속에 이파리를 틔운다. 이파리가 나무의 꽃이라는 믿음은 살아 있는 정신의 것이다. 천 개인가 하면 만 개이고 만 개인가 하면 무수의 영역인, 천사(千絲) 만화(萬花)를 삶 틔우는 이파리들이 있어, 나무로 하여금 사방 세계를 줌-인하고 줌-아웃 하는 것이다. 삶의 힘.

정신의 줌. 그 거리 조절을 거치고서야 비로소 알 수 있다. 인간이 나무에게 인간의 시간을 강제하는 것이 아니다. 인간이 댐을 막고 보를 세워 물의 시간을 강제하는 것이 아니다. 나무는 다만 저의 시간을 인간에게 허락하지 않는 것이다. 물은 다만 인간에게 저의 순환 고리를 열어 주지 않는 것이다. 때문에 어디에도 나무의 시간을 표현할 언어는 없다. 물속에서 연어 한 마리가 자신만의 헤아림으로 '남대천'과 '동해'를 오가는 영겁회귀를 잇고 있듯이 말이다. 박용하의 시는 시간을 품지 않는다. 11월, 5월, 오후 9시, 자정, 한밤⋯⋯ 허여되지 않는 모퉁이를 죽을힘으로 육박하고 있는지도 모른다. 순수한 싹으로 뒤덮여 있는 몸을 꿈꾼다는 것은 희생 없는 세계를 꿈꾼다는 것이다. 이파리들은 그렇게 정신을 쾅! 쾅! 망치질하고는 시인의 사지(四肢)를 지구에 뿌리내릴 일이다.

오래전 박용하를 읽으며 써 놓은 메모를 이제사 시인에게 전한다.

악(惡)이라고는 모르는 아름다운 나무와 멋진 밤하늘로부터 일직선으로 날아드는 대답 = 길

그리하여 나무와 대지의 아름다운 것들에서 들려오는 아주 섬세한 음악 = 이파리, 이파리, 이파리

긴 대궁에 널따란 잎이 달린 어두운 금관악기와 같은 옥수수 솔방

울 폭탄 = 분노

초록을 틔워 올리는 구근들의 옹골찬 타악기 = 울분

송진과 버섯과 두터운 강원도 이끼 향내 = 슬픔

조요하게 말라 가는 고랭지 과육의 내음과 파도를 맞는 황태의 눈알 = 바다

해답 없는 열정이 꿈꾸는 희생자 없는 조요한 세계 = 사랑

이파리가 꽃이고, 바다는 대답이며, 대지는 음악이고, 구근과 대궁은 사랑이다.

땅에 떨어진 사과가 다시 가지에 올라서서 과육을 졸이고 졸여서

다시 잎을 틔울 수 있을까? 그 잎은 지구라는 우주의 오아시스에 최후까지 남을 꽃이다.

2012년 7월 2일 은평구 신사동 언덕을 넘어 이사를 왔다. 2012년 7월 17일 새벽, 시인은 첫 손님으로 이 집을 들렀다. 시인은 후배 시인들에게 당부했다. 시인은 태어난다. 타고난 재능도 중요하지만 삶에 대한 열정과 글쓰기의 집념도 중요하다. 그러므로 시인은 다시 끊임없이 소생해야 한다. 성실하게 삶의 몫에 부닥쳐야 한다. 삶의 힘을 가져야 한다. 그리하여 시인은 끝없이 다시 태어날 수 있다.

"이 순간 두 번이 아니기에, 나의 문학은 지금 시작이다."―박용하

궤릴라 레이디오우! 또는 섬망의 주파수

다른 별을 생각할 때 희망을 확신하네

결코 늦지 않아,

그녀는 노래하네,

비둘기는 날아오를 거야

—빅토르 하라, 「쟁기」 부분

달은 항상 아름답기만 합니다

그리고 해는 오후마다 죽어 갑니다

그래서 난 이렇게 외치고 싶어요

'난 아무것도 믿지 않아, 내 손을 잡은 당신의 손에서 피어나는 열기 이외엔'

그래서 난 이렇게 외치고 싶어요

'난 아무것도 믿지 않아 인간들의 사랑 이외엔'

—빅토르 하라, 「달은 항상 너무 아름답기만 합니다」 부분

∴ 코케인 저녁

코케인 저녁이다. 박정대 일기를 시작하련다. 이 일기가 시작되는 순간부터 끝나는 순간까지 나는 박정대 선배를 '감히' 정대 형이라고 고쳐 부르련다. 서리감과 이물감을 딜기 위해서. 쓰고 지우고 쓰고 지우고. 다시 코케인 저녁이다. 박정대 일기라는 빨간 크로키 북을

8장 넘어 채우고서 나는 기진하고 만다. *코케인 저녁*은 내밀한 영혼을 위한 중독성 뮤직 바(Music Bar)의 검은 맥주. 지미 헨드릭스의 테이블 아래서 밥 딜런의 밀주업자(moonshiner)를 들으며 이 글을 쓴다. 건너는 정대 형의 테이블. 비틀즈 4인이 내려다보는 4인용 탁자의 왼쪽 끝자리. 저곳.

나는 비틀즈가 비스듬히 내려다보는 4인용 테이블에 홀로 앉아 검은 맥주를 마시며 코케인 저녁을 쓰네

코케인에서 듣는 저녁은 나를 마취시키는 음악

머리를 다 밀어 버린 여자가 가져다주는 맥주와 몇 장의 김과 한 종지 검은 간장의 저녁

그녀의 머리를 보며 웬디 워홀의 녹색 가발을 씌워 보면 어떨까 생각해 보기도 하지만 나는 나에게 할당된 촛불을 끄고 희미한 전구 아래서 코케인 저녁을 쓰네

넉 잔의 흑맥주와 약간의 어둠과 저 스스로의 상념 속에서 바알갛게 타오르는 말보로 레드의 불꽃

갑자기 쏟아지는 장맛비 그으려 문득 스며든 코케인의 저녁

지상은 이미 여러 날 비에 젖어 나쁜 습기들로 가득한데 비가 아무리 쏟아져도 지하의 코케인은 젖지 않고, 젖지 않은 코케인에는 여전

히 나를 허공으로 날아 오르게 하는 음악이 있네

—「코케인 저녁」(『시로여는세상』, 2007.가을) 부분

코케인 저녁의 화장실 칸막이에는 이런 묵시록이 새겨져 있다. "내가 홍대를 떠났다./다시 오면 이 앞에서 왔다 갔다 하는/모든 보살민들과 박수무당과 귀신들은 죽어야 할 것이다.—미륵보살 씀." 이걸 두고 내가 '삶이라는 독방'이라고 쓴다면(쓰지 않았다), 형은 '삶이라는 직업' 또는 '삶이라는 작업'이라고 쓸 것이다(썼다—『미네르바』, 2009.겨울). 그리고는 시그니처 마지막 부분에 계절과 날짜를 쓰고 나서는 이런 인사를 남길 것이다. '동옥아, 내내 **항복**하거라—정대.' 삶이 감옥이라면, 독방은 전설적이다. 삶이라는 작업은 아마도 컴퍼스로 가능한 한 크고, 또 둥그런 원을 그리고 그 안에 도사리는 직업일 테다. 세상에는 원 안에서 끝없이 자신의 출생을 다시 체험하려는 이들이 있다. 꿈속에서라도 태어나는 순간을 스스로 지켜보고, 스스로의 의지 안에서 다시 체험하려는 이들 말이다. 낭만적 혁명의 결사. 거꾸로 혁명적 낭만의 결계. 그러한 삶의 모델 안에 깃든 낭만은 모든 것을 유사성으로 묶어 제 스스로 커 간다. 크고 커서 마침내는 삶이라는 별이 된다. 쿼바라 항성의 쿼릴라들의 음악이 대개 그러하다.

∴ 미등(美燈), 자정의 연보

낮은 묵직함과 날아오를 듯한 가벼움, 날갯짓 비상 떨어져 내리다 멈춤, 폭발과 정적. 박정대라는 강원도 산 호랑이를 떠올리면 이런 단어들이 끝도 없이 이어진다. 구름 음악! 연극적인 포토그래피컬한 만남 보듬다 스미다 나누다 접촉하다. 끝도 없다. 노간주나무 그늘 아래서 손 맞잡고 고개 숙이던 1분 속에 모든 것이 들어 있다. 약력.

1965년 강원도 정선에서 출생했다. 고려대 국문학과를 졸업하고 1990년 『문학사상』에 「촛불의 미학」 외 여섯 편의 시가 당선되어 등단했다. 김달진문학상(2003)과 소월시문학상(2005)을 수상했으며, 시집 『단편들』 『내 청춘의 격렬비열도엔 아직도 음악 같은 눈이 내리지』 『아무르 기타』 『사랑과 열병의 화학적 근원』을 출간했다. 현재 『목련통신』 편집장, 무가당 담배 클럽 동인으로 활동 중이다.

간단하게 '약(略)'해 버린 '력(歷)'. 무슨 의미가 있겠는가?[1] 형을 떠올리면, 누구나 약력의 마지막 두 줄에 쓰인 '유관-무관 조직'을 연상할 것이다. 『목련통신』 편집장이라는 직함. 세상 어디에도 없는 이력이라고도 말을 하지만, 기억을 믿을 수 있다면, 언젠가 오래 연재하던 어떤 신문의 고정란 제목이었다고 한다. 무가당 담배 클럽, 그곳에 한 번이라도 기웃거리려 줄을 선 이가 수두룩하다는 풍문이야 오래된 사설이고(나는 아마도 무가당 담배 클럽에 미국의 송어를 낚아다 배달하는 술심부름꾼 아이 정도?). 언젠가 형은 내게 "나는 이 담배와 맥주와 음악과도 동인을 꾸려 가기가 힘든데, 너는 여섯이서 동인을 하는구나"라고 농 섞인 염려의 말을 건넨 적 있다.

1. 어떤 이들은 전쟁을 치르듯이 발을 학대하며 길을 걷는다.
2. 다른 이들은 밑창이 서서히 닳아 기화하도록 발이 이끄는 대로 길을 끌며 걷는다. 걷기를 좋아하는 이들은 발아래 쌓이는 잎사귀가 들어 올리는 발목의 뒤틀림을 사랑하는 자들이다. 사람과 사물과의

---

1 그의 뒤태까지 고스란히 보고 싶다면, 『2005년도 제19회 소월시문학상 작품집』, 문학사상사, 2004에 실린 「자전적 에세이」를 직접 참조하시라.

'접촉'. 촉각촉각 서로에게 다가서는 소리.

   3. 그런가 하면, 다족류는 신발을 신지 않고 자신을 땅으로부터 한 몸뚱이쯤 들어 올려 날아가듯 움직인다.

   두 번째 경우와 세 번째 경우를 더하면 새로운 모델이 생겨난다. 그는 자신의 밑창과 자신을 둘러싼 진창에 대해 같은 크기와 너비의 사랑을 가진다. 어떻게 하면 저기로 온통 스밀 수 있을까? 하고 말이다. 그것이 그가 건네는 말버릇이다. 그는 섣불리 은유하려고 들지 않는다. 헛되이 정의하려 들지도 않는다. 다만 끝없는 만남을 지시하고 지정할 뿐이다. 만남, 어떻게 하면 내가 저이에 대해 전일(全一)한 수단이 될 수 있을까?라는 고민을 짧지만 깊은 속삭임처럼 펼쳐 보이며 노닌다.

   춤추듯 흘려보낸 길들의 시간.

   1965년이라……, 형과 나는 띠동갑이다.

    황혼 녘의 엽서는 어둠에 지워졌으니

    우리들의 사랑은 진부했구나

    별어곡에서 원주까지 눈이 내리고

    성냥곽 같은 지붕들이 젖은 날개를 털 때

    출렁이는 산맥의 눈발 속으로 잠수해 가는

    청량리행 야간열차, 바라보면

    세상은 온통 젖어 있는 것들로 가득하여

    기억의 협곡 사이로 밀려오는

    무수한 눈보라

    읽혀지지 않는 우리들의 불면

    아아, 어느 황혼 녘에

다시 엽서를 띄울 수 있을까

―「두 달 정선」(『단편들』) 부분

원적지(原籍地)를 그릴 때는 '여리게 굽은 물살, 아스라한 손짓, 낡은 깃발, 잊혀진 이정표… 하며 모두가 그립겠지만, 떠난다면, 떠나야 한다면, 언젠가는 그 끝을 한숨짓겠지'의 무드가 덧입혀지는 수가 많다. 그러나 형을 통해 비로소, 강원도 옥수수와 진부와 정선의 폭설과 속초항이 모두 맹렬하게 은밀한 사랑의 존재태다(이 대목에서 나는 박상순 시인의 「강원도는 싫어요」의 유니크한 아이러니를 떠올린다). 물살에 떠가는 우편함과도 같은 본적(本籍), 있음/없음. 정선에서 중학교까지를 마친다. 춘천에서 고등학교를 마친다(이때부터는 줄곧 '혼자' 산다). 서울에서 대학을 마치고, 교편을 잡고, 가정을 꾸린다. 이런 이유로 도시를 옮겨 다닌 것은 그리 유별난 경험은 아닐 테다. 정선 또는 정선(junction). 영화 제목을 빌어 정선을 '결합'이라고 고쳐 말할 때 벌써 어떤 반동 기미가 읽힌다(고등학교 적 여자 친구와 「투 문 정션」을 보려다 비디오방에서 쫓겨난 기억이 쓰라리군). 하지만 그 근원, 정선과 옥수수와 재스민차와 진부 고개는, 맹렬하고도 은밀한 사랑을 기루어 낸다. 뿌리가 없기에 더 큰 사랑. 언제나 놀랍다는 듯, 믿을 수 없다는 듯 나누는 엷은 웃음기 속에 깃들인 기미(幾微).

우리는 진부에서 진부의 눈을 맞으며 정선과 같은 사랑에 **정션**했구나!

(나는 지금, 추석, 순천만이 내려다보이는 '미등(美燈)'이라는 집 앞의 카페에 혼자 앉아 쓴 메모를 옮기고 있다. 때문에 조금 아프고, 조금 쓰라리고, 조금 휑한 바람에 감염된다. 계속되는 부분, 이 부분만큼은 두루뭉수리 넘기려 노력을 거듭했으나, 이재훈 형의 느긋한

날카로움에 등 떠밀려 하는 수 없이 쓴다. 뒤늦게 정대 형을 만나 전에 들은 얘기를 재탕, 삼탕 캐묻고 외운 그대로 옮기련다.)

형의 아버지는 고향이 황해도 은율이다. 한국전쟁 이전, 아마도 1947년, 아버지는 단신으로 남하한다. 대개가 그렇듯, 토지 재분배니 하는 문제를 떠올릴 것도 없이, 아마도 북쪽에서 형의 아버지 집안은 꽤나 잘살았던 듯싶다. 그 기분, 단신 남하의 기분을 어떻게 이해할 것인가? 기로(岐路)에 설 때마다 머릴 짓누르는 먹먹한 구름이 떠오른다. 그의 아버지를 상상하자 황해도 은율이 고향인 김종삼의 「민간인(民間人)」이 겹친다. '누구나 그 깊이를 모르는 수심(水深)'. 그리고 아버지는 전라남도 여수에서 공업고등학교를 마친다. 아마도 건축에 관한 일. 그렇다면 혈혈단신의 일가가 정선에 정착을 하게 된 것은 어떤 계기일까? 일 때문에 여기저기 떠돌던 아버지가 '정선에 반했기' 때문. 아마도 형이 보이는 품 깊은 웃음과 '바람 구두'는 아버지에게 기원을 둔 것 같다. 형의 아버지는 형이 12살이 되던 해에 작고한다. 여기서 형의 원체험이 자리하는 모성의 기원은 외할머니에게로 옮아간다.

【자서】
이제는 가끔씩 꿈에나 보이는 외할머님, 그 애틋한 사랑의 기억 하나로 저는 살아 있습니다. 평화시장, 그 새벽 도깨비시장에서 당신이 사 주시던 해장국의 온기(溫氣)로 첫 시집을 엮습니다.

1997년 11월

자서는 물론이거니와, 첫 시집의 모두(冒頭)에는 이런 헌사가 새겨져 있다. "솔치재에 계신 외할머님께 첫 시집을 바칩니다." (솔치재라? 고흥 남양의 어딘가에도 있는 고개 이름인데) 아버지의 만장파란도 파란만장인데, 외할머니의 삶은 언뜻 들어도 대하서사시다. 외할머니는 결혼을 하고 평안북도 박천 땅에 살림을 차린다. 그것도 잠시 외할아버지는 홀연 집을 나서고 만다. 그리고는 만주로 떠난다. 독립운동에 투신한 것이다. 생계가 어려워진 외할머니는 인근 정주에 가서 하숙을 친다. 가산, 박천, 정주가 어떤 곳인가? 김억과 김소월과 백석의 바로 그 정주. 함석헌이 말한 '빈 들에서 외치는 소리'의 바로 그 빈 들, 바로 그 험준한 산악. 아니나 다를까, 외할머니가 하숙을 치던 시절, 하숙생으로 있던 이가 바로 함석헌 선생이었다고. 아마도 선생이 오산학교 교사였던 시절이겠거니 싶다. 외할머니는 아버지가 가시고 꼭 10년이 지나, 형이 22살 되던 해에 돌아가신다.

언젠가 형과 자정이 넘은 코케인에 둘이 앉았다.

형이 물었다.

—궁극의 모더니스트는 누구라고 생각하니?

(멈칫)

—…… 김종삼 아닐까요?

(손가락을 치켜올리며)

—아니, 백석.

∴ 이러시면 곤란해요, 신동옥 씨

어디쯤 왔냐고? 여기까지 왔고, 지금은 2009년 9월 29일 24000300시 -87분 $\sqrt{92}$초.

형은 애초에 화가가 되고 싶었다. 화가가 되려는 꿈을 접은 것은 돈 때문이기도 하겠고, 형이 가진 일렁임 때문이기도 할 테지만. 그렇다고 형이 화가의 꿈을 시로 돌린 것은 아니다. 구상을 비구상으로 돌린 것도 아니다. 구체를 추상으로 돌린 것은 더욱 아니다. 형은 중학교 때 괴테니 릴케니 하는 고전들을 섭렵한 꽤나 조숙한 학생이었다. 언제 처음 시인이 되려는 꿈을 꾸었을까? 바로 이미 중학교 때였다. 대학 시절에는 고려대 국문학과 내 시 소모임에서 강연호, 권혁웅 등과 교우한다.

다시 저 그림. 얇은 종이. 앞 페이지에 쓰인 글자까지 훤히 비치는 얇은 종이. 무슨 말을 하려냐구? 형은 시집을 낼 때마다 기록을 만들어 냈다. 첫 번째 시집은 그때까지의 시집 중에 가장 두꺼운 작품집. 지금은 대개 책 한 페이지에 17행이 들어가는데, 형의 『단편들』은 19행을 한 페이지로 204쪽. 두 번째 시집은 그때까지의 시집 중에 가장 긴 제목을 가진 작품집. 이름만으로도 숨찬 『내 청춘의 격렬비열도엔 아직도 음악 같은 눈이 내리지』, 귀찮아서 대개 '격렬비열도'. 세 번째 시집은 자서가 가장 긴 시집. 3페이지다. 편집자가 짜증을 낼 만한 분량. 네 번째 시집은 비로소 시집 값을 10,000원 대로 올린 작품집. 역적이다!

∴ 호랑이 수트케이스, 갱스부르만(灣) 24000300시 -87분 $\sqrt{92}$초

누군가의 말대로 '질투심을 불러일으키지 않는 문장을 읽느라 인생을 허비하는 것은 죄악이다.' 형의 행간들은 질투를 불러일으키기도 전에 읽는 이를 '쓰는 상황' 속에 몰입하게 한다. 읽는 자의 감정선에 쓰는 자의 몰입이 '항상 먼저' 잠행하고 있다. 정조(mood)의 복기라고 말할 수 있으려나. 그리하여 형의 시에 등장하는 수많은 인유들, '왕가위, 금성무, 짐 자무시, 리처드 브라우티건, 폴 발레리, 이하, 체 게바라, 호치민, 장만옥, 에밀 쿠스트리차, 르 클레지오, 옥타비오 파스, 조르주 페렉, 백석, 빅토르 최, 고란 브레고비치, 밥 딜런, 가르시아 로르까, 스테판 말라르메, 로맹 가리, 노자, 장자, 롤랑 바르트, 샬롯 갱스부르, 조르주 갱스부르, 진 시버그, 미셸 우엘벡, 미셸 투르니에……'는 물론이거니와 숨차게 달려가는 수많은 지명들과 시간들은 차라리 인유되고 있다기보다는 형으로 인해서 다른 방식으로 되살아난다는 느낌이다. 뿌리 없는 자의 뿌리 있음. 모든 곳이 뿌리이기에 영혼은 늘상 저 스스로 비등점. 그리하여 알다시피 형의 다른 이름은 '리산'(『쓸모없는 노력의 박물관』의 리산 시인 아님)이다. 두 번째 시집까지만 해도 그 의미는 '산을 옮기다'에 한정되어 있었다(형은 자서를 이렇게 끝맺고 있다. "2001년 가을 이산방(移山房)에서"). 그러던 것이 세 번째 네 번째로 옮아가며 '리산' 그 자체가 하나의 존재가 된다. 리산이라는 단어가 스스로 숨을 덧입고 영혼을 가질 수 있도록 형이 먼저 리산 그 자체를 시 속에서 살려낸 것이다. 이런 예는 더 적확하다. 이를테면, 『단편들』에 실린 「지난해 마리앙바드에서」에는 이런 각주가 붙어 있다.

　　*지난해 마리앙바드에서: 알랭 로브그리예 원작, 알랭 레네 감독의
　　영화. 나는 이 영화를 보지 못했다. 보지 못했기 때문에 이렇게 시로
　　쓴다. 무지하다는 것은 때때로 무지하게 자유로운 것이다.

이때의 '마리앙바드'는 『사랑과 열병의 화학적 근원』에 이르러서는 유럽 여행 가운데 '실재'하는 체험 이후로 그려진다. 무시간(無時間). 때문에 형의 시집은 끝끝내 한 권이 한 편이다. 형의 시집을 읽으려면 언제나 첫 시집부터 근작까지 차근차근 읽어야만 한다. 형

이 열 번째 시집을 내는 날에는 『단편들』부터 차례로 읽은 후에 이제 막 나온 따끈따끈한 신작을 읽어야만 할 것이다. 그도 그럴 것이 지금 형이 하고 싶은 작업은, 제목도 없고 독립적인 모티브도 없이 그 자체 한 편이고 한 권인 책을 쓰는 것이라고. 그런 의미에서 형 스스로 아쉬움이 남고, 또 한편 애착이 덜한 작품집으로 '격렬비열도(약칭)'를 드는 것은 수긍이 간다(형의 의사와는 무관하게 '격렬비열도'는 여태도 수많은 독자들을 거주민으로 거느리고 있지만). 형의 시에 스민 매력은 이 글에서 인용하기에도 벅찬 긴, 기나긴 시편들에 있다. 인용이 무의미해지는 대목이다.

안개는 긍정항이고, 습기는 부정항이다. 무슨 말인가? '나쁜 습기를 몰아내고 안개 달의 결사에 가담하라.' 아마도 이것이 무가당 담배 클럽의 수장인 형의 사발 통신 1항이 될 것이다. 습기와 안개의 차이를 모르겠는가? 형의 작품들에 등장하는 형 스스로의 페르소나는 '체'도 '빅토르'도 '갱스부르'도 아니다. 그것은 호랑이다.

나의 사랑하는 여자야
어제는 백두산 상상봉에 올라
단풍나무 숲을 달리는 호랑이를 보았다
숲을 빠져나온 호랑이가 나는 좋았다
그놈의 거칠 것 없는 질주가 나는 좋았다
나의 사랑하는 여자야
네가 내 꿈으로 달려오면
나는 단풍나무숲이 되어
나의 잎사귀를 떨구어도 좋겠네

나의 사랑하는 여자야

어제는 백두산 꿈을 꾸었다

너는 부드럽고 세찬 백록담이 되어

뜨겁고 뜨거운 사랑으로 내게 달려오고

나는 천지의 문을 열어

너와 한바탕 뒹굴 꿈만 꾸고

나의 사랑하는 여자야

만주 벌판을 휘달려

바이칼호까지 가닿는

불타는 눈의 호랑이

우리들의 새끼를 낳자

—「백두산 꿈을 꾸었다」

(『내 청춘의 격렬비열도엔 아직도 음악 같은 눈이 내리지』) 전문

　백석의 시편들 중에서 가장 이질적인 아름다움을 보여 주는 시편들은 그가 남해안을 다녀온 후 쓴 시들이다. 그가 북방을 노래할 때는 밀착된 비애의 웅숭깊음을 느낄 수 있다. 그가 남해를 노래할 때는 외려 이국적인, 마치 그의 부드럽고 호방한 웨이브의 머리카락처럼, 아스라함의 정조를 드러낸다. 정선에서 시작할 때부터 예고되었듯, 형의 북방 기질은 정선을 넘어 이남(以南)을 넘어 반도를 넘어 백두대간 기슭을 박차고 치달린다. 치달리다가 우뚝 멈추어 서고 또 달린다. 형의 행간은 광활한, 한마디로 무변(無邊)한 경지 형태의 사랑으로 뻗어 간다. 경지 형태의 사랑의 지경! 문득 몸 섞고 싶게 영혼이 달뜬다.

　홍대 홍합집에서(형은 홍합을 정말 좋아한다. 어디 홍합과 강원도 찰옥수수와

재스민차를 한데 내오는 술집은 없으려나), 이재훈 형과 김안의 지원사격을 받으며 나는 물었다.

―형이 스스로 생각해도 형은 북방인에 가깝겠지요? 전생은 뭐였을 거 같아요?

끄덕끄덕. 구체적으로, 뱅갈산 호랑이지만, 인도의 밀림과 북위 44도쯤을 동시에 어슬렁거리는.

이 대답은 로맹가리의 소설『하늘의 뿌리』의 밀림에서 코끼리를 타고 노는 루이스 베풀베다 식의 유머.

*박정대를 통틀어 '호랑이'를 발췌독하시오. 그러고 나서『강원도 산 뱅갈 호랑이 북위 44도, 느와르』라는 제목의 연작시집을 편(編)하시오.

약간의 분노가 스민 '단편들'과, 약간의 머뭇거림이 묻어나는 '격렬비열도'를 건너 우리는 '아무르 기타'라는 커단 악기 앞에 선다. 형의 작품집 중 하나를 꼽으라면 나는『아무르 기타』를 연주할 것이다. 지금까지의 작품집 중에 스스로도 가장 애착이 가는 작품이란다.

사랑은 얼마나 비열한 소통인가 네 파아란 잎과 향기를 위해 나는 날마다 한 통의 물을 길어 나르며 울타리 밖의 햇살을 너에게 끌어다 주었건만 이파리 사이를 들여다보면 너는 어느새 은밀히 가시를 키우고 있었구나

그러나 사랑은 또한 얼마나 장렬한 소통인가 네가 너를 시기기 위해 가시를 키우는 동안에도 나는 오로지 너에게 아프게 찔리기 위해, 오

로지 상처받기 위해서만 너를 사랑했으니 산초나무여, 네 몸에 돋아난
아득한 신열의 잎사귀들이여

그러니 사랑은 또한 얼마나 열렬한 고독의 음악인가
　　　　　　　—「산초나무에게서 듣는 음악」(『아무르 기타』) 전문

역시, 독립 인용으로는 '삘'이 달린다. 한 권 통째로 읽으시라우
요!

∴ 나 '덩대', 이곳에 눈멀어 이녁 쪽은 차안(此岸)이다

여행, 그것은 매우 유익하니, 상상에 끊임없는 활기를 주기 때문이
다. 여타의 소득이란 실망과 피곤뿐이다. 우리들 각자의 여행은 순전
히 상상적일 뿐이다. 그것이 여행의 힘이다.

여행은 삶에서 출발하여 죽음을 향해 간다. 사람들, 짐승들, 도시들,
기타 모든 사물들, 그 모든 것은 상상의 소산이다. 그것은 하나의 소
설, 하나의 허구적 이야기에 불과하다. 절대 오류를 범하지 않는 리트
레가 그렇게 말한다.

그리고 누구든 남 못지않게 여행을 할 수 있다. 눈을 감는 것으로 족
하다.

그것은 삶의 저편에 속한다.
　　　　　　　—루이-페르디낭 쎌린느, 『밤 끝으로의 여행』의 서장

인용한 쎌린느의 문장은 정곡을 찌르는 의표(意表)를 서슴없이 드
러내지만, 논리가 다소간 수다스럽다. 그래서, 떠날 것인가, 말 것인

가? 미안해요. 나는 오늘부터 일종의 그러니까 어떠한 당신에 대한 중독이라고 보아 주세요. 그러니 올리브 가지처럼 날 들어 올려 주어요. 폭풍과 우레를 뚫고 날아 둥지를 향해 날개 젓는, 그러나 항시 꼭 같은 하늘에 붙박인 새가 되게 해 주어요. 이런 문장들. 이제 여행에 대해 말할 차례다. 여행, 나는 여행에 대해 잘 몰라서 행장(行裝)을 꾸릴 줄도 모른다. 그러니 여행, 결심과 도착을 비롯하는 마주침. 세상의 처음과도 조우할 것이고 세상의 끝에서 발길을 돌리기도 하겠지. '아무튼 ……이 없어서'라는 비겁한 뒷걸음으로 나는 이날 여태 방 안에, 그것도 책상 귀퉁이나 낡은 책귀나 고작해야 찢어진 스피커 볼륨 조절 단추 속에 도사려 왔을 따름이다.

2008년 음력 1월 2일. 형과 나는 구정(舊正)으로부터, '구부정구부정' 도망하여 코케인 테이블에 앉았다. 형은 녹색 멜빵 가방(아마도 여권이 들어 있었겠지. 여권! 왠지 설레는 어감)에 낡은 모자에 길이 들어 반질반질한 가죽점퍼를 걸치고 있었다. 눈이 내렸던가! 아무래도 좋다.

─구정에는 무얼 했어요? 저는 고흥반도 따라 걸으며 철새들 이름이나 몇 번 불러 준 게 고작이네요.

─으응, 블라디보스토크에서 막 돌아오는 길이야. 술이나 좀 치자, 여독(旅毒), 풀자.

형은 서울을 떠나 정선에 잠깐 들렀다. 속초항에서 배를 타고 블라디보스토크로 무작정 떠난다(이때 이재훈 형이 정대 형에게 신작시 청탁을 하려고 애를 좀 먹는다). 부동항, 블라디보스토크 거리를 얼음처럼 걷는다. 따뜻한 국물을 먹으려고 눈을 비비지만, 애석하게도 형은 키릴 문자를 몰라, 굶주리며 내처 걷는다. 그리고는 어떤 영화관에 무작정 들어가 영화를 본다. 그 영화는 바로 형의 '빅보르 최'가 주연으로 출연한 「이글라」. '바늘'이라는 뜻이다. 마약을 꽂는 주삿바늘. '쏘

련' 버전의 '트레인스포팅'. 마지막 장면에서, 빅토르가 칼침을 맞고 눈길 위에 털썩 무릎을 꿇는다. 그리고는 담배를 꺼내 태연하게 불을 붙인다. 눈밭에 피가 고이고, 빅토르의 노래 「혈액형」이 흐르고 자막이 올라간다. 형이 태연하게 블라디보스토크라고 말했을 때, 이미 블라디보스토크가 아니라도 상관이 없었다. 아르항겔스크나 리스본이나 남극이나 북극이라도 나는 꼭 같은 느낌이었을 것이다. 사당이 형을 만나면 '새드 앙(sad ang)'이 되고, 이촌이 형을 만나면 '이히 온(Ich on)'이 된다. 하여, 밀롱가에 다녀왔다고 해도, 블루스나 에르네스토 체라는 섬에 다녀왔다고 해도 나는 고개를 끄덕였을 것이다. 그곳이 어디든 형은 그곳에 있었고, 항시 있기 때문에 나는 순간 '형은 도처에 편재하는 것이 아닐까?'라는 비약에 다다른다. 이를테면 이런 식이다.

　―동옥아, 지금 형에게 시간 좀 '줘바라'할 수 있니? 지금 '진 시버그의 집시 탱고'에 있는데 말야.

　형은 끝끝내, 여행자 증명서가 필요한 도플갱어적인 삶에 '올인'할 것만 같다. 그러고는 아무렇지도 않게 이렇게도 쓴다.

　델피에 가려면, 신타그마 광장에서 모나스티라키와 오모니아를 지나 라리시온 스트리트 터미널 B로 가야한다네, 라리시온 스트리트 터미널 B에서 시외버스를 타고 델피에 가려면, 올리브나무 가로수들을 지나 아테네 외곽에 만개한 2월의 벚꽃들을 지나 그렇게 한참을 북쪽을 향해 달려야 한다네, 그렇게 달리다 보면 그리스 집시촌에 당도하는데 그리스 집시들은 지상에 널어놓은 빨래들로 자신들의 음악을 연주한다지, 그들의 음악에 빠져들기 시작하면 델피에 당도할 수 없다네, 델피에 가려면 눈을 감고 귀를 막고 그리스 집시촌을 지나고 회한

도 없이 테베를 지나서 파르나소스 산의 중턱까지 가야 한다네, 지중
해에서 마신 소주가 깨기 전에 하얗게 만년설에 덮여 있는 산을 지나

—「델피에 가려면」(『사랑과 열병의 화학적 근원』) 부분

이런 시는 여행 '가운데' 쓴 작품이다. 형의 시에 등장하는 수많은
시공간은 언제나 그 '가운데' 형이 오롯하게 '있음'을 쓰고 있다. '그
곳에 다녀왔다'가 아니라 '그곳에 있다'라는 것이다. (직업이 선생이
다 보니, 방학을 1년 치를 넘는 부피로 살아 내려는 안간힘이기도 하
겠다.) 지금껏 다녀온 곳 중에 가장 기억에 남는 곳은 그리스라고 한
다. 앙겔로풀로스의 화면과 테오도라키스의 음악과 끝없는 시에스
타의 바로 그곳. 지금껏 다녀오지 못한 곳은 유럽의 북구와 아메리
카 대륙(아마도 남미)이라고 한다. 그리고 보니 형에게 이 땅의 남쪽에
대해 물었을 때마다 별다른 답을 내놓지 않았던 것 같다. 형이 반소
매를 입고 있는 모습도 상상이 되지 않는다. 뭘까?

이쯤이면 여행이 아니라 차라리, 잠행이나 감행이라고 해야 맞을
성싶다.

나 감행 간다
한 잎의 백야 건너
두 잎의 국경선 너머
세 잎의 공화국 광장을 지나
네 잎의 불면을 재우고
다섯 잎의 코케인
여섯 잎의 헤로인
……

∴ 아, 께느른하다

어느 겨울, 엉망으로 술이 취해 보문동에서 자장면을 먹다가 형에게 전화를 걸었다. 그러고는 무작정 사당으로 길을 돌렸다. 더운 정종을 함께 나누고, 형의 집에까지 가서 몇 순배 더 먹었다. 갱스부르 기타를 만지작거리다가, 우쿨렐레를 조금 타다가. 철(형의 아들)이가 들려주는 일렉 기타 연주에 박수를 보내 주다가. 그리고 몇 달 전 형이 내가 사는 집에 다녀갔다. 형은 내 캐리커처를 그린다. 답례로 시를 드리겠다고 말했고, 나는 약속을 지켰다. 「혁명 전야를 향해 달리는 사마르칸트 기병대의 교리문답」이라는 이름만으로도 숨찬 작란(作亂). 이제 와 생각하니 '교리문답'은 뺄 걸 그랬다. 딱딱하니.

글이 길어졌다. 이 글은 내 첫 시집 표4, 2매 청탁에 5.8매를 써 준 형의 무지막지함에 대한 복수다.

끝은 이렇게.

　　내가 사랑에 대해서 아무것도 모른다는 것은 아무것도 말할 수 없기 때문이다. 나는 느끼고 있다. 당신을 사랑하고 있습니다라고 말해도 언어는 나에게서 쏟아져 흘러 버립니다.

　　그래서 혼자 있을 때는 보이지도 않고 만져지지도 않고 시간도 없고 그곳에 존재하는 깃 그쪽을 향하여 반투명 상태로 그것이 있다고 느낀다. 그것은 움직이고 있다. 내 내부의 바다나 음악의 물굽이처럼 나는 '사랑'이라고 말해 본다. 그러면 사라져 버린다.

—스즈끼 유리이까, 「MOBILE·愛」 부분

Oh! Hell! Can't stop us now!

—Rage Against the Machine, 「Guerrilla Radio」

> *Don't give up*
> *Ana*
> — 그건 브레지어리
> 8 유르히 달나낫

끝은 언제나 이렇게.

—포기하지 마, 아나.

언제나의 엔드크레디트.

—넌 충분히 사랑받고 있고, 누구도 널 멈출 수는 없어.

음악이 끝나자 삶이 시작되었다.

서정의 위상차 변이,
절멸 이후를 기록하는 숙명의 언어

후편

함기석 형은 1992년 등단했다. 그리고 22년 간 시를 써 왔다. 여전히 젊다.

'여전히 젊다'라는 표현은 시단이 형에게 제공한 자리가 옹색했음을, 형에 대한 평가가 인색했음을 강조하는 아이러니로 읽힌다. 나는 형의 작업을 좇으며 시를 배운 후배 가운데 하나다. 지난 며칠, 형에 대한 기억을 반추해 보았다. 돋을새김이 오롯한 기억이 많다. 형이 펼친 네 권의 시집과 동화와 동시집 사이에 책갈피가 빼곡하다. 곁들여 취흥에 겨운 장면이 있고, 울분에 참담히 말문을 닫고 글썽거렸던 장면이 있고, 이유 없이 형에게서 멀어진 느낌에 겉돌았던 장면이 있고, 한밤중 무시로 전화를 주고받던 장면이 있다. 종잡기 힘든 언설과 표상들을 이 짧은 글 속으로 불러들인다면, 형의 시 작업이 구획한 지난했던 연대(連帶)의 포옹은 연대(年代)의 오기(誤記)로 끝나고 말 것을 안다. 형은 끊임없이 현재를 지금을 되묻는 사람이다.

한 인간에 대한 회상으로 도달할 수 있는 지경은 어디까지일까? 불행히도 인간은 제가 만지고 살아 낸 사물들의 겉과 곁을 자주 놓친다. 사물의 외관이란 인간의 내면을 둘러싼 기억을 말하는 수가 있다. 시에서 '외관'이라는 표현은 기억을 끄집어내는 회상의 구조를 이르는 다른 이름일 터이다. 과거의 포멀리즘이 형식이나 규칙의 문제에 골몰했다면, 현재의 포멀리즘이 사물 자체의 양태(의 불가능성)를 묻는 이유도 회상의 구조 계기에 주목하기 때문이다. 인간이 어린 시절의 기억으로 현재를 사는 것은 삶이라는 포멀리즘의 본질적인 양태일지도 모른다. 어린 시절의 수위를 자꾸 지금의 나이까지 끌어올리면서 현실을 정의하려 하니 말이다. 형을 통해 한국시는 규칙과 형식에 매달리는 건조한 모더니즘에서 물질적 양태의 거소인 실제 현실과 현실의 이면을 묻는 중층적 모더니즘으로 탈바꿈한 것인지도 모른다. 형은 멀리 보고 기획하는 사람이다.

어린 시절의 기억은 선연한 낱낱으로 그것을 쓰는 자에게 미쳐 스스로 정서의 파고를 연출한다. 형의 어린 시절은 1960,70년대 예닐곱에서 갓 등단한 1992년 즈음까지를 아우른다. 기억의 고집 속에서 파동하는 맥놀이는 지금까지 형의 초기작의 심부, 그 가운데서 작동하는 기호계 언어 속에서 일렁인다. 회상을 통해 형이 가닿는 지경은 거기까지다. "여러분의 첫 번째 슬픔에 대해 이야기해 보세요. '나의 첫 슬픔'이 여러분의 다음번 국어 숙제의 제목입니다."(나탈리 사로트, 『어린 시절』) 함기석의 『국어 선생은 달팽이』(1998)는 바로 이 지점에서 촉발된다. 하지만 형은 과거를 입에 올리는 것을 즐기지 않는 사람이다.

회상의 쿼그가 복합되고 복합되다 보면 형과 시의 몸이 어딘가 다른 복합체 속에서 맞닿고 있는 것인지도 모를 일이다. 형은 "시의 쿼크(quark)의 존재 여부를 확인하기 위해 거시적 관념 세계에서 미시적 물질세계로 나아가고 있다."[1] 마주-닿음, 불행히도 회상을 통해 시가 가닿을 수 있는 영역은 거기까지다. 회상과 기억 속에서는 오히려 시가 형의 '결정적인 외관'을 놓치고 만다. 잡고 쫓는 회상의 술래잡기는 기억의 인정투쟁으로 다시 쓰일 수밖에 없기 때문이다. 형은 때로는 작고 때로는 크고 알쏭달쏭한 사람이다.

무지하게 무식하게 형을 읽다 보면 형의 시가 감춘 결정적인 원인과 비밀마저 맘대로 쓸 공산이 크다. 여기서 형의 제2시집『착란의 돌』(2002) 이후『뽈랑 공원』(2008),『오렌지 기하학』(2012)으로 이어지는 작업이 시작된다. 형의 작업은 세밀하고 정밀한 자리에서 시작된다. 그것은 항용 말하는 현실의 시점이다. 역설적이게도 인간은 현실을 읽기 위해서 추상과 관념을 삶에 불러들인다. 추상은 순수한 결정체와도 같은 수학적인 이념에서 길러진다. 관념은 죽어 버린 가치를 파괴하고 육박해 들어가는 사유에서 길러진다. 형은 대학 시절 이후의 전공 수업(형은 수학과 출신이다)과 문학 수업에서 일찌감치 이 사실을 짐작하고 있었을 것이다. 형은 치밀하고 우직한 사람이다.

형이 제2시집 이후에 나아간 방향은 보통 말하는 환상을 다시 나선형으로 비틀어 만드는 조각난 서사의 길을 따라간다. 그 길은 엄정한 기억을 위해 스스로를 쪼갠다. 분명한 현실을 다시 추인하기 위해 언어를 가공한다. 현실을 펜촉으로 깁듯 문신하는 방식으로 언어를 환상으로 세밀하게 가공한다. 형은 고집스럽게 현실을 끄집어내 시의 프레파라트 위에 올려놓는다. 형의 시가 양손에 쥔 무기는 수학적 추상과 철학적 관념이다. 함기석 현미경은 철학적 관념이라

---

1 함기석,「몇 초 간의 침묵」,『문학·선』, 2011.겨울.

는 대물렌즈와 수학적 추상이라는 접안렌즈로 본다. 형의 고집 센 고요의 표정이 다사로워 보이는 이유다. 형은 다정다감하고 품이 넓은 사람이다.

언젠가 강원도 인제의 산중에서 새벽-술을 마중하러 말없이 함께 걸었던 기억이 떠오른다. 그날의 산길을 떠올리면 이상하게 형의 두 다리는 지워지고 없는 것이다. 마치 애초부터 형은 다리가 없었던 사람이었던 것처럼 그려진다. 다리가 지워진 채 걷는 형과 함께한 강원도 산길의 새벽―현실이 만들어 낸 추상의 배치는 그 그림 자체만으로 정서를 재배치해 각인한다. 인간은 왜곡된 회상 속에서 오히려 아주 정확하고 분명한 정서의 그림을 본다. 정서가 파생되는 지점에 대한 반성적인 통찰이 필요한 이유다. 현재화된 과거 속에서 정서는 태어난다. 정서에 대한 물음이 시공간과 관계된다는 점은 서정에 대해 차원의 질문을 던진다. 형은 일찍이 이 문제에 주목해 왔다. 형은 후배 시인들에게 시에 대한 날카로운 표상으로 기억에 남는다. 동시에 형은 유쾌한 사람이다.

형의 시는 정서와 회상에 대한 고리타분한 정의를 배반하는 언설을 펼쳐 보이며 시단에 나왔다. 1998년 첫 시집 이후에는 내부와 외부 물질과 정신 사이의 단순한 이항 대립에서 기원하는 통속심리학(folk psychology)적 가설에 기댄 환상을 폐기한다. 소박한 환상에 기댄 서정의 지점을 의심하기 시작했다. 그 결과는 두 번째 시집『착란의 돌』이다. 시집은 '착란의 돌' 연작 15편과 역작인 장시「개안수술집도록(開眼手術執刀錄)」을 양 축으로 한다. 앞이 현실에 대한 재규정이라면, 뒤가 심리에 대한 재규정이다. 이때 형은 서정의 본질은 현실에 악착같이 뿌리내린다는 사실을 강조한다. 형은 말한다. "시라는 장르가 존속하는 한 서정시는 계속 변화하면서 잔인하게 존속할 것이라는 말이 된다. 서정은 표피적으로 드러나는 것과 달리 매우 혹독하고 차가운 피다."[2] 형이 서정을 재정의하는 방식은 형이 명석한 분석가라는 사실을 말해 준다. 형은 분석가이자 몽상가이고 작명가다.

언어와 현실의 문제는『뽈랑 공원』에 이르면 더욱 자세히 한없이 자유롭게 그려진다. 형은 말한다. "'뽈랑'이라는 말은 지시 대상이 지워진 언어, 즉 대상 없는 언어이다.' 무슨 말인가? 형이 쓰는 시어는 적확하고, 익숙한 단어이며, 미세한 균열을 일으킨다는 의미에서 일상어투의 지시어가 대부분인데 말이다. 심연에서부터 언어를 받아적는 형태의 보고문이 바로 형의 텍스트이고 여기서 텍스트는 음악성을 얻는다. 그러면서 시는 현실과 산문의 외관을 해체한다. 형의 시가 엄정하고 적확한 '사실'을 추적하며 쓰이면서도 평이하고, 한편으로 유려하면서도 여러 갈래의 미로를 숨겨 두는 이유다. 어쩌면 시에서 음악성이 아니라 음악이라는 형이상학이 먼저다. 형이 한사코 언어와 시어와 단어를 구분하는 태도는 계열체를 추상으로 사유하는 수학적인 인식에 기원할 것이다. 수학적으로 생각하는 정신이 소금이나 크리스털과 같은 순수 결정체에 비유되는 이유를 알 듯도 하다. 형은 또한 엄격하고 눈이 밝은 사람이다.

형의 표현을 따르자면 '중층의 인식론적 세계관'을 '전복적인 사유와 감각을 담보하는' 언어를 통해 보여 주려 한 것이다. 서정을 이런 의미로 다시 규정한다면, 서정의 이면을 더욱 정확한 일련의 그림으로 완결하기 위해서는 '기하학적 배치'와 '수학의 추상'과 '전위적인

2 함기석 • 김참(대담), 「기호들의 초현실적 유희 공간」, 『시를 사랑하는 사람들』, 2011.1• 2.

이미지 게임'이 전제되어야 한다. 여기서 환상이 언어와 함께 형의 시 밑바닥에 뿌리를 내린다. 형의 언어가 대부분 결핍에서 기원하는 이유는 형의 시어가 환상이 아니라 환상이 발생하는 현실에서 기원하기 때문이다. 환상의 발생 구조 사이에 난 구멍에서 기원하기 때문이다. 형이 쓰는 낱말과 문장들은 결핍을 뒤집어쓰고 있기에, 숫제 시 텍스트 안에서 시를 고발하기까지 한다.

─제기랄, 내가 왜 2연 13행 7열 외부에서 3항의 단어이고 동작을 서술하는 따위의 기능을 하는 부사격 조사여야 하는 거냐! 말해 봐, 석기함!

이런 식이다.

사정이 이렇게 되면 형의 언어는 시 자체를 고발하는 기능을 위해 쓰이고 있는 것인지도 모른다. 형이 쓰는 환상은 시론에 나오는 환상과는 의미가 다르다. 그것은 적확함을 겨냥한다. 수학적 엄밀성 말이다. 공간의 확장과 파괴로 세계의 시원을 확장하는 대수기하학의 작업이 시에 도입되는 것이다. 이때 정확한 그림으로서의 환상이 바로 실재다. 『오렌지 기하학』이 바로 그 작업이다. 형은 말한다. '오렌지를 사람 또는 사물, 지구나 미지의 행성 같은 우주적 대상물로 확장시켜 보기도 했고, 죽음, 존재, 무 같은 실존적 관념을 이미지화한 대리물로 변환시켜 인간의 문제를 탐구해 보기도 했다.' 『오렌지 기하학』은 등단 이후 계속 구상되어 온 결과물이다. 2000년 벽두부터 발표된 것들 중 일부를 추린 결과물이다. 다음 작업들의 연결 고리이자 격발 단추이자 가늠쇠다. 형은 참 부지런한 석기함이다.

계사 2

형은 묻는다. '왜 인간은 불안해하고 초조해하고 악몽을 꿀까? 고통스런 기억들은 왜 망각되지 않는 걸까? 인간을 비롯한 만물은 왜 태어나고 왜 죽는 걸까? 도대체 어떻게 살아야 하는가?' 이런 물음들이 궁금해서 시를 써 왔다고 말한다. 형은 비틀어서 묻는다. '주어의 자리엔 왜 늘 명사라는 남성적 권력 주체만 자리해야 하는가? 동사는 왜 인위적으로 주어진 동사의 역할만 해야 하는가?' 이런 물음들에 직관적으로 대답한 다음 그 경로를 만들어 나가는 것이 함기석 특유의 해결 방법이다. 호모토피(homotopy) 또는 연속변형함수, 변이.

왼쪽에는 수학이라는 영역이 있다. 이 영역은 추상이라는 필드와 관념이라는 필드를 두 개의 점으로 두고 서로를 간섭하며 서로의 영역을 잇거나 차단하는 경로를 바꾸며 이동해 간다. 예를 들어 위의 편평한 부분에서 아래 볼록한 부분으로 이동하며 연속으로 변해 가는 것이다. 오른쪽에는 미학이라는 영역이 있다. 이 영역은 영상(그림, 영화)이라는 필드와 도상(고전, 서예)이라는 필드를 두 개의 점으로 두고 마찬가지로 연속 변형을 감행한다. 이제 수학이라는 커다란 영역을 필드로 치환하면 점이 되고 미학이라는 영역을 필드로 치환하면 점이 될 것이다. 형의 시는 수학과 미학이라는 두 개의 점을 이은 선이 연속 변형을 감행하며 이월하는 위상 변형체가 된다. 정리하면 이렇다. 시는 수와 미를 필드로 둔다. 수는 추상과 관념을 필드로 둔다. 미는 영상과 도상을 필드로 둔다. 언어는 차원을 정의하거나 매개하거나 파괴한다. **영역과 장으로 성립되는 형이상학이 형의 시일진대, 단 한 편의 시도 시집에서 따로 떼어 부분으로 이 글에서 인용할 수 없다.**

계사 1

형을 생각하는 지난 며칠의 나를 돌아보매, 나는 이상한 기운에 휩싸인다. 형이라는 **진실**과 형이라는 **현실** 사이에서 시의 **세계**가 분리되는 체험 말이다. 진실과 현실 사이에서 세계가 분리되는 경험, 그리고 각각의 주체들이 펼치는 변이와 명명백백한 위상차, 그러나 해답 없음. 이것은 이상하고 원초적인 체험이어서 마땅히 적합한 말을 나는 찾을 수 없다.

난감한 노릇이다. 이 글이 함기석을 사변적으로 재구하는 데서 끝나면 안 되기 때문이다. 그러나 형이라는 원인을 내 어떻게 알 것인가? 내가 '직방인'이 아닌 바에 '영매'가 아닌 바에 말이다. 직방인과 영매라니! 미안하지만 우리는 사랑하는 자에게도 직방으로 다가가지 못한다. 직방은 패악이 될 공산이 크다. 형의 시를 붙안고 앉았으면 갈피갈피, 내가 얼마나 형을 생각하고 있었던지 새삼 깨닫게 되는 것이다. 판단하지 않고 결론짓지 않고 흐름 속에 시를 두고, 형은 22년의 세월을 거슬러 끈덕지게 미래의 시를 생각하며 자신의 언어를 시로 사사한 것이다. 형은 앞서서 미래에 가담하는 사람이다. 형은 그걸 '시라는 명제'로 보여 준다.

정리하면 이렇게 된다. 형은 끊임없이 현재를 지금을 되묻는 사람이다. 형은 멀리 보고 기획하는 사람이다. 하지만 형은 과거를 입에 올리는 것을 즐기지 않는 사람이다. 형은 때로는 작고 때로는 크고 알쏭달쏭한 사람이다. 형은 치밀하고 우직한 사람이다. 형은 다정다감하고 품이 넓은 사람이다. 동시에 형은 유쾌한 사람이다. 형은 후배 시인들에게 시에 대한 날카로운 표상으로 기억에 남는다. 형은 분석가이자 몽상가이고 작명가다. 형은 또한 엄격하고 눈이 밝은 사람이다. 형은 참 부지런한 석기함이다. 형은 앞서서 미래에 가담하는 사람이다. 이렇게 써 놓고 보니 형은 또 재능이 많은 사람이다. 형은 이렇게도 마술사 같은 사람이니 말이다.

형은 어쩌다 이런 형이 되었을까? 형의 물리적 기원을 물어봐야 형의 시가 내포하는 형이상적 사유에 대한 답을 들을 수 없다는 것을 안다. 그러니 나로서는 처음으로 돌아가 다시 형에게 형을 묻도록 두는 수밖에 없는 것이다. **물음이 형이라는 주사(主辭)에서 나와서 나라는 계사(繫辭, copula)를 거쳐 다시 형이라는 빈사(賓辭)로 갈진대, 형의 시와 형의 삶은 철저히 분리해서 기술할 수밖에 없다.**

전편

함기석은 1966년 청주시 석소동에서 태어났다. 위로 형이 둘이다. 함기석은 형님들에게 영향을 받았다. 태어난 집은 여전히 청주시 석소동에 위치해 있고 그곳에는 여전히 어머니가 계신다. 시집이며 잡지며 우편물을 받을 주소를 석소동 집으로 돌려놓았다. 한편으로는 젊은 시절 주소지를 자주 옮긴 불안 탓일 수 있겠다. 한편으로는 우편물을 핑계 삼아 어머니를 찾아뵈려는 마음에서일 것이다. 형님들은 일등을 도맡아 할 정도로 머리가 좋은 편이었고 더불어 기골이 우람한 편에 속했다. 내색을 하지는 않았지만 인물 하는 집안에서 형들에게 주눅이 들 법도 하지만 씩씩하게 컸다.

2002년 함기석은 서울에서 '바로 그' 청주로 집을 옮긴다. 상당산성 언저리, 상봉산으로 오르는 둘레길, 시 외곽의 과수나무 언덕들하며…… 한결 다사롭지만 서울에 비하면 청주는 좁은 도시다. 연륜으로 시골 생활을 견딜 수 있을지는 몰라도 청주는 소년에게 좁은 곳이다. 능력이 있는 형들이 형편 때문에 청주에 머무는 모습을 보면서 훗날 함기석은 오기로 서울행을 결심한다.

함기석은 중고등학교 시절은 물론 대학 초기까지도 시인이 되겠다고 생각한 적이 없다. 기실 작가의 독서 체험이라는 것이 작가가 된 다음 작가의 눈으로 어린 시절을 돌아보고 스스로에게 덧씌운 '환각'일 수도 있을 것이다. 대부분이 위인 전집이나 동화책으로 책 읽기를 시작하지 않나. 그리고 그중 한 권이 톨스토이나 도스토예프스키보다 더 큰 울림으로 남아 있지 않을까? 함기석은 집에서 유전되어 온 낡은 위인 전집이나 전래동화집을 통해 책을 처음 접했다. 『전우치전』과 같은 책의 그림을 보면서 '환상적인' 느낌을 받는다. 그림이 움직이고 움직이는가 하면 또 변하고, 어린애 눈알만 한 글자를 읽을라치면 또 흐르고 유동하는 느낌은 아직까지도 기억에 남아 있다. 그것은 또 '사람이 어떻게 구름을 타고 날지?' '구름 바깥에는 왜 해가 떨어지지도 않고 떠 있지?'와 같은 물음으로 이어지는데, 함기석은 이것이 '생각할 거리'를 주었노라고 고백한다. 고등학교 이후 함기석은 수학과 물리학에 몰입한다. 이 체험은 근래에 동화와 동시를 쓰는 데 자그만 계기가 된다.

함기석은 2007년 제14회 눈높이아동문학상 동화 부문을 수상하며 정식으로 동화를 쓰기 시작한다. 아들(석현, 2013년 중1)과 딸(효림, 2013년 초5)이 커 가는 모습을 보며 자연스레 동시나 동화를 쓰기 시작한 것이 지금까지 5권의 책을 내며 계속됐다.『상상력 학교』(대교, 2007),『야호 수학이 좋아졌다』(토토북, 2009),『코도둑 비밀탐정대』(형설아이, 2010),『숫자 벌레』(비룡소, 2011),『황금비 수학동화』(처음주니어, 2011)가 그 결과물이다. 아빠의 동시를 보고 효림은 '순 엉터리'라고 타박을 놓고, 석현은 '짱 재미없다'고 하품을 하는 속에서도 함기석은 최선을 다했다. 함기석은 동화에서 시라고 생각하는 주제(함기석은 이 주제를 형이상학으로 놓는다)와 이어지는 미묘한 지점을 발견한다. 동시나 동화에서는 생활의 문제가 민낯으로 드러난다. 함기석은 동시나 동화를 통해 시를 통해 드러내기 힘든 '실재'의 영역을 만질 수 있는 언어를 펼쳐 낸다. 바로 그 실재의 언어에 골몰하게 한다는 것이다. 호기심이 상상력으로 이어지고 그 상상력이 미궁에 빠질 때 해결해 줄 수 있는 한 가지 방편이 수학과 물리다. 동화는 수학이나 물리로도 풀 수 없는 실재를 혹간 열어 보인다.

함기석은 미술에 조예가 깊다. 중학교 때 미술 선생님께 코가 꿰어 전교생 중에 남자라곤 두 명밖에 없는 '클럽 활동' 부서에 들어간 것이다. 수업 시간에 미술 선생님(이난희 선생님)이 색상환을 짚으며 각자 좋아하는 색에서 손을 들게 했다. 보라색에서 아무도 손을 들지 않았다. 보라색을 좋아하는 사람은 예술가 기질이 있다고 선생님은 말했다. 함기석이 손을 들지 않은 것을 알아차렸는지 선생님이 미술부에 넣은 것이다. 한창 운동장을 뛰어다닐 시간에 함기석은 여자아이들밖에 없는 따분한 곳에서 붓질을 했다. 미술에 대한 관심은 고등학교 시절 데생을 하는 것에서 현재까지 이어진다. 중세의 성화나 사실화에서는 배경이 되는 텍스트에 관심이 간 정도에 그친 함기석은 추상화에 빠져들면서 사유를 유발하는 신비함에 매료된다. 칸딘스키의 차갑고 장식적인 면, 몬드리안의 따뜻한 면이 뭉개지는 깊이, 말레비치가 보여 주는 수학적이고 시적인 사유의 폭, 뒤뷔페의 자유분방한 해학과 위트, 미로의 혁신적인 표현 방식, 폴록이 보여 주는 공간과 몸의 싸움…… 이 모두가 함기석의 시에 녹아든 컬렉션이다.

미술에 대한 애정은 1990년 서예로 옮아간다. 제대 후 청주에서 문원 선생 지도 아래 서도회에서 서예를 배운다. 복학 후에는 일주일에 한 편씩 선생께 우편 지도를 받았다. 잠시 사이를 두었다가 인사동 쪽에서 다시 배우기 시작한다. 서예전에 참여하기도 했지만 필력이 짧다고 그나마도 아직 멀었다고 함기석은 말한다. 서예는 몸과 기술의 연합이기 때문에 글쓰기의 공백은 흰 종이 위에 사유의 결절점을 그대로 노출한다는 것이다. 글을 멀리할수록 현실에 채였고, 현실에 채일수록 문방사우를 멀리할 수밖에 없었다. 문방사우는 밥벌이 반대편에 있는 이상적 도락의 상징으로 여겨졌기 때문이다. 아프고 괴롭지만 짊어져야 할 현실을 떠올리게 만들기 때문이었다. 언젠가 나이가 들고 연륜이 함께하면 문방사우와 더불어 살 수 있으리라 말한다.

함기석은 고등학교 때부터 군대를 제대하기 전까지 약 십 년 동안 일기를 썼다. 연애편지는 수없이 대필했다. 어디서 많이 들어 본 문장 훈련이다. 혹독하고 효과 만점이어서 사파의 비방으로 전수된다는 바로 그 방법. 순탄치 않았으나 고등학교를 졸업하고 1985년 대입에 실패한다. 청주에서 한량 생활을 했다. 어느 날 '나는 청주를 벗어나겠다'는 심사로 서울 노량진에 간다. 입시 학원에 다닌다. 서울대 가자는 심정으로 공부하다 한양대학교 수학과에 입학한다. 입학하고도 입시 공부를 했다. 1986년 함기석은 24박 25일 전국 일주를 한다. 그의 성격을 말해 주는 일화 하나. 울릉도로 가는 배 안에서 마이크라는 영국 친구를 만난다. 기타를 멘 영국 청년은 공항원이었다. 둘은 울릉도 성인봉에 함께 올랐고 숙소도 함께 썼다. 헤어지며 함기석은 제안했다. 서로 언어를 바꾸어서 펜팔을 하자고. 함기석은 인연을 이어 갔다. 영어로 편지를 쓰는 것은 곧장 외국 문학에 관심을 가진 계기가 되었다. 1989년 무렵부터 함기석은 외국 소설을 갉아먹듯이 읽어 치운다.

1987년부터 1989년까지 해병대 하사관으로 군 복무를 마친다. 1987년 정훈실에서 우연히 한하운 시인의 시 「전라도 길」에 내해시 쓴 에세이를 읽는다. 군 생활과 한하운과 그를 배경으로 한 글이 삼중으로 겹쳐 시에 대한 관심을 증폭시킨 계기가 된다.(이 우연은 1947년, 이병철이 한하운을 발굴하고 『신천지』를 통해 최초로 소개하는 장면과 겹친다.) 함기석은 군 제대 후 한하운 시집을 찾아서 읽었다. 그러고는 다시 한 번 전국 일주를 한다. 함기석은 무엇을 하든 어떤 촉발제나 촉매를 만나면 무섭게 변이하고 몰입하는 양상을 보인다. 그리고 거기에 빠지면 애초의 촉발점을 잊지 않는다. 중학교 시절 미술, 고등학교 시절 일기, 대학 입학기, 한하운, 펜팔, 서예…… 스스로 구성한 촉매로 인생을 불 당기고 성실하게 묵묵히 오불관언(吾不關焉)하고 헤쳐 나가는 것이다. 이 남자, 열혈남아다. '상남자'다.

1990년 복학을 하고 답십리에서 행당동으로 마장동 지하 연립으로 이어지는 자취 생활이 시작된다. 여기에 징글징글한 습작기의 외로움이 들러붙는다. 수학과에 시를 얘기할 친구는 없었다. 결핍감과 외로움에 분석철학, 논리학, 관념론, 현상학, 비트겐슈타인까지 몰입해서 읽고 또 읽었다. 습작한 노트를 들고 국문과의 이승훈, 국어교육과의 이건청, 김시태 선생께 보였다. 방학이면 소양강이나 안성 일대의 절에 머물며 집중적으로 시를 썼다. 그렇게 1992년 5월까지 대학 노트 열 권 분량의 습작 시를 쓴다. 1992년 6월 『작가세계』(통권 13호)에 「신(新) 고린도전서식 서울 사랑」 외 4편으로 등단한다. 몸에 맞는 옷을 입은 것처럼 맞춤한 스타일을 찾은 듯싶었다. 등단과 동시에 자신만의 언어를 만든 듯싶었다.

1993년 2월 졸업했다. 같은 해 기업체에 입사했다. 함기석의 하루 일과는 아침 8시까지 신문의 경제와 사회면을 스크랩해 고위 간부에게 올리거나 비서실에 넣어 두는 것에서 시작되었다. 등단을 하니 마음은 더욱 외롭고 괴롭다. 남의 일까지 떠맡아 하는 회사 생활이라도 편하다면 편하지만 마음 쉴 겨를이 없다. 양자 결단의 심사로 회사를 그만두었다. 친구와 함께 사는 마장동 도축장 곁 연립주택 지하방은 눅눅해서 차라리 동굴에 가까운 곰팡내와 콘크리트 흐너지는 내음에 녹슨 쇠파이프의 지린내로 가득했다. 대낮에도 백열등 아래서 책을 보아야 하는 방을 벗어나고 싶었다. 지하를 나와서 한양대 병원 뒷길 사근동 2층으로 짐을 옮겼다. 쪽창으로 빛이 쏟아지는 관방이었다. 여름엔 팬티 바람으로 겨울엔 침낭을 뒤집어쓰고 스스로를 유폐하듯 시에 매달렸다. 누가 뭐라고 하든 스스로에게 절실한 방향으로 언어를 단련했다. 함기석의 전위 의식은 치열함에서 비롯된다. 여전히 혼자였다.

사근동 시절에는 서울 모처에서 간이 상영을 하는 예술영화 동호회에 들기도 했다. 주로 고전영화들을 섭렵했다. 미술에 심취하기도 했다. 고미술에까지 관심이 옮아갔다. 그제나 저제나 함기석은 끝장을 본다는 심사로 달려들었다. 벽을 툭 치면 먼지가 벽지 너머로 부스스 떨어지는 쪽방에서 함기석은『국어 선생은 달팽이』원고 대부분을 완성한다. 1995년 즈음에는 나왔어야 할 첫 시집은 1998년에 나왔다. 첫 시집이 나왔을 때는 이미 두 번째 시집 작업을 마무리할 무렵이다. 세 번째, 네 번째 모두 3-5년씩 늦게 세상에 나왔다. 2012년 6월에 네 번째 시집을 냈지만, 반년이 지난 지금 함기석에게는 이미 어떻게든 '처치해야 할' 120여 편의 시고가 남았다.

1996년 무렵에는 미아리 옥탑방으로 거처를 옮겼다. 상계동에는 김태형 시인이, 번동 부근에는 이대흠 시인이, 상계 너머에는 조연호 시인이 살고 있었다. 비로소 시우(詩友)라 할 사람들과 만나기 시작했다. 이 시절에 현재의 아내를 만났다. 1996년 계간『현대시사상』(통권 28호)에「사람을 보면 문을 닫고 싶어신나」외 7편으로 등단한 김현서 시인, 함기석과는 두 살 터울이다. 함기석은 한 사람에게

문을 열고 그에게 모두 주는 자가 되기로 결심한다. 1998년 첫 시집 『국어 선생은 달팽이』가 나왔다.(나는 시집에 실리지 않은 시까지도 복사해서 읽은 다음에 군대를 갔다. 첫 휴가를 나온 1998년 8월 종로 한복판에 서서 이 시집을 읽었다.) 첫 시집이 나왔으니 시인으로서의 삶이야 현실의 영역으로 들어갔을 테다.

밥벌이의 무거움은 소리 나지 않는 진흙 무더기처럼 시를 잠식해 가는 것이다. 함기석처럼 타협 없는 외골수 시인의 삶 주변에는 항용 연민으로 배가된 흥분들이 넘나든다. 함기석과 김현서는 2000년 결혼한다. 2002년 알량한 창작 기금을 받고 그것을 밑천으로 청주에 집을 마련한다. 함기석은 청주행을 두고 '사실상의 퇴출 아닌가'라며 너털웃음을 지었다. 그런 선배의 웃음을 보며 나는 '사유하는 인간이 대화를 한다'는 문장을 머릿속에 새겼다. 그렇게 말하는 선배의 마음을 조금은 알 것 같았기 때문이다. 그런 후배의 감정이 흘러가기 전에 언어로 바꾸어 주는 대화술은 따스함을 주기에 충분했다. 인터뷰 내내 곱창집 밖으로 눈비가 섞여 치고 있었다.

청주에서의 삶은 공공 근로, 기간제 교사, 평생교육원 시 창작반 강사에서 화학 공장 노동자에 이르기까지 일상으로 시 맞은편에서 커 갔다. 본드를 만드는 공장에서 봉지에 본드를 담고, 철박스를 재생해서 거기에 본드를 가득 채워서 쌓고, 드럼통에 본드를 채워 쌓는 일을 했단다. 그 무렵 선배는 새벽에 가끔 전화를 해 오곤 했다.(물론 나는 술 먹으면 선배에게 무시로 전화를 하곤 한다.) 그때 선배가 내게 '어쨌든 자연은 관념이고, 삶은 분명히 사건은 사건이란 말이야. 공장 마당 더러운 물웅덩이의 수면에 앉아 날개를 접었다 펴는 나비를 봐라. 물과 나비의 발 사이를 봐봐. 삶은 사건은 사건이란 말이야.' 말했다. 그렇게 수화기 너머에서 언어를 '악쓰는' 것 같았다.

2009년에 함기석은 제10회 박인환문학상을 받는다. 수상작은 「어느 악사의 0번째 기타 줄」이다. 뒤늦은 격려였다. 나는 수상자가 집으로 돌아가도록 술자리 시동(侍童)을 도맡았다, 기쁘게. 함기석은 수상 소감을 이렇게 끝맺었다.

> 시에 대한 도전은 결국 삶의 내적 형식에 대한 도전이고, 루트와 방법의 변혁을 통해 언어의 변혁을 시도한다는 것은 삶의 권태와 모멸, 죽은 미학과 모럴에 갇혀 있는 자기 자신에게 사형을 언도하는 행위다. 그러기에 첨예한 전위 정신과 태도, 통념의 파괴, 죽어 버린 미적 가치들을 처단하는 눈, 미래를 향한 불가능한 언어 모험이 필요하다. 누구의 눈치도 보지 않고 나는 계속해서 미지를 향해 야간 행군을 강행할 것이다. 그 여정에 잠시 쉬었다 가라며 찬물 한잔 건네주신 심사위원 분들께 마음 깊이 고맙다는 인사 올린다.[3]

2002년 5월 대학로에서 형을 처음 만났을 때도, 2003년 겨울 대구에서 만났을 때도, 그리고 인터뷰를 위해 2012년 12월 7일 대설을 맞으며 만났을 때도 형은 말했다. 누구의 눈치도 보지 말고 가라고, 아직 잘하고 있다고, 네가 있어서 든든하다고……. 나는 내가 형보다 먼저 시를 그만두게 될까 그것이 두렵다. 이런 시참(詩讖)의 언사는 앞으로도 오래 함께할 형의 아우로서 입에 담지 말아야 할 일이다.

칸딘스키는 말했다.

때때로 얼음 밑으로 끓는 물이 흐른다―**자연**은 대립하는 것들을

3 함기석, 「전위 정신과 언어 모험이 필요하다」, 『제10회 박인환문학상 수상 작품집』, 예맥, 2009.

가지고 '작업한다'. 이런 대립하는 것들이 없다면 **자연**은 단조롭고 죽은 것일 터이다. 마찬가지로 **미술**도……

인터뷰의 끝에 이르러 형은 이렇게 말하는 것만 같다.

때때로 얼음 밑으로 끓는 물이 흐른다—**서정**은 대립하는 것들을 가지고 '작업한다'. 이런 대립하는 것들이 없다면 **서정**은 단조롭고 죽은 것일 터이다. 마찬가지로 **언어**도……

골수에 새길 일이다.

기림(奇林), 강정

강정은 1992년 『현대시세계』에 「항구」 외 4편을 발표하며 시단에 나온다. 표제작 「항구」는 비교적 단아한 알레고리의 선을 따라가면서도 "죽음이여, 완벽하게 사라지라/그리고 다시는 돌아오지 말라"와 같은 비의적인 목소리를 드러낸다. 핏발이 선 채로 외치는 목울대가 도드라지는 목소리다. 외치는 자의 의기와 내다보는 자의 예기가 담긴 문체 속에서 오랜 문어 투의 관습을 읽을 수도 있다. 존재하지 않는 기원이자 구멍인 모국어라는 관념에 생채기를 남기며 어렵사리 '우리 시의 어법'에 편입된 바로 그 '쓰인 글자'로서의 언어 말이다. 강정이 첫 시집 『처형극장』(문학과지성사)을 낸 것은 등단을 하고 4년이 지난 후인 1996년의 일이다. 언뜻 아르토의 연극론에 뿌리를 두고, 예르지 그로토프스키와 으제니오 바르바와 피터 브룩으로 가지를 쳐 나간 신체극의 계보를 연상시키는 제목이다. 『처형극장』이라는 신체극은 날이 선 통점을 내장한 감각의 세계를 그대로 드리내보였다. '역한 감각을 발산하는 것들에 고통을 교통'(「불안스런 것들」,

『처형극장』)시키는 방법론으로 삶을 지탱하는 고통과 죽음이라는 압점(tender points)을 되짚어 가는 시선은 스물여섯 '어린' 시인의 그것이라고 믿기에는 깊고 비감이 가득한 어조를 동반했음은 물론이다.

그러나 그 목소리는 이상한 기미와 전조 같은 것을 곁들인 채 시종 착 가라앉은 울림으로 다가왔으니 동시기의 '환상'이나 '들뜬 감각'과는 확연히 구분되는 강정만의 것이었다. 비극적인 자기 인식에 기댄 첫 시집의 세계는 '죄'와 '죽음'과 같은 무거운 주제를 다루고 있음에도 시종 '감각의 기원인 몸'에 대한 자각을 놓치지 않고 있기에 가능한 결과였으리라. "목 메인 죄의 출구 같은/입술을 향하여"(「아름다운 흉조(凶兆)」, 『처형극장』) 말을 되삼키는 어법에는 마르고 말라 입안에 다디단 향으로 고인 역한 감각과도 같은 체향이 고이곤 한다. 강정이 "이상하다 수천 번 죽음을 노래했건만 내가 아직 살아 있는 게 이상하다"(「불안스런 것들」, 『처형극장』)고 썼을 때, 이 선언은 시인이라는 집합체 전체의 물음인 동시에 강정이 집요하게 개체화한 시인 자신만의 물음으로 읽힐 소지가 다분했음은 물론이다.

강정이 첫 시집을 내던 1990년대의 '신세대' 시인들의 시는 단순한 '일탈 문체론'으로 치부하기에는 무거운 끈 같은 것을 목에 걸고 있었다. 그것은 문학사와 길항하면서도 개체성을 올곧이 만들어 내기 위해 분투하는 시인 각자의 안간힘이었다. 격정적인 진술과 날카로운 감각을 동반한 어법은 1980년대 시인들에 비하자면 유려하고 날렵한 선이 살아 있었다. 김정란, 진이정, 유하, 박용하 등의 목소리를 떠올리자면 그들이 이성복, 황지우, 김정환을 거슬러 김수영의 그것을 어떤 차원에서 어떻게 갱신하고 있는지를 짐작할 수 있는 것이다. 외부로부터의 억압을 고스란히 개인의 몫으로 전치해 '신음하면서 외치는 목소리'는 이즈음의 시사(詩史)를 통해 한국시가 내면화한 소중한 '문체'였다. 이러한 목소리들은 오래지 않아 한국시의 육성으로 산입된다. 방법론적으로 안착된 실험이라는 점에서 1990년대의 '목소리'는 '일탈 문체론'의 혐의를 벗어난다. 결국 "작품이 문체를 만드는 것이지, 문체가 작품을 만드는 것은 아니"(앙리 메쇼닉)기 때문이다. 어떤 특유한 문체와 기법에 미적인 세련성이나 우월성을 부여하는 것은 문체에 대한 거부로 귀착될 공산이 크지만, 1990년대의 목소리들은 그러한 우려를 불식하면서도 이전과 이후의 시사를 매끄럽게 연결한 하나의 방법론적인 힌트를 제공한 셈이다. 그것은 확실히 실험이었다.

어떤 이데올로기로도 정형화하기 힘든 예외성으로 연속된 '우리 역사'라는 내러티브에 대한 인식, 애초에 존재하지 않았던 '한국어'에 참여하고 있다는 언어 인식론, 그리고 물질적인 토대로서의 '이 땅'의 위상에 대한 가늠자에 '연루된 시인'이라는 의미에서 이때까지의 문학사에 참여한 모든 시인들은 나름의 실험을 감행하고 있었다고 말해도 무방하리라. 이런 조건들과 함께 살피자면 적어도 1990년대까지의 시사에는 문학사와 길항하는 수사적인 연속성이 작동하고 있었다고 말할 수도 있을 것이다. 강정의 첫 시집은 이러한 의미에서 '실험'으로 받아들여진다. 『처형극장』은 비의적인 자기 선언을 도처에 깔아 두고 있기 때문이다.

첫 시집을 낸 강정은 한동안 시단을 떠나 있다가 9년 후에 『들려주려니 말이라 했지만』(문학동네, 2005)을 펴내며 '복권(復權)'된다. 이즈음 강정은 스스로 '바퀴벌레 시인들'이라고 명명하기도 한 소위 '미래파 시인'들과 더불어 평가받기 시작한다. 미래파 시인들이 만들어 낸 '문법'은 문체의 이름으로 작품의 주권을 회수하는 방식으로 논쟁적인 국면을 불러온다. 그들의 문법마저 '시사의 언어'로 편입하기에 당대의 문학장의 담론적 활성도는 부실했던 것이리라. 일부 평가를 제외하자면 그들의 시는 대개 문체가 작품을 만들어 낸 사례로 귀착된다. 『처형극장』의 오라(aura)를 떠올리자면 강정은 미래파에 비해 한참은 선배였고, 『들려주려니 말이라 했지만』이 나온 시점을 감안하자면 강정은 미래파와 '문법적 동료'였다. 하지만 이미 어법을 만들고 자신의 '문법'을 갱신해 나간 강정 시의 수사성은 이후의 시작 활동에서 확실한 변별점으로 기능한다.

『처형극장』에서 보여 준 신체극이 시적 대상으로서 '무대라는 세계'를 선언적으로 천명하는 방식이었다면, 이후의 작업에서는 '무대 이전의 세계'를 몸 그 자체로 귀착시키는 방법으로 나아간다. 강정의 표현을 빌리자면 "몸이란 모든 사막과 바다를 짊어진/땅 밑의 붉은 총핵(銃核), 시간의 심장이다". 그러니 "과거의 상흔을 뚫고/수천 마리 내 육신의 이형(異形)들이 터져 나온다"(「우주 괴물」, 『들려주려니 말이라 했지만』)라고 쓸 수 있었던 것이다. 그가 몸의 물질성에 천착했다면 '처형=극장'은 '처형 vs 극장'의 도식으로 이월했을지도 모를 일이다. 몸의 선험성으로 세계를 함몰시키겠다는 발상은 대상을 "육신의 이형"으로 정의하는 방식으로 변주한 것일 터이다. 강정은 서정적인 자아의 일인칭 '나'를 그대로 보존하면서도 대상을 발화하는 목소리의 무제약성은 남겨 둘 수 있는 근거를 확보한다. 대상과 세계의 비밀은 강정의 시에서 더 이상 중요한 의미를 지니지 못한다. 그 것은 '나의 이형'이므로 이미 '초월성'을 상실했기 때문이다. 중요한 것은 '몸의 소멸'이지 그것을 관장한다고 여겨지는 세계의 비밀이거나 신이 아니다. 만일 신이 존재한다면, 그는 "쓸모없이 나부끼는 내 몸의 하부구조"(「엄마도 운단다」, 『들려주려니 말이라 했지만』)일 따름이다.

그가 내게 처음 한 말은

물이 모자라 거죽이 붉게 부르튼 어느 짐승에 관한 얘기다

듣고 보니 말이라 했지만,

그 짐승의 존재를 알게 된 건 사람의 입을 통해서가 아니다

(중략)

내 체온이 닿았던 것들은 나 이후로는

사망의 시간 속에 스며들어 가

전혀 다른 종류의 생물로

내 체온이 발원하는 지점 깊숙이 파고든다

들려주려니 말이라 했지만,

냉온이 빠르게 교차하는 과거와 미래 사이에서 나라고 하는 건

한갓 누군가의 원망을 대신 실현하려

파리나 모기 따위에게로 쏠리는 식역을 감춘 채 인간의 영역에 파견된

짐승과도 같다는 것

들려주려니 말이 자꾸 새끼를 치지만,

내가 들려주려는 말이 결국 내 체온을 액면 그대로 종이 위에 처바
르는 일이듯

붓끝에서 뭉치거나 흩어진 물감들이

공기의 흐름을 타고 저 나름의 궤도를 일렁이면서 시간의 어느 정점
을 물들이면

나는 곧 나로부터 이탈되어 본래의 땅으로 돌아간다

　　—「들려주려니 말이라 했지만」(『들려주려니 말이라 했지만』) 부분

이형(異形)으로서의 몸이 구술하는 세계는 이명(異名)으로 가득하
다. 촉수를 뻗어 감각하는 몸의 일을 생각해 보건대, 만지는 것은 웅

얼거리며 발화하는 일과 다를 바 없는 의미의 질감을 선사한다. 어차피 '다른 이름'으로 가득한 세계라면 무슨 말을 하든 결과로서의 '말'이 중요하기 때문이다. 그것을 곧이듣고, 감각하고, 만지고, 웅얼거린다 해도 '말'은 금세 몸을 바꾼다. 강정 시에 자주 출몰하는 관념들은 '신체어'의 술부로 쉬이 의미를 양도한다. 문제는 "처음 한 말"이 길어져 나오는 "발원"의 원리이고, 환본지처(還本之處)는 '몸이라는 세계의 이형'이기 때문이다. 모든 것은 제자리로 돌아가야 한다. 모든 것은 기원적이고 원래적인 초석을 간직하고 있다. 그 아르케(Arkhe)는 몸이다. 밑도 끝도 없이 이어지는 '말'은 저 불균질한 시형(詩形)과도 같이 끊임없이 "나로부터 이탈되"는 작업일 따름이다. 그러니 무엇을 들려준들, 건네준들, 정의한들 대화의 맥락은 나로부터 시작되어 나로 정향되는 맥놀이와 같다.

이 치열한 논전(論戰)은 마치 논리학의 함수처럼 'but, therefore, so, if'를 거느리면서 행을 이어 간다. 체온과 입김이 닿는 순간 다른 이름을 불러들이고, 다른 이름으로 인해 나는 '나인 동시에 내가 아닌 존재'로 탈바꿈한다. 강정은 이런 방식으로 명명된 이형들을 '짐승'이라고 말한다. 같은 몸이되 다른 존재인 짐승들의 유(類) 안에 '인간인 자신의 말'의 거소를 두는 것이다. 말의 논리로는 공유할 수 없는 속성들을 가지고 감각하며 살아 숨 쉬는 것들에게 이름을 부여하는 행위가 바로 시이고, 시 속에서 강정은 "본래의 땅으로 돌아간다". 저 무수한 이명의 말들을 '하나의 몸' 안에 가두어 두는 합집합의 논리가 바로 『들려주려니 말이라 했지만』의 본뜻일 것이다. 전체집합이 곧 여집합이고 공집합인 세계다. 여기서 '-만'은 이형의 합집합인 '짐승'을 만들어 내는 'or'의 논리다. 이렇게 해서 몸이라는 역장(力場)의 근거가 마련된다. 이 시집 이후에 무수하게 출몰하는 '기린,

거미, 호랑이, 유리알' 등속은 짐승들이다. 이 짐승들은 한 몸이다. 한 몸인 짐승들은 육체라는 무한 평면 속에서 사랑을 나눈다. "사랑이란 인간의 뒤집어진 피부 안쪽을 들쑤셔/피와 살을 나눠 먹는 일 아닐까"(「하나뿐인 음식」, 『들려주려니 말이라 했지만』).

기린을 시야에 넣는 순간 그렇게 한 세계가 지워지고 내가 지워지고 기린마저 지워진다 기린은 그러나 자신의 모습이 사람들의 눈에 하나의 기다란 생물의 형태로 나타난다는 사실을 의식한다 기린은 그것을 보고자 하는 사람들의 욕망이 만들어 낸 집단적 홀로그램과도 같다 가난한 인간들을 위한 집 몇 채를 분양해도 좋을 만큼 널따랗게 가공된 초원에서 있는 듯 없는 듯, 움직이는 듯 가만히 있는 기린들을 보면서 사람들이 집단으로 모여 무언가에 대한 열망을 토로하는 또 다른 세계를 떠올린다 사람들은 결국 기린을 보고 싶어 하는 불가능한 열망을 위해 실제로 몸을 움직이고 소리를 드높이는 게 아닌가 그러나 기린은 우리가 그를 보는 순간 커다란 몸을 드러내지만 눈앞에 나타난 기린은 기린이 없다는 참기 힘든 진리만 알려 준다 그럼에도 기린은 계속 움직인다

―「기린은 환영이다」(『들려주려니 말이라 했지만』) 부분

"기린은 공기 속에 감춰진 물감들이 스스로 몸을 풀어 새겨 놓은 허공의 환영과도 같다"(「기린은 환영이다」). 기린이라는 환영의 '형(形)'을 붙잡는 방법은 무엇인가? 강정의 사변(辭辨)은 직접적인 논리를 들이민다. "실제로 몸을 움직이고 소리를 드높이는" 방식, 한마디로 맥동에 몸을 맡길 때 환영을 파지할 수 있다는 깃이다. 시인은 진리와 허위에 관심을 두지 않는다. 오로지 시인 강정 스스로 만들어 도

달한 하나의 '진실'을 문제 삼을 뿐이다. 진리와 거짓이 모순을 불러오고, 허위와 기만을 행사하는 '사건'의 층위는 중요하지 않다. 몸은 사건의 주제가 아니라 '사태(事態)'나 '사변(事變)'의 주제이기 때문이다. 사건은 완결되어 가는 행위의 알고리즘에 가깝다. 그것은 세계를 정합적이고 논리적으로 묘사한다. 묘사 속에 '진실의 기미'는 스며들기 어렵다. 그것은 만지고, 듣고, 생각하고, 판단하는 과정을 거치기 때문이다. 그리고 필연적으로 종합되기를 기다리는 일련의 '행위'와 '행위자'를 배후에 두고 있기 때문이다.

그러나 '몸을 풀어 환영을 새기는 대기'라는 여백 속에서 행위와 행위자를 구분하는 것은 "참기 힘든 진리만 알려 준다". 행위와 행위자가 분리되지 않는 몸이라는 사태와 사변은 결코 스스로 전모를 보여 주지 않는다. 그러면서도 틈을 두고, 사이를 두고 스스로 몸을 바꾼다. 사건은 행위의 원인이 발각되고 행위자가 종합될 때 가까스로 사후에 의미를 추인받는다. 그것을 일컬어 '진리'라고 한다. 그러나 그것은 말의 소관일 수는 있어도, 말에 주어진 원래 소임은 아닐 것이다. 사후에(post faktum) 쓰이는 시는 이 세계에 존재하지 않는다. 가령, 시가 쓰이는 순간은 바로 이러한 순간이다. "빗장을 내린 시간의 무게가/물컹해진 내 등피 위에 얹힌다/새롭게 펼칠 또 다른 세계가/내 안에서 씨줄 날줄을 켜는 줄도 모르고"(「거미인간의 시—별빛들」, 『들려주려니 말이라 했지만』) 말이 이어지는 순간 말이다. 이렇듯 모든 시는 지금 이 순간 이미 쓰이고 있다. 몸은 껍데기인 동시에 알이고 집인 동시에 인드라망이다. 사변이나 사태는 의미와 무관하게 몸이라는 실재에 개입하면서 몸이 바뀌어 가는 모양을 중중무진(重重無盡) 드러낸다.

강정은 사건을 사변이나 사태와 동일한 과정으로 이해하고 해석한다. 사건은 몸과 접속하면서 사변이나 사태라는 의미에서 변이(metamorphosis)에 가까워진다. 변이나 변신은 그 자체로 몸을 바꾸는 행위다. 더 이상의 비유가 무의미해진다. 몸이라는 세계의 이형 속에서 유차(類差)와 종차(種差)가 구별되지 않는 지경이니 비유의 내·외적 범주가 성립될 수는 없다. 저 경전의 말씀대로 모든 것은 꿈이고 포말이고 그림자란 말인가? 그렇다면 나를 사랑하고, 나를 만지며 나와 교접하고, 나와 하나가 되는 당신의 몸은 누구의 것인가? 당신도 나의 이형이란 말인가?

　　너는 문을 닫고 키스한다 문은 작지만 문 안의 세상은 넓다 너의 문으로 들어간 나는 너의 심장을 만지고 내 혀가 닿은 문 안의 세상은 뱀의 노정처럼 굴곡진 그림들을 낳는다 내가 인류의 다음 체형에 대해 숙고하는 동안 비는 점점 푸른빛과 노란빛을 섞는다 나무들이 숨은 눈을 뜨는 장면은 오래전에 읽었던 동화가 현실화되는 순간이다 미래는 시간의 이동에 의한 게 아니라 시간의 소멸에 의한 잠정적 결론, 너의 문 안에서 나는 모든 사랑이 체험하는 종말의 예언을 저작한다 너는 내 혀에서 음악과 시의 법칙을 섭취하려 든다 나는 네게서 아름다운 유방의 원형과 심리적 근친상간의 전형성을 확인하려 든다 그러니까 이 키스는 약물중독과 무관한 고도의 유희와 엄밀성의 접촉이다 너의 문은 나의 키스에 의해 열리고 나의 키스에 의해 영원히 닫힌다 나는 너의 마지막 남자다 그러나 네게 나는 최초의 남자다 너의 문 안에서 궁극은 극단의 임사 체험으로 연결된다 흡혈의 미학을 전경화한 너의 덧니엔 관 뚜껑을 닫는 맛, 이라는 시어가 씌어졌다 지워진다 살짝 혀를 빼는 순간, 내 혓바닥에 어느 불우한 가족사가 크로기로 그려져 있다

몸이 모든 이형의 이명이라면 그것은 물론 모든 대상과 세계의 합집합이 될 것이다. 그러나 몸은 느끼고, 생각하고, 판단하기 이전에 본다. 보는 방식은 접촉의 방식이다. '나'인 것과 '나 아닌 것'은 응시를 통해 분열된다. 시선이라는 창을 접었으므로 그는 "더 이상 시(詩)를 쓸 곳이 없다". 그가 "생각했던 우주의 전면이 폐쇄된다"(「티브이 시저(caesar)」, 『키스』). 시선의 죽음 이후에 비롯되는 응시를 되새기는 것 그것은 '감각으로 체험하는 종말'을 곱씹어 되새기는 일이나 매한가지다. 강정은 그것을 "키스"라고 쓴다. 몸은 "유희와 엄밀성의 접촉"으로 '너의 입구'를 열고 닫는다. 너와 만날 때 네가 나와 다름없다는 것을 알 수 있다. 그 순간은 노상 "최초거나 최후거나" 둘 중 하나여서 "나는 아마도 최후의 지구를 최초로 임신한 사내가 된다"(「번개를 깨물고」, 『키스』). 감각은 번개처럼 갈라치지만, 감각이 내장한 즉시성의 원리로 인하여 나는 성별과 시제와 관계를 포함하는 '상대성'을 부여받는다. 이 접촉은 몸이라는 합집합의 필요와 충분의 근거를 탐색하는 작업이다. 너는 나와의 접촉을 통해서 '몸'을 보증받고, 그렇게 서로의 몸의 근거를 보증하는 "키스"는 "극단의 임사 체험"이라는 점에서 몸의 논리가 닿을 수 있는 "궁극"이다. 강정은 이것을 일러 "흡혈의 미학"이라고 이름 붙인다. "흡혈의 미학"을 통해 "내 몸과 공간 사이에 경계가 사라진다/나와 당신 사이에/나와 당신과 무관한/또 다른 인격이 형성된다"(「불탄 방—너의 사진」, 『키스』). 죽음의 방식으로 새로 태어난 몸이다. 다른 몸들에 차곡차곡 "시어가 씌어졌다 지워"지듯 '죽음'은 매 순간 새로 태어난다. "키스"에서 "임사 체험"을 통해 서로의 궁극을 여는 방식은 '구멍 만들기'의 은

유를 동반하고 있다. 시인은 이렇게 '나'가 아닌 '너'를 접촉하는 방식을 "하늘 한가운데 커다란 구멍을 열고 죽은 사람들을 불러 모은다"(「급정거한 바퀴에 대한 단상」, 『키스』)라고 쓰기도 한다. 몸이라는 무한 평면에 구멍이 뚫리는 순간이다. 이 구멍(void), 틈은 몸의 표적이다. '모든 표적의 한가운데는 이렇듯 텅 비어 있고', "텅 빈 채로 오래도록 비명의 긴 나선만 더 아래로 더 아래로 잡아당긴다"(「풍경 속의 비명」, 『키스』).

그렇다면 '말'은 구멍이 토해 내는 비명이라는 말인가? 몸이라는 무한 평면에 구멍이 뚫리고, 그 구멍을 통해 새 나오는 비명으로 하여 세계는 새로운 차원을 부여받는다. "또 다른 궤를 그리며 땅속에 덮이는 하늘/맨발로 뛰쳐나가 생의 지도를 다시 찍으니/펄럭이는 파도 끝자락에 마지막 시가 불붙는다"(「사후(死後)의 바람」, 『키스』). 비명이 몸에 다른 차원을 선사하는 원리라면, 체향은 몸이 몸을 식별하고 포섭하는 원리일 것이다. 냄새로 몸을 식별하고 체향이라는 "친밀도 높은 인분의 기척"을 "인간에 대한 또 다른 전망으로 읽"는 방식(「낯선 짐승의 시간」, 『키스』)이다.

비명과 체향은 '이형으로서의 몸'이 부분 대상으로 세계를 감각하고 맥동하는 원리인 것이다. 나라는 몸과 너라는 몸이 함께하는 '새로운 나의 몸'에 대해 강정은 이렇게 쓴다. "두 개의 내가 있다고 합니다/둘은 하나의 상대어일 뿐,/알고 있는 모든 수의 무한 제곱일 수도 있습니다 (중략) 어두운 괄호 같은 게 되고 싶어도 한답니다". 그 방식은 "몸 안의 모든 욕구를 비워" 내는 것이다(「고별사」, 『활』). 필요에 의해 촉발된 '욕구'를 비워 내고 맥동하는 '이형(異形)'을 감각하는 것. 이것은 순전히 욕동으로 가득한 부분 대상의 집합으로 치환된 하나의 모자이크와 같은 새로운 몸을 만들어 내는 작업에 가까울 것이다. 더 이상 세계는 분리, 분할, 굴절, 부정, 반영과 재현과 같은 기제로 몸의 정체성을 만들어 내지 않는다. 못한다. 욕구를 비워 낸 몸의 향유는 문자 이전의 "향유"이기 때문이다. 시인이 "당신은 오래도록 나를 향유하셔도 됩니다"(「고별사」)라고 썼을 때, 이것은 시라는 이름으로 흘린 감각과 직관을 회수하는 행위를 암시한다. 그것은 "가면의 표정"을 되새기고 빼앗아 오는 것이다. 강정의 말을 고쳐 쓰자면 가면은 노상 '알고 있는 어떤 시간의 방향을 가리키면서도 봉쇄된 기원을 다시 꿰맨다.' 가면을 뒤집어쓸 때 인간은 '이 세계에서 지워지는 방식으로 다시 태어난다.' 인간은 늘 '이름을 되뇌며 사라진다.'(「고별사」) 당신과 나는 우리가 알고 있는 모든 가능성의 무한 제곱이다. 당신과 나는 상대어가 아니라 서로의 절대어이며, 비명과 체향으로 서로의 부분 대상을 접합한 새로운 '하나의 몸'이 된다. 당신과 나는 그러한 방식으로 서로를 오래도록 향유한다. 여기서 참조할 수 있는 알레고리는 일식(日蝕)이다. '일식'은 사라지면서 나타나는 방식으로 그림자와 실재가 서로를 먹어 치우는 논리다. 바로 이런 방식이다.

몸을 관통해 나간 바람이
생의 먼 지점에 우뚝 선 채
과거의 이끼들을 불러 모은다
달의 뒤편에서 멀고 먼 어제가 다시 오지 않을
다음날을 기약한다
다시 만날 사람들은 이미 죽었던 사람들이다
울긋불긋 재미난 탈을 쓰고
서로의 얼굴에 침을 뱉는다

달은 참 깨끗한 오욕이요,

태양이 스스로에게 퍼붓는

다디단 모욕이다

피 흥건한 침묵 때문에 이 밤이 끝도 없다

나는 나의 뒷면에서

나의 정면을 삼킨다

—「일식(日蝕)」(『활』) 부분

'세미나 9'를 통해서 라캉은 이 경계를 위상수학에서의 크로스 캡 (cross-cap) 또는 마름모를 동원해서 설명한다. '일식'을 '거꾸로 접힌 8' 또는 크로스 캡의 논리로 치환해서 풀어 보자. '일식'은 속이 꽉 찬 3차원의 입체가 서로 충돌하거나 합치면서 펼쳐지는 우주 쇼가 아니다. 마른하늘에 보이지 않는 달의 그림자가 모습을 드러낸다. 그림자는 속이 텅 빈 원이다. 제 그림자를 올곧이 보존한 달의 이미지 전체가 태양을 가린다. 드러내면서 사라지는 일이다. 하나가 다른 하나를 먹어 치움으로써 3차원 입체들의 공간에 다른 구멍을 뚫는 '마법'의 순간이다. 태양은 달이라는 실체를 포함하지 않는 전체로서 달의 그림자라는 이미지를 끌어안는다. 하늘에 구멍이 뚫리는 순간 세계의 모든 빛마저도 암흑 속으로 사라지고, 얄팍하게 빛나는 흔적 하나만 남는다. '바깥의 원이 안의 원을 병합시키지 못한다 하더라도 외부의 원은 내부의 원에 의해 선으로 연장'된다. 여기서 달 그림자는 '하나의 구멍, 균열, 분열'을 보여 준다. '일식'의 와중에 달과 태양이 교차하는 지점은 어디인가? 달과 태양의 교차점은 '비지점 또는 경계(Limite)'다. "경계는 열리는 순간 낳이고, 살리는 순간 봉합된다."[1]

이항 대립의 사유는 단단한 구분선을 가정한다. 남성과 여성의 넘어설 수 없는 차이와 같은 '차이' 역시 마찬가지다. 대립 항들을 맞세움으로써 완결되는 '동심원' 내지는 '구'와 같은 관념은 이런 인식에 바탕을 둔다. 브루스 핑크는 크로스 캡을 대립적인 경계가 소실되는 "풍요로운 표면"으로서 "역설적인 위상학적 표면"으로 읽어 낸다. 차이와 경계가 "비틀림이 있는 구" 속에서 변화된다. 아무것도 그 자신에게로 되돌아오지 않으면서도, 상징적으로 재현될 수 없는 모서리 내지는 차이를 발산한다. 크로스 캡은 '쓰일 수는 있으나 상상이 불가능하며 단지 상징적 기입이 가능할 뿐'이다. 핑크는 이것을 밀폐된 경계가 없으면서 내부와 외부라는 국지적인 관념만을 보존하는 변칙적인 틈으로 규정한다. '표면에 있는 변칙적인 틈, 교차점이 모든 것의 속성을 바꾸어 놓는다'는 것이다. 브루스 핑크는 크로스 캡, 또는 접힌 8을 일러 "상징계 외적인 어떤 것을 묘사"하는 위상학적인 표면으로 규정한다. 이 표면은 (성적) 차이를 바라보는 새로운 증상적인 방식을 제공한다.[2] 강정 식으로 다시 쓰자면 크로스 캡의 위상학적인 표면 속에서 나는 차이를 가로지르며 "나의 뒷면에서/나의 정면을 삼킨다." 가령, 강정이 차이와 대립 항을 규정하는 표면들을 "비틀림"으로 규정하는 방식은 이런 식이다. "중심을 고수하기 위해서가 아닌/중심이라 믿었던 것들의 비틀림을 고발하기 위해" "불태우지 못한 마지막 덩어리가/별들 사이 흐릿한 눈빛으로 날아가 박힌다"(「여름의 광대―달」, 『활』). 이뿐인가? 생성과 소멸에 관한 그의 오랜 천착은 이러한 표면을 만들어 내면서 투입구와 산출구가

---

1 강응섭, 『『세미나 9』 읽기』, 『자크 라캉의 『세미나』 읽기』, 세창미디어 , 2015 참조.
2 브루스 핑크, 『라캉의 주체』, 이성민 역, 도서출판b, 2010, pp.229-233 참조.

한 점에서 만나는 "새하얀 구멍"을 암시하기도 한다. "삶의 끝과 죽음의 끝이 한 몸 안에 겹쳐 흐른다/입과 항문이 허공에서 만나/하늘 한가운데 새하얀 구멍으로 빛난다"(「일식」)

강정이 창출한 크로스 캡의 경계 지점에서 시간마저 비틀린다. 강정은 김수영을 비틀어서 이런 선언을 내놓기에 이른다. '시간이 이 세상 밖으로 구부러질 때' "시여, 등을 굽혀라"(「활」, 『활』). 등을 굽히라는 말은 익숙한 표면을 접고 포개어 새로운 면을 만들어 내라는 말이다. 익숙한 질서와 힘이 작용하는 '역장(field)'을 접어서 거기에 다시 자신의 이형을(세계를) 욱여넣으라는 말이다. 그렇게 안팎을 접어서 새롭게 비틀린 면을 만들라는 말이다. 시는, 꿈이 흐너지는 이마에 문자를 처바르고, 살아 맥동하는 가슴에서 숨을 더욱 길게 뽑아 당기고, 이승과 저승의 경계가 무너지는 새벽에 첫 응시를 폐색하고, 무서운 깊이가 도사리지 않는 환(幻)을 쳐 없애서 이면과 표면을 한데 뭉뚱그리는 것이다. 강정 식으로 다시 쓰자면, 시란 그러한 방식으로 실명하고, 실명함으로써 다시 눈뜨는 행위다. 말이 되는가?

감정에서 벗어나고 정념을 스스로 소진할 때 몸은 오롯하게 드러난다. 정념을 벗기 위해서는 실명해야 한다. "온몸을 떼미는 힘에 의해/스스로에게서 빠져나오는 자유를 얻는 건/원싯적부터 몸이 기억하고 있는 유일한 본능"(「단 한 차례의 멸종」, 『활』)이기 때문이다. 빛을 쏘는 한 점(화살)이 망막이라는 스크린(몸의 환, 활)에 다시 고이는 한 점을 삼키는 방식으로 세계가 비틀리는 '이형'의 한 점을 응시할 때 시인은 실명한다. 시위를 떠난 화살이 활에 처박히는 방식으로, 광원(光源)과 광각(光覺)을 동시에 비끄러매는 방식으로 세계를 응축시키는 한 점을 발견하며 시인은 다시 눈뜬다. 최초(최후)의 응결점을 발견할 때, 세계는 한 점으로 응축된다. 한 방울의 '수은'으로 응결한다. "팽팽하던 힘을 놓아 버리면/하나의 점이 수천만 배의 면적을 갖는다/스스로 하나의 공간이 되면서 스스로 지워진다"(「사물의 원리」, 『활』). 말이 된다.

시인은 스스로 '렌즈'가 된다. 빛을 껴입은 수은 방울이 된다. 시적 발화의 내부와 외부에서 일어나는 작용을 통해 시를 쓰지 않고, 스스로 발화의 렌즈가 된다. 마치 다빈치의 인체 도상 가운데 풍차처럼 팔을 벌리고 나체로 서서 세계를 버티는 인간처럼 말이다. 버티고 선 몸의 형상은 원환(圓環)에 가깝다는 의미에서 역시 하나의 렌즈로 볼 수 있다. 원환의 회전판은 바로 세계의 거울로서의 몸이고 방패다. 비틀림이고 교차점이다. 강정이 비틀리는 몸의 운동을 은유하는 '이형'은 바로 나비다. 일찍이 「나비 떼가 떠 있는 방」(『키스』)이라는 공간을 제시한 적 있는 시인은 『귀신』에서는 음의 파동과 "나비의 날개"를 포개서 하나의 동선을 창출한다. 「음파(音波)」(『귀신』)에서 "나비의 날개"는 나비의 동선(動線)이 녹아서 응결하는 하나의 면으로 그려진다. 나비의 움직임은 가늠할 수 없는 흐름을 선으로 허공에 새겨 놓지만, '날개'라는 몸과 접속할 때 나비라는 존재는 너울거리는 위상의 한 면(phase)으로 뒤바뀐다. 으제니오 바르바는 『도나무지카의 나비들』에서 이렇게 썼다. "다른 존재가 되기 위해/자신에서 벗어나기 위해/그들은 점점 부풀고 몸부림치고 수축되며/경련하는 몸을 활처럼 구부린다. (중략) 그리고 나서 보라! 몸이 뒤틀리고 찢어져/낡은 머리에서 새 머리가/낡은 다리에서 새 다리가 나오고/두 형태가 하나가 된다./고치는 요동치면서/애벌레의 털북숭이 시체로부터/서서히 자신의 모습을 드러낸다."[3] 워즈워스를 재해석하면서 앤디 메리필드는 이렇게 썼다. "나비의 날갯짓은 전통적인 정상 상태의 공기 역학의 범위 내에서 설명할 수 없다. 나비는 다양한 속도에 따라, 서로 다른 상승과 하강의 체계에 따라, 다른 종류의 시학에 따라 춤을 추며, 뉴턴주의 과학자들을 곤혹스럽게 하는 존재이다."
"나비의 시학은 진정한 공간의 시학, 공간을 통제하는 시학, 원하는 공간 위를 떠다니는 시학, 한 장소에서 다른 장소로 날아가고, 아무데서나 잠시 쉬고, 공간을 수분하는 시학이다."[4]

> 가면을 쓰고 노래 부른다

> 내 얼굴은 내 바깥에서 가면의 노랠 듣는다
> 가면의 목소리는 등 뒤에서 울린다
> 천 개의 음색, 천 개의 표정으로
> 허물 벗겨진 벽 속의 어둠처럼
> 허공에서 떨어지다 만 구름의 입자처럼

> (중략)

> 가면 안쪽에 가시가 돋는다
> 가면을 뚫고 나온 가시 끝에 핏방울이 맺힌다

> 가면을 벗는다

---

3 E. 비르바, 『도나 무지카이 나비들』 공연 텍스트, 김태원 편역, 『서구 현대극의 미학과 실천』, 현대미학사, 2003, pp.413-414.

4 앤디 메리필드, 『마술적 마르크스주의』, 김채원 역, 책읽는수요일, 2013, p.270.

피투성이로 웃고 있는 가면에서

벌거벗은 여자가 걸어나와 화장을 지운다

여자의 다리 사이로

흰색 빨간색 파란색 검은색 보라색 꽃들이 불붙는다

태어나자마자 가면을 쓴 아이들이 일제히 웃음을 터뜨린다

내 얼굴이 긴 줄에 매달려 허공을 입에 물고 떠 있다

시퍼런 불을 삼킨 붉은 구멍으로 빛난다

ㅡ「가면의 혈통」(『귀신』) 부분

바르바와 메리필드의 나비가 알려 주는 것은 바로 이것이다. 나비의 움직임은 공간을 몸으로 총체화한다. 공간의 총체화는 상승과 하강의 곡선을 가늠하는 일이다. 인과관계로 완결되는 사건이 아니라 변이 속에서 스스로 드러나는 '과정'을 통해 몸은 자신을 드러낸다. 몸은 그림자와 소리를 거느리고서 세계를 총체화한다. 빛으로 드러내고 소리로 선후 관계를 매듭짓는 사건의 명징함 속에는 몸의 역사가 없다. 규준 바깥에서 보고 들을 수 있을 때 몸은 세계의 모든 기미(幾微)를 호흡한다. 「가면의 혈통」에서 이렇게 움직임으로 총체화된 한 점은 "시퍼런 불을 삼킨 붉은 구멍"으로 그려지고 있다. 시작은 '가면을 쓰고 노래를 불렀다'로 고쳐 읽는 것이 좋을 수도 있다. 강정은 『키스』 이후 죽음 이후의 시간을 현재로 선언했으므로 '불렀다'건 '불러왔다'건 모두 현재형으로 읽힌다. "가면의 목소리"는 뒤를 뚫고, 안에서 돌아 나오는 목소리다. 침잠하면서 솟구치는 이 목소리는 피와 꽃과 여자와 아이를 거쳐서 '구멍'으로 치환된다. 익숙한 죽음이면서도 낯선 삶이다. 여기서 이미(deja-)의 세계와 아직

248

(jamais-)의 세계가 만난다. 'deja-'의 감각과 'jamais-'의 감각은 인과적인 선후 관계와 무관하게 동시에 작동한다. 기시감(deja-vu)이거나 기청감(deja-entendu)이거나 미시감(jamais-vu)이거나 미청감(jamais-entendu)이거나 기미는 늘 한 몸이고 온몸이다. "소리는 소리의 그림자보다 크지 않다/그림자 속으로 살을 여미며 사라지는 소리들"(「소리의 동굴」, 『귀신』). 그림자와 소리는 관통하고 파행한다. '이미의 감각'과 '아직의 감각'이 동시에 작동할 때, 시공간은 총체화된다. 나비의 움직임으로 무한하게 여미어지고 접합되는 공기의 표면조차도 "결국엔 점이 되거나" "괄호로 텅 비어 버릴 것이다"(「큰 꽃의 말」, 『귀신』). "동그랗게 비어 있는 얼굴"로 스스로 자신의 몸이 피어나는 순간을 쓰면서, 그것 자체가 말이 되고 이미지가 되어 세계를 재현하는 언어를 상상하는 것은 가능한가? 강정은 크로스 캡의 텅 빈 구멍으로 자신을 욱여넣고 거기서 쏟아져 나오는 말과 움직임이 그 자체, 인간의 세계를 지각하기 이전부터 '그의 몸'을 재현하고 있다고 말하는 것만 같다. 창세 이전에 묵시록을 쓰는 알렙의 문자가 가능하기는 할 것인가?

물론 불가능하다. 상상조차 불가능하다. 상징계 바깥에서 작동하는 어떤 것(말의 질서)을 묘사하는 방식으로 잠시 드러날 수 있을 뿐이다. 묘사를 벗어나는 묘사를 일삼아야 드러낼 수 있는 비틀림의 몸짓, 교차점, 구멍을 쓰는 일로 하여 시인은 "빛을 도륙당한 몸 안의 탄진들로/스스로를 살려야 하는 광부"(「광부」, 『백치의 산수』)와 같은 존재가 된다. 강정은 결국 자신의 '말'을 "저주가 된 고백의 종지부"(「총」, 『백치의 산수』)라고 쓰기에 이른다. 그렇다면 이토록 질기게 하나의 주제를 천착해 온 시인의 외침은, 복소리는 '말'이 아니라는 말인가? 들려주려니 말이라 했지만, 말하는 몸은 대관절 누구의 것인가? 죽음 이후에도 이생을 현동화할 수 없다면, 이 모든 삶을 웅얼거리는 이형의 주어는 누가 지은 졸작(拙作)인가?

> 물의 오래된 기억 속에서
> 피부 깊숙한 곳의 음표들을 터뜨린다
> 심장의 점액들이 초록빛 비늘로 물속에 숨겨진 빛들을 비춘다
> 사람의 말을 읊조릴 때마다 가슴이 먹먹했던 건
> 오래 폐기된 부레가 어둠을 머금고 있었기 때문
> 입속의 상처를 긁으니
> 검은 피의 수로(水路)가 펼쳐진다
> 그 기나긴 역류 속에서 나는 비로소 오랜 직립을 해제한다
> 뻐끔거리는 눈과 코
> 하늘거리는 허리
> 맨살의 불로 물의 색소를 깊게 마시는
> 내 몸의 관능을 나는 사냥하리라
> 남자로 완성되기보다 여자로 울려고 태어난 몸
> 바다는 더 내려갈수록 완전한 지구의 꼴을 구현한다
> 자궁 속으로 빨려 들어오는 사람들이
> 소리 없이 몸짓으로만 순진하게 색(色)쓴다
> 허리를 비튼 인어가 뭍에서 짓고 있던 그 표정,
> 거기서 악마를 발견하곤 울었던 어린 날의 공포가 이제는 훈훈하다
> ―「인어의 귀환」(『백치의 산수』) 부분

우리는 결국 강정 읽기의 마지막 능선에 이르렀다. 강정의 시 쓰기 역시 『백치의 산수』에 이르러 스스로 도달할 수 있는 마지막 지

점에 거의 가까워진 것으로 여겨진다. "숨겨진 빛", '먹먹한 읊조림'으로 "뻐끔거리는" 몸은 스스로 '제 몸의 관능을 사냥'한다. 녹고 흐너지고, 녹는 몸 흐너지는 몸……. 온힘을 다해 "색쓰는" 시간은 비명과 체향으로 존재의 욕동을 전하는 찰나의 순간이다. 이형에 몸을 섞는 이 순간 인간은 흐너지는 몸의 감각에 지배당한다. 접합의 순간, 절정의 순간이 나머지 모든 시간을 규정하는 여집합의 순수 지속. 그것은 감각의 다른 정의다. 섬광처럼 몸을 훑고 지나가는 감각 속에서 인간은 '악마를 대면하고 울음을 터트린 어린 날의 공포'와 다시 만난다. 그대로 죽어서 몸의 시간을 정지시키고픈 낯선 익숙함. 강정은 이 순간을 사랑으로 규정한다.

　사랑하는 자의 시간은 어디서 와서 어디로 흐르는가? 사랑하는 자에게는 사랑하는 시간 이외의 시간은 존재하지 않는다. 그들은 늘, 온통 사랑하므로 언제나 사랑하지 않는다. 그늘은 늘 함께하므로 온통 혼자다. 그들은 결코 같은 시공간에 사랑하는 자신들의 몸을 부릴 수 없다. 사랑은 그들이 존재하는 질서의 바깥에서 완결된다. 그들은 흐너지고 녹는 방식으로 이어진다. 향수의 유용함이다. 체향은 녹고 흐너지는 몸을 이어 붙인다. 접합한다. 완벽하게 다른 질서 속에 상대가 존재한다는 사실을 절감하면서 상대와 나 사이에 뚫린 구멍(void)이 침묵으로 발화하도록 체향을 뿜어대는 일, 그것은 밀어(密語)의 다른 정의 아니겠는가? 사랑의 말은 변이에 변이를 거쳤으나 분화하지 못한 언어의 잔해로 빼곡해진다. 그것은 침묵에 가깝다. 결국 "울음이 날개가 되어/모두가 잊은,/그러나 모두 숨기고 있는 최초의 말"(「침묵 사냥」, 『백치의 산수』)은 하얀 비로 내린다.

　마치 미끈한 굴 덩이를 게워 내듯 보해 내는 신음과도 같이 에巧에 분화할 의지조차 없었던 의미와 발음의 간극을 헤아리는 일 역

시 몸이라는 이형의 소관이다. 당신은 나의 이형이다. 말하고 써 본
대도 남는 것은 침묵, 허(虛), 구멍(void). 그러니 끝끝내 사랑은 몸
과 몸이 만나 몸을 바꾸는 "사변(事變)의 비밀"이다. "사변의 비밀"은
"내가 한 번도 태어난 적이 없었다는 자각"에 있다. 몸의 안팎을 지
우는 방식으로 세계와 대상의 사건화와 몸의 변이를 접목하는 것이
다. 그는 보는 동시에 온몸의 세포가 피고 지는 소리를 듣는다. "몸
밖의 바람이 몸 안의 바람을 접고 이생과는 다른 방향으로 사물들의
형태를 일깨우고 지우"는 것이다(「화염무지개」, 『백치의 산수』). 그는 이항
대립의 질서 바깥에 몸을 둔다. 시학도, 철학도 이러한 질서를 모두
설명할 수는 없을 것이다. 이 희유한 시적인 공간은 모순이나 전도
라고 말하기에는 너무나 명징하고, 다시 언어로 풀어 설명하기에는
도무지 요령부득이다. 굳이 쓰자면 "말끝이 자꾸 불꽃이 되어 지워
지는 시"(「실패한 산책」, 『백치의 산수』)라고나 할까?

   첨언하자면 대개 실험은 자기 선언에서 시작된다. 선언의 정합성
은 논리가 아니라 파토스에 의해 사후적으로 추인된다. 그것은 개별
화된 문체의 힘이다. 선언하는 몸의 파상력이 선언의 논리를 보증
하기 때문이다. 실험을 일삼는 언어의 파고 앞에서 쉬이 몰입하면서
자신을 몰각하거나 내쳐 거리를 두면서 피로해진다. 실험의 딜레마
는 선언하는 몸의 딜레마다. 대부분의 선언은 명령형의 정언명법으
로 딜레마에 갇힌 자신의 조급증을 노출한다. 선언이 논리적인 타당
성을 가지면 가질수록 독법은 제한된다. 이러한 이유로 실험시는 결
코 '실험한 시'로 공준될 수 없다. 모든 선언이 그 자체로 시의 규준
(criteria)이 될 수는 없기 때문이다. 만일 선언이 완벽하다면 모든 시
는 실험시가 될 것이다. 역설적이게도 이 말은 선언이 없어야만 실
험시가 실험으로 규준될 수 있다는 논리로 이어진다. 실험의 딜레마

는 문학사의 아포리아로 자리하게 되고, 이후의 문학사는 전대의 아포리아를 누빔점으로 하며 '의미'를 미끄러트린다. 때문에 실험하는 문체는 대부분 '단절'로 읽히는 것이다.

이제 그는 더 무엇을 쓸까? 쓸 수 있을까? 강정의 '실험'은 '지워지는 시'라는 정의에까지 이르렀다. 강정은 더 올라갈 곳이 없고, 더 밀어붙이는 수밖에 없는 한계까지 자신을 몰고 왔다. 강정은 이제 혼자의 문법으로 쓸 수 있는 시를 넘어서는 지점까지 가닿으려고 하는 것이다. 시사(詩史)를 돌이켜볼 때 파국과 직접 대면한 '언어' '사전'에 이른 것일 수도 있다. (갑자기, 뜬금없이 빈센트 갈로(Vincent Gallo)의 「브라운 버니(The Brown Bunny)」(2003)의 수수께끼 같은 마지막 장면이 떠오른다. "넌 나를 절정으로 몰아넣었어." 외치며 침대 발치에 벌거벗고 앉아 울부짖던 주인공 버드의 모습이.) 그는 이미 시제도, 성별도, 시간관념도 버렸기 때문이다. 그러나 작품이 문체를 창조하는 것이지 문체가 작품을 창조하는 것은 아니다. 더구나 강정처럼 자신의 '문법'을 향해 좌고우면 않고 진력한 시인이 기댈 수 있는 최후의 보루는 자신이 만든 '말의 육체성'일 수밖에 없을 것이다.

『처형극장』을 처음 읽었을 때 느꼈던 낯선 통쾌함은 마치 어제처럼 생생하다. 한동안 그의 시를 읽을 수 없었다. 나는 강정이 성석제나 김연수나 멀리는 이제하 선생님이 그랬듯 소설이나 극으로 옮겨 갔으리라고 여겼다. 시인이 되고 그를 만났다. 그는 마치 갓 등단하고 시상식 축하를 받는 신인처럼 자리를 지키고 앉아 있었다. 그랬다. 그때 그는 분명 부끄러워했다. 마치 오랜 절필 후에 다시 시를 쓴 발레리가 그랬던 것처럼. 그의 시크한 표정은 '내가 비겁했기에, 내가 비겁했기에 다시 시를 쓸 수밖에 없었노라' 고백하는 것도 같았다. 그 당당한 수줍음과 뭉근한 독기는 늘 그의 문장에 저류를 만들어 낸다. 날렵한 포충망과도 같이 휘고, 날고, 겹치며 동선을 이어 가는 문장들 하면 곁따르는 시인-문장가 강정(姜正).

이제 그의 이름은 강기림(姜耆林)이다. 정(正)이나 기림(耆林)이나 믿을 수 없는 이름이기는 매한가지다. 미안한 말이지만, '강정이라고 합니다'라는 그의 인사는 마치 '세종의 이름은 이도(李裪)야'라고 말할 때처럼 낯설게 들린다. 이제 그의 필명이 강정이다. 그는 본명을 필명으로 만들고, 아무도(아마도 그의 어머니만은 '기림'이라고 부르리라) 부르지 않는 본명을 '법'에 새겨 넣은 것이다. 그는 강정이라는 이름으로 시집을 내고 속지에 '기림(耆林)'이라고 써서 보낸다. 그렇다. 기림, 강정은 지난 25년 동안 줄곧 시인이었다. 내내 그래왔듯 기림, 강정은 시사의 선배이자, 문법의 동료이자, 미래의 후배로 자신만의 말을 써 나갈 것이다. 이 글도 이제 마지막 문장에 이르렀다. 빈센트 갈로를 떠올린 이유를 이제야 알겠다. 2012년 『웃고 춤추고 여름하라』라는 시집 발문에 시인은 "언제 닐 영이나 같이 듣자"고 썼다. 이제 내가 답할 차례다. "닐 영보다는 잭슨 C. 프랭크가 더 낫겠네요."

"Gold and silver/Is the Autumn/Soft and tender/Are her skies/Yes and no/Are the answers/Written in/My true love's eyes"(Jackson C. Frank, 「Milk and Honey」).

무능력의 능력자, 안현미

언젠가 그녀는 '자궁이 10㎝ 열리는 경험'에 대해 말했다. 그녀의 어투는 너무도 발랄하고 경쾌했고, 자리를 함께한 이들은 순간 얼어붙었다. 그녀는 낮에는 사무원이었고, 밤에는 엄마였다. 그녀는 사무원과 엄마의 삶을 끝낸 다음에야 가까스로 시인이었다. 시인이 된 그녀는 강아지 '음악이'가 지키는 옥탑으로 올라가 밤을 샜다. 시가 되지 않는 날이 많아서 즐겨 읽는 책을 되풀이해 읽었다. 보르헤스와 박상륭과 허수경은 늘 앞자리에 놓았다. 그러고도 남은 힘으로 시를 썼다. 아이를 키우고 빚을 갚고, 사람을 가리지 않고 만나고 가려서 사귀고, 흰머리가 늘어서 젊음과 이별하며 우리가 아는 '시인 안현미'가 되었다. 상고를 갓 졸업하고 십 년 넘게 대기업 파견 직원이었다. 늦깎이 대학생 시절을 건너, 비구니를 꿈꾸는 삭발 머리 초짜 시인의 삶을 호기롭게 건너기도 했을 터. 이 시절을 건너며 그녀는 두 권의 시집을 낸다. 그러고 어느 날 그녀는 지긋지긋한 사무원 시절을 작파할 것처럼 홀가분한 표정으로 나타났다. 허나 그것도 잠시 이번에는 공공 기관 비정규직이었다. 계산이 나오지 않는 살림을 도맡아 하고, 성취 없는 보람에 시달리는 사이 그녀는 세 번째 시집을 펴냈다. 그 무렵 그녀가 정직원이 되었다는 소식을 들었다. 오래 버텼다. 그녀는 자리를 박차고 나왔고, 이번에는 그녀가 어디 먼 외국으로라도 오래 떠나겠지 생각했다. 전생에 아귀축생수라지옥도에는 어슬렁거리지 않은 건달바(乾闥婆)의 이슬이라도 먹고 살았던 것일까? 그러던 그녀가 이번에는 '답이 나오지 않는 답을 찾아 싸우는 모 단체'의 살림을 사는 일을 자청하고 맡았다. 맙소사! **곰곰** 생각을 되뇌어 보아도 그녀가 살아 낸 **이별**의 바탕은 보이지 않는 어둠 속이어서 **재구성**하기에 만무하고, 그녀의 **사랑은** 늘 반려되고 **어느 날**엔 듯 그녀의 수고로운 헛웃음만 대기 중으로 **수리된다**는 것은 아니었는지?

그녀는 가방에서 월요일을 꺼냈다 사업 목적 계약직 3년 무기 계약직 5년 정규직 2년 꼬박 10년을 발등을 밟히며 얼굴이 뭉개지며 신들린 무녀처럼 정신없이 작두를 타듯 전철을 타던 그녀는 생강꽃이 피면 해마다 사표를 쓰고 찢기를 반복하고 번복하던 그녀는 마음을 일곱 개로 얼려 냉동실에 보관하고 정신없이 출근하던 그녀는 지나온 생과 다가올 생 사이에서 자주자주 길을 잃어버리곤 하던 그녀는 한 눈에는 고독을 한 눈에는 시를 담고 다니던 그녀는 이제 정규직의 세계에서 지워진 그녀는 호르헤 루이스 보르헤스 박상륭 허수경을 친애하는 그녀는 누군가 끌고 다닌 그림자의 그림자만큼도 주장해 본 적이 없는 그녀는 발등은 믿는 도끼가 찍고 생강꽃은 해마다 핀다는 걸 알아 버린 그녀는 더 가난하고 더 무능력해지더라도 일곱 개로 얼린 마음을 해동시키기로 결심한 그녀는 건축학자 에블린 페레 크리스탱은 이렇게 쓴 적이 있다. "우리가 만나게 되는 최초의 경계는 어머니의 배다. 모든 것으로부터 우리를 보호하는 이 덮개는 세상의 근본인 곳으로 솟아나기 위해 가장 먼저 뛰어넘어야 할 벽이다."[1] 그녀는 매 순간 벽을 뛰어넘고 있었던 것일지도 모른다. 생각해 보면 인간이 살아 내는 모든 공간은 노동의 공간이었다. 모든 공간에서 재생산이 일어나고 모든 공간에서 생각하지도 않은 가치가 남아서 떠돈다. 힘을 쏟아서 무언가를 만들기도 전에 에너지는 대기 중에 산포하고, 만들어 내고도 남은 의미는 어딘가로 새 나간다. 노동은 의도를 초과하고, 의도를 벗어난 자리에서 산출되는 잉여가치들은 '노동자'가 결코 모르는 어딘가에 산포된다. 모든 계약 관계의 최종적인 수혜자는 '기식자'라고 미셸 세르(Serres, Michael)는 썼다. 경제는 형이상학적 수술이다. 물신은 유령이다. 유령의 서사는 우리가 애초에 가져 본 적도 없는 곳 어딘가로 수렴된다. 안온했을 그곳, 한없이 자유롭고 가능성으로 차고 넘칠 그곳…… 시원이 없는 시공간 속에 존재하므로 모든 묵시록의 서사는 창세기의 서사를 모방한다. 죽음은 삶을 베낀다.

그녀가 "신들린 무녀처럼 정신없이 작두를 타듯" 드나들었던 저 모든 삶의 공간은 마치 익숙한 지옥을 재구성한 것만 같다. 그곳에서 시간은 상품 물신처럼 운반되고, 냉동되고, 꺼내져 조리되고 소비된다. 그러나 지옥에는 어떠한 가치도 남아 있지 않다. 지옥에서는 어떤 진리도 가치가 변화되지 않고 고스란히 보존되기 때문이다.

---

1 에블린 페레 크리스탱, 『벽—건축으로의 여행』, 김진화 역, 눌와, 2005, p.122.

아귀축생수라지옥도에는 인간이라는 상수가 없다.

그녀는 '고독이라는 감정'을 내러티브로 바꾸어서 재생산한다. 그녀의 문장에는 웃음기가 스며 있다. '발랄한 퇴폐'라고 했던가? 여타의 시인들이 현실을 바라보면서 거울 하나를 놓고 거기에 맞갖는 '더없이 소중한 자아'를 뽐낼 때, 그녀는 비루한 "무능력의 능력"을 그대로 내어놓는다. 여타의 시인들이 피그말리온이거나 메두사이거나 나르키소스를 자처했다면, 그녀는 늘 그녀 자신이었다. 그녀의 웃음은 자기 자신을 대상으로 하는 아이러니다. 자기 아이러니에는 냉담한 거리가 존재한다. "냉담함에는 종말과 치유가 동시에 내재한다."(Hellingrath von Norbert) 인간은 지양을 통해 종말을 재구성하면서 구원을 경험한다. 구원받았다는 느낌이 태어나는 순간 현실은 낮아질 대로 낮은 지반으로 내려앉기 때문이다. "누군가 끌고 다닌 그림자의 그림자만큼도 주장해 본 적이 없는 그녀는" 세계의 벽이 열리고 무너지는 자신의 몸을 끌고 다니며, 그 동선(動線)을 문장으로 포개 놓았던 것일지도 모른다.

시간에 마음을 기를 수도 있다면, 우리는 마음처럼 '어져 녹져 하는' 바로 그 시간의 살 속에서 삶을 바라볼 수도 있을 것이다. 그러나 '우리'는 누구인가? "그때그때의 상대 앞에서 '우리'라는 말은 원칙 없이 엎치락뒤치락하면서 쓰인다. '우리'라는 말은 누구의 것인가. 불분명한 '회색 지대'에 싸여 있다." "'나'는 '당신'이 아니기 때문에 '당신'에게 배울 수 있다. 그렇기에 '당신'이 지금 할 수 없는 것을 '내'가 대신할 여지도 생긴다."[2] 나는 그녀가 아니다. 그녀는 내가 아

---

2 이소마에 준이치(磯前順一), 『죽은 자들의 웅성임―한 인문학자가 생각하는 3·11 대재난 이후의 삶』, 장윤선 역, 글항아리, 2016, p.172, p.149.

니다. 나는 어떻게 그녀를 읽을 수 있는가? 그녀는 내 문장 앞에 어둠을 인화해 감광지로 들이민다. "동굴처럼 어둡다//당신도 나도//덜컹,//창문도 어둡다"(「사랑의 난민」). 거기에 그녀를 읽은 나의 문장이 적힌다.

1

어느 가을날 아침

꿩 한 마리 날아왔다

털빛 고아한 장끼 한 마리가

신기루처럼

신기루처럼

2

어느 가을날 아침

꿩 한 마리 날아갔다

단풍나무를 흔들던 바람을 타고

훨훨

훨훨

3

(눈 깜짝 할 사이나 지났을까?)

꿩이, 꿩이 있었다

많은 것이 그러했듯

— 「꿩」 전문

그녀와 '그녀를 읽는 나' 사이의 거리를 에워싸는 '동굴 같은 어둠' 속에 많은 것들이 명멸해 갔다. 신기루처럼 날아와 앉았다 사라졌다. 결국은 "많은 것이 그러했듯", '당신'과 '당신과 다른 나'가 남는다. 바로 그 거리 속에서 '당신과 나'라는 공통어가 태어난다. 거리를 인정하고 받아들이는 순간에 길어 올리는 느낌, 공존한다는 느낌은 늘 값지다. 그러나 "감정적인 눈물을 흘리는 것은 어렵지 않다. 스스로 친절한 인간이 된 기분이 들고 또 실제로는 그 어떤 책임도 지지 않기 때문이다."[3] 책임을 진다는 것은 쉽사리 '우리'라고 말하지 않는 "무능력의 능력"일 것이다. '우리' 사이에는 과연 '우리'라고 말할

---

3 이소마에 준이치, 『죽은 자들의 웅성임—한 인문학자가 생각하는 3·11 대재난 이후의 삶』, p.140.

토대가 남아 있는가? 과연 '우리'라고 가정할 만한 '일반적인 무언가'가 남아 있는가? 그런 것은 오래전에 허물어진 것은 아닐까? '우리라는 믿음'이 있는지 없는지에 대한 자각조차도 '우리를 둘러싼 물음' 속에서 삭제된 지 오래된 것은 아닐까?

그것이 무엇이든 애초에 상실되어 있었다는 것을, 없었음을 인정하는 순간 고향은 태어난다. 유토피아는 미래 속에 존재하는 고향이다. 의미나 가치나 토대에 대해 생각하지 않고도 충분히 그럴듯한 '자기 문장'을 생산해 낼 수 있는 시대다. 자기의 질 낮은 거울을 보여 주는 것만으로, 바로 그 반복이 만들어 내는 형식의 세련됨만으로도 충분히 의미 있는 문장을 길어 올릴 수 있다. 역사나 사회와 같은 집합적인 개념들은 항용 그것이 의미화되는 순간에 맞갖는 '역사성 내지는 사회성'이라는 가치를 전제로 두고 태어난다. 전제가 의미 속에 산입된다. 시는 무엇을 쓸 수 있을까? 당대의 역사성이나 사회성을 초월적 기의로 삼는 초월적인 기표? 그러한 시가 가능할 수도 있다면, 그것은 시가 아니라 팸플릿일지도 모른다. 저 무거운 의미 물음에서 한 걸음 물러나 벌거벗은 생명으로 존재하는 개별성을 고유성으로 전치하는 '삶의 기술' 속에 시가 있을 수도 있다. 시인의 시야가 비롯되는 순간이다.

> 나는 솔의 그림자로 마차의 그림자를
> 청소하는 마부의 그림자를 보았다
> —도스토예프스키 「카라마조프가의 형제들」 중에서

그 터널을 뚫은 건 식민지 시대의 사람들이라고 했다 인젠가 너는 타임머신을 탈 수 있다면 어느 시대로 가고 싶은지 물었다 나는 아무 곳도 가고 싶은 곳이 없었으나 기대에 찬 너를 실망시키고 싶지 않아 도스토예프스키가 카라마조프가의 형제들을 쓰고 있는 시대로 가고 싶다고 했다 그런데 그게 몇 세기인지는 모르겠다고 말했다 부언하자면 나는 내가 자꾸 누군가 끌고 다닌 그림자이거나 나머지이거나 그 모든 것의 누적이거나 흔적 같았다 식민지 시대의 사람이 된다는 건 어떤 느낌일까? 언젠가 너는 타임머신을 탈 수 있다면 어느 시대로 가고 싶은지 물었다 나는 정과 망치로 터널을 뚫는 사람들이 있는 시대로 가고 싶다고 했다 말의 그림자로 터널의 그림자를 뚫는 내일의 그림자를 보러 가자고 했다

　　　　　—「우린 어떤 터널을 지나가고 있는가—마래터널」 전문

　저 도스토예프스키에서 빌려 온 제사(題詞)는 프랑스의 격언에서 유래한다. 알료사와 그의 아버지가 신에 대한 물음을 주고받을 때, 아버지가 알료사에게 한 말이다. 진리는 어디에도 없다는 것, 저 프랑스식의 격언에서 묘사한 지옥의 모습처럼 설령 천사나 신의 손길이 인간을 마름질할지라도, 그 손길은 인간의 터럭조차도 매만질 수 없으리라는 것. 다시 말하지만 지옥에서는 진리의 가치가 변하지 않는다. 그곳에는 인간의 삶과 살이라는 상수가 없기 때문이다. 그녀의 문장은 진리가 아니라 '지옥의 가능성'만을 따로 떼어 와 한 편의 시를 다시 쓴다. 저 일제강점기의 "마래터널" 속을 달릴 때처럼, 문장을 통해서, 어쩌면 문장 이후에 인간은 특권적으로 물러설 수 있다. 말하고 나누는 순간 몸이 진동하기 때문이다. 말을 함으로써 '당신과 나' 사이의 거리를 만들고, 건널 수 없는 허방을 올곧이 응시하는 순간에 가까스로 현실을 바라보는 시야가 트인다. 시로 쓰는 문장은 '제도' 속에 있지 '개인의 자유' 속에 있지 않다. 제 아무리 자유

로이 스스로 자신의 문장을 창출해 낸 시인이라 해도 그는 저 "마래
터널"을 뚫고 지나가는 빛줄기와 같은 '제도로서의 역사사회성' 속에
서 해석된다.

타임머신을 타고 미래로 가도 과거로 가도 그림자 노동은 계속된
다. 일제강점기가 가고 또 21세기가 왔어도 저 사무원 안현미의 시
야 속에서는 '내부 식민지'가 돌올하다. 그림자 노동자는 자신의 실
체를 주장할 수 없을 뿐더러, "내가 자꾸 누군가 끌고 다닌 그림자
이거나 나머지이거나 그 모든 것의 누적이거나 흔적 같았다"고 오
인하며 자신을 위로한다. 아프게 위로한다. 삶은 사후적으로 의미화
되고, 문장은 회상 속에서 가까스로 이어진다. 역사가 그러하듯 회
상은 시간적 관점의 원근법이다. 회상하는 자는 시간을 분절하기 때
문이다. 회상하는 시점을 현재로 옮기든, 미래와 과거로 옮기든, 타
임머신은 회상하는 자의 초점 속에서 움직인다. 초점이라는 낱말은
'불탄 자리'라는 어원을 가지고 있다. "초점은 난로 같은 온기로 발
길을 붙드는 곳, 타오르는 불의 시시각각 달라지는 형체들로 시선을
붙드는 곳이다."[4] 초점화하는 순간에야 오롯이 드러나는 거리 속에
서 긴장이 시작된다. 그것은 항용 변증법적인 긴장이다.

평야, 라는 말은 평화, 라는 말과 씨족공동어 같았다

이산가족 상봉 생중계를 본다

종전을 원하는 자도 종전을 원하지 않는 자도

---

4 에스터 레슬리, 「발터 벤야민과 사진의 탄생」, 발터 벤야민, 『발터 벤야민, 사진에
대하여』, 김정아 역, 위즈덤하우스, 2018, p.28.

그들의 어머니의 어머니의 어머니는
그들의 아버지의 아버지의 아버지는
함께 웃고 울고 울력을 하며
이 땅을 일궜으리라

나는 나를 연민하지 않겠다고 입버릇처럼 말해 왔으나
결국 나는 겨우 나를 연민해 왔을 뿐이다
누구의 울음도 감당해 본 적 없다
이산가족 상봉 생중계를 본다
살아 있다면 살아만 있다면

엄마가 죽었을 때 나도 함께 조금 죽었다
　　　　　　　　　—「논산평야 선생의 그림자 왼쪽 방향에서」 전문

　고향은 상실된 순간 비로소 고향이다. "살아 있다면 살아만 있다
면" 하고 말을 줄인 뇌까림은 '돌아갈 수 있다면, 돌아갈 수만 있다
면 가고 싶다'는 안타까운 소망으로 읽힌다. 그러나 '살아만 있다면
돌아가서 만나고 싶다'는 말은 '결코 돌아갈 수 없는 곳에 고향이 있
다'는 아픈 인정에서 비롯된 통곡이라는 것을 우리는 안다. 이산(離
散)은 그러한 방식으로 가능성과 불가능성 사이에 아프게 끼인 자의
고통스러운 뇌까림으로 얼룩진다. 그녀는 "평야, 라는 말은 평화, 라
는 말과 씨족공동어 같았다"라고 썼다. 그러고는 없는 고향, 있었다
해도 존재할 수도 없는 그곳에 대해 쓴다. 나와 당신과 그의 아버지
와 어머니가 하나였을 순간을 가로지르지 않고서는 존재할 수 없는
그곳을 말이다. 그들이 만나서 손을 잡는다 해도, 그들은 결코 상봉

할 수 없다. '이산가족 상봉'은 그 모든 '만남의 불가능성'을 날것으로 보여 준다. 그녀는 덧붙인다. "나는 나를 연민하지 않겠다고 입버릇처럼 말해 왔으나/결국 나는 겨우 나를 연민해 왔을 뿐이다". 내가 나를 만나는 것조차 불가능하다. 그것은 죽음을 추체험하는 순간에 겨우 한순간 환상으로 충족될 뿐이다. 마치 죽은 엄마가 되어 함께 죽는 순간 애도가 잠시 멎듯 말이다.

언젠가 그녀는 '너 자궁 10㎝ 열려 봤어!' 말했다. 그녀의 어투는 너무도 발랄하고 경쾌했고, 자리를 함께한 이들은 순간 얼어붙었다. 그녀의 문장은 발랄하고 경쾌하고 또 생기 있으며 대부분 날것으로 제 목소리를 드러낸다. 그녀가 쓰는 시는 그녀가 꿈꾸는, 그녀가 겨냥하는 독자의 몫이다. 그렇다면 그녀의 독자는 그녀의 자연스러움을 이끌어 내는 또 다른 자신의 목소리일 것이다. 다른 어느 누구의 소유도 아닌 '안현미 시'의 자연스러움을 이끌어 내는 목소리 말이다. 시인은 자신의 문장이 가진 인위성을 맨 먼저 알아본다. 스스로 문장에 덧붙이는 시각의 돌출적인 지점을 알기 때문이다. 무언가를 주목하고, 또 강조하여 부각시키고, 의미를 더하거나 휘발시키는 말의 날카로움을 누구보다 시인은 먼저 알아본다. 역설적으로 시가 자기표현일 수 있는 근거는 여기에 있다. 시를 읽는 이는 책을 펼치는 순간마다 이전까지 쌓아 올렸던 인식의 틀을 유보한다. 어떤 문장이 나올지 모르기 때문이다. 읽고 받아들인다는 것은 텍스트 앞에서 자신의 사유를 소멸시키는 것이다. 그러하기에 쓰기 또한 읽기와 동일한 방식이어야 한다. 이전까지 자신을 지배했던 사유를 소멸시키는 과정을 드러내며 보여 주는 문장. 이 지점에서 시의 문장은 곧 비평의 문상과 농일해신다.

그녀의 문장에는 장식이 없다. 그녀는 자연스러움으로 인위성을 순치한다. 이러한 논리가 삶에도 예외 없이 적용될 수 있다는 듯, 그녀의 그림자 노동은 계속된다. 그녀의 감정 재생산은 계속되고, 그녀가 생산한 문장의 잉여가치는 당신도 나도 모를 어딘가로 계속해서 새 나간다. 마치 시란 그러한 것이라는 듯. 시 역시 문장의 더께에 불과하다는 듯. 문장을 감식하듯 삶 역시 음미된다는 듯. 그녀는 말한다. 세계는 남루하고, 노동은 비루하고, 웃음은 발랄하다.

이승훈 시론의 구조 변이와
시 형태 변화의 무궁동 운동
―형태론적 접근을 위한 시론

0. 시의 시각적 형태와 시의 미적 형태

　한국 현대시사에 있어 시 형태론에 대한 이론적 접근은 김춘수의 『한국현대시형태론』(해동문화사, 1959.10.15)을 통해 선구적으로 제기된다. 논의의 모두(冒頭)에서 김춘수는 "시의 현대적 형태를 바로 세운다는 것은 시 그것을 바로 세우는 데 있어 불가결의 요소"임을 강조한다. 김춘수는 현대시 50년 역사를 거치며 형태가 변천하고 해체되는 과정을 추적한다. 김춘수는 아리스토텔레스 이후의 발생학적 장르론에서부터 근대에 사회경제학적 조건 아래 비소로 확립된 현재의 장르사를 일별한 뒤, '서정시'로 논의의 대상을 한정한다. 김춘수는 형태(形態, form)를 구성하는 요건 가운데 문체(文體, style)를 제외한 나머지를 연구 대상으로 삼는다. 시에서 형태를 문제 삼을 때 처음으로 고려되는 것은 음률(音律, meter)이다. 음률이 있느냐 없느냐에 따라 보이는 "시의 청각적 시각적 위상"이 시의 형태와 같은 이름이 된다. 이것이 근대시 이후 자유시와 산문시, 혹은 정형시와 자유시의 구도로 뒤바뀐다.

한국어의 형태론적 특성은 종종 그 통사론적 특성과 밀접한 관련을 맺는데, 그 성격이 교착어(일부 조사 사용에서 통합어적 성격을 띤)라는 데 기인한다.[1] 한국어로 지어진 시는 그 '청각적 위상'의 측면에서 음성과 음위를 단위로 한 음률을 가지기 어렵다. 이것은 소월이 리듬과 혼을 연관시킨 이후에 자유시와 산문시에서의 내재율의 근거에 대한 미적 탐구로 이어져 왔던 계기가 된다. 시의 형태에 대한 고찰은 내면화된 또는 잠복하는 청각적 위상의 측면을 배음으로 두고, 겉으로 드러나는 시각적 형태에 집중된다. 김춘수는 1950년대 말의 한국시가 이미 "형태의 무정부 상태"라고 본다. 즉 한 시대의 특징적이고 고찰 가능한 다시 말해 "한 시대가 능히 시인할 만한 형태가 시에 있어서 해체되어 버렸다"라고 단언한다. 비록 서구 미학에서 추수적으로 발생된 문제이기는 하나, 김춘수에 따르면 이러한 문제 상황이 오히려 "한국만이 제 홀로 제 전통을 바로 찾아 시의 현대적 형태를 세울" 가능성을 암시하기도 한다.[2]

형태에 대한 고찰은 종종 시의 시각적 형태에 대한 접근과 같은 의미를 지닌다. 시어, 시행, 연, 시 전체로 언어(기호)가 집적될 때 내부적인 배치가 어떻게 드러나느냐, 외부적인 배치는 어떻게 드러나느냐가 바로 그것이다. 첫째, 외부적인 형태는 곧 시의 행과 연의 변화와 같다. 잇고 끊는 문제, 행이나 연을 구성하느냐 마느냐의 문제까지가 그것이다. 둘째, 한 편의 시 전체를 놓고 볼 때는 정렬 방식, 활자의 변형 여부, 콜라주와 같은 기법적 외형, 제목과 내용의 배치

---

1 손호민, 「한국어의 유형적 특징」, 『한글』 282호, 한글학회, 2008, pp.61-96 참조.
2 김춘수, 「한국현대시형태론」, 『김춘수 전집 2—시론』, 문장, 1982, pp.18-22.

도 문제가 된다. 셋째, 시의 표현 안에서 내부적인 형태로 고려되는 것들은 기호 사용, 활자 변형, 모양 본뜨기, 괄호 치기, 띄어쓰기 등과 같은 요소들이다.[3] 이때 시각적 형태는 '시의 구조'라는 표현과 일정 부분 겹친다. 부분과 전체의 유기적 구조 결합을 살피는 것이 형태라는 점은, 시가 언어를 통해 구조화된다는 점을 새삼스레 떠올리게 한다. 언어는 음운, 음절, 단어, 어구, 어절, 문장, 단락으로 발전하는 계층적 구조를 지닌다는 점을 떠올리게 한다.

이 '계층적 구조'라는 면에서 문제가 되는 것은 의미가 발생하고 소거되는 형태론적 지점과 통사론적 지점에 대한 고려일 것이다. 이때 김춘수가 왜 문체를 형태론의 영역에서 제외했는지 이해할 수 있게 된다. 이때의 문체는 전통 수사학의 맥락에서 다종다양하게 변주가 가능한, 단순히 기표의 변이 양태라는 의미의 문체일 것이다. 김춘수가 제외한 문체의 개념은 인식론적인 개념이라기보다는, 문장론의 하위 범주에 포괄될 수 있다. 그러나 스타일을 인식론을 배제한 문장론, 그것도 수사학의 범주에 묶어 두어야 하는가는 50여 년이 지난 지금 되짚어 볼 문제다.

김춘수의 문제 제기가 여전히 유효한 의미를 갖는 지점은 문학의 역사 속에서 상대적인 성격을 취하는 시적 형태에 대한 발견에 있다. 김행숙은 역사를 초월하는 무슨 문학의 본질 물음이 아니라 역사성, 즉 가변성과 상대성에 대한 인식을 보여 준다는 점에서 김춘수의 형태론에 가치 매김을 한다. "산문시에 대한 장르론적 탐색과 비전의 제시"가 바로 그것. 김행숙에 따르면 이때 "산문시는 문장으

---

3 변주영, 「한국 현대시에 나타난 시각적 형태 연구」, 한양대학교 석사학위논문, 2001 참조.

로서 산문을 쓰면서 동시에 행 구분마저 사라진 줄글의 형태인 산문체를 취한다는 점에서 형태론적으로도 시와 가장 먼 거리에 있는 시이지만, 더욱이 내용상으로 에세이적인 요소(토의적인 성격)를 적극적으로 끌어들이면서 시/비(非)시, 문학/비(非)문학의 경계를 넘나든다는 점에서 장르의 해체와 확장에 대해 적극적으로 사유하게끔 이끈다."[4] 문제의식을 확장하면, 형태에 대한 고려를 통해 미적 자율성을 확보할 수 있다는 생각에 가닿을 수 있다. 언어로 조직된 구조(構造, structure)와 위상(位相, phase)[5]에 대한 물음은 때문에 정신의 반영으로서의 스타일의 문제와 접점을 형성할 것이다. 형식의 문제와 관련되는 면은 여기에 있다. 때문에 형태에 대한 물음은 어떤 "형식적인 특성이 묘사하는 기능과는 독립적으로 의미와 반향을 지닐 수 있다"[6]는 통찰로 문제의식을 첨예화한다. 이러한 물음과 문제들은 스타일리스트 이승훈과 만나는 시발점이다.

1. 나—공방전, 산문과 운문의 형태 싸움

물경 50년에 이르는 이승훈의 시의 궤적[7]은 자아 탐구에서 시작

---

4 김행숙, 「김춘수의 『한국현대시형태론』 고찰」, 『어문논집』 55집, 민족어문학회, 2007, pp.199-223 참조.

5 "위상 즉 'phase'는 통상 주기적으로 변화하는 어떤 현상의 상태를 지시하는 것으로, 어떤 것이 다른 것들과의 관계 속에서 생성 변화하는 사태를 포착하려는 시몽동 특유의 존재론·기술론·문화론에 특징적인 개념이다. 시몽동은 이 'phase'의 의미를 물리학에서 가져왔다."(질베르 시몽동, 『기술적 대상들의 존재 양식에 대하여』, 김재희 역, 그린비, 2011, p.228의 옮긴이 주.) 시의 형태에 대한 물음은 전체 구조 속에서 자리하는 다양한 시적 요소들의 '위상의 차이를 산출하는' 것이 아닐까? 위상차에 대한 물음.

6 헤럴드 오즈본 편, 『옥스퍼드 20세기 미술 사전』, 김영나·오진경 감수, 한국미술연구소 역, 시공사, 2001, pp.627-628의 〈형식주의(formalism)〉 항목 참조.

된다. 이승훈의 자아 탐구는 이른바 대상을 괄호 친 상태에서 시작된다. 알 수 없는 질서로 억압하고 망상으로 몰아가는 실존의 현기속에서 이승훈은 내면에 대한 물음으로 침잠한다. 이는 무의식의 영역으로 내려가고, 환상과 조우하며 '비대상'이라는 시론을 배태한다. 이승훈에게서 자아 탐구는 인칭 물음과 겹친다. 그 인칭 물음이란 억압과 망상 속에서 과연 나는 누구인가라는 물음, 일상적 질서를 넘어서는 언어의 자율적 질서 속에서 대화적으로 호명되는 너의가능성에의 발견, 현실(자본주의)의 질서 아래 물화된 삼인칭 그(들)로 전락한 그의 나열이 바로 그것이다. 나, 너, 그로 이동하는 인칭물음은 그의 자아 탐구의 궤적과 일치한다. '실존의 현기'로 명명된나(의 내면)에 대한 물음은 『사물 A』(삼애사, 1969), 『환상의 다리』(일지사, 1977), 『당신의 초상』(문학사상사, 1981)의 작업에 드러난다.

램프가 꺼진다. 소멸의 그 깊은 난간으로 나를 데려가 다오. 장송의
바다에는 흔들리는 달빛, 흔들리는 달빛의 망토가 펄럭이고 나의 얼굴
은 무수한 어둠의 칼에 찔리우며 사라지는 불빛을 따라 달린다! 오 집
념의 머리칼을 뜯고 보라 저 침착했던 의의가 가늘게 전율하면서 신뢰

---

7 이승훈에 대한 입체적 조명의 시도는 『이승훈의 문학 탐색』(시와세계 기획, 푸른
   사상, 2007)을 참조할 수 있다. 현재까지 4편의 석사학위논문이 이승훈을 독립 작
   가론으로 다루었고, 한편의 박사학위논문이 문학사의 틀 안에서 이승훈을 조명했
   다. 다음 5편이다. 이승훈, 「이승훈 시에 나타난 자아 탐구의 과정 연구」, 부산외국
   어대학교 교육대학원 석사학위논문, 2003; 김향라, 「이승훈 시 연구―시와 시론
   을 중심으로」, 경상대학교 석사학위논문, 2004; 심은섭, 「이승훈의 시 의식에 관한
   연구」, 관동대학교 석사학위논문, 2009; 주병진, 「이승훈 시 세계의 변화 양상 연
   구―자아 탐구에서 자아 소멸을 중심으로」, 고려대학교 인문정보대학원 석사학위
   논문, 2010; 김지선, 「한국 모더니즘 시의 서술 기법과 주체 인식 연구―김춘수, 오
   규원, 이승훈 시를 중심으로」, 한양대학교 박사학위논문, 2009.

의 차건 손을 잡는다. 그리고 시방 당신이 펴는 식탁 위의 흰 보자기엔
아마 파헤쳐진 새가 한 마리 날아와 쓰러질 것이다.

—「위독 제1호」(『사물 A』) 전문

　"파헤쳐진 새가 한 마리"는 무엇을 의미하는 것인가? 그것은 아마
제목이 암시하는 '위독'이라는 병적 증후와 관련될 것이다. 이 증후
는 무의식과 관계되고, 무의식은 그가 알 수 없고 알지 못하는 동기
를 거느리고, 날카로운 행렬의 질서를 벼린다. 이승훈이 그의 젊은
날을 '억압'과 '실존의 현기'로 특징짓는 이유는, 자신도 알지 못하는
가운데 날카롭게 틈입하는 내면(의 억압, 그 무의식)의 질서와의 조우에
있을 것이다. 이때 저 불구의 새가 암시하는 바는 그가 끝내 밀쳐 두
고 봉인해 두려는 그림자의 다른 이름일 것이다. 1978년 겨울의 일
기에 나타나는 '오리 새끼'는 이승훈의 페르소나로서 "모가지가 잘
린 닭"이나 이 시의 "파헤쳐진 새"와 같은 맥락으로 읽힌다. 그는 카
프카의 성과도 같이 익명과 추락, 감정의 고도(孤島)(아마도 춘천을 말하
는 것 같다)에서 탈출하듯이 부모님이 있는 속초 바닷가로 겨울 여행
을 떠난다. 그는 속초 아버지가 운영하는 작은 병원 마루에서 "피로
한 아버지와 근심하시던 어머니와 누이"를 만난다. 그는 집 가까이
에 있는 2층 여관에 방을 정한다. 그는 자신의 "내면을 휩쓰는 한"과
같은 무엇을 만난다. 그날 밤 그는 꿈을 꾼다.

　나는 조그만 새 새끼를 손에 쥐었다. 자세히 들여다보니 새 새끼가
아니라 오리 새끼였다. 주둥이가 노오란 오리 새끼는 갑자기 내 손등
을 깨물었다. 나는 굴뚝 밑을 파고 거기에다 그 오리 새끼를 넣고, 뚜
껑을 만들어 달았다. 꿈이었다.

272

다음 날은 이상하게도 유난히 하늘이 맑았다. 바다를 끼고 있는 속
초 거리를 걸어 보았다. 겨울 아침의 투명한 하늘, 구름 한 점 없이 고
운 하늘은 서러움으로 응결된 하나의 빛나는 돌과 같았다.[8]

「위독 제1호」가 시에서의 내향성을 보였다면. 이 산문은 일기인데
도 내향성을 드러내고 있다. 일반적으로 산문의 세계는 논리의 세
계이고, 질서화되는 세계이고, 계열적으로 확산되는 세계이다. 산문
이 논리를 가지고 이어진다는 것은 그 연결 고리나 매듭이 중요하다
는 의미이다. 산문은 형태적으로 원심력을 가진다. 그러나 그의 경
우 산문이라는 형식을 통해 강조되는 것은 스스로의 내향성의 세계
이다. 이승훈은 이러한 세계를 어떻게 명명하는가? "20대에 내가 시
를 쓴 것은 이렇게 대상이 분명치 않은, 따라서 어떤 실존적 현기(眩
氣)라고나 할 그런 심리적 억압 때문이었다. (중략) 이상한 심리적
억압, 피해망상, 불안 같은 심리 세계를 이 무렵 나는 환상의 논리에
의하여 극복하고자 했다. 그것을 나는 비대상의 세계라고 불렀다."[9]
비대상의 세계에서 강조되는 것은 대상에 대한 태도가 아니라, 대상
에로 향하는 의식의 프리즘이다. 이때의 의식 개념은 후기 칸트학파
에 영향받는다. 대상이 있기에 범주가 있는가, 범주가 있기에 대상
이 있는가라는 물음이 그것. 선험적 감성론을 통해 대상들이 비로소
우리에게 주어지고, 선험적 논리학을 통해 대상들은 사고되어진다.
선험적 연역의 문제는 피안의 문제와 결부된다.[10] "남는 것은 나의

---

8 이승훈, 「진눈깨비」, 『이승훈 추억집―행복한 너의 얼굴 위에』, 청하, 1986, p.110.

9 이승훈, 「천사와 싸우는 야곱」, 『이승훈 추억집 행복한 너의 얼굴 위에』, pp.163-
   164.

10 랄프 루드비히, 『쉽게 읽는 칸트―순수이성비판』, 박중목 역, 이학사, 1999 참조.

의식뿐이며, 이러한 의식이 심리적 억압의 세계에서 초월할 수 있는 길은 환상뿐이라고 생각했다. (중략) 그것은 억압된 무의식이 간접적으로 승화되는, 다르게 말하면 간접적으로 충족되는 한 가지 형식이다. 그것은 자의식의 극한에서 피어오르는 실존의 리듬이기도 하다."[11] 이렇게 쓰고 나서 이승훈은 아래 시를 예로 든다.

> 사라지는 흰빛은 거의 희다 사라지는 흰빛은 거의 흰빛으로 사라진다 거리의 창들이 흔들린다 흔들리는 창에 물드는 아아 사라지는 흰빛 어떤 중얼거림이 무한히 와서 머문다
>
> —「공포」(『환상의 다리』) 전문

위 시집에는 일련의 산문 형태의 시들이 연작이 아니라 낱낱의 단편의 형태로 등장하고 있다. 그 제목들은 「진리」 「욕망」 「꿈의 깊이」 「희망」 「적」 「음악」 「권태」 등이다. 이 제목들은 거의 추상명사 계열이다. 「파도」 「이빨」 「흰 말」과 같은 일반명사 제목의 작품들도 작품을 들여다보면 절망이나 원망이나 무의식의 범람을 직접적인 은유나 개인 상징으로 끌어다 쓰고 있다. 이러한 시편들에서 산문 형태는 시가 가지는 내향성을 주제적 질서로 끄집어낸다. "자의식의 극한에서 피어오르는 실존의 리듬"이 바로 그 질서. 이 시기 이승훈의 산문 형태는 구심력으로 응집해 들어가는 산문시라는 특이한 면모를 보인다. 이때의 응집이라는 것은 강박을 환기한다. 강박은 반복을 낳고, 강박이 낳은 반복은 스스로의 질서를 모른다. 때문에 이승훈은 "실존의 리듬"이 "자의식의 극한"에서 피어오른다고 말한다.

---

11 이승훈, 「천사와 싸우는 야곱」, p.164.

흔들리는 커튼을

젖히고

나는 들어갔다

훌렛쉬를 비추어도

찾는 선반은 없고

눈에 조그마한 꽃병은 보이지 않고

보이지 않고

탁자와

삐걱대는 의식의 바다에서

나는 귀가 시렸다

창밖에는 눈보라 밤

몇 시였는지 모른다

실내를 조용히 벗어나며

금이 가는 상상의 캄캄한 정원에서

나는 울고 있었지만

시방 보이지 않는 방으로

들어간다

새벽 바다에 달이 지고 있었다

어디선가 무수히 흔들리는 커튼이 있었다.

　　　　　　　　　　──「흔들리는 커튼을」(『당신의 초상』) 전문

앞의 산문 형태의 시들이 리듬의 추상성을 보여 준다면, 위와 같이 행갈이를 한 자유시 형태의 시들은 이미지의 구체성을 보여 준다. "커튼" "홑렛쉬" "탁자" "선반" "실내" "정원"과 같은 단어의 계열체들은 구체적이고 일상적인 것들이다. 산문 형태의 시들에서 동사는 연쇄적으로 또는 동시다발로 '피어오르는' 상황의 중첩을 그렸고, 그것은 승화된 환상으로 드러난다. 그러나 「흔들리는 커튼을」에 이르면 어떠한 심리적인 정황이 계기적으로 이어지는 상태로 제시된다. 장면의 이동처럼, 행위의 연쇄처럼, 인과의 선조적 발현처럼 "있었다"로 제시된다. 한결 명징해 보이지만, 이 역시 내면을 표상하는 또 다른 시적 형태이다. 이 시기 이승훈의 시는, 산문 형태의 시들이 보여 주는 "실존의 리듬"이라는 추상성과 행을 나눈 자유시 형태의 시들이 보여 주는 내적 이미지의 구체성이 대칭을 이루는 구도를 취한다.

2. 너—구어체, 자코메티 또는 최소화된 행

1980년대에 들어서자 이승훈은 지난 연대의 그의 작업을 정리한다. 그는 작업을 구획 지으며 1960년대에 "옥상의 닭"[12]이라는 비유를, 1970년대에 "모발의 전개"[13]라는 비유를 붙인다. "옥상의 닭"이썩 분명치 않은 미적 동기를 거느리고 무의식의 질서를 구조화한 시대라면, "모발의 전개"는 억압과 망상을 뛰어넘어 그러니까 일상의 계기적 질서와 원한을 넘어서 환상의 질서로 편입하려는 미적 시도로 정리된다. 이승훈은 그러나 "모발의 전개"로 특징지은 언어의 결

---

12 이승훈, 「옥상의 닭」, 『이승훈 추억집—행복한 너의 얼굴 위에』, pp. 155-156.
13 이승훈, 「녹는 물고기」, 『이승훈 추억집—행복한 너의 얼굴 위에』, pp. 157-161.

합은 애매성을 노출했다고 자인한다. "모발의 전개"와 같은 방식의 언어 결합을 통해서는 '이성을 초월하는 새로운 이성의 세계'를 더듬으려는 의도에 다가서기 힘들었다는 것이다. 일상의 공간을 뛰어넘는 놀라운 언어, 그러한 언어를 통해 구체화되는 기묘한 신비의 세계, 그 세계의 작동 원리로 기능하는 이성을 초월하는 새로운 이성의 질서. 이때 이승훈은 "녹는 물고기"라는 어느 초현실주의 화가의 그림 제목을 떠올린다.

> 물에 녹는 고기여 물에 녹는 고기는 온통 물이다 나는 시계를 물에 던진다 밤은 기일다 기인 밤도 물에 던진다 물에 녹는 밤 다시는 불의 나라에 가지 않으리라 다시는 파리에도 가지 않으리라 딸꾹질하면서 기도하지도 않으리라 여름날 흘린 피의 양도 헤아리지 않으리라 한밤의 백지도 원통했던 꿈도 오늘 밤 모조리 물에 녹는다 이윽고 새벽이면 물에서 태어나는 것 오오 다시는 불의 나라에 가지 않는 다시는 기억의 나라에도 가지 않는 다시는 다시는 결코 '다시는'이 되지도 않는 …… 이 빌어먹을 기도!
>
> ─「녹는 물고기」(『사물들』) 전문

1982년 무렵, 이승훈은 "녹는 물고기"라는 표현을 힌트로 자신의 시력의 한 구획을 넘는다.(세 번째 시집 이후에 찾아온 긴장과 긴장이 불러온 육체적 피로를 되돌아보는 사소한 계기에서 출발했다고 이승훈은 고백한다). 어느 초현실주의 화가의 그림 제목이기도 한 "녹는 물고기"라는 말에서 이승훈이 발견하는 것은, 일상적 사고를 넘어서는 낱말들의 결합, 그 결합이 주는 실새삼이나. 이 실새감은 신비를 불러오고, 일성적 질서를 떠나는 힘을 준다. 그 힘은 이성적 사고가 소멸하고 나서 맞닥뜨리는 가장 깊은 실재에의 틈입 지점이라는 위상(phase)의 자리의 힘으로 읽힌다. 이러한 가능성과 감각의 확고함은 오직 언어가 가지고 있는 능력에 대한 신뢰에서 비롯되는 것이라는 발견은, 이승훈이 1980년대에 내면의 근저에 섬광처럼 흘끗흘끗 드러내는 미적 인식의 동력으로 작용한다. 이승훈은 덜 애매하고, 덜 추상적이며, 한결 구체적인 작업으로 방향을 돌린다.(앞선 절에서 살핀 산문 형태의 시들「위독 제1호」「공포」와 비교하면 그 차이는 선명하게 드러난다.)

1980년대에 들어서며 비로소 등장하는 '일상', '정신', '이성을 초월하는 이성'과 같은 단어들을(물론 앞 단락의 맥락에서 읽혀야 한다) 쉽게 보아 넘겨서는 안 된다. 이러한 사유가 시적 형식으로 이어지고 그것은 이승훈의 스타일로 드러나기 때문이다. 이승훈에게서 사유에서 형식으로 스타일로 이어지는 반성적인 회로는 그의 미학을 구축하는 관념적 토대로 기능한다. 이 시기에 그는, 『사물들』(고려원, 1983), 『당신의 방』(문학과지성사, 1986), 『너라는 환상』(세계사, 1989)을 차례로 내놓는다. 『사물들』을 엮으며 그는 쓴다. "새로운 스타일이란 언제나 치열한 생의 모험이 성취한다. 그것은 치열한 정신의 모험을 끊임없이 요구하는 것이다. 그러나 그러한 모험 앞에서 나는 곧잘 좌절되곤 했다. 제1부와 제1부에서 내가 노렸던 것은 어떤 새로운 스타일이었지만, 역시 미흡한 곳이 한두 군데가 아니다. 가장 최근에 쓴 것들이 제1부다. 언어가 아니라 말, 그러니까 일상 회화체를 다시 생각하면서 쓴 것들이다. 이러한 작업은 당분간 계속될 것 같다."[14] 이때 새로운 '스타일(미학적 요구)'의 미적 형식의 일환으로 호출된 "일상 회화체"는 『당신의 방』『너라는 환상』에 이르면 이제까지

---

[14] 이승훈, 「자서」, 『사물들』, 고려원, 1983, p.4.

와 판이하게 다른 시 형태의 작업들로 이어진다.

> 너를 본 순간
> 물고기가 뛰고
> 장미가 피고
> 너를 본 순간
> 아무것도
> 보이지 않았다
> 너를 본 순간
> 그동안 살아온 인생이
> 갑자기 걸레였고
> 갑자기 하아얀 대낮이었다
> 너를 본 순간
> 나는 술을 마셨고
> 나는 깊은 밤에 토했다
> 뼈저린 외롬 같은 것
> 너를 본 순간
> 나를 찾아온 건
> 하아얀 피
> 쏟아지는 태양
> 어려운 아름다움
> 아무도 밟지 않은
> 고요한 공기
> 피로의 물거품을 뚫고
> 솟아오르던

빛으로 가득한 빵

너를 본 순간

나는 거대한

녹색의 방에 뒹굴고

태양의 가시에 찔리고

침묵의 혀에 싸였다

너를 본 순간

허나 너는 이미

거기 없었다

—「너를 본 순간」(『당신의 방』) 전문

마치 자코메티[15]의 조각상을 보는 것만 같다.[16] 위의 시가 보여 주
는 형태적인 특징은 미니멀한 어구 또는 어절을 행 단위로 끊어서

---

15 「이승훈의 현대 회화 읽기」(『시와 사상』, 2004.겨울)에서 이승훈은 자코메티와
의 조우를 추억한다. "지금은 많이 달라졌지만 대학 시절 나를 사로잡고 나를 미
치게 하고 나를 여위게 한 조각은 자코메티의 '떨어지는 사람'(1950-1951), 그리
고 '개'(1951)였다. 자코메티가 없었다면 그 가난하고 황량했던 대학 시절을 어떻
게 견뎠을까? 그의 조각들, 특히 가늘고 긴 사람들은 젊은 시절 나의 내면이다. 지
금도 자코메티 하면 가늘고 긴 사람이 떠오르고 물을 굽어보며 지나가는 가느다란
개 한 마리가 떠오른다. 가늘고 긴 사람. 그는 왜 이런 사람을 조각했던가? '떨어지
는 사람'은 가늘고 길다. 그는 가느다란 철사 같다. 이런 조각에 매혹되었던 대학
시절 나는 전후 일본 작가 다자이 오사무(太帝治)의 '사양'을 읽고 있다. 지금도 자
코메티 하면 다자이가 연상되고 그의 허무와 겹친다."

16 물론 이 시기에 이승훈은 『시집 샤갈』(탑출판사, 1987)을 출판한다. 시집 후기에서
이승훈은 자신이 샤갈을 만난 것은 1960년대 중엽이었고, 샤갈과의 만남을 통해
표현주의와 초현실주의의 세계에 들어섰다고 고백한다. 무의식을 밖으로 투사하
는 행위로서의 시 쓰기를 통해 그 두 세계를 넘나들 수 있었다고 말한다. 『시집 샤
갈』 후기 「샤갈과 나」, p.117.

반복적으로 나열하는 것이다. 이때 강조되는 것은 반복이고, 반복은 그 이전 시에서의 반복과는 다른 형태를 입는다. 이 미니멀한 어구들의 끊어 치는 잇댐은 형태적으로 발랄함을 드러내고, 발랄함은 '나'가 '너'에게 취하는 하나의 '태도'로 읽힌다. 언어 하나하나를 짚어 가듯 행을 넘어가며 우리는 이 시를 읽게 된다. 짚어 가듯이 읽는다는 것은 또박또박 읽는다는 것이고, 또박또박 읽는 것은 나와 너의 대화적 마주 섬으로 유비할 수도 있다. 마주 선 거리를 또박또박 읽으며, 또박또박 걸어간다는 것이다. 관계에 대한 태도가 비로소 문제가 되는 것이다. 왜 이런 변화가 가능하게 된 것일까?

일상을 넘어설 가능성으로서의 환상이라는 표현은 언어라는 매개의 발견으로 이어진다. 이승훈의 시사에서 자아 탐구의 매개로서의 언어에 대한 신뢰가 시작되는 것은 바로 이 시기다. 언어에 대한 자각이 보다 섬세해지는 이 시기, 이승훈 시에는 약간의 주제적인 변화가 함께 비롯된다. 그는 『사물들』의 5, 6, 7부에서 각각 '기다림의 모티브'와 '이상한 나르시시즘의 세계'와 다소 '감상적인 것들'을 그렸다고 말한다. 이때의 기다림은 『당신의 방』『너라는 환상』에서는 너라는 이인칭에 도달할 수 있음을 전제로 한 기다림이다. 나는 탄생하는 것이 아니라 나는 너로 인해 겨우 존재한다는 인식 속에서 너를 전제로 한 '이상한 나르시시즘'의 세계가 펼쳐지는 것이다. 그리고 남는 것은 무엇인가? 희로애락애오(구)욕(喜怒哀樂愛惡(懼)慾) 칠정(七情)의 다사다난함, 그리고 감정과 감상(그러나 이승훈은 결코 끈적끈적한 정조에 함몰되지 않는다).

3. ㅗ―이미지, 회의와 시의 의미 단위 해체

너와의 만남 속에서 발견한 미니멀한 어구와 어절 형태의 행 배치는, 어쩌면 이승훈의 시 세계를 통틀어 그 이전에도 이후에도 만날 수 없는 따뜻함을 보여 준 시기일 것이다. 너와의 '만남'이 있었기에 가능했던 현상이다. 그 만남은 시행의 배치와 반복의 유니크함을 통해서 고조되었다. 이때 너에 대한 태도가 강조된다. 그 태도는 언어에 대한 신뢰에서 비롯된다. 너와의 대화적 상태를 지속할 수 있는 만남, '언어 형식을 통한 살 맞댐'이 가능하리라는 믿음이 그것이다. 그것은 일상의 질서를 흘긋흘긋 섬광처럼 내비치고 사라지는 신비로 넘어설 수 있으리라는 미학적 신념에 근거한다. 이때 너는 신비가 되고, 언어는 포기할 수 없는 듬직한 무기가 된다. 언어는 이승훈이 애초에 이월했던 현실, 세계의 비의에로 다가설 무기가 된다. 이런 치환의 구조는 '대상이 가능하기나 한 것인가?'라는 물음이 '(대상 앞에 선, 아니 대상을 차치하고서라도 아무튼 있는) 나는 무엇인가?'라는 물음으로 전환된 방식과 비슷하다.

그러나 1990년대에 들어서 『길은 없어도 행복하다』(세계사, 1991), 『밤이면 삐노가 그립다』(세계사, 1993)에 이르러 너와의 섬광과 같은 만남은 부정된다. 그 중간 과정에서 이승훈은 묻는다. 과연 기억할 수 없고 존재하지 않는 실재로서의 이미지라는 것은 무엇인가? 이미지와 언어는 어떤 관련을 가지는가? 그것은 만남인가? 기술인가? 이승훈은 저 1980년대 초반에 품었던 의혹을 밀어붙인다. 이승훈에 따르면 이미지가 사고를 태어나게 하며, 뿐만 아니라 이미지가 사고를 끌고 간다. 이미지가 사고를 추동한다.[17] 이미지가 사고를 끌고 가면서, 이미지는 사고를 종속시킨다. 종속된 사고 속에서 '너'로 인해 가까스로 비롯되는 대화적 주체는 부정된다. 어쩌다 이런 지경에

---

17 이승훈, 「녹는 물고기」, p.160.

이르렀는가.

이렇게 끝나면 된다
이렇게 끝나면 된다
모자를 쓰고
카페에 앉아
웃으면 된다
커피를 시키면 된다
커피가 나오는 동안
담배를 피우면 된다
담배를 피우며
벽이나 바라보면 된다
커피가 나오면
커피에 설탕을 넣으며
웃으면 된다
「개 같은 새끼들」
커피에 크림을 넣고
숟갈로 저으면 된다
이 절망을 저으면 된다
이 찢어진 가슴을 젓고
그걸 한손으로 들고
말없이 마시면 된다
커피를 마시면 된다
절망을 마시면 된다
납과 아연은 마시면 안 된다

장마는 아직도 계속된다

그는 커피를 마신다

그는 답답해 보인다

그는 절망한다

그는 웃는다

허나 그는 커피에 넣은

설탕이 어떻게 녹았는지

그것도 궁금하다

　　　　　　—「영원한 동작」(『길은 없어도 행복하다』) 전문

　이 시기에 이승훈이 만나는 이미지는 결국 없는 너의 '없음으로 인한 굳건한 실재'이다. 왜냐하면 나도 너도 이미지의 굳건한 실재로 인해 사고의 통일에 이르지 못하기 때문이다.(이승훈의 시는 애초에 이런 통일 지점을 상정하지 않았다. 그는 '가까스로, 간접적으로, 승화'하는 지점을 잠시 희구했을 뿐이다.) 이성과 반이성의 공방전을 거듭할지라도 이미지로 인해 사고는 패배한다. 사고가 패배하고 이미지는 존재하지 않는 '굳건한' 실재가 된다. 나의 사고는 이미지로 인해 피로에 봉착한다. 너의 사고는 이미지로 인해 피로에 봉착한다. 결국 존재하지 않는다는 것, 기억할 수도 없다는 것이 이미지의 속성이다. 이미지가 없음으로 실재하기에 대화적 세계 밖에 놓이게 된다. 대화적 세계 밖에 있는 이미지. 나의 기억 밖에 있고, 너의 자명한 존재 밖에 있는 이미지. 남는 것은 나와 너의 존재를 벗어난 것들의 있음이다. '그것(들)'은 나도 아니고, 너도 아니고 그럼에도 있다. 이때 이미지는 삼인칭으로 돌변한다.

　형태는 더욱 단순해 간다. 한 행 안에 완결된 기본형 문장들이 반복된다. 자동사로 끝맺는 주어 서술어 결합의 단문, 간간히 타동사가 나오면 목적어는 기계적 행위의 대상들에게로 집중된다. 위의 시는 이 시기 시적 형태가 어떤 결합의 구조로 진행되는지를 암시하는 것으로 여겨진다. 그것은 치차와 치차의 맞물림처럼 '영원한 동작'으로 반복되는 차가운 언어의 세계로 표상된다. 나와 너는 이미지의 '작란'으로 인해 소외된다. 나와 너의 불가능성은 '그것(들)'의 무의미한 동작, 반복, 연속으로 대체된다. 간단히 말해, 나도 없고 너와의 만남이 불가능한 상황은 언어를 매개로 한 대화적 질서가 포기된 상태에 다름 아니다. 언어가 의미론적 전이를 가능케 한다고 해서, 무엇을 위해서인가? 언어가 자아에 대한 새로운 접근 회로를 연다고 해서 무엇을 위해서인가? 가능성의 회로가 차단된 불통의 상황 아래서도 언어는 운동을 계속하고, 대화를 통해 성립되는 나와 너의 질서는 해체된다. 남는 것은 그와 수많은 그들과 그로 전락한 '나'라는 언어다.

S는 피난처
그는 S 속에 피난한다
S는 어디에도 없는
마을로 가는 길
그는 S 속에 타오르는
길을 본다
그는 토요일
아무 일도 못한다
그는 일요일
다시 아무 일도 못한다

S는 하아얀

눈에 덮인

조그만 학교

그는 S라는 이름의 학교에서

하루 종일 공부한다

S는 남쪽

밝은 햇볕만 내린다

그는 밝은 햇볕을 사랑한다

허나 S는 때로

무서운 전율

그는 손이 떨린다

그는 모자를 쓴다

프랑스 농민의 나막신을 신고

그는 S를 찾아 떠난다

시인 이승훈 씨는

두꺼운 나무 굽을 댄

가죽 구두를 신고

겨울 저녁 S를 찾아간다

—「S를 찾아가는 여행」(『밤이면 삐노가 그립다』) 부분

그들로 전락한 '나와 너'라는 언어들이 뒹구는 황량한 풍경을 형상화하고 있다. 이때 등장하는 것은 'S라는 약호'로 변해 버린 삼인칭의 질서이다. 삼인칭의 질서는 약호의 질서이고, 약호는 기호 체계 안에서 교환을 통해 의미를 가진다는 의미에서 폭력적인 질서를 암시한다. 그 질서는 다름 아닌 후기 자본주의의 질서이고, 그 질서

속에서 약호로 기능하는 모든 삼인칭들은 나라는 일인칭의 존재 가능성과 너라는 이인칭의 성립 가능성이 동시에 물화하며 뭉뚱그린다. 결국 이 시 속에서 '그'는 'S'를 찾아 떠나지만 그가 떠나고 찾아 헤맬수록, S는 약호의 체계 속에서 다른 의미로 뒤바뀐다. 시 속에서 반복과 단어 바꿔치기를 형태적으로 표가 나게 강조하는 것은 약호화(coding)된 삼인칭의 세계에서 조립과 해체의 반복을 그대로 보여 준다. 이 반복은 기계적 반복이고, 기계적 회로에 기댄다. 형태는 더욱 앙상하고 차가와진다. 한 걸음 나아가면, 이러한 시적 형태가 강조하는 것은 생산과 소비의 반복 속에서 지금 여기의 가능 근거를 잃은 '그'라는 삼인칭 세계의 허무일지도 모른다.

4. 소멸/과정/그림자─∞, 고로 모든 형식은 모든 형태다

이승훈은 다시 묻는다. 그렇다면 도대체 다시 나는 무엇인가? 나는 애초에 없다. 이승훈의 물음과 답은 시각예술에서 예술이 마치 자기 자신의 사본인 것처럼 자연 속에 머무르고 있는 것과 비슷하다. 예술의 본질은 없다. 자연이라는 방법적 자리에 사본으로 끼어 있을 따름이다. 클라우스 푸스만에 따르면, 현대 시각예술의 영역에서 모더니즘의 종언이 선언되고 어떤 창조적인 예술도 불가능한 자리에 '시각 체험'이라는 인자밖에 남는 것이 없다. 인상주의, 신야수파, 절대주의, 앙포르맬, 추상표현주의, 해프닝, (자학적) 신체예술에 이르기까지 시각예술은 스스로를 발전시켜 나가면서 역설적으로 경험과 정보를 매개할 토대를 잃어버린다. 이승훈의 시에서 나라는 토대의 가능 근거가 소멸하면서 남은 것은 언어였듯, 시각예술의 영역에서 예술의 본질에 대한 토대가 사라진 자리에 남는 것은 '시(가) 체험'이라는 미술의 언어라는 것이다. 이러한 물음과 답에 직면했을 때, 예술도 이승훈의 시도 결코 과거의 존재 방식으로 되돌아가는 일이 결코 없을 것이다. 푸스만은 이렇게 결론짓는다. "우리들은 여전히 그러한 그림자를 먹으면서 몸을 보양하고 있지만, 문제는 우리들 자신이 그림자를 드리울 수 있을까이다. 아마도 모든 그림자가 탕진되고 사물이 단순 물질이 되었을 때 비로소 예술은 소멸할 것이다. 그러나 지금은 아직 예술이 그 그림자를 드리우고 있다."[18]

시각예술과 다르게 대상으로서의 세계와 존재로서의 자아가 모두 소멸해도, 끝나지 않을 것이 있는데 그것은 언어의 운동이다. 자아가 소멸한 상태에서 남는 언어는 무엇을 지시할 것인가? 이승훈의 물음이 가장 급진적인 회의주의 형태로 드러나는 시기는 바로 이 시기이다. 이승훈은 언어의 가능성을 불가능성으로까지 밀어붙이는 데 진력을 다한다. 그때, 이승훈은 점차 자신이 동원할 수 있는 모든 형태를 동원하는 방향으로 나아간다. 이때 형태는 카오스와 같이 혼란한 외형을 띠었다가, 온갖 미적 장치를 걸치고 무한대로 폭발했다가, 마침내 언어 그 자체가 형태가 된다. 이 시기에 이승훈은 『밝은 방』(고려원, 1995), 『나는 사랑한다』(세계사, 1997), 『너라는 햇빛』(세계사, 2000)을 내놓는다. 각각의 시집은 형태 혼란, 형태 폭발, 형태 무화에 대응한다.

4.1. 소멸, 형태 혼란

『밝은 방』에 이르러 이승훈은 그와 나의 관계를 다시 문제 삼으며, '나'의 존립 근거를 되묻는다. 그 물음은 나라는 것이 있기는 있는 것

---

[18] 클라우스 푸스만, 「자기 자신을 찾는 미술」, 김문환 역, 『예술의 종언─예술의 미래』, 느티나무, 1993, pp.97-116 참조.

인가라는 회의적인 물음에 다름 아니다. 그의 물음은 점차 허무주의
자의 그것과 닮아 가기 시작한다. 나, 너, 그라는 인칭의 변화를 통
해 자아를 탐구하며 이승훈은 그때마다 대상적 세계에서 내면의 세
계로, 일상적 현실에서 환상적 신비로, 생성하는 언어에서 자동화된
언어로 이월했다. 이 마지막 단계에서 자동화된 주체인 '그'가 탈각
되면서 다시, '나'라는 기표가 남는다.

> 그는 무덤으로 간다 무덤이 있기 때문이다
> 겨울 오후 산비탈엔 무덤이 있다 아버지의
> 무덤이 있고 어머니의 무덤이 있다 어머니의
> 무덤은 아버지 무덤 옆에 있다 그는 춥다
> 바람이 불기 때문이다 그는 토파를 걸친다
> 세상엔 토파라는 게 있다 그는 무덤을 본다
> 무덤 아래 호수를 본다 호수가 있기 때문이다
> 겨울 햇살에 반짝이는 호수가 눈물겹다 그는
> 담배를 피운다 어머니와 싸우던 날들이
> 흘러간다 목을 움츠리고 그는 다시 무덤을
> 본다 그는 살아 있기 때문이다 어머니는
> 돌아가시고 그는 살아 있다 어머니는 무덤
> 속에 누워 있고 그는 어머니 곁에 서 있다
> 아직도 그는 어머니 곁에 서 있다 어머니는
> 마당에 앉아 빨래를 하고 그는 학교에서
> 돌아와 어머니 곁에 서 있다 어머니 곁에서
> 어머니 얼굴을 바라보며 어머니 오늘
> 학교에서―――그는 나직이 말한다 어머니는

그를 바라본다 배고프지? 여름 오후 마당에는

채송화가 피어 있고 어머니는 계속 빨래를

하신다 그는 어머니 곁에 서 있다 왜냐하면

그는 어머니 곁에 서 있기 때문이다.

—「어머니 무덤」(『밝은 방』) 전문

　우리는 이 시에서의 '그'를 '이승훈이라는 실체적인 시인 존재'와 나란히 놓고 읽는다. 그러나 또 한편으로 이승훈의 시의 궤적을 존중하면서 이 시의 '그'를 언어 속에서 기표로만 기능하는 그로 고쳐 읽으려고 노력한다. 그 사이에 어머니가 놓이고, 어머니의 산소가 놓인다. 어머니와 어머니의 산소는, 시인이 시를 쓰게 된 체험적 고백의 뭉근한 불기운을 읽는 이의 서정적 감각 속에 불 지핀다. 시 속에서는 소재로 기능하는 체험과 해석적으로 읽히는 체험, 그리고 '그'와 '이승훈'의 관계 사이에 겹겹의 충돌이 발생한다. 이런 충돌 속에서 일상의 '나(기표로서만 기능하는)'의 체험적이고 고백적인 언술은 시집이 끝나도록 대상화되어 등장한다. 자신이 명백하게 겪은 체험을 대상화하여 드러낸다는 것은 무엇인가? 체험을 객관적 기표로 전락시켜서 하나의 시 언어 단위로 시 속에 놓는다는 것. 시 속의 "어머니 무덤"은 시인의 개별적 체험을 서정적 감각으로 표백하는 서정적 발화가 아니다. 그것은 오히려 '어머니 무덤이 있다'라는 기표로 시에서 반복될 뿐이다. 이때 이승훈이 노리는 것은 나를 언어 기표로 만들어서 그 의미를 캐묻는 것이다. 시집을 통해 시적 언술을 쏟아 내고 또 겹치면서 형태는 시행의 변화에 비정형, 불규칙의 특징으로 일관된다. 시집 해설에서 김준오도 언급하고 있지만, 그렇다면 역설적으로 파생된 서정적 공감의 울림을 어떻게 해석할 것인가? 자아의 소멸, 그 끝에서 결과 지어진 서정. 어떻게 볼 것인가? 그것은 서정이 아니라 언어 체계 속에서 나의 소외로 보아야 마땅할 것이다. 이승훈이 비정형, 불규칙의 형태를 통해 노리는 것은 '나'라는 시적 주체, '경험적인 나'는 물론 '기표로서의 나'를 모두 낯설게 하는 것. 결국 나로부터 나를 소외시키는 것.

4.2. 과정, 형태 폭발

기실 이승훈 시에서 형태에 대한 관심이 가장 폭발적으로 발현된 시집은 『나는 사랑한다』이다. 그 방법론적인 단초는 앞선 『밝은 방』에 있다. 『밝은 방』은 언어 속에서 나와 너와 그라는 '실제적이라고 가정되는' 인칭들의 소외와 거리 두기를 비정형, 불규칙의 형식 속에서 보여 주었다. 이승훈이 『밝은 방』에서 보여 주고자 했던 것은 언어가 압도해 오는 폭발적인 에너지에 대한 실험이 아닐까 싶다. 때문에 그것은 존재 내지는 자아를 짜부라트리는 데 제 기능을 다하는 듯싶다. 그것을 소멸이라고 부른다면 『나는 사랑한다』는 언어의 기호적 속성을 극단까지 밀어붙이는 '과정적 해체'를 보여 준다. 이승훈은 이 시집에서 종래에 보여 주지 않았던 수많은 형태를 그야말로 실험한다. 이 시집에서 낱낱의 시마다 시 형태는 하나의 방법적 전략으로 기능한다.

나는 시를 쓴 다음 가까스로, 거의 힘들게, 어렴풋이 발생한다. 나는 시를 쓰는 게 아니라 시 속에서 내어난다. 시 속에서 태어난다. 시 속에서 내가 발생한다. 그렇다면 시란 무엇인가? 시는 시라는 장르에 속하는 게 아니라 시라는 장르에 참여한다. 참여한다는 건 속하지 않으며 동시에 속함을 의미하고, 시는 시라는 장르에 혹할 때, 말하자면 시라는 장르로 일반화될 때 이미 시가 아니다. 우리 시단엔 이런 의미로서의 귀속, 너무나 시 같은 시, 장르라는 일반의 옷을 입고 행세하는 시들이 너무 많다.

일반화된 시는 시가 아니다. 내가 시를 쓴다는 것은 시에 의해 시 속에서 시를 향해 시와 싸우며 시라는 길 위에서 헤매는 일이다. 헤맬 때 내가 태어난다. 시가 무엇인가를 알면, 도대체 시가 있다면, 우린 시를 쓸 필요 없을 것이다. 일반화는 모든 삶의 숨결을 죽인다.

내가 생각하는, 내가 쓰는, 내가 쓰면서 생각하는 시는 이런 의미로서의 시가 없는 시다. 시가 없을 때 시가 태어난다. 아아 시가 없을 때 시가 없을 때 시가 있다면 시를 쓸 필요가 없다. 말하자면 나는 이 시대의 문학이라는 유령과 싸운다.

무엇이나 말할 수 있는 이 문학이라는 이름이 이상하게도 이 땅에선 무엇이나 말해선 안 된다는 점잖은 인습으로 고착된 지 오래다. 우리 문학이 답답한 건 이런 인습 때문이다. 인습은 파괴해야 한다. 그리고 무엇이나 말할 수 있는 문학이라는 이름에 대한 새로운 자각이 필요하다.

모든 제로의 가능성은 제로의 불가능성이고 이 불가능성이 또 가능성이다. 무엇이나 말할 수 있는 가능성은 무엇이나 말할 수 없다는 불가능성이고 이 불가능성이 또 가능성이다. 나는 시를 쓴다. 아니 산문인가?

—「시」(『나는 사랑한다』) 전문

이 시는 시론이며 시이고, 산문인 동시에 시이며, 때로는 자신의 정신분석(?)이면서 자가 처방전이 된다. 이 시가 들려주는 메시지를 간과하기 힘든데, 이승훈이 강조하는 전언은 시와 폭력적으로 결별하기인 것 같다. 이승훈은 이 시집을 통해 시와 폭력적으로 결별하면서 '시라는 의미'를 제로의 가능성에서 다시 사유하고 있는 것이다. 미학적으로(반미학적으로) 시에 무한대의 방법을 동원할 수 있다는 것은 무한대의 시를 정초할 수 있다는 것이고, 가능성의 무한대는 불가능성의 무한대로 귀결되기 때문이다.

이승훈이 전략으로 보여 주는 시 형태들은 무척이나 전위적이지만 현대시사의 맥락 안에 있다. 이승훈은 모더니즘 시사를 통해 집적된 시에 대한 형태론적 접근을 방법적 전략으로 전경화한다. 이때 도드라지는 것은 형태지만 이승훈이 말하는 바는 시 속에서 '자율성은 비-자율성의 자유다'라는 역설이다. 이 시집에서 이승훈은 모든 잡다한 미학의 매제들을 나열한다. 그것들은 기법적으로 시 행 안에서 언어의 콜라주, 사진이나 기성 예술 작품들을 그대로 오려 붙이며 보여 주는 패스티쉬, 매제와 매제를 폭력적으로 결합시키는 브리콜라주, 때로는 기성의 예술 작품을 통조림 쌓듯이 쌓아 던져 놓는 아상블라주, 그리고 에세이와 장편(掌篇)소설과 평론과 기타 일상생활의 모든 글쓰기 양식의 패로디, 패스티쉬…… 이승훈은 이른바 반미학, 사이의 미학, 또는 복합 매체(intermedia)의 미학을 염두에 둔다. 이때 '사이' 또는 경계라는 미학의 지점을 메꾸는 것이 이승훈이 택한 시 형태인 셈이다.

4.3 그림자, 형태 무화

『너라는 햇빛』에 이르면 이승훈은 방법적 전략을 택하는 자신의 시적 주체를 고의적으로 탈각시키는 것처럼 위장한다. 애초에 이승훈의 시적 주체와 시적 방법론은 하나의 의미라고 볼 수도 있다. 이때 남는 것은 언어 그 자체다. 언어가 자가 발전한디는 것이 이 시기의 미학이다. 이때 텍스트와 삶은 하나가 되고, 언어는 텍스트를 기능하게 하는 무한 동력 발전장치로 기능한다. 마치 한 번의 움직임으로 열의 손실이 없이 무진장으로 에너지를 생산하는 무한 동력 발전장치처럼 언어는 삶이라는 텍스트를 시로 움직이는 동력이 된다. 이 시기에 이르면 삶과 시의 상동성은 형태적으로는 규칙 없음, 자재함으로 나타난다. 결국 언어가 무한대가 되면서 형태는 언어에 잡아먹혀 버리는 것이다.

> 나는 없고 언어만 있으니 나라는 언어가 나를
> 만든다 이 글이 텍스트 이 짜깁기 언어라는
> 실과 실의 얽힘 속에 양말 속에 편물 속에
> 스웨터 속에 당신의 스타킹 속에 내가 있다
> 나는 거기 있는가? 내가 거기 있다고? 글쎄
> 난 그것도 모르고 거울만 보며 쉰이 넘었다
> 망측스럽도다 거울만 바라보며 세월을 보낸
> 내가 갑자기 망측해서 주먹으로 한 대 갈기고
> 이 글을 쓴다 이 글 속에서 이 언어 속에 아무
> 것도 없는 언어 속에 부재 속에 무 속에 내가
> 있도다
>   ―「텍스트로서의 삶」(『너라는 햇빛』) 전문

　물론 이러한 행 구분과 시 형태는 일찌감치 『밝은 방』에서 목격했다. 시 속에 개입하는 메시지를 읽으면 언어가 그렇게 시켰기 때문에 이 시가 쓰이고 있다는 것이다. 마치 씨줄과 날줄이 얽히고설킨 직물과도 같이, 텍스추어(texture)와 같이 그렇게 이 시 역시 짜여 가고 있다는 것이다. 언어만 있음 속에 나의 유/무가 있다는 것이고,

그것이 바로 '텍스트로서의 삶'이라는 것이 이 시의 전언이다. 이 시는 언뜻 보기에 『밝은 방』시절의 시편과 유사해 보이지만 형태상의 차이를 엿보인다. 이 시는 형태적으로 완결될 수도 있고 완결되지 않을 수도 있다는 점이 그것이다. 『밝은 방』의 시편들은 물음과 완결의 구도를 보여 주었지만, 이 시는 텍스트의 의지가 언어를 끌고 다니기 때문에 이제는 '작자'가 더는 어쩔 도리가 없다는 것. 말이 되나? 시적 형태의 상동성은 여기에 있다. 이승훈은 한 걸음 더 나아간다. (아, 이제 더는 어찌해 볼 도리가 없도다.) 같은 시집 『너라는 햇빛』에 시인은 심지어 이렇게도 쓴다. "이젠 남의 시나 대신 써 주며 살리라"(「진주」), "보이는 대로 들리는 대로 시를 쓴다"(「백담사 시냇물」). 물론 이것을 곧이곧대로 믿는 이는 없어야 하고, 곧이곧대로 믿는 사람이 있어도 그만이지만, 곧이곧대로 믿고 그것을 해석이라고 우기는 이가 있다면, 아마 한국 현대시는 별안간 천애 고아가 된 기분이 되어 한국 현대시를 떠날지도 모를 일이다. "캄캄한 밤에 허공에 글을 쓰며 살았다 오늘도 캄캄한 대낮 마당에 글을 쓰며 산다 아마 돌들이 읽으리라"(「너」). 그럼 내가 돌이라는 말인가!

5. 언어도단―비유비무(非有非無), 모두가 형태 없음이고 모두가 형태 있음이다

『너라는 햇빛』을 통해 이승훈이 강조하는 것은 자재함, 자유, 필연성 없음, 자동기술마저 탈각된 무의지의 시이다. 이때 남는 것은 언어였다. 이제는 언어가 이끌고 가는 모든 것이 시가 될 것이다. 텍스트가 곧 삶이 되고, 언어는 무의지로 작품을 정초하고 나면 시 속에는 어떠한 작품 형태도 남지 않을 것이다. 반대로 인이의 외지가 삶을 텍스트로 바꾸고 나면 시 속에는 읽을 수 없는 무수한 형태가 넘칠 것이다. 이승훈은 이런 질문과 해답의 방식을 선불교의 공안을 해독하면서 찾는다. 이 시기에 이승훈은 『인생』(민음사, 2002), 『비누』(고요아침, 2004)를 내놓는다.

잠자리 한 마리 경포 바다가 그대로
잠자리 한 마리요 짧은 가을 해입니
다 난 언제나 반쯤 가다 돌아옵니다

잠자리는 그대로 하늘에 떠 있고 내
가 너를 따라간 건 너를 잡으러 간
게 아니야 나를 잡으러 간 거야 그
러나 경포 바다 어디에도 너는 없고
아마 내가 잠시 꿈을 꾼 모양입니다

　　　　　　　　—「잠자리 한 마리」(『인생』) 전문

가을 아침 등을 구부리고
신을 신는다
갑자기 말문이 막힌다
이 고요한 통곡은
어디서 오는가
번개가 치는구나
내가 그리운 사람이다

　　　　　　　　—「현관에서」(『비누』) 전문

이 두 시에서 언어에 대한 경사는 앞의 작품이 조금 더 강한 것으

296

로 여겨진다. 뒤의 작품은 조금 덜하지만 역시 "내가 그리운 사람이다"라는 마지막 구절로 인하여 언어의 작용으로 인해 의미가 발생한다. 이승훈은 이 시기 형태상으로는 한 행에 글자 수를 똑같이 맞추어서 박스형으로 단어를 쌓아 올린다든가 줄글로 풀어 버린다든가, 그것도 아니면 말 그대로 일기나 기사처럼 받아 적은 형태를 보여 주거나 한다. 이 시기에 도드라지는 시 형태는 이 시기의 작업의 향방과는 전혀 무관하다. 이 시기 이승훈은 어떻게 하면 언어를 버리고 시를 쓸 수 있을까(?)라는 물음을 품는다. 비트겐슈타인의 단상에 기대자면 '믿어지는 가설이 현실이고' '언어는 도토리'[19]와 같은 것에 불과할 수도 있는 것이다.

언어밖에 남아 있는 것이 없다면 '-은 -이다'와 같은 단언적인 언명들이 서술적 경계를 재구성할 것이다. 그러나 선시의 공안들은 '-은 -이다'라고 말을 하기 때문에 서술적 경계를 지워 버린다. 그것은 마치 말레미치가 화면 전체를 흰색의 '여백(餘白)'으로 가득 채우는 것과 같은 이치일 것이다.[20] 결국 '-은 -이다'라고 언명할 때마다 구상적인 서술의 윤곽과 형태가 드러나지만, 동시에 '-은 -이 아니다'와 같은 부정적 서술적 경계도 함께 드러난다. 반대로 사라지고, 또 사라지는 것이다.

---

19 루드비히 비트겐 슈타인, 『문화와 가치』, G. H. 폰 리히트 편, 이영철 역, 천지, 1998, pp.116-117.

20 여기서의 논의는, 카지미르 말레비치의 수프레마티즘 회화와 '-은 -이다'의 구상적 서술, '-은 -이 아니다'의 부징적 언술이 미학적 관계에 대한 이덕형의 상론에서 빌려 왔다. 이덕형, 『이콘과 아방가르드—초월적 성스러움의 문화적 표상』, 생각의나무, 2008, pp.607-609 참조.

6. 오로지 쓴다는 행위 그것―스타일 소멸, 형식 소멸, 형태 소멸

여기까지 이르면 언어도 버려야 할 것에 지나지 않는다. 결국 이 승훈은 대상을 버렸고, 자아를 버렸고, 언어를 버린다. 이제 시는 가능하기는 가능한 것일까? 이승훈이 이때 제시하는 답은 바로 행위다. 대상과 자아와 그 매개로서의 언어의 삼각 구도에 행위를 추가해 사각 구도를 만드는 것이다. 이승훈은 행위만을 남겨 둔다. 이승훈은 이때 "영도의 사유"와 "사유의 영도"와 "영도의 시 쓰기"를 시론으로 내세운다. 아무것도 사유하지 않음으로 사유에 대한 의식이 소멸되고 마침내 사유가 (사유를) 사유하는 사유가 그것이라고 한다. 이때의 영도(degree zero)는 아마도 롤랑 바르트를 참조 항으로 했을 것이다. 이 동안 이승훈은 『이것은 시가 아니다』(세계사, 2007), 『화두』(책만드는집, 2010)를 내놓는다. 그리고 시론으로 「영도의 시 쓰기」를 『화두』의 말미에 붙인다.

이승훈 시론의 50년 역사 속에 위치하는 「영도의 시 쓰기」는 현재 진행형인 시론이고, 내가 이해할 수 있는 능력치를 벗어난다. 그런데 다행히도, 또 놀랍게도 1916년 카지미르 말레비치가 「입체파와 미래주의로부터 수프레마티즘으로」라는 논문에서 자신의 그림에서 '순수 행위' 그 자체인 '하얀 사각형'을 설명하는 지점에서 '형식의 영도'라는 개념을 내세우는 것을, 나는 우연히 발견한다. "나는 형식의 영도 속에서 변형되었으며, 영도를 넘어서 창조로 즉 수프레마티즘으로, 새로운 회화의 사실주의로, 무대상적 창조로 향했다."[21] 이 기묘한 아날로지 역시 내가 조망하기에는 큰 그림인 듯싶다. 그렇지만 아래와 같은 작품.

---

21 이덕형, 『이콘과 아방가르드―초월적 성스러움의 문화적 표상』, p.600에서 재인용.

제자들과 함께 들린 인사동 어느 술집 그 집에도 멸치가 없었다. 동
우, 동옥, 경아, 지선 등등이 탁자에 둘러앉았다. 멸치가 없군! 내가 말
하자 동옥아 네가 나가 사 와! 동우가 시키자 동옥이가 말없이 일어나
나갔지 그러나 아무리 기다려도 오지 않고 이상하군 동옥이가 강릉으
로 간 거 아니야? 아니 멸치 사러 순천으로 갔나? 내가 말했지 순천은
그의 고향이다 한참 지나 동옥이가 들어온다 동옥아 너 강릉까지 갔다
온 거야? 누군가 물었지만 그는 말없이 주머니에서 멸치를 한 주먹 꺼
내 놓는다 그리고 낮은 목소리로 말을 꺼낸다 선생님 멸치 파는 가게
가 없어 한참 헤매다 어느 술집엘 들렀어요 그 집엔 멸치가 있다는 거
야요 그래서 맥주 한 병과 멸치를 달라고 했죠 맥주만 마시고 돌아올
때 멸치를 주머니에 넣고 왔어요 모두들 하하하 즐겁게 웃던 밤

　　　　　　　─「모든 게 잘 되어간다」(『이것은 시가 아니다』) 전문

　　이 시 속에서 '동옥이'는 암만 생각해도 '이 글을 쓰는 나'는 아닌
것 같고, '동옥이'의 고향이 '순천'이 아니라 고흥이라고 해도, '인사
동 술집'이 아니라 시청 앞 술집이었다고 해도, 그리고 '동우'가 『시
현실』 주간 강동우 선생을 말하는 것이 아니라고 해도, '동우'는 '동
옥'이에게 "네가 나가 사 와!" 하는 사람이 아니라 따스하고 좋은 형
이라고 해도…… 이 시가 가지는 수필적인 속성, 현실성을 탈각하고
탈각한 현실성을 감싸 안는 수필과 같은 시적 형태는 오롯하다.

　　난 정어리 먹은 기억이 없다. 그러나 정어리는 벽을 뚫고 고개를 내
밀고 "넌 먹은 적이 있어!" 말하네. "그럼 고래도 먹었단 말야?" 내가
묻자 정어리는 벽 속으로 사라지고 사람 중에는 징이리 먹은 사람과
정어리 먹지 않은 사람이 있고 정어리 먹으러 가는 사람과 정어리 먹

고 오는 사람이 있고 정어리에 대해 시를 쓰는 사람과 정어리에 대해

시를 쓰지 않는 사람이 있고 정어리 알을 먹는 사람과 정어리 알을 먹

지 않는 사람과 굴비 먹는 사람이 있다. 난 지금 굴비를 먹는다. 어린

시절 고향에선 꽁치를 먹었다.

—「정어리」(『화두』) 전문

『화두』에 이르면 제목과 본문, 본문에서 행과 행, 행 안에서 진술

과 인용이 모두 제각각으로 진행되며 기기묘묘한 줄글 형태에까지

다다른다. 이때 이승훈이라는 스타일이 소멸한다. 시론에 입각한 주

제적인 형식이 소멸한다. 마침내는 형태마저 소멸한다. 그러나 이

모든 역설의 마지막에도 형태는 남는다. 시라는 형태를 안고 달려온

50년의 싸움. 가끔 아래와 같은 시들을 꺼내 조용히 소리 내어 읽으

면, 무어라 말하기 어려운 허무의 질감 같은 것이 만져지는 기분이

들 때가 있다. 선생님께서는 아마도 "동옥이, 공부 좀 더 해야겠구

나" 하시겠지만.

봄날 저녁 길을 가다

돌아보면 아무도 없

고 다시 고개 숙이고

가면 누가 따라오는

것 같아 다시 고개 돌

리면 아무도 없다 그

저 웃으며 간다

—「언젠가 모르겠다」(『화두』) 전문

비평의 거울, 삶의 기율

마르셀 라이히라나츠키는 1973년부터 15년 간 '프랑크프루트 알게마이네 차이퉁'의 문예면에서 편집 기자로 일한다. 그는 신문에 '시평란'을 성공적으로 안착시키는 데 큰 역할을 했다. 라이히라나츠키의 원칙은 '독일 시에 무언가 발언하고 싶은 사람이라면 일상의 경쟁을 생략하고 누구든지 참여할 수' 있는 열린 장을 만드는 것이었다. 때로는 난해하고 소통이 불가능하다는 이유로 독자들의 항의 전화나 편지를 받기도 했다. 항의 내용은, 이를테면, '김소월이나 한용운이나 황진이 시나 싣지 시가 왜 그렇게 어렵냐'는 투였다. 문학장에 15년 간 발을 담그면서 '대비평가'니 '문단의 거물'이니 하는 야유를 받기도 했던 그가 감동적인 순간으로 꼽는 대목은 의외로 순수하다. 어느 날 그는 우연히 토론회에서 만난 여성의 시를 받는다. 그는 책 한 권도 내지 않은 '이름 없는' 여성의 작품을 신문에 싣기로 결심하고 편집자들을 설득한다. 그는 이름 모를 여성의 시에서 '지금 이 시대에도 시가 얼마든지 아름다워도 괜찮고 또 아름다울 수 있다는 사실적 가능성'을 보았고 감동했다고 술회한다. 라이히라나츠키는 편집자들과 데스크를 설득해 시를 신문에 게재한다. 그는 휴지통에서 구겨진 편지 봉투를 찾아 그녀의 이름을 뒤늦게 알아낸다. 그녀의 이름은 『집 안의 남자』(안인희 역, 청하, 1995)라는 제목의 시집으로 국내에 번역 소개되기도 한 울라 한이었다.

　라이히라나츠키는 '시에 작은 길을 내자'는 신념으로 비평 행위에 전념했다고 술회한다. 그는 제도적인 대학 교육을 받은 적도 없었고, 비평과 창작의 기묘한 합종연횡에 발을 담그지도 않았으며, 한때는 악평의 전도사로 매도되기도 했으니 말이다. 라이히라나츠키가 울라 한을 발굴해 내는 대목에서 비평 행위가 시작되는 순간 내장해야 할 행위의 준칙 같은 것을 엿보게 된다. 그것은 '정확성'과 '창의성'과 '공정성'이다. 기본적으로 이런 준칙들은 섬세하고 부지런한 시 읽기를 통해 가능할 것이다. 이 글을 쓰기로 작정하자, 라이히라나츠키가 떠올랐고, 라이히라나츠키의 저 구절을 다시 읽자 유성호 선생님이 떠올랐다. 비평의 악습을 벗어던진 탁 트인 전망과 시야를 선취하는 눈 속에는 작품과 시인을 낱낱으로 돌보고, 돌아보고 다시 보는 그만의 부지런한 '육체'가 거한다. 물론 비평의 몸피에는 날카롭고도 도저한 정신이 깃들기 마련이다. 유성호 선생님은 비평의 악습에 대해 이렇게 일갈한 적 있다. "비평의 비속화와 평균화를 부추기는 무책임한 동어반복의 '인상 비평', 비평 특유의 정론성이 탈각되어 버린 '관리 비평' …… 작품의 표층만 따라가면서 시인들이 미처 성취하지 못한 부분까지 찾아내서 작품의 가치로 적극 인준해 주는 '헌사(獻辭) 비평', 자신의 이해 영역(학연이든, 인간관계이든) 안쪽의 사람들에게 과도한 호의를 보이는 이른바 '주례사 비평'과 결별해야 한다."(「시 비평은 무엇을 해야 하는가」, 『한국시의 과잉과 결핍』)

인상 비평, 관리 비평, 헌사 비평, 주례사 비평 등 제도 비평 안에 안착되어 고형화 된 글쓰기는 비평은 물론이거니와 시 자체의 규준을 이완하고 종국에는 소멸시킬 것이다. 비평에서 '규준의 이완과 소멸'은 시의 존재 이유인 미학적 공감이나 한 사회의 명료한 자기 이해라는 근본적 지반을 위태롭게 한다. 비평적인 규준이 다양해지고 시각이 풍요로워질 때 한 사회는 '민주적 감각의 현실화'에 한층 다가서게 될 것이다. 이런 전제에서 시작한 선생님의 논의는 비평이 구비해야 할 '삶의 기율'로 이어진다. 비평은 텍스트의 정확한 독해를 근거로 비평가 자신만의 남다른 자의식을 반영하고 해석적 가치판단에 이르는 '정확성'을 가져야 한다. 비평은 텍스트를 이데올로기나 공시적 통시적 조건에 함몰되어 거칠게 추상화시키는 우(愚)를 경계하고 텍스트가 가진 각자성과 결을 섬세하게 살리는 데 있어서 '창의성'을 발휘해야 한다. 비평은 또한 시 비평 자체의 존재 이유와 목적에 대한 발본적인 성찰을 향해 나아가면서 메타적이고 반성적인 자의식을 내장하면서 '공정성'을 확보해야 한다. 요약하자면 정확성, 창의성, 공정성을 통해 시 비평은 시적인 것을 재발견하고 그 존재 이유를 논리적인 차원에서 건립한다. 시적인 것을 향해 명멸해 간 시인들에 대한 탈도덕적 접근, 일상어 차원까지 규제하고 있는 비유적인 언어에 대한 역사적 접근, 일탈과 불온으로 에너지와 전망을 드러내는 시적인 것의 변이형에 대한 탐색, 세련된 비유와 감상 과잉의 서정에 대한 비판적 독해를 미학적인 차원의 논의를 통해 끄집어내는 것이 비평의 역할이다.

나는 앞서서 선생님이 지적한 정확성, 창의성, 공정성을 '삶의 기율'이라고 고쳐서 썼다. 비평이 2차 텍스트로서 '자율성 콤플렉스'를 벗어나기 위해서는 일차적으로 '환대'와 '친화력'에 바탕을 두고 작품에 다가서야 할 것이다. 환대와 친화력 속에서 비평가는 작가와의 '상상적 동일화'를 체험하고 동일화를 헤치고 나오는 이탈의 과정 속에서 자기 언어를 기입하기에 이른다. 동화와 참여를 비평의 기준으로 제시한 이는 물론 조르주 풀레를 위시한 제네바 학파 계열의 비평가들이다. 이들은 논리적인 정합성 못지않게 비평이 문학 언어가 되기 위해서 필요한 '상상 작용'의 열기에 대해 강조한 바 있다. 독일의 어느 소설가의 말을 인용하자면 비평 행위 속에는 '상상력의 열 방사'가 내장되어 있어야 한다. 비평적인 힘은 이때 논리를 내장한 작가 고유의 문채로 변한다. 유성호 선생님은 같은 글 말미에서 비평에 있어서 문채의 중요성을 강조하기도 했다. "비평도 문학의 한 양식인 한, 비평가 개인의 독자적인 문채(文彩, figure)와 세계관을 내포해야" 한다.(「시 비평은 무엇을 해야 하는가」) '세계관을 내포한 문채'를 구비한 비평이란 언어의 시적인 기능을 전폭적으로 신뢰하고 그 가능성을 믿는 '비평가의 일'을 통해서 문자화될 수 있을 것이다.

비평이 할 일에 대해 유성호 선생님이 한 말을 되새기면서 글을 시작하는 이유는 이 글 역시 일종의 '평문'에 속하기 때문이다. 고백하자면 '비평적인 글쓰기'에 대한 뒤늦은 자각이 생긴 것은 선생님께서 숙제처럼 내주는 '글'들을 수락하면서부터였다. 한양대학교 국어국문과에 부임한 선생님은 전임이셨던 이승훈 선생님께서 '못다 간수한' 제자들의 앞길을 돌보는 데서 학과 업무를 시작하신다. 마치 외인구단을 만들듯이 여기저기에 흩어져 공부에 열의를 잃은 학생들을 하나하나 돌보는 수고로운 일이 부임을 한 다음 처음으로 한 일 가운데 하나인 셈이다. 선생님은 2004년 석사를 수료하고 학교를 오래 떠나 있던 나를 불러서 '일단 시작한 일이니 석사 과정이라도 마치라'며 채근을 하셨다. 동기부여도 되었겠다 고마운 마음에 날림으로 석사를 마친 것이 2009년이었다. 그러고는 1년을 쉬고 2011년에 박사 과정에 입학했다. 곁에서 선생님을 뵌 지는 그리 오래되지 않은 셈이다. 차마 모신다는 말을 못 하겠는 것이 선생님께서 워낙에 바쁘시기도 하시지만, 오히려 당신께서 짬짬이 시간을 내서 '제자들을 모신다'라고 하는 편이 맞겠기에 '선생님을 모셨다'라고 염치없는 말은 하지 못하겠다.

유성호 선생님을 떠올리자면 숱 많은 호방한 웨이브의 머리카락을 쓸어 넘기면서, 달변으로 사건과 내포를 구분하고 구획하면서 명확하게 정리하는 사람 좋은 목소리를 떠올리는 이가 많을 것이다. 그 가운데서 연표와 전기적 사실에 관한 세밀하고 정확한 '기억'이 자리하고, 이것과 저것의 구분을 야멸치게 무화하려는 해석의 폭력에 거리를 두는 넓은 시야가 덧대지면 유성호 선생님만의 평론 한 편이 구술되는 셈이다.

사실 나는 선생님의 '삶'에 대해 '거의 전혀' 모른다. 인터뷰를 할까 생각도 했지만 면구스럽던 차에 선생님께서 '문학적 자전'을 한 편 써 주셨다.(「인간적인 자전을 쓰기 위하여」, 『문학사상』, 2015.11) 선생님께서는 경기도 여주에서 태어났다. 여섯 살 무렵 서울 성동구 성수동으로 이사를 해서 2년 가량을 산 가족은 서대문구 남가좌동으로 다시 이사한다. 선생님은 그 집에 살며 중학교, 고등학교, 대학교를 졸업했고 결혼을 하고 나서야 집을 떠났다. 삼성동의 휘문중학교야 등하교를 하기에는 당시로는 꽤 먼 거리였을 테지만, 명지고등학교와 연세대학교라면 남가좌동에서는 걸어 다니기에도 무방한 거리다. 선생님의 삶은 여행이 없는 밋밋한 과정 속에 있었으리라고 추측한다면 다소 심한 억측에 속할까? 아니 그보다는 선생님에게 '일탈과 여행'은 바로 문학이었다고 말하는 편이 맞으리라. 중고등학교 시절을 통틀어 현상 문예에 여러 차례 입선하기도 했던 선생님의 꿈은 자연스레 '시인이 되는 것'이었다. 대학 3학년 때 그 꿈을 포기하셨다고 썼는데, 이십대 중반의 나이에 '창작'의 꿈을 포기한 것은 다소 이른 선택이 아닐까 생각되기도 할 것이다.

어쩌면 이 무렵에 선생님은 '개신교'에 귀의를 했을 수도 있을 것이다. 선생님은 어린 나이에 일찌감치 '타의'로 종교를 가진 분이 아니다. 문학작품들을 독파하고 '창작을 향한 요원한 꿈'에 들린 젊은 날을 보낸 다음에 성인이 되고도 몇 년이 지나고서야 종교를 가졌다. 지난 세기의 끝 무렵(1998년), 선생님은 '사이버 문학'에 대한 글을 썼는데, 글 말미에는 의외롭게도 문화의 급변에 대처할 하나의 기율로 '기독교적 세계관'의 소중함을 이야기한다. 문화적 변화 속에서 인간은 "개인주의와 다원주의를 핵심으로 하는 현대 자본주의 시대에 일종의 '중심'이라고 할 수 있는 합리적인 '공통 지각(상식)'을 마련하는 일, 세속화와 물질 중시, 감각 중시의 세태에서 영성과 신 중심적 가치, 그리고 타자성의 문제"와 직면한다.(『사이버 문학의 양상과 그 대응』, 『상징의 숲을 가로질러』) 선생님의 관심은 타자성에 대한 문제에서, 서정의 기율과 본질에 대한 문제로, 그리고 이 시대의 시적 독법에 대한 비평적 진단으로 옮아가고 그 끝에는 문학사를 다시 읽는 작업이 있다. 선생님이 근대를 사유할 때 시종일관 강조하는 것은 동일성과 비동일성의 양가적인 폭력, 그리고 타자성에 대한 사유다. 이러한 사유들은 세속성이라는 주제를 어떻게 역계몽하느냐에서 기원한 문제의식일 수도 있기에 '영성'에 대한 요청은 논리적으로 당연한 귀결이었겠다.

선생님의 문학적 자전에서 호명되는 작가들은 김소월, 전혜린, 박인환, 조병화, 문덕수, 조남익 등의 문인들이다. 초년에 도스토예프스키니 토마스 만을 읽고 전율했다는 투의 말은 없다. 선생님은 사후적으로 의미를 재추인하고 조작된 기억을 엄밀하게 경계하는 편이다. 간혹 이야기를 나누다가 기억에 착오가 있는 지점을 발견하시면, 물론 그런 경우는 드문데, 스스로 소스라치게 놀라신다. 신군부 정권 아래서 대학을 다녔으니 사회과학의 세례를 일정 부분 받았고, 세계문학의 고전을 읽은 것이 대학 초년 시절의 문학 수업이었다. 대학 3학년이 되어서 시 창작에서 손을 놓은 다음에는 '기억의 고고학자가 되겠노라'는 다짐으로 근대문학의 정전을 파고 또 판다. 대학원에 진학을 했고 자연스럽게 비평 청탁에 응하게 된다. 이 무렵에 쓴 글 가운데 하나가 대학 동기이기도 한 나희덕 시인의 『뿌리에게』(창작과비평사, 1991)의 발문 「그의 귀에 들리는 어스름의 '소리'들」이다. 발문이니만큼 시인과의 관계를 밝히고 있음에도 일정 정도 비평적인 거리와 주관을 확보하고 있는 이 글은 타자성과 기억의 문제를 섬세하게 엮으면서 꼼꼼하게 시 해석을 펼친다. 초기의 평문인 셈인데, 어쩌면 선생님의 글이 문학사를 정리하는 작업까지 나아간 다음에는 크고 큰 원환을 돌아 다시 이런 발문 형식의 글로 옮아가지 않을까 싶기도 하다. 1999년에 대학 교수 신분으로 신춘문예를 통해 평론가 직함을 달게 된다. 직장을 남원에서 청주로, 청주에서 왕십리로 옮겼고, 아이들은 장성을 해서 군대를 가거나 대학을 다니게 되었고, 근 10권에 달하는 평론집과 논문집과 이론서를 펴냈다. 선생님 말대로 '지금까지 가장 분주한 비평가로' 살아온 셈이다.

선생님은 누구보다도 현장 비평에 밀착한 글쓰기를 선보였고, 와중에도 꾸준히 서정시의 언어 문법과 세계관의 내포에 대한 이론적인 성찰에 진력해 왔다. 선생님은 섣부른 이분법과 관념론과 텍스트라는 실체에 근거하지 않은 글쓰기를 경계해 왔다. 선생님에게 비평이란, "해당 텍스트를 향한 매혹과 그것을 분석하고 평가하는 냉정한 감각이 통합되는 지점에서 발원하고 펼쳐지고 완성된다. 그 점에서 비평가는 '독자'로서의 정서적 섬세함과 '판관'으로서의 이성적 합리성을 불가결한 능력으로 견지해야 한다. 당연히 '비평'은, 그 본래적 의미에서, 뛰어난 심미적 텍스트를 분석하고 평가하는 데서 자기 위상을 온전하게 확보해 왔다고 할 수 있다." 그렇다면 텍스트에 후행할 수밖에 없는 비평의 자율성 콤플렉스는 비평의 존재 위상을 해치는 것은 아닌가? 선생님은 이렇게 답변한다. "창작에 비해 이차 담론의 속성을 가지는 '비평'은 존재의 위기 국면을 가장 민감하게 겪을 수밖에 없는 언어 양식이다. 하지만 '비평'은 문학에 대한 반성적 자의식을 가질 수 있는 유일한 언어 양식이며, 타자에 대한 배려와 관심을 전체성의 차원에서 사유할 수 있는 사유 양식이다."(「현대 시조 비평의 역할과 전망」, 『정격과 역진의 정형 미학』) 비평 언어는 메타적인 자의식을 사유의 양식으로 내면화할 수 있는 거의 유일한 글쓰기라는 것이다. 이 언어에는 사유의 형식에 있어서 제약이 없고, 논리적 구속력에 있어서 비약과 단절에 대한 유혹이 전무하다. 그러니 비평적 자유의 심급은 어쩌면 선생님이 강조하는 정신성과 타자의 문제에 대한 실마리이기도 할 것이다. 결국 비평적인 주체가 전면에 등장하는 셈이다. 이런 문제의식은 시에서 시적 주체의 위상 문제에 각별한 관심을 기울였던 평문에 보다 자세하다.

　　서정시의 가장 두드러진 특징 중의 하나는 시적 주체의 내적인 세계와 외적인 세계가 철저히 결합하거나 충돌하는 관계에 있다. 이를 주관적인 정서와 객관적인 사물의 교감에 의해 빚어지는 '시적 창조'라고도 흔히 부른다. (중략) 우리가 다루는 서정시의 개념은 이성과 감성

사이를 부단히 매개하면서 시적 주체의 세계를 드러내는 언어적 양식이라는 데로 모아진다.

—「서정시의 제 개념—'감각', '감정(정서)', '정조'에 대하여」
(『한국현대시의 형상과 논리』)

서정의 원리를 복원할 것인가 아니면 확장할 것인가 (중략) 요컨대 '서정'은 이성적 사유를 매개로 하는 계몽, 타자의 시선을 통한 부단한 자기 검색, 감각의 전회를 통한 지각의 갱신을 모두 자신의 몫으로 삼아야 한다. 물론 이는 주체의 해체보다는 주체의 기능과 역할을 새롭게 가다듬는 과정에서 가능한 것이다.

—「분화와 통합, 내적 결속과 외적 확산의 이중주」
(『움직이는 기억의 풍경들』)

선생님은 당신을 스스로 '서정시주의자'라고 명명하기도 했다. 선생님이 사유하는 서정시에는 일단 전제가 붙는다. 흔히 상식적인 차원에서 접근하는 속류 서정시의 정의에 따르자면 서정시는 감정을 개별화한 발화에 머문다. 그러나 '서정시는 사적 감정의 숙주나 개체적 발화 양식'만으로 규정할 수 없다. 이것이 선생님이 연구와 비평에서 서정시를 바라보는 전제다. 그래야만 '서정의 다양하고도 중층적인 몫'을 경험하는 일이 쓰기와 읽기 차원에서 가능해지기 때문이다. 서정시는 늘, 언제나, 항상 해석적인 고투를 통해 아로새겨지는 비평적인 시야와 더불어 의미망을 드러낸다. 물론 그 속에서 "'전통/모던', '서정/실험', '중견/신진'과 같은 허구적 분법(分法)"은 폐기된다. 이런 논의를 거친 연후에 선생님은 다시 다음과 같이 정의한다. "일차적으로 서정시는 자기표현적 속성과 자기 회귀적 욕망을 바탕으로 하는 고백과 성찰의 발화 양식이다."(「존재의 깊이를 경험케 하는 서정의 다양한 몫」,『움직이는 기억의 풍경들』)

　선생님은 1990년대에서 2000년대로 넘어오면서 타자성의 다양한 양상들의 규명에 진력했던 관심을 '서정이라는 문법의 고유 기능은 무엇인가?'라는 근본 문제로 전환한다. 선생님은 우리 시가 비현실적인 환상으로 전망을 대치하고, 권태와 환멸로 침잠하여 비극성의 도저한 깊이를 잃었다고 진단한다. 전망과 비극성이 사라진 자리에는 근시적인 양상들이 마치 만화경처럼 펼쳐진다. 선생님은 늘 어느 한쪽에 치우친 방향 없는 형식과 시야를 상실한 전망의 위험성을 지적한다. "주체 소거의 경향과 비동일성 및 환유의 경향이 우리 시의 미래를 개척할 수 있다는 데 동의하기 어려울 것이다"라고 진단하기도 하는데, 이 대목에서는 다소 단호한 어투가 엿보인다. 이 시대에 서정시를 옹호한다는 것은 "형이상학과 정전(正典)의 급속한 와해를 실현하면서 다가오는 온갖 종언주의(endism)에 편승하지 않고, 기억과 사물의 접점에서 새로운 대안적 사유를 수행해 가는" 목소리에 귀를 기울이는 일이다. "그들의 언어를 통해 우리는 우리 시대의 세대론이 부분적으로 허구임을 알게 되고, 나아가 서정시의 옹호를 통한 새로운 시학을 암시받을 수 있"다.(「서정의 옹호」,『움직이는 기억의 풍경들』) 세대론과 이분법적 관념론의 허구를 떨치는 일은 서정시에 대한 물음을 존재론과 인식론을 투과한 미학적 차원으로 끌어올리는 작업인 셈이다. 이어지는 문맥 그대로 "그것이 말하자면, 서정시의 '모반'이다. 전진만 있고 역진(逆進)은 허락되지 않는 시대에 과감히 자신의 기원과 오래된 기억을 찾아가는 역진의 모반, 그것이 비록 반어적이지만, 우리 시대의 서정시가 꿈꾸어야 할 모반의 한 미학적 가능성이다."(「서정시의 모반, 그 반어적 가능성」,『침묵의 파문』)

눈 밝은 근대문학 연구자이기도 한 선생님에게 서정 개념을 다시 규정하는 일은 자본주의와 물질화와 일원화와 비동일성이 지배하는 근대 이후의 시대사적 고민을 읽어 내는 주효한 방법론이기도 하다. 선생님은 간혹 임화나 이상 등에 대해 연민이 가득한 어조로 강의를 하신다. 인간에 대한 연민과 안타까움과 작품에 대한 경탄과 경이가 버무려진 어조를 뭐라고 묘사해야 할지 적당한 단어가 생각나지 않는다. 자료를 읽을 때는 표지에서 본문은 물론 판권을 지나 책등에서 뒤표지와 장정까지 샅샅이 꼼꼼히 읽어야 한다는 것을 손수 보여 주시는 것으로 수업을 대신하기도 한다. 선생님은 아마도 신체시에서 황병승, 김경주와 그 이후까지 낱낱의 시인들을 꼼꼼히 들여다본 몇 안 되는 비평가이자 연구자 가운데 한 분일 것이다. 최근에는 '현대 시조'를 주제로 한 연구서 겸 비평집을 내기도 하셨으니 말이다.

그런데 공부는 언제 하고 그 많은 글은 언제 다 쓰는 것일까? 언젠가 제자 가운데 하나는 '유성호 글쓰기 매뉴얼론'이라는 음모론을 제기하기도 했다. 선생님은 글쓰기 매뉴얼을 백 개 정도 개발을 해 두었고, 모니터에 이마를 댄 다음에 컴퓨터를 툭 치면 글이 화면에 뜨는 걸 거야. 아마도 그럴 거야. 선생님은 스스로 '책의 물성(物性)에 중독된 자'라고 고백하신다. 수불석권하는 책들이 어지러이 쌓여 있는 연구실 벽면에서도 어디에 어떤 책이 꽂혀 있는지 정확히 기억하시곤 하니까 말이다. 또 한 가지, 선생님은 틈틈이 손바닥에 한자며 영어를 쓰며 외우시곤 한다. 그 기억력이 단순히 타고난 것만은 아닌 셈이다.

뒤늦게 박사 과정에 들어간 것은 선생님의 관심과 배려 덕분이었다. 결혼을 해서 아이를 낳았다. 선생님께 주례를 부탁했다. 결혼 전에 저녁 자리를 만들어 아내와 함께 만났다. 그 이후에 언젠가는 당신께서 직접 학교 후배들 부부와 함께하는 저녁 자리를 만들기도 하셨다. 선생님은 들고 나는 사람을 '끔찍이도 자상히' 챙기신다. 그러면서도 어느 핸가 학교를 올라가는 길에 내게 이런 투의 말씀을 하셨다. '이제 육친과 같은 관계로 맺어지는 사제 관계의 시대는 끝난 것 같아. 각자가 원하는 길을 터 주는 것이 스승의 역할일 수도 있겠지.' 다소간 쓸쓸한 말투였는데, 선생님은 그제나 이제나 제자들을 한 가지 목표를 향해 몰아가지 않는다. 이제 갓 입학한 스물 대여섯의 석사 아이들의 부모님은 어떤 분인지, 최근에 무슨 책을 읽으며 무슨 꿈을 꾸는지 소상히 꿰고 계신다. 결혼식 주례사에서 선생님은 '부부와 가족만 행복하려 하지 말아'고 당부하셨다.

언젠가 선생님은 이런 말씀을 해 주셨다. '나이가 사십이 넘어가면 적을 만들어서는 안 된다. 만일에 적이 있다면 찾아가서 사과라도 해야겠지.' 왜인지 그 말을 들은 나는 한동안 아무 말도 하지 못했다. 술을 끊은 지 30개월이 다 되고서야 벗어던진 피해망상이 아직 덜 걷힐 무렵이었다. 그 무렵에 틈틈이 툭툭 던지듯이 이런저런 것을 확인하고 또 물어봐 주시고 또 글감을 주시던 선생님의 관심과 격려가 큰 힘이 되었다. 덕분에 내게도 돌연 (없던) '비평적 시야'가 트이기 시작했으니 말이다. 최근에는 여러 지면에 '시사(詩史)'를 연재하듯이 쓰고 계신 것으로 안다. 아마도 이 작업들은 선생님께서 꿈꾸시는 문학사 정리 작업의 고갱이들이리라. 스승은 큰 걸음으로 멀리 멀리도 나아가시는구나. 선생님의 다음 턴(turn) 곁에서 오래 함께하는 호사를 누리기도 하겠지. 이제 바쁜 일도 줄이고, 쓸거리도 줄이고, 당신 스스로 생각에 더 많은 시간을 두는 평범한 '자기 시간'을 가질 때도 되었으니 말이다. 역진과 모반, 우리 시대의 서정시가 꿈꾸어야 할 미적 가능성! 가슴에 되새긴다. 역진과 모반이 어

디 시에 그칠 당부이며 다짐인가. 그것은 또한 삶의 기율이기도 할
터다.

호모 폴리티쿠스, 호모 포에티쿠스, 호모 네간스, 호모 레지스탕스[1]
—신동문(辛東門, 1927.7.20~1993.9.29) 시인과의 대화

신동옥 고은 시인의 시 「문의 마을에 가서」와 시 해설에서 선생님
을 처음 뵙니다. 충북(忠北) 청원군(淸原君) 문의면(文義面)
산덕리(山德里). 깨질 듯 맑은 벌판에 덕이 도타운 산자락
에 참 말뜻을 기루는 동네. 만든 지명 같았습니다. 『김수
영 전집』의 사진 속에서 선생님을 뵙니다. 김수영은 사진
왼쪽으로 고개를 돌리고 누군가에게 집중합니다. 선생님
은 담뱃갑을 손가락으로 톡톡 치며 고개를 숙이고 있습니
다. 사진 속에서 김수영은 짐짓 열정적이지만, 선생님은
부러 '쿨'합니다. 사진은 서늘하게 깨어서 건너온 선생님
의 1960년대 내면을 보여 주는 듯합니다.

---

1 이 글은 『내 노동으로—신동문 전집 시』, 솔, 2004; 『행동한다 그러므로 존재한
다—신동문 전집 산문』, 솔, 2004; 김판수, 『시인 신동문 평전』, 북스코프, 2011 등
의 단행본과 전집에 수록되지 않은 신동문의 시, 산문, 신문 기사, 논설에 근거해
서 썼다.

신동문 산덕리는 영산(靈山) 신(辛)씨 세거지, 나 태어나고 자란 곳일세. 내 자친(慈親)의 장례를 치를 때 고은 시인이 다비 염불을 했지. 그예 작품의 고갱이가 되었나 보아. 나보다 6살 연배인 김수영 시인은 한 시대를 건너온 같은 세대였지요. 1960년대 이전에 우리나라에는 아직 세대가 형성된 일조차 없었다는 말일세. 우리에겐 배척할 기성세대도 새로이 대두할 신세대도 없는 것이었네. 있다면 그제야 비로소 하나의 의식된 세대가 형성되는 과정이었어요. 이것은 단순히 물리적인 조건으로서의 연령 구분이나, 문학적인 '에꼴'을 넘어서는 과정이네. 문학을 넘어서는 시대의식 공동체를 체험했다고나 할까. 기실 한 시기가 정리되면서 비롯하는 문학사상의 논쟁의 핵심은 다른 것이 다른 방식으로 나타나는 것에 대한 반응 아닌가. 반응이건 논쟁이건, 건강한 사회라면 끝없이 교체 전이가 일어나는 것이 당연지사라 할 것이네. 새롭다는 것은 세대가 처하고 있는 현실과 역사에 대한 감각의 리얼리티의 차이에 있고, 저이들을 둘러싼 낡은 겉껍질, 즉 전 세대에 대한 완전한 이해를 전제로 한 비판에 있네. 새 세대는 감각의 **리얼리티**와 비판이라는 양 날개를 비약 의식으로 가질 것이네. 김수영, 신동엽은 물론 많은 이들, 여태도 나를 추억하곤 하는 고은, 신경림 제씨들이 나의 세대일 것이네.

신동옥 선생님 세대에 대해 말해 주셨습니다. 4.19 혁명과 5.16 군사 정변을 이야기해야 합니다. (1993년 9월 29일 선생님이 돌아가시고, 2년이 지난 1995년에야 4.19는 '학생외거'에서 다시 '혁명'이라는 이름을 되찾습니다.) 대표작인 「아! 신화같이 전진하는

다비데군들—4.19의 한낮에」를 썼고, 다수의 논설을 발표
합니다. "유순한 사투리를 그대로 쓰고 있는 겸손하고 과
묵한 청년"(「지성에 방화한 젊은 시인」, 『경향신문』, 1960.10.8)의
극적인 변화입니까?

신동문 인간의 정신이란 것이 괴팍스러우리만치 순수를 제 감수
성으로 고집하는 면이 있네. 그러나 그 감수성은 세계와
역사를 정면으로 감수하지 않으면 약동할 수 없다는 의미
의 촉수네. 청순한 인간의 정신과 더불어 건강한 지성은
무엇이겠는가? 나 스스로에게, 나는 너에게, 너는 나에게
불을 질러서 패배의 철학을 살라 버리는 것이네. 이런 내
생각은 한때의 내 유순하고 감상적인 정서와는 외따로 보
아야지. 1954년 군에서 제대하고, 1955년 『한국일보』『동
아일보』에 가작, 1956년 『조선일보』 신춘문예에 당선되고
처음이자 마지막 시집 『풍선과 제3포복』(충북문화사)을 냈
네. 청주의 도립병원에 요양하면서 『충북신보』에 관여했
네. "우남족(雩南, 이승만의 호)", "만송족(晩松, 이기붕의 호)"
같은 조어를 만들어 비판적인 사설을 썼지. 혁명이 일어
나고는 청주에서 배후 조종자로 지목되어, 서울로 야반도
주했네. 혁명 와중에, 다행히 종합 교양지 『새벽』의 편집
장이 되었네. 「4.19의 한낮에」는 『경향신문』『세대』『민족
일보』 등에 혁명을 대변하는 젊은이의 일개로 글을 쓸 때,
함께 썼네. 신당동 하숙집에 엎디어 '르포르타주'하는 기
분으로 써 갔겠지. 스스로 인간이 되고, 현대의 주인이 되
고, 민주주의의 실현자가 되고, 조국의 주권자가 되려는
첫걸음을 보는 하루하루였으니. 자네, 대표작이라고 했

나? 그런 말 다시는 말게. 장시 몇 개 빼면, 고작 서른 몇 편, 종이 낭비에 밑씻개나 될 작품을 써 댄 나 같은 이에게 대표작이 무슨 말인가.

신동옥 겸손이 지나치십니다. 신경림 시인은 '눙치는 단호함'으로 이렇게 썼습니다. "그는 (중략) 우리 시사에 길이 기억될 뛰어난 작품들을 남김으로써, (중략) 수백 편을 쓰고도 단 한 편 독자에게 기억되는 시가 없는 시인이 허다한 우리 시단에 많이 쓰는 것만이 장땡이 아니라는 교훈을 남겼다."[2]

신동문 그것 참. 신경림 시인의 평이야 그렇다고 수용하고. 자네가 말하는 시가 글자 안에 갇힌 시라면, 백번 양보해도 나는 시인이 아닐세. 신동엽 시인은 1960년대의 시인을 "향토시의 촌락" "현대감각파" "언어세공파" "시민시인" "저항파" 다섯 부류로 나눈 적 있네.[3] 순수시파니, 예술지상주의파니, 아카데미파니, 앙가주망의 시인들이니 내가 시를 안 쓴다고들 말이 많은 시절이 있었네. 오죽했으면 「실시(失詩)의 변」이라고 변명까지 글로 썼겠나. 누구는 고소해하고, 누구는 동정하고, 누구는 적극 편을 들어줄 때, 나 스스로는 침묵이 시인의 허물이라는 것을 뼈에 새기고 있었네. 언젠가는 좋은 시로 그 허물을 갚아야 한다는 각오를 벼렸네. 허나, 1960년에서 서울 생활을 작파하는

---

2 신경림, 「삶을 통하여 시를 완성한 시인 신동문」, 『초등 우리교육』, 1997. 4. p.134.
3 신동엽, 「60년대의 시단 분포도—신저항시운동의 가능성을 전망하며」, 『조선일보』, 1961. 3. 30-31.

1975년까지, 아니 「내 노동으로」를 쓴 1967년까지, 내 고작 스무 편 남짓 썼네. 1년에 한 편씩 썼다는 그것들조차, 내 편에서는 시라고 말하기 민망하네. 농투성이에, 침쟁이로 살면서 한 삽 한 삽, 한 땀 한 땀이 차라리 시였던 것이지. 그러니 시인이 아니라, 농부, 침술가, 논객, 편집자가 맞겠네. 내 삶을 통틀어 시를 시답게 쓰며 스스로 문장 속으로 들어간 때는, 한국전쟁 당시 공군 부대 야전 침상 위에서나, 전쟁이 끝나고 청주 도립병원에서 결핵 요양을 할 때였네.

신동옥 그러면 시에 몰입했던 시기를 말하겠습니다. 선생님은 결핵이라는 신체 체험, 한국전쟁이라는 역사 체험, 4.19와 5.16이라는 정치사회 체험을 썼습니다. 선생님은 체험이 아닌 것을 쓰지 않았습니다. 출생, 배경, 환경에서 받은 영향이 아니라 직접 체험이 도드라집니다. 개인사에 대한 말씀을 시는 물론 산문에서도 아끼셨고, 삶의 와중에도 함구하셨던 것으로 압니다. 직접적인 체험과 선생님의 개인사적 배경을 나눈 이유는 무엇입니까?

신동문 나누지 말고 그것들 모두 한데 '세계'라고 하세. 내 문지. 자네는 '자유' '혁명' '독립' 이런 단어를 입에 올리며 어떤 생각을 하는가?

신동옥 단어의 의미에 짓눌리기도 하고, 막연한 꿈을 꾸기도 하고, 의지를 불태우기도 합니다.

신동문 자네도 아다시피 가친(家親)께서는 대한제국 시기에 유학자이자 한의사셨네. 1907년 합병이 되자 향리로 내려오셨고, 본부인을 잃고, 어머니와 재가하셨고, 내가 두 살

때 돌아가셨네. 나는 유복자로 어머니의 엄한 가르침 아래 자랐고, 어려서부터 서른다섯까지 결핵을 앓으며 치유책으로 수영을 익혔네. 1948년 런던올림픽 수영 예비 대표였네만, 늑막염으로 좌절, 올림픽은 핑계였고, 옥스퍼드에서 공부하려 했지. 1947년 짝사랑을 하며 시를 쓰기 시작, 한국전쟁 36개월을 제주, 사천의 비행장 공군으로 복무, 그나마 24개월은 결핵으로 병상에 있었네. 그리고 또 뭐, 아내 남기정(1940년생, 청주 시절 제자)과 1963년 서른여섯에 결혼했네. 자네가 말하는 출생 환경, 배경이 이런 것인가? 1908년, 일제는 통감부를 통해 '자유' '혁명' '독립'이라는 단어를 교육과정에서 삭제한다네. 그 이후 세대는 그 단어의 의미를 배우지 못했지. 나나 김수영이나 신동엽이나……. 헌데 대학까지 16년 자유, 혁명, 독립의 의미를 배운 자네보다 내가 그 단어들을 잘 안다네. 세계를 체험하는 감수성과 감수성의 리얼리티가 만든 차이일세. 자네가 말한 체험은 그런 의미겠지. 예를 들어 보세. 혁명이란 말일세. 어떤 의미고 간에 해방이어야 하네. 부자유에서 자유로, 가난과 부패와 병폐와 불안과 공포와 압박과 무지에서의 해방이 바로 혁명이야. 마침내는 실감되고 체험되지 않는 어떠한 정치사회적인 변혁도 혁명이 아니네. 나는 시-삶을 통해 혁명과 자유가 없는 지옥도를 보고 썼고, 혁명과 자유가 열리려는 때를 기록했고, 혁명과 자유가 도로가 되게 한 압제를 조롱했네. 대한민국에서 사는 유일한 자랑과 보람은 부(富)도, 문학도, 문화도 아니고 오로지 '자유'일 뿐이네.

신동옥 선생님은 『풍선과 제3포복』의 후기」에 "풍선기」는 전부
가 53호, 총 1700행이나 되는 장편시였는데, 동란 당시
전전하는 전선 기지에서 써 모은 그것을 무기보다 소중히
는 들고 다닐 수가 없어서 이곳저곳에 버리고 말았다"라
고 썼습니다. 20호나마 남은 것을 위안 삼아도, 안타깝습
니다. 이어서 "백열적인 정신 작용을 요하는 (중략) 성격
의 시가 결국 일종의 관념적인 구축이나 서정의 세계, 혹
은 토착적 관조로는 감당할 수 없는 것이고, 더구나 터무
니없는 환상이나 사색의 녹음으로 미화할 수 있는 것이
아니기 때문"에 "생경한 발성의 소묘"로 『풍선과 제3포
복』을 내놓았다고 썼습니다. 당시를 떠올려 주십시오.

신동문 자네 참 끈질긴 구석이 있고만. 1963년 1월부터 11월까지
『여상』에, 스물이던 1947년부터 제대할 무렵 스물일곱이
던 1954년까지를 자서전 비슷하게 썼네. 지면이 지면인지
라 겸연쩍은 구석이 많은 글이네. 10년여에 걸쳐 '재숙'이
라는 여인에 대한 짝사랑 속에서 한 젊은 시인이 성장해
태어나는 '멜로드라마' 같은 글이네. 처음에는 감상이나
감정과 같은 섬세한 정감과 정서에서 삶이 충만한 생명의
백열적 흥분 상태를 오가며, 환상이고 환각이고 관념이
뒤죽박죽인 열정으로 썼어. 예민한 감수성과 지적인 감도
(感度)가 차츰 조화를 이루며 시상이 무제한으로 커 가는
것을 느낀 때는, 역설적이게도, 한국전쟁의 와중 전장의
후방에 근무하는 무렵이었네. 전쟁 속에서 행동적인 경
험이나 현실적인 체험이 내면의 추구와 맞아떨어지는 지
점에서 내면이 형성되고, 나를 둘러싼 세계나 역사를 감

내할 수 있음을 비로소 알았네. 거창한가? 한마디로, 그제야 비로소 사물과 현실을 보는 데 하나의 기준이 생겼고, 비판력이 생겼다는 것이지. 늦되어도 한참은 늦되었지. 이후 심미주의적인 세계랄지 감상적인 태도와 결별할 수 있었네. 그것이 1954년 무렵이었어. 비로소 상극과 화합의 양극단을 여러 가지로 변주할 수 있는 세계와의 '교섭' 지점을 발견한 것이야. 가열한 것은 아름답고 귀한 것에 없고 땀에 있음을 알았네. 「풍선기」를 쓰고 나서는 기성 시인들에 대한 나름의 비판력도 생겼지. 이런 태도는 1960년대에 이르러 문화 기관이나 거인 같은 문화와 인문학의 메커니즘에 대한 반감으로 이어지지 않았나 싶기도 해. 사상적인 기질은 이정규(李丁奎, 1887-1984) 선생님과 같은 분께 영향을 받은 탓이 크겠지.

신동옥 그렇다면 선생님은 『풍선과 제3포복』의 시인으로 보아야 하겠군요.

신동문 첫 시집이라고 시집이라는 물건을 지을 요량이라면, 릴케처럼 교도소 수인에게 뿌려 주는 것이 갸륵한 일이겠지. 그래도 내 개인, 열정이나 내향적인 긴밀도로 따지자면 그렇겠네. 내 진정 시인이었던 때는 시인이 되기 직전인 바로 그때였을까. '동문(東門)'은 필명이네(본명은 건호(建湖)). 병원 시체실로 향하는 문, 도성의 동쪽 시구문(屍口門), 죽음으로 가는 문. 나에게 시인이라는 이름은 재생의 다른 이름이네. 허나, 4.19 이후의 현실참여시를 쓸 때의 의기와, 5.16 쿠데타 이후에 군부를 조롱히고 야유하는 시를 쓸 때의 의지와 종국에는 시이기를 포기해서 시가 얻은 힘 역시 짚고 넘어가세. 시인이고, 문학가고 인간이기를 지치게 만든 그 시대에 차라리 인생의 여러 가지 장애물이 눈앞에 나타나 투지가 솟아나기를 바랐네. 시를 쓰는 시간에 차라리 쉬는 폭이 낫다고 여겼지. 시는 인생의 중대사가 못 되므로, 시는 인간의 정신을 자극해 주는 일종의 각성제이지 그 자체가 인생의 목적도 정신의 목적도 아니기 때문에 시인이 되기보다는, 지사가 되거나 모랄리스트가 낫다고 여겼네. 그보다는 생활인이 되는 것이 나은 시대라고 여겼지. 세계를 외면하고 일생 시에 매달리는 것이 가당치 않기에……. 릴케와 같이 내면성의 광도(光度)를 밝힐 자는, 소수 전문화되어 우수한 시를 쓰는 시인들 몇이나 하면 될 일이네. 그보다도 시를 모르는 일개 노동자가 더 중요하고 대견한 일이겠지. 시인인 나를 버리고 생활의 나로 몰아붙이며 나를 조롱하고 군부를 조롱하는 '시 같지 않은 시'를 썼지. 그 고단한 때에 꽃, 나비, 산, 구름을 노래한 시인이며, 언어를 깎고 또 깎은 시인들은 삶의 현실에서 벗어난 자리에서 시를 구했으니 외려 나보다 마음고생이 심했을 테야.

신동옥 『새벽』 편집장(1960-1963)으로 최인훈의 『광장』 등을 세상에 내놓습니다. 『경향신문』 특집부장 겸 기획 위원(1963-1964)으로 기사와 논설을 썼고, 조태일 등 후진을 발굴합니다. 신구문화사 편집 및 기획 위원, 주간(1965-1968)으로 다수의 전집 및 단행본을 펴는 데 관여합니다. 『창작과 비평』 대표(1969-1975)로 '만해문학상'을 제정·운영하며 '창비시인선'을 펴내는 데 관여합니다. 이상 논객, 편집자로서의 이력입니다. 1964년 '북한에서 쌀을 수입하자'는 『경향신문』 독자 투고, 1975년 『창작과 비평』 여름호에 리영희의 글 등 긴급조치 9호 위반, 1975년 7월 『신동엽 전집』에 수록된 「진달래 산천」의 이적성 시비. 이 세 번의 필화로 중앙정보부에 세 차례 연행됩니다. 그때마다 "다시는 정부를 비판하거나 북한을 이롭게 하는 글을 쓰지 않겠다"는 '각서'를 쓰고 풀려납니다. 필화가 시작되는 시기는 소위 '은둔기'와 겹칩니다.

신동문 누가 은둔을 하고, 누가 절필을 했다고 하던가. 내사 그들에게 회유와 협박을 받았고, 각서를 쓰고 풀려났소만, "아이롱 밑 와이셔츠 같이/당한 그날"(천상병, 「그날은—새」)이라고 쓴 친구만치 가혹하게 당하지는 않았으니 굳이 입에 올리지를 말게. 게다가 첫 번째 풀려나고 1965년에는 「모작조감도」같이 한층 신랄한 대거리를 시랍시고 써 던졌어. 게다가 내가 충북 단양군 적성면 애곡리 수양개 마을에 임야를 매입해 개간하기 시작한 것은 1962년부터였어요. 1975년 9월에 수양개로 낙향을 하네만, 본격적인 농사는 1969년 어간 뽕나무를 심어 양잠을 하던 무렵부터였네. 내가 저 백이숙제가 아닌 바에야 은둔이 가당키나 한가, 내가 시인이었던 적이 없었던 바에 절필이 가당키나 한가. 말 좋아하는 사람들이 말로 가두는 규정과 관념이 '은둔'이고 '절필'이라는 낱말이야. 그 낱말에 나를 덧씌웠기에 내가 그렇게 비친 것일 뿐이네. 바꿔 보면, 저들이 시인이 아니었을 때, 나는 시인이었네. 그 수십 년 사이에도 서울 화곡동 본가의 처와 아이들(1남 2녀)과 함께, 가끔 오가는 동료들과 함께, 수양개며 단양의 농민들과 함께 내내 그랬네. '지금 이 순간 내가 하고 싶은 행동을 맘대로 해도 아무 상관없는데 공연히 하는 망상일까?' 되새기는 순간 자기(自己)는 끝이야. '정체 모를 특수 기관에 감시받는다는 생각 때문에 입 열고 손 놀리는 데 조심해야 하는가?' 생각하는 순간 시인은 끝이야. 나는 양잠을 하고, 소 키우고, 포도와 사과를 키우는 삶의 생산을 시와 같은 값으로 놓았네. 나만치 가난한 이웃에게 침을 놓아주는데 시 쓰는 기력과 같은 값의 기력을 썼네. 삽으로 펜을, 침봉으로 필봉을 부렸네. 자네사 변명으로 들릴라치면, 변명고(辨明考)로 물리면 그만이고.

신동옥 네 선생님, 알겠습니다. 태어난 고향인 충북 청원군 문의면 산덕리 일대는 대청댐 건설로 수몰됩니다(선생님께서도 보셨지요). 제2의 고향인 충북 단양군 적성면 애곡리 일대는 충주댐 건설로 일찌감치 수장됩니다(선생님께서도 보셨지요). 올해, 2011년 여름은 듣도 보도 못한 물난리가 지독합니다. '정비'라며 물길이 뒤틀리고, 산야가 깎여 나간 것이 몇 해 전부터 여태입니다. 2011년 가을로 선생님의 당부를 전한다면, 무엇입니까?

신동문 그들은 그들의 오명과 패착을 양수기와 삽을 삼아, 천년을 넘어 물길과 산야를 되돌려도 반성이라는 것을 모를 테야. 1963년 '시인이여 입법하라 아니면 폭동하라'라고 썼어요. 2011년 가을에도 변함은 없을 거요. 2011년 가을에도 자유의 가치를 문화나 문학보다 더 중히 여기게나. 욕망과 평안 사이에 진동하는 모순투성이 불완전한 인간들의 최대 공약치의 이익을 보장하는 제도가 민주주의라 할지라도, 아니 그것이 민주주의이기에 모순을 딛고 자기의 신념으로 자기를 개혁하는 국민이 중하겠지. 그런 국민이 되게나. 2011년 가을의 금서를 쓰는 문인이 되게나. 내 편에서야 2011년 가을은 오해하기 딱 좋을 만치 바뀌었겠지. 그래, 백번 양보해 다시 말하겠네. 문약(文弱) 취급을 받을라치면, 시간과 공간을 넘어서 사는 진리의 은자가 되어 보길 꿈꾸게. 위대한 개성과 주관으로 현실에 간여하며, 참여하며 스스로 문학의 이상을 영원케 해 보시게. 행여 '거 참, 말이야 쉽지, 크고도 큰 말 아닌가.' 싶은가? 그러면 우리들의, 우리의 침묵이 비굴과 거세된 판단과 같은 패배의 침묵이 되도록 내버려 두지는 마시게. 2011년 가을에 필요한 것은 오직 하나, 용기일 것. 최대한의 용기로 정신의 폭동을 일으킬 것. "나는 나다"라는 말을 할 의무와 자격을 기를 것. 그래 끝끝내 스스로를 입법하거나 폭동할 것.

제4부 다시, 나

진정성, 현상과 역치

　'진정성'이 '위기'를 의미의 짝패로 거느리게 된 것은 IMF 이후다. 대학 2학년이 막 끝났고 쫓기듯 군대에 가던 무렵이다. 그 무렵엔 존재한다는 의미의 삶이 먹고산다는 의미의 삶과 동치였다. 삶의 의미는 '생존'이라는 단어에 수렴되었다. 모두가 무언가를 잃어버려서 정신이 나갔는데, 정신이 나갔다는 의미에서만 서로에게 '서로일 수' 있었다. 하지만 정작 내가 정신이 나가서 아파한다는 사실을 아무도 모른다는 사실에 각자 막막했다. 각자 주체로 서 있으면서 서로를 바로 보는 방법을 우리는 잊어버린 것이다. 의미를 잃어버린 그 표정들. 세기가 바뀌고 12년이 지났다. TV를 켜면 여전히 자주 들을 수 있는 말이 진정성이다. 연기자의 진정성, 가수의 진정성, 정치가의 진정성, 종교인의 진정성, 대통령의 진정성…… 시인의 진정성. 시인이 말하는 진정성은 '진정성'이라는 단어와 얼마나 가깝고 얼마나 먼지, 단어의 의미가 얼마나 작고 얼마나 큰지…… 지금부터는 한 시인이 생각하는 진정성에 대한 글이다.

1. 진정성(眞情性 또는 眞正性, authenticity)에 대해 묻는다면 대부분의 시인은 불편함을 숨기지 않을 것이다. 시인이나 작가에게 그 물음은 자신의 작품에 대한 염결한 태도나, 순연한 의지나, 작가 정신의 심급 또는 윤리적인 무결성의 정도를 의미하는 차원에서 끝나지 않기 때문이다. 진정성 물음은 문학을 둘러싸고 벌어지는 일들이 개인적 지평에 그치는 것인가 아니면 공적 지평과 긴밀하게 연관되는 것인가라는 물음과 연관된다. 또한 문학을 둘러싸고 벌어지는 일들의 '주인'들이 그때그때마다 서로 서로가 주체로 존재하고 있는가라는 물음과 연관된다.

2. 진정성의 어원은 그리스어 'authentikos'이다. 'eauthen(자신)'과 'theto(정립)'의 결합으로 그 뜻은 '자유롭게 자신을 정립한다'라는 의미다. 뜻이 이러할진대 진정성이라는 단어는 시인으로 존재하기 위한 선결 조건인 '시인'이라는 단어 자체의 존재 가능성과 같은 맥락으로 연결해서 생각해야 한다. 시인에게 '당신의 시의 진정성은 무엇인가'라고 물을 때, 그 물음은 '당신에게 시인이라는 단어의 함의 맥락과 그 근거는 무엇인가'라는 물음과 같은 층위이기 때문이다.

진정성 물음이 개인적인 차원의 것이라면, 물음은 시인이 가지는 진지함이 시인의 삶에 미치는 의미화의 정도에 대한 것으로 대치될 것이다. 문제를 이렇게 단순하게 본다면 진정성은 '올바로 존재하고 있다'라는 의미에서 생존으로 대치할 수 있는 문제가 된다. 시인이 진정성 물음에 직관적으로 반감을 가지는 이유는 단순히 개인으로서 생존하고 있느냐고 묻는 듯 여겨지기 때문이다. 그렇게 받아들일 때 시인에게서 시는 아무 문제도 아닌 것으로 전락한다.

3. 진정성과 비슷한 의미에서 소설학에는 '핍진성(박진성, vraisemblance)'이라는 제라르 주네트의 용어가 있다. 소설이라는 어떤 '관습'이 쓰이고 유통되고 읽히는 일련의 과정에서 '관습' 자체는 우리에게 어떤 문제도 불러일으키지 않는다. 무언가 인위적이고 기괴한 파괴자나 조정자가 나타나기 전에는 말이다. 그때까지는 소설은 소설이라는 관습 안에서 우리가 의식하지 않아도 편하게 쓰이고 읽힌다. 이것을 '자연화(naturalization)'라고 한다.

이런 관습은 우리가 말하고 생각하고 느끼는 앞으로도 그럴 것이 분명한 삶 그 자체의 물리적인 조건에 빚진다. 손가락이 다섯 개고 눈알이 두 개인 사람이 등장한다고 소설적 허구에 의문을 품는 사람은 없다. 두 번째는 문화다. 우리가 모두 그렇다고 받아들이는 공통적인 삶의 관습에 의문을 품는 사람은 없다. 여기서 핍진성은 기원한다. 세 번째는 문학적 관습이다. 우리가 익히 받아들인 이야기 전개 방식이나 구조화 방식이 있기 때문에 작가 스스로 소설이 허구라고 밝혀도 핍진성은 훼손되지 않는다.

주목할 것은 마지막 네 번째 단계의 핍진성이다. 그것은 '작가가 어떤 소설에서 사용되는 문학적 장치의 인위성을 일부러 드러내서 관습으로부터 이탈'하는 것이다. 소설은 이러한 이탈을 통해서 진정성에 이르는 공간을 마련한다. 결국 '어떤 삶이나 문학이 의미 있는 것은 의미 있는 것으로 받아들여지는 때뿐이다. 삶과 문학에서 선택의 영역은 관습과 관습 밖의 진실 사이가 아니라 관습과 관습 사이에 있다'는 것이다.[1]

---

1 한용환, 『소설학사전』, 문예출판사, 1999, pp.486-488.

4. 우리가 당연하다고 생각하는 관습과 관습 사이에 선택의 영역이 있다는 것, 그것이 중요하다. 하지만 시와 시인을 생각할 때는 문제의 양상이 달라진다. '진정성'이라는 단어가 '시인'이라는 단어의 맥락을 묻는 것에 그치느냐 하면 문제는 그렇게 간단치가 않다. 자유롭게 자신을 정립하는 이가 시인이건 음악가건 가수건 화가건 거리의 구두 수선 장인이건 가정의 주부건 그이가 어떤 시대 속에서 어떻게 존재하고 있느냐를 떠나서 진정성을 논할 수는 없기 때문이다. 개인의 발견 또는 주체의 정립이라는 근대의 사건과 진정성의 문제는 그 출발을 같이하기 때문이다.

이 시대에 홀로 올곧이 자신을 정립한 이가 있다면 그가 중세의 수도사와 다를 바 무엇인가? 신을 대면하는 수도사는 존재 근거를 신에게 두고 사유한다. 수도사가 신에게 진정한 삶의 문제를 묻는다면 그 물음은 수도사와 신이 함께 있는 그곳에서 의미를 싹틔운다. 그 관계는 즉자적이며 그 답은 일의적이다. 그 관계가 아무리 험한 극기의 길일지라도 그 답이 아무리 큰 상징적인 힘을 지니고 있을지라도, 지금 이 글에서 생각하는 진정성과는 차원이 다르게 마련이다. 수도사와 신의 관계는 진정성 차원이 아니라 진실성 또는 신실성(sincerity)의 차원이다.

5. 수도사처럼 시를 살아 내는 시인이 있다면 그의 시 속에는 지금(2012년) 여기(한반도 남쪽) 분단 체제(자본주의, 민주주의)를 살아 내는 우리와는 판이하게 다른 자기가 올곧게 정립되어 있을 것이다. 때문에 그가 시 속에서 '나'라고 써도 그 '나'는 지금 우리가 말하는 '나'라는 단어와는 다른 의미를 지닌다. 우리가 일상에서 체험하고 반성하고 바깥에 있는 낱낱을 안으로 들일 때, 그 안팎을 주관하는 '나' 또

는 나의 무의식이 아니기 때문이다. 이 시대에 내가 나로 올곧게 있다는 자각은 신 앞에서 독존할 때 생기지 않는다. 바깥으로부터 강력하게 요청되는 신념을 내면화한다고 생기지 않는다.

6. 시인이 시 앞에 독존해 봐야 아집만 생긴다. 세계가 요구하는 신념이 감각을 내면화한다면 언어만 폴폴 썩어날 것이다. 시에 대한 자각이 촉발될 때 비로소 시적 대상과 시적 주체 사이의 '나'가 태어난다. 예를 들면 이런 방식.

> 나는 일찍이
> 시가 떨기나무 불꽃인 줄 알았다
> 태우지 않고 빛을 내는 그 불꽃 덤불 앞에
> 나는 신발을 벗고 무릎을 꿇었다
>
> 그 어떤 뜨거움이 내 목젖을 떨게 하고
> 내 입안을 깔깔한 모래로 가득 채웠는가
> 떨기나무 불꽃이 은은하게 타오르는 동안
> 나는 아득한 거리를 무릎으로 기어갔다
> 다가가면 갈수록 멀어지는 그 불빛을 잡기 위해
> 짓무른 살갗에서 피가 배어 나오는 줄도 모르고
>
> 오늘 그 불꽃이 사그라든 자리
> 한 줌 재를 손아귀에 움켜쥔 채
> 나는 다시 시를 생각한다 아무것도 아닌 바로 그것
> 공허한 언어의 잔해를 뒤적이며 나는

떨기나무 불꽃 속에서 울려 퍼지던 음성을 떠올린다

바다가 갈라지고
굳은 바위에서 불이 솟는 기적은 끝났다
이제 더 이상 신발 벗을 자리조차 찾을 수 없는 이 지상에서
쓸쓸히 저무는 하루를 등지고
나는 말없이 비틀거리며 걷는다

뒤에서 부르는 소리 있어 돌아보면
바람에 날리는 부우연 재 속에서 깜박이는 불씨 몇 개
무너져 내리는 하늘 한 귀퉁이
꺼져 가는 노을을 지키고 있다[2]

이처럼 시에서 나를 세우는 일은 필패(必敗)의 자리를 기록해 두는 데서 출발한다. 대부분의 시는 진실성이나 신실성이 파기된 자리에 있는 자신을 발견하고, 바로 거기서 온몸을 떠는 나와 함께 시라는 불가해로 들어서는 입사 제의를 치른다.

7. "중요한 것은 시의 예술성이 무의식적이라는 것이다. 시인은 자기가 시인이라는 것을 모른다는 것이다. 자기가 시의 기교에 정통하고 있다는 것을 모른다. 시인이 자기의 시인성을 깨닫지 못하는 것은, 거울이 아닌 자기의 육안으로 사람이 자기의 전신을 바라볼 수 없는 거나 마찬가지이다." 김수영은 일찍이 '온몸에 의한 온몸의

---

2 남진우, 「시작 노트」, 『죽은 자를 위한 기도』, 문학과지성사, 1996, pp.110-111.

이행이 사랑이고, 그것이 바로 시의 형식'이라 말했다.[3]

8. 김수영은 '온몸론'을 펼치기에 앞서, '나의 현대시의 출발은 어디에서 시작되었나'라고 물으며 자신의 시력(詩歷)을 정리한다. 이때 그는 라이오넬 트릴링의 「쾌락의 운명—워드워드에서 도스또예프스끼까지」를 번역하고 있었다(번역물은 『현대문학』 1965년 10월, 11월호에 실린다). 트릴링은 『진실성과 진정성(Sincerity and Authenticity)』에서 진정성에 대한 물음을 처음 정리한 이로, '부수적인 경우를 제외하고는 미학 문제가 아니라 오히려 윤리 문제, 즉 일상생활의 경험 및 문화와 역사의 경험에 의해 제기된 문제'에 비평의 초점을 맞추었다.[4] 문화비평과 정신분석을 매개하는 트릴링의 비평이 김수영에게 준 영향이 컸는지, 김수영으로서는 드물게 '현대시'라는 단어를 스스로에게 쓰며 시론을 갈음한다.

김수영은 「병풍」과 「폭포」를 예로 든다. 이 작품들은 트릴링의 물음과 연관 관계 속에서 '쾌락의 부르조아 원칙을 배격하고 고통과 불쾌와 죽음을 현대성의 자각의 요인으로 들고 있으니까'[5] 자신의 현대시의 출발점이지 않을까 가정을 한다. 문제는 개인이 올곧게 선다는 의미가 아니라 그것을 방해하는 요소가 무엇인지를 인식한다는 것의 중요성에 있다. 진정성에 대한 물음은 이 지점에서 무의식의 차원이나 존재론의 차원을 넘어서는 함의를 가진다. 때문에 김수

3 김수영, 「시여, 침을 뱉어라」(1968.4), 『김수영 전집 2 산문』, 민음사, 2003, pp.398-399.
4 Vincent B. Leitch, 『30년대에서 80년대 현대미국문학비평』, 김성곤 외역, 한신문화사, 1993, p.121.
5 김수영, 「연극하다 시로 전향」(1965.9), 『김수영 전집 2 산문』, p.337.

영이 문화비평과 버무린 '뉴욕 지식인 그룹'의 저항성에 오래 주목한 것일지도 모를 일이다. 김수영이 트릴링에서 힌트를 얻어 발견한 지점은 바로 개인을 존재하게 하는 외부일 것이다.

9. 흔히 어떤 사람이 진정성을 가진 개인으로 있다는 것은 그 사람이 내면에서부터 우러나오는 태도에서 진실성을 갖추었다는 의미가 된다. 때문에 진정성의 문제는 주체의 문제와 연관이 될 수밖에 없다. 이런 의미에서 찰스 테일러는 진정성을 '자기 진실성'이라는 용어로 풀어서 말하기도 한다. 우리가 옳고 그름을 이해하는 능력은 이미 느낌이나 정서에 도덕으로 뿌리를 내리고 있다는 것이다. '외재적인 도덕의 강조를 마음속의 생각으로 이동시키는 일에서' 자기 진실성이 성립된다.⁶ 이때 인간의 상호주관성은 보증된다.

'마음속의 생각으로 이동시키는 일'이라는 진정성의 어원상의 의미는 '시적인 것'이 생겨나는 근원에서 시적 대상과 맞닿아 있는 것과 같은 의미로 해석된다. 이때 비롯되는 외재화나 내재화가 시 작품인 셈이다. 시적 대상과 시인이 바투는 상호주관성의 싸움이 바로 시적 주체의 자리이다. 싸움의 자리에 진정성이 거할 것이다. 이쯤에서 개인이 개인으로 올곧게 존재한다는 의미의 진정성과 시인이 시인으로 올곧게 일어선다는 의미의 진실성은 태생부터 다른 의미를 가진다.

10. 김수영은 트릴링이 '불쾌와 죽음'을 현대성의 기원으로 둔 점에서 현대성을 보았는데, 이러한 시 의식의 변화는 이미 그가 하이

---

6 찰스 테일러, 『불한한 현대 사회』, 송영배 역, 이학사, 2001, p.41.

데거에 몰입했을 때 충분히 짐작 가능했던 것일지도 모른다.

10.1. 하이데거가 말한 본래성(Eigentlichkeit)은 진정성과 통하는 개념이다. 세계를 열려진 가능의 지평으로 본다는 것은 바로 죽음이라는 궁극을 인식한다는 것이다. 죽음을 인식한다는 것은 본원을 들여다본다는 의미에서 근본 기분이다. 자기로 있음이란 우리가 자연적으로 있음을 받아들이는 것이다. 나아가 우리의 실존이 다른 누구도 아닌 우리 자신에게 문제가 되고 있다는 사실을 스스로 받아들이고 있다는 의미가 된다. 본래성으로 자신의 실존을 인식한다는 의미는 무엇인가? 그것을 뒤집어 말하면 '타자'가 타인으로서 내 앞에 언제나 존재할 수 있다는 사실을 인식한다는 의미가 된다.

10.2. 반대로 비본래적으로 있을 때, 현존재는 망각과 퇴락과 헛된 호기심으로 '죽음을 향한 존재'라는 운명을 거부한다. 대부분의 인간이 일상을 살아가는 방식이 그러할 것이다. 그런 의미에서 진정한 자신으로 있다는 것을 인식하는 데는 '죽음'을 인식하고 죽음 앞에 자신을 내놓는 삶의 방식이 필요하다. 죽음 앞에서 자유롭다는 것을 간단하게 말하면 내가 나로 있을 수 없게 하는 이 사회의 불평등과 모순 구조, 억압과 압제라는 기제, 내면을 뒤트는 대타자의 상징 질서에 대해서 눈치를 채고 있다는 것이다. 저항한다는 것이다.

11. 난해시라는 장막을 걷고 '견고한 자기 풍을 향한 진정한 정리'를 이룩하려면 지극히 간단한 의미에서 '진지성'이 필요하다고 김수영은 썼다. 진지성의 반대는 '포즈'다. 문제는 김수영이 '아이러니를 풍기는 것으로 성공을 거두는 포즈'라고 말했을 때의 바로 그 포즈

다. 이때의 포즈는 진지성과 일정 부분 같은 효과를 겨냥할 것이다. 긍정과 부정을 동시에 아우르면서 시적 효과를 거두는 것, 나쁘고 좋고 옳고 그르고 밉고 추하고…… 그 모든 양가적인 속성에다가 방향성을 부여하는 것이 아이러니 아닌가. 김수영이 불쾌와 죽음에서 현대의 힌트를 찾는 이유는 그것이 언제나 긍정과 부정을 한 몸으로 거느리기 때문이다. 이른바 동근원적인 개념이기 때문이다.

어느 한쪽만으로 치달아 올곧은 자기 진실성이란 결국 '나르시시즘적인 문화'이거나 '원자화된 개인'의 집적으로 끝날 것이다. 김수영이 현대시의 미적 성취를 위한 자각의 단초를 트릴링이 말한 의미의 죽음에서 찾는 이유도 동근원적 인식이 자리할 것이다. 지금 이 시대에 본래성 또는 자기 진실성 또는 진정성이란 결국 '긴장된 안간힘이면서, 동시에 약점들'[7]인 것이다.

12. 김수영의 시 속에서 자기 진실성이나 진정성을 발견할 수 있다면, 그것은 도덕적인 지평 자체에 문제를 두는 것이 아니라 도덕적인 지평이 상실된 내면에 관심을 두기 때문일 것이다. 시 의식의 목표점을 염두에 두는 것이 아니라 소멸하는 시 의식의 역치에 관심을 두었기 때문일 것이다. 그리고 무엇보다도 그 마지막에 시인됨의 자결권과 시적 자유의 상실에 대해 물었기 때문일 것이다. 김수영은 이런 물음들과 싸우며 시사(詩史)에 자리매김하기 애매했던 공적 지평을 자신만의 시론 속에 재맥락화한 희귀한 사례에 속한다.

13. '진정성'은 뭐라고 분명히 딱 꼬집어 말하기 힘든 뉘앙스를 가

---

7 찰스 테일러, 『불한한 현대 사회』, p.93.

338

진다. 어쩌면 진정성은 문학 용어들이 문학을 통해 최후에 거두어들이고자 하는 의미 영역과 관계한다는 의미에서 문학 이후의 문제일 수도 있다. 어쩌면 진정성은 문학 이후에 대한 물음일 수도 있다.

이 시대의 서정적 주인공 '나'의 생존 전략에 관하여

　1. 삶이 탄생하는 순간부터 죽어 감이 시작된다. 한 인간이 완전한 주체로 삶을 선택하는 과정을 '자유 죽음'이라는 역설적인 개념으로 설명한 장 아메리의 말이다. 단독자인 개체로 이 세상에 존재한다는 것은 신이나 사회 더 나아가서는 구속과 통념으로부터 해방되는 완전한 독립과 가치 전환이다. '죽음'에 순정하고 순수한 의미의 완전한 '부정'을 더하여 자유를 완성하는 과정이 바로 '자유 죽음'이다. 아메리는 삶에 완전한 의미를 부여하기 위해서는 고뇌와 고통, 결단과 결심, 진실과 육화에 더해 죽음과 자유의 의미를 접속할 필요가 있다고 말한다. 아메리는 자살로 생을 마감한다. 아우슈비츠 생존자이자 증언자인 아메리의 자살은 프리모 레비의 자살과 더불어 많은 충격을 남겼다. 그의 자살은 생전 그가 천착한 '자유 죽음'이라는 역설적인 삶의 완성태로 자신의 삶을 귀결한 것일 수도 있지만, 그가 사유의 끝까지 도달해서 묻고 싶었던 것은 아마도 삶이라는 표상의 근원적인 아이러니였을 것이다. 생전 아우슈비츠 체험

을 단 한 줄도 남기지 않으려 했던 아메리의 마음을 돌린 이는 헬무트 하이센뷔텔이었다. 하이센뷔텔은 아메리 앞에 가해자인 독일인의 집단 표상의 대리자로 무릎을 꿇고 눈물로 참회하며 아메리의 마음을 돌려놓는다.

2. 1950년대 독일 구체시에 지성적인 '조합'과 의미와 지칭과 표상의 태동 구조에 대한 자각을 덧입혔던 하이센뷔텔이 쓴 시 가운데 「동시대인들」이라는 작품이 있다. "금발이면서 거기에 반대하며" "두 명의 독일인이 서로 만나서 독일어로/서로 이야기한다" "염치없는 것과 마찬가지로 책임감이 없으며/가르칠 수 없는 것과 마찬가지로 개선의 여지가 없으며" "마모된 경이의 아이요" "이전에 인간이었던 인간이다"[1]

3. 현대시의 탄생과 더불어 비롯된 역사는 아마도 참사와 비극의 '현실-재현'일 것이다. 지칭과 폭로의 범위를 벗어난 재앙이 인간의 '현존'의 조건을 다시 묻게 만들었고 거기서 현대시의 기법과 주제의 장르사적인 발전이 이루어졌다고 말해도 과언은 아닐 것이다. 근대의 발견은 인간이 가지고 있다고 여겨졌던 '영혼'에 새로운 의미로 재창조한 '영혼'을 덧입히는 과정일 수도 있다. 이른바 탈주술화의 마법은 계몽이라는 방법론과 이데올로기라는 주제론으로 통합될 수도 있기 때문이다. 의심하고, 사유하고 그럼으로써 존재한다고 여겨지는 인간은 '기계'와는 다른 층위의 '사유-감각'을 간신히 부여받는다. 인간을 발견하면서 짜부라지고 찌꺼기만 남은 영혼이라는 개

---

1 헬무트 하이센뷔텔, 『독일 현대시 II』, 이동승 역, 탐구당, 1991, pp.302-305.

넘은 주체, 타자, 자아, 자연과 사회 등등의 개념들 사이에서 간신히 형체만 남았을 수도 있다. 그러니까 '아우슈비츠 이후'에 근대시는 탄생한 순간부터 재현이 불가능한 참사와 재현이 불가능한 숭고라는 두 가지 주제를 동시에 던져 준다. 참사와 숭고가 '형식적인 제약 속에서의 자유'와 '상상 작용의 극한으로서의 자유'에 한데 녹아드는 셈이다. 문제는 '신의 죽음 이후'라는 현대의 상황이 아니라, 신이 죽어도 너무 늦게 죽었기에 물어야 할 다음 질문일 수도 있다. 과연 '인간은 죽었는가, 살았는가?'라는 물음이 바로 그것이다.

4. 하이센뷔텔이 지난 20세기에 쓴 대로 인간은 여전히 자신에게 주어진 현존의 조건을 바탕으로 현전의 조건을 부정한다. 이 부정은 비단 사회와 자연의 이항 대립적인 구분 속에 문명사를 써 나가는 계몽의 기획만을 지칭하는 것은 아니다. 시장경제와 공론장과 주권이라는 조건으로 만든 근대 시민국가의 경계는 현존의 조건을 망각하거나 현전의 조건을 구획하고 부정하면서 서로 싸울 때 비로소 간신히 명확한 경계를 확정하는 것처럼 보이는 것이 사실이니 말이다. 경제의 체계나 공론장의 담론 간의 통약 가능성이나 주권의 이월과 양도 가능성에 대해서까지 이야기를 확장하자면 문제는 더욱 복잡해질 것이다. 현존의 조건을 바탕으로 현전의 조건을 부정하거나 현전의 월권을 인정하기 위해서 현존의 가능성을 차단하는 것은 이 시대의 특징 가운데 하나일 수도 있다. 그러면서도 두 명 이상이 모여서 사회를 형성한다. 물론 지금은 가상과 실재가 만나기만 해도 사회는 형성된다. 타자를 사유할 때 곧잘 동반되었던 유한성과 무한성의 문제나 배타적인 전환 가능성 문제가 가상 세계를 접하면서 설명적 소구력을 잃기 때문이다. 모니터 액정과 '나'만 있어도 사회는 유

지된다. 그 속에서 두 명의 한국인이 한국어로 서로 이야기한다. 아니 어떤 한국인의 가상과 실재가 언어에 가까운 이미지로 이야기한다. 염치와 책임감으로 표현된 가능성으로서의 윤리가 태어나는 내러티브의 층위와 당위로서의 계약 구조가 성립되는 정치-경제-사회-문화-상징적인 내러티브의 층위가 명확하게 구분되는 시대는 아닌 것 같다. 더 이상 어떤 충격적인 상황이 닥쳐도 내면의 인식과 감각을 동시에 뒤흔들어 '경악'을 불러일으키기는 힘든 것 같다. 하이젠뷔텔이 쓴 대로 이 시대의 인간의 조건에서 변하지 않은 '사실'은 아마도 "이전에 인간이었던 인간"이라는 점 하나뿐일 수도 있기 때문이다.

5. 브뤼노 라투르는 "우리는 결코 근대인이었던 적이 없다"라고 선언하기까지 한다. 희망에서 나온 말인지 냉소에서 나온 말인지는 모르겠다. 라투르가 문제 삼고 있는 것 가운데 하나가 문명화의 관점에서 '자연/사회'의 대립 체계를 구성하는 상대주의와 본질주의적인 시각의 문제이다. 근대를 세계의 탈주술화 과정이라고 말하자면, 거기에는 '영혼'이 기계와 연장의 논리 체계로 대체되는 과정을 메울 어떤 '정화'의 작용과 자연과 사회의 대칭성을 재회복하면서 설정되는 문명의 구획 그리고 자연의 표상을 사회의 표상으로 바꾸기 위해 작동하는 번역 작용에서 '통역 불가능성'의 무화가 뒤따라야 한다는 것이다. 그러나 이런 시각들은 상대주의의 본질성을 넘어서는 단계에 이르지 못한다. 자본주의와 과학기술의 물리화 과정이 지배하는 근대 이후의 풍경은 난파선의 풍경과 다르지 않을지도 모른다. 자연과 사회의 대립이 아니라, 자연-문화라는 관점에서 보지면 "모든 자연-문화들은 기호를 담고 있는 것과 그렇지 않은 것을 분류한다. 모

든 인간들에게 공통점이 있다면 그것은 누구나 인간적 집합체들과 이를 둘러싸는 비-인간들을 만들어 낸다는 것이다."[2] 자연-상대주의와 상식의 문제가 비롯된다. 인간이 잃어버린 초월성은 과연 어디에 있을까? 그런데 지금 이 시대의 시가 이런 문제를 고민할 필요가 있는 것일까? 너무 멀리 간 것은 아닌가? 지금까지 나는 어설픈 대로 '이 시대'라는 표상을 문제적인 상황과 분석을 중심으로 정리하고 지칭하기 위해 네 단락을 썼다. 나는 지금 조금씩 더디게 주제를 향해 접근하고 있다.

6. 시를 지배하는 두 축은 여전히 의미 작용(signification)이라는 특면에서 지칭의 층위와 이미지 작용(imagination)이라는 측면에서 표상의 층위의 결합 관계에 있는 것 같다. 문학사에서 언어와 이미지가 시를 지배하는 중심축으로 이동한 사건은 아마도 상징주의 이후일 것이다. 현대시는 낭만주의가 내장한 주관성을 철학적인 기반으로 가지며 태동하고 언어와 이미지의 '작용력'을 가늠하는 해석적인 과정이라고 거칠게 이야기해도 별로 틀린 말은 아닐 것이다. 시는 어쩌면 이미지와 언어를 동원하는 순간 어떤 하나의 담론 체계 안에 포섭되고, 담론 체계에서 생산하는 언술이 만들어 내는 부호, 흔적, 기호의 자리다툼으로 읽힐 수도 있을 것이다. 시적 관습이라는 말이 '시사(詩史)'와 동일한 의미로 받아들여질 지경이니 말이다. 현대시는 언어를 특수하게 사용하여 세계를 탈자명화하고 그 방법은 서정시 고유의 문법인 생략과 반복과 함축을 기반으로 할 것이다. 언어,

---

2 브뤼노 라투르, 『우리는 결코 근대인이었던 적이 없다』, 홍철기 역, 갈무리, 2009, p.267.

세계, 대상, 비유 등등은 시학에서 수사의 차원과 관념의 차원으로 나누어서 설명하는 용어들이다. 현대시는 어떤 제약 조건을 선언의 형태로 확대재생산하면서 역설적인 '자유'를 향해 나아간 것은 아닐까? 시라는 장르를 택하는 순간 '시적 관습'과 '시사'의 제약이 시작된다. 그것은 서정시라는 고유한 문법의 테두리 안에 있는 것이 사실이다. 오래전 구조주의 인류학자들이 말한 대로 사고가 언어의 층위에서 사회를 재생산하듯이, 시적 관습이 시를 재생산하는 것일 수도 있다.

7. 마르셀 레몽은 보들레르 이후에 자연을 '거대한 아날로지의 저장고 내지는 상상력의 자극제'로 보게 되었다고 말한다. 물론 레몽은 종교가 떠맡은 세속성의 정화, 재회복, (영혼의 대체물로서의 자아와 대상 간의) 통약이라는 목표점을 분명히 밝혔다. 레몽은 현전과 현존의 구분과 자리다툼에 대해 말하지는 않았다. 현대시가 상징과 아날로지와 메타포의 언어마저도 벗어던지려는 몸부림을 보여 준 것은 1970-80년대에 구미에서 일어난 일상시 내지는 신주관주의 시에서 그 결과를 목격할 수도 있다. 상징과 메타포와 아날로지마저 벗어던진 시의 모습은 어떤 시적인 관습의 침몰 양상으로 귀결되었기 때문이다. '시적인 것'은 과연 실재하는가? 이 문제는 이제 시인 안에 자리한 시인과 비평가의 싸움으로 뒤바뀐다. 어쩌면 상상력이라는 단어보다는 이미지를 표상하는 작용과 힘이라는 의미에서 '상상 작용'이라고 바꿔서 써야 하리라. 의미 작용과 상상 작용은 의미의 영도와 재현의 패착에 가로막히는 수도 있다. 이전에 자아라고 불렀던 것이나 주체라고 불렀던 것은 의미 작용과 상상 작용 안에 갇힌 기표와 '이미 의미화된' 대상과의 관계로 전치된 다음에야 시의

문법 안에 편입된다. 언어의 자의성이라는 것이 시가 가진 '문법의 자의성'으로 대치된다. 기표와 의미화된 대상의 자리다툼이다. 권혁웅이 『시론』(문학동네, 2010)에서 주체를 '발화의 중심점 내지는 발화가 태어나는 자리'라고 정의하고 '특정한 발화가 만들어 내는 수행적인 효과' 그 자체를 주체의 '정의'에 포함한 이유는 여기에 있을 것이다. 시적 관습은 시적인 것의 실재를 묻지 않고, 오히려 시가 만들어 내는 주체의 어떤 모습에 대해 다시 묻는다. 권혁웅이 주체를 어떤 장(場, field) 내지는 효과로 정의했을 때, 시는 시인이 설정한 주체의 위상(topos) 문제로 대치된다. 다소 과격하게 말하자면 시 안에서 주체는 위상인 셈이다. 그나마 위로가 되는 것은 지금 이 시대에 적어도 시 안에는 '주체'가 현전하고 또 현존한다는 것이다. 만일 주체가 탈존한다고 해도 시에서 그 표현은 현존의 다른 표현이다.

8. 시적 관습이 시사로 인식되는 순간 모든 시는 메타시적인 속성을 띤다. 맥락은 다르지만 샤를 뒤보스는 오래전에 '나는 한 사람이 아니고 내 여러 상태의 장소다'라고 말했다. 결국 '좋다/나쁘다'라는 표현은 가치판단의 영역이 아니라 '문학사와 문학 지리'를 들여다보는 시야 내지는 그 연관 관계 안에서 나타나는 변화의 심급에 있을 수도 있다. 여전히 '좋다/나쁘다'는 직관의 소관일 것이다. 상상 작용은 인간이 인간을 넘어서는 지점까지 재현하려고 하고 의미 작용은 그것들의 기호와 흔적과 부적을 언술로 붙잡아 매려 하기 때문이다. 어쩌면 인간을 넘어서는 지점에 참사 내지는 파국(catastrophe)과 숭고가 한데 어우러져 있을 것이다. 상상 작용이든 의미 작용이든 나아가 기호 작용이든 문제는 현대시는 일종의 '학습성'의 산물이라는 점이다. 직관하는 방법을 공부해야지 '좋다/나쁘다'라고 판단할

수 있다는 말이 되는 셈인데…… 조르주 풀레는 샤를 뒤보스의 말을 시 비평에 있어서 '동화'와 '참여'의 중요성으로 바꿔서 표현한다. 비평가는 비평가 안에 내재한 작가의 역량을 일깨워서 작가 그 자신이 만든 자아와 동화되어야 한다는 것이다. 비평은 상상력의 힘을 전폭적으로 수긍하면서 비평가 안에서 시시각각 전변하는 상상 관계의 '변화'를 더듬는 일인 셈이다. 이 말을 이렇게 바꾸고 싶다. 시적 관습을 인지하는 순간 시인은 시인 내부에 위상, 효과, 수행성의 이름으로 만든 주체의 자리에 자신의 '작품(operation+work)'을 지배하는 시적 주체를 앉힐지, 비평적 주체를 앉힐지, 시인의 표상을 앉힐지 고민해야 한다. 유령이냐 시인이냐의 싸움인 셈이다. 학습성과 자기 인식은 비단 독자, 비평가, 해석가의 몫이 아니다. 시인이 우선 답을 줘야 할 지경이기에 모든 시는 메타시적인 속성을 띤다.

9. 그렇다면 이 시대에도 고전은 존재할 수 있을까? 박지원은 박제가의 문집 서문에 이런 말을 써 준다. "能法古而知變, 創新而能典"(「초정집서(楚亭集序)」). 흔히들 '법고창신(法古創新)'으로 줄여 말하는 맥락이다. 옛것을 따르면서도 변화를 알고, 새것을 창조하면서도 전범에 부합한다는 것은 무슨 뜻일까? 옛것을 시적 관습이 만든 문학사의 굴레로 고쳐서 말할 수도 있을 것이다. 옛것에는 문학 지리와 문학사의 시공간 연속체가 있지 시인의 자리는 없다. 여기서는 어떤 주체의 자리도 효과도 수행되지 못한다. 그러니까 시가 쓰이되 쓰이지 않는 지경이 된다. 시적 관습은 이 지점에서 옛것의 폭력을 행사할 수도 있다. 새로운 것이 시적 관습을 어긋날 경우를 생각할 수도 있나. 이 경우에는 동시대인들이 가지고 있는 캐논의 관념이 설정한 범위를 생각해 볼 수도 있을 것이다. 완전히 부정된 전범이라는 것

도 부정의 힘과 위상이라는 측면에서는 캐논의 영향력을 행사할 수 있다. 그렇다면 새로움이라는 것도 어쩌면 순전한 부정으로써의 캐논에까지 가닿는 새로움이라야 시적 관습의 틀 안에서 의미를 가질 수 있을 것이다. 법고창신에서 문제는 고전(古典)이라는 가늠자의 역할이 아니다. 시에서도 마찬가지일 것이다. 문제는 '지변(知變)'에서 '알다'라는 동사로 표현된 바로 그 학습성과 '능전(能典)'에서 '가능하게 하다'라는 동사로 표현된 어떤 잠재적인 에너지에 있기 때문이다. 현대시는 길게 잡아도 초기 낭만주의가 시작되기 직전인 250년이 고작인데, 고전이라는 말은 '좋다/나쁘다'라는 판단의 영역에서 캐논의 지위와는 전혀 무관한 단어일 수도 있기 때문이다. 지변능전(知變能典)하는 힘은 여전히 시 안에 있다. 지변능전하는 힘은 시가 관습으로 부여한 어떤 제약을 수긍하고 시 고유의 의미 작용과 상상 작용의 한계를 깨부수는 데 있을 것이다.

10. 1987년 미하일 엡슈테인은 '새로운 모스크바의 시인'들을 분석하는 글에서 이렇게 쓴다.

앞 세대의 시를 통해 교육받은 독자에게는 현대성에 대한 '호전적인' 참여로부터 해임된 이런 메타시가 흡사 죽어 버린 것처럼 비칠 것이다. 열정이 어디 있는가? 감흥이 어디 있는가? 충동이 어디 있는가? 도취해 있고 분개하며 캔버라에서부터 캘커타에 이르기까지 전 세계를 일주한 서정적 주인공 또는 정반대로 고향의 논밭과 목장에 대해 결벽하리만치 충직한 믿음을 지닌 **서정적 주인공 대신에, 다시 말해 긴박한 감정을 느끼는 '나'나 깊이 생각에 잠긴 채 확신하는 '우리' 대신에, 어떤 기이하고 서정적인 '그것(Ono)'이 등장한다.** 구체적인 인간의 모습으로 그를 상상하는 것은 불가능하다. 심지어 사랑조차도 감정이나 끌림이 아니라, 그 굴곡이 연인들을 갈라놓으면서 지진처럼 폭발하거나 연인들을 결합시키면서 거울을 산산이 부수는, 구부러지고 자기 폐쇄된 공간의 윤곽선에 가깝다.

(중략)

살아 있다는 인간다움의 특징이 그 안에서 이미 자취를 감춰 버렸기 때문에, 현대시는 때때로 송장과 같은 측면을 내비친다. 갈라진 혀와 갈라진 피부, 까맣게 탄 동체가 그것이다. 그렇지만 느껴 보라. 상상이 불가능한 이 집합체 전체가 몸을 일으킬 준비가 되어 있고, 낱말 한 개의 높이만큼 진리를 세울 태세가 되어 있다. 즉, 이 집합체 전체는 응답하고 전율하도록 그렇게 만들어져 있다. 세라핌은 이미 자신의 무거운 잡일을 완료했다. 즉, **새롭고 초인적인 유기체는 삶에 대한 채비를 마쳤다. 또한 그 유기체에게서 비인간적인 기형과 기계 부속의 한 무더기를 목도하고 있는 현대인은 창조주의 계획과 의지를 전달하는 낱말들을 이른바 그에게서 들을 수 있으리라고 확신한다. 인간들에게 다가가기 위해 예언자는 자기 안에 있는 인간을 죽이지 않으면 안 된다. 예언자는 인간들의 심장을 태우기 위해 심장 대신 석탄을 가슴 속에 품어야 한다. 우리는 스스로도 잘 알지 못하는, 아마도 매우 짧은 멈춤 속에서 살아가는 듯하다.**[3](강조, 인용자)

---

3 미하일 엡슈페인, 「"황야에 버려진 시체처럼 나는 누워 있었네……"—새로운 모스크바 시에 관하여」, 『미래 이후의 미래—러시아 포스트모더니즘 문학의 기원과 향방』, 조준래 역, 한울, 2009, pp.437-440.

시는 여전히 일인칭의 장르인가? 시인은 이미 비평의 이인칭 언술과 극과 서사의 '정치적 내러티브'를 윤리적 수행성이라는 이름과 명제로 받아들인 것은 아닐까? 시가 여전히 일인칭 장르라고 고집한다면, 이 시대의 시는 우선 서정이라는 장르의 '문학 지리적인 또 문학사적인' 조건을 복원하기에 앞서서 서정적인 '나'의 존재 가능성부터 물음의 차원에서 복원해야 할 것이다. 그런데 시적 관습의 측면에서 볼 때 그런 쓸데없는 노력에 힘을 쏟아부을 필요가 뭐 있겠는가. 엡슈테인은 서정시의 일인칭 '나'를 "절반쯤은 썩어 버린 질료인 서정적인 나"라고 표현하기까지 한다.

11. 엡슈테인이 문제 삼은 대로 "어떤 기이하고 서정적인 '그것(Ono)'"이 우리 시의 전면에 등장한 것은 꽤 오래전의 일처럼 여겨진다. 적어도 미래파의 등장 이후에는, 올려 잡아도 1990년대 환상시의 등장 이후에는, 더 올려 잡으면 1980년대 포스트모더니즘 계열 시의 등장 이후에는, 1970-80년대 '처용단장' 시절의 김춘수나 이승훈, 오규원 이후에는, 더더 올려 잡으면 1960년대 초현실적 내면 탐구 시 이후에는, 1950년대의 김구용이나 전봉건 이후에는, 1930년대의 이상 이후에는…… 모더니즘 계열뿐만 아니라 다른 방식으로 되짚어도 '분기점'은 셀 수 없이 많을 수도 있다. 임화, 정지용, 청록파, 해방기 전위시인들, 김수영, 김종삼, 전봉건, 박용래, 신동엽, 이성복도 한때는 모두 시적 관습 안에서 지변능전했다.

12. "비인간적인 기형"과 "기계 부속의 한 무더기"를 내장한 골렘의 모습을 한 예언자가 인간에게 다가설 수 있도록 자기 안에 있는 인간을 죽이는 모습을 상상해 보라. 어쩌면 이 시대의 시인이 해

야 할 작업이 바로 이것일 수도 있을 것이다. 세속성으로 대체된 '그 어떤 것'에 대한 논의, 쓰레기가 되어 가는 삶과 언어와 상상 작용에 관한 논의, 그리고 이 모두를 지탱하는 개체성 내지는 특이점(singularity)의 근거에 대한 끈질긴 물음…… 등등이 공공성을 전제로 한 물음일 것이다. 한편에는 고통, 유사 죽음, 슬픔, 신비, 다른 감각, 정동의 힘, 고독, 반복과 실험, 언어 중심주의 따위로 환원할 수 없는 시의 대상을 찾는 작업이 바로 시의 문법일 수도 있을 것이다. 저 허다한 단어들을 제외하면 무엇이 남는다는 말인가? 항변할 수도 있다. 결국 시인이 남는다. 예전에 시인이었던 시인이 남는다. 그는 시를 쓴다. 부디 좋은 시 많이, 많이 쓰시기를 기원한다.

나의 윤무에 끼어들어 너 자신을 발명하라

    '생활리듬'이라는 용어는 피에르 부르디외가 자주 사용하며 개념에 생채를 부여했다. 장(場, field)이라는 단어를 논외로 놓고 보면 이 단어 속에는 살과 피로 이루어진 자연 발생적이고 심리적인 질서가 음각되어 있다. 물론 헤게모니 싸움에 따라 상징자본이 한쪽에서 다른 한쪽으로 탈취될 때, 재생산되는 의미의 교체에 따라 생활리듬은 인위적으로 분절되지만 말이다. 이를테면 자연의 시간에서 문명의 시간으로의 이동이라는 지극히 인위적인 구분을 떠올려 보면, 생활리듬이라는 단어의 의미 변화가 어떠한 층위를 겨냥하고 있는지 조금은 선명하게 다가온다. 농부의 밀짚모자 아래로 새털구름은 망명하듯이 스며들어 길고 느린 장맛비를 뿌리지만, 댄디보이의 중절모 아래로 먹구름이 습기를 뿜어대면 박쥐우산을 펼치고 회중시계를 접은 다음 포도를 뛰어가는 바쁜 찰나의 몸놀림만 남는다.

    조화와 높낮이와 순환과 교체가 동시에 일어나는 시-공간의 질서(아닌 질서)가 아마도 생활리듬이 겨냥하는 바일 것이다. 그것은 한

마디로 'cycle'일 텐데, 부르디외는 유난히 이 도식을 자주 응용한다. 그의 『실천이론 개요(*Outline of a Theory of Practice*)』(trans. Richard Nice)라는 책을 보면 '재생산 사이클'이라는 유명한 도식이 등장한다. 이 도식에서 부르디외는 세대 간의 교체가 어떻게 일어나는지를 두 개의 원이 겹친 모양으로 설명한다. 인간의 삶은 자궁 내 삶, 탄생, 어린 시절, 성숙기, 부성기, 노년기로 어어진다. 여기까지는 상식이다. A라는 사람이 죽으면 어떤 일이 생길까? 부르디외의 물음은 여기서 시작된다. 한 사람이 수태하는 것은 다른 한 사람이 수태되는 것과 마찬가지다. 마찬가지로 A의 죽음과 재생이 동시에 일어나면서 한 세대의 원이 닫힌다. 탄생이 재생으로 이어지는 것은 인간이 이름에 재량을 부여하고 성을 세대에서 세대로 넘겨주는 것과 같은 이치라는 말이다. 그러니 A의 자궁 내 삶은 B의 성숙기와 동근원적이고, A의 탄생은 B의 부성기와, A의 유년기는 B의 노년기와, A의 성숙기는 다시 B의 자궁 내 삶과 동근원적인 구조로 맞물리면서 순환한다. 이 매듭이 잠시 끊겼다 이어지는 순간은 한 인간의 탄생과 죽음이 동시에 일어나는 '닫힌 원' 안에서 뿐이다. 다른 세대는 다른 위치를 차지하면서 자기 세대의 원을 완결하지만, 세대의 원 안팎에서는 두 개의 시간이 늘 동시에 한꺼번에 흘러간다.

조금은 도식적이지만 이 설명 속에서 리듬의 현신 같은 것을 읽는다. 의미는 늘 사후에(post factum) 찾아온다. 시에서 언어라는 매개가 잠시 물질적인 힘을 발휘하는 순간은 의미가 찾아오는 듯한 잠시 잠깐뿐인 듯하다. 리듬이라는 단어의 어원이 '흐르다'에 있다는 사실은 늘 어떤 전이의 순간을 가정하고 논의를 이어 갈 수밖에 없게 만든다. 논리적으로 그렇다는 말이다. 부르니외의 도식을 띠올리지면 이것은 심리적인 과정일 수도 있다. 리듬에 관한 활기찬 논의는 벌써

8-9년 저쪽에 조재룡, 장철환, 장석원 등에 의해서 촉발되어 의미 있는 결과들을 산출해 냈다. 모르긴 몰라도 이 특집의 다른 페이지에는 아마 저분들이 쓴 총론이 실려 있을 것이다. 연전의 논의를 따라가면서 나는 또 나대로 배운 점이 많았다. 스스로 문장을 쓰면서 관심을 기울였던 부분은 '의미가 발생하는 지점에서 일어나는 변화에 대한 설명적인 소구력을 어떻게 시가 스스로 완결할 수 있을까?' 하는 점이었다. 특히나 시라는 장르 내부에서 쓰이는 문장 안에서는 분명히 어떤 '육체적 전이(conversion)'가 일어나는 순간이 있는 듯하다. 일반화시킬 수는 없는 것이 이것은 내가 스스로 시를 쓰고 시집을 묶으면서 직관적으로 도출한 결론에 가깝기 때문이다. 물론 정신분석학에서는 육체적 전이의 문제를 신체의 외부와 내부, 의미의 사후성과 연관 짓지만 말이다.

다시 리듬이라는 단어로 돌아가 보자면, 이 단어가 시작법이나 시형태론에 결부되어 고전적이고 기계적으로 통용되건, 담론의 단절과 연속과 관련되면서 다양한 언어철학적 분석 틀을 거느리건 새로운 요점은 '담화'의 물질적 장소로서의 언어와 주체에 관한 이론적인 논의와 결부되는 듯하다. 앙리 메쇼닉은 '일탈문체론'에 대한 소모적인 논쟁에 일침을 가하면서 "작품이 문체를 만드는 것이지, 문체가 작품을 만드는 것은 아니다"라고 썼다. 창작자의 입장에서 볼 때, 리듬의 문제가 '문체론'이나 '형식' 내지는 '형태론'으로 귀착되는 것은 생산성이 떨어진다. 특정한 세대의 문체에 예술적인 특권을 부여하는 것은 어떤 '기법'에 정형화된 미적인 세련성이나 우월성을 부여하는 것으로 끝날 수도 있기 때문이다. 생각해 보면 리듬에 대한 논의가 주체에 대한 다양한 논의들에 잇따라서 이루어졌다는 사실은 이런 추측에 더욱 힘을 실어 준다.

대부분 시를 오래 쓸수록 시법에 대한 자기 정의에 공을 들일 수밖에 없는 듯하다. 대부분의 선배 시인들이 그런 과정을 거치니까 말이다. 이론화하건 시론으로 남기건 그건 차후의 문제고, 시법에 대한 직관적인 정의는 대개 '모호성에 대한 확신'으로 귀착되고 마는 경향이 있다. 이렇게 보면 시에 대한 가장 정확한 정의는 초기의 롤랑 바르트가 내린 것을 벗어나지 못할 수도 있을 것 같다. 어조, 긴장, 정조, 리듬과 운율 등 다양한 요소들을 자질 a, b, c라고 쓸 때, 산문은 시에서 그것들을 뺀 나머지고, 시는 산문에 그것들을 더한 무언가다. 바르트도 말했지만 이런 식으로 말하면 양적인 정의로 귀착된다. 리듬 분석 틀들의 정치하고 섬세한 논의의 틀을 쫓아가 보면 남는 것은 '끝없이 양화되는 어떤 소(-neme, -gem)들'이다. 단순히 말하자면 그럼에도 끝끝내 무언가가 남는다는 말이다. 육체적인 전이가 되었든, 담론의 접합과 굴절이 되었든 그 '작용' 이후에 무언가가 남는다는 것. 그것에 대해 '아, 알 수 없다'라고 말하는 것은 얼마나 무책임한가? 학자나 비평가가 아니라, 시인이 그렇게 말할 경우에 한해서 말이다.

　아주 손쉽게 정답에 다가서는 방법도 있다. 유물론자가 되는 것이다. 마르크스가 말했듯 '언어는 실제적으로 진정한 의식이다'라고 말하면 정말 손쉽게 해결이 된다. 무엇이 해결되나? 시를 생산한 조건에 대한 거칠고 추상적인 일반화만 해소된다. 늘 정말 궁금한 것 가운데 하나는 산문의 묵독성을 어떻게 해결할 것인가? 하는 점이다. 이반 일리치는 『텍스트의 포도밭』에서 12세기 수도사들 사이에서 독서의 방식의 변화가 일어나는 지점을 살피고, 거기서 텍스트가 탄생하는 과정을 역추적해서 보여 준다. 포도밭에서 정원으로의 이동. 맨 처음 소리 내지 않고 묵독으로 책을 읽은 사람은 누구였을까? 12

세기에 소리 내지 않고 캐논을 읽는 사람은 악마 취급을 받았단다! 그런데 묵독이 일반화되자 교육 방식의 변화가 일어난다. 지각 방식과 기억 방식에도 변화가 나란히 일어난다. 재미나는 비유가 있는데, 이전의 음독 시절에는 기억회로를 마치 방주와도 같이 뇌 안에 공간화하고 거기에 발성된 글자들을 차곡차곡 쟁이듯이 통째로 외웠다는 것이다. 상상이 되지 않는 것이 발성되는 순간 공간화되는 기억이라는 표현이다. 그렇다면 '디스투르' '담화' '담론'이라는 표현은 음독 시절의 그것과는 판이하게 다른 모양새일 것이다. 어쩌면 리듬 이후에도 잔존하는 것은 발성되면서 공간적인 부피를 차지하면서 질량을 가지고 쟁여지는 언어와 기억일 것이다.

바흐친-볼로쉬노프는 『마르크시즘과 언어철학』(송기한 선생의 번역으로 『언어와 이데올로기』라는 이름으로 출간되었다)에서 리듬의 현실과 운율의 추상성이라는 표현을 쓰면서 '묵독'의 문제에 대한 하나의 해답을 제공한다. 요는 리듬의 현실성은 어떤 패턴(pattern)과 연관되고, 운율의 추상성은 변형(modification)과 연관된다는 것이다. 바흐친은 '어조'의 문제를 중심으로 논의를 전개하면서 발화 사건(event)을 경험의 층위에서 매듭짓는 기제로 어조의 은유와 몸짓의 은유라는 놀라운 표현을 쓴다. 여기서 은유는 의미를 확장하는 수사적인 기제이기도 하겠지만, 어쩌면 의미를 담론으로 고정시키는 일종의 엑센트화 내지는 강세 옮기기와 비슷한 뉘앙스로 읽히기도 한다. 담론이 은유적으로 고정되면서 정체성은 필연성을 부여받는다고 라클라우와 무페는 쓰기도 했다. 클로드 르포르는 사회생활을 조직하는 '중심의 은유'라는 단어를 쓰기도 했다.

문제는 은유가 되었건 넓은 의미에서 비유의 인식적인 측면이 되었건 리듬은 강세를 단일화하고 고정하는 작용과는 거리가 멀다는 점이다. 리듬이 '육체적인 전이'와 비슷한 뉘앙스를 거느릴 수 있는 이유는 어쩌면 리듬이 일종의 '이중 약호화(double coding)' 과정에 속하기 때문일 것이다. 그것이 공명이나 강세나 프로조디와 연관이 되면서 담론의 연속성에 대한 의도적인 단절을 통해 역설적으로 그 자신을 생산해 내는 것이라면, 어쩌면 시학 용어 가운데 리듬만이 원관념/보조관념, 주체/대상, 발화된/발화하는, 내포/외시와 같은 허다한 이분법을 포함하면서 뛰어넘을 수 있는 작용이기 때문에 그 중요성을 인정받는 것일 수도 있다. 그러니까 이 문제는 비밀이나 모르는 이야기에 관한 아주 복잡하고 정교한 말장난과는 거리가 멀 수도 있다는 말이다. 리듬은 '음독으로 구현되는 역사'의 시절에 '소리를 통해 단박에 기억의 방주 속에 고정되고 공간화되는 기억의 고갱이'와 연결될 수도 있기 때문이다. 그걸 누가 상상이나 하겠는가? 문자 이전의 세계에, 저 티베트의 오랜 '역사 구술가'의 복화술 속에나 존재하려나? 모를 일이다.

이 글에도 '아마' 리듬이 있을 것이다. 하지만 이 글도 자세히 읽으면 논리가 탄탄하고, 이중 약호화를 통해 하고 싶은 말을 모두 하고 있다. 시를 쓰다가 간혹 단전 부근이 따뜻하게 달아오르는가 싶다가, 호흡이 가빠지다가, 종시에는 온몸이 떨려서, 머리끝에서부터 발끝까지 '내 몸'을 느끼며 문장을 이어 가는 경험을 한 적이 몇 번 있었다. (약 먹은 거 아닌가? 오해할까 봐 하는 말인데, 나는 늘 아주 조용한 순간에 극도로 컨디션이 좋은 '맨 정신'에만 시를 쓴다. 초고는 반드시 손으로 쓴다.) 드물게, 그런 황홀한 순간에 쓴 글 하나를 붙인다.

　　친친

친친이라고 쓰리라 비가 치는 들창에 앉아 축구가 시작되기 전에 골
이 터지기 전에 반동이 운동이 되기 전에 폭탄이 지붕을 때리기 전에
폭동이 혁명이 되기 전에 적을 단호히 응징하기 전에 친친이라고 쓰리
라 욕망이 신음이 영영 망하기 전에 중간 평가가 없는 부르짖음을 위
해 중간 평가가 없는 사랑의 정권을 위해 쓰리라 하리라 반나마 곯은
눈을 흡뜨며 벽을 향해 날리는 사지로 몸뚱이로 부닥치며 쓰리라 친친
이라고 그보다는 침몰로 하리라 이 사랑 이 허리 이 귀두를 두른 껍데
기를 **살아 주세요 끝끝내 나의 포자여** 사랑하는 나를 친친 죽이고 싶
은 나를 친친 낳은 쌍둥이 엄마 하나를 지우는 호적 아래서 웃고 춤추
고 여름하리라 끝없는 여름의 열음이 아주 썩는 마당에 끝장을 보는
몸부림이 아주 아름답기 전에 곯아 녹기 전에 종결형을 향해 가는 마
침내 친친이여 수식어를 향해 가는 혐오의 췌언이 완성되기 전에 친친
이여 서로의 장애에 우리는 중독되어 이토록 기나긴 절연의 친친이여
계속되는 정오 지나 아무리 긴 청탁의 친친을 하더라도 그보다는 아
주 친친을 쓰리라던 하리라던 우리 **곰팡처럼 되뇌건대 우리 강물과 두
루미처럼 서로가 수상해서 검댕처럼 곱씹건대** 우리 강물과 두루미처
럼 서로가 수상해서 나의 윤무에 끼어들어 오로지한 너 스스로를 발견
하라 우리의 춤으로 친친 하리라 쓰리라 아집이여 손금보다도 작은 울
음의 허방에 나의 눈곱 나의 눈곱의 포자 앞에 우리 서로의 눈길 속에
서로를 가두고 서로를 터트리고 속눈썹 앞에 우리 서로가 찌르는 서로
의 눈길로 부는 바람을 가두고 여며 비로소 강렬한 인칭에 도달합니다
친친이라는 인칭 속에 깃들인 나라는 인칭 속에 잠든 당신이라는 피
와 당신이라는 숨결 당신이라는 아침 우리의 인칭은 확전을 꿈꾸고 잠
든 인칭 안에서 **우리의 교전 지도는 아름다워라** 이 무지와 이 호기심

과 이 미명 앞에 당신과 친친과 친친이 가진 유일한 비참 속에서 당신만의 그 모든 진창 속에서 나를 식별하리라 선언적으로 명제적으로 아침을 맞으며 뒤통수를 도끼로 깎아지른 것만 같은 직유의 몸으로 친친하리라 쓰리라 멋 부린 친친의 살집들은 고약한 풍미로 전락해 냄새로 내게 스미고 당신을 은유하려는 고집이여 허방이여 걷다 치다 스미다 고개를 들면 이마에서는 자꾸만 인칭의 소금이 돋고 하늘 귀퉁이에서 희멀건 손가락 하나이 뻗쳐 정수리를 간질이고 친친 하리라는 우리의 행려와 친친 하리라는 우리의 병자는 친친을 믿고 친친으로 일어나 **당신으로 당신하는 편도의 밤을** 찢어 좁쌀의 눈만큼 아름답게 티눈의 핵만큼 영롱하게 빚어 우리는 함께 친친 몸을 나눕니다 우리는 함께 친친 믿음을 나눕니다 친친에서 친친까지 당신과 나는 서로를 바꾸기 위해 몇 블록의 삶을 팽개쳤는가 화가 난 당신은 제멋대로 친친의 위치를 바꾸고 화가 난 나는 말도 없이 친친의 체위를 바꾸고 허리를 앞뒤로 움직이며 친친 해 대고 여전히 여러모로 친친한 관계 속에 놓인 당신이 나를 향해 친친할 때 커질 대로 커진 나의 신음은 젖은 친친의 음모를 건드리고 곤두선 핏줄은 더욱 기괴한 자세로 친친을 짓누르고 찢긴 **나의 윤무에 끼어들어 너 자신을 발명하라**

—『웃고 춤추고 여름하라』(문학동네, 2012)

문장론

문장이 '허위의식'으로 돌변하기까지는 얼마만 한 위악이 필요한 것일까? 문장에서 지각과 인식의 분리가 관념을 허위로 몰아가는 것은 아닐까? 주체의 문제와 맨몸으로 부닥쳐 자신의 한계를 갱신해 간 시인들이 찾으려 했던 최후의 형식은 무엇일까? 수직적이고 서열화된 위계가 아니라, 씨줄과 날줄을 가로지르는 위상에서 발견하는 구조적인 과정. 그 상동성 속에서의 악전고투. 가정은 여기서 시작된다. 관념과 형식의, 허위의식과 몸의, 지각과 인식의, 형식과 내용의 악전고투. 내용은 사유가 아닌 모든 것을 포괄할 것이다. 사유가 아니지만 시의 자장에 얹히는 바로 그 무언가. 그것이 시적인 힘의 원석 아닐까? 시를 경유할 때 실천되는 미학적 힘의 원석.

이완된 정신의 근육을 일시에 다잡는 폭발적인 '힘'은 이제 시 속에 없다. 마치 출발선에 선 단거리 스프린터처럼. 스타팅 블록 위에 두 발바닥을 가지런히 올려 두고 살며시 턴 손을 바닥에 짚고 무릎을 꿇은 자세로 텅 빈 트랙 위에 혼자 남겨진 기분. 한 행 한 행 더디게 읽히는 책장. 시 속에 시간은 애초부터 없었다. 모든 시는 어제의 시다. 과거형으로 사유되는 문화의 속성 그리고 비평적인 분화를 맨 처음 불러들인 서정시의 악습 속에 시간은 애초에 없었다. 너무도 많은 자아가 동시에 개입한다. 내게는 선택할 기회조차 없었다.

목적을 확정하고, 핵심 어휘를 추출하고, 논리적인 연결 고리를 만들고, 이해하고 적용하며, 설명하고 유비하려는 아집을 버리고, 범위를 제한하면서도, 읽기와 이해의 실천을 쓰기와 연결의 실천에 착종시키는 문장. 이해와 오해, 인간과 비인간 사이에서 한사코 동근원적인 문장의 토대. 그것만이 몸을 담보로 하는 문장의 생산 조건. 사유와 감각은 문장 바깥에 있다. 사유와 감각은 시가 아니기 때문이다. 직관은 강력한 촉매일 뿐이다. 직관은 문장으로 이어지지 않는다. 직관은 시가 아니다. 반복은 타성적인 직관을 정당화하는 '의식의 게으른 프로조디'일 뿐이다. 반복은 시가 아니다. 리듬조차 못 된다.

반복은 게으른 자가 자신을 호도하는 문장의 파시즘이다. 반복되는 문장은 물질이다. 반복되는 문장은 물질로서의 내용이고 의식으로서의 형식이다. 반복되는 문장은 의미의 시체다. 반복은 문장으로부터 어떤 판단도 가치도 앗아 간다. 반복은 문장으로부터 시간을 앗아 간다. 반복이 문장을 형식으로 선택하는 순간 당연하다고 여겼던 모든 범주는 허물어진다. 반복은 파쇼적인 프로조디를 산출한다. 반복을 전략으로 택한 문장은 통시적인 해석의 압박으로부터 스스로 생명력을 지킬 수 있다. (논란을 불러오는 수도 있겠지.) 반복은 협잡이다. 반복은 세계를 대하는 '시적 주체의 냉소와 냉담'을 '시인의 우울과 제스처'라는 포즈로 감싼다. 문장의 입장에서 보건대 반복은 매우 고약한 마취제다. 반복을 죽일 것. 구조를 숨길 것.

한계상황으로 주어지는 관습과 규약을 전폭적으로 수긍하고 받아안기. 받아안아서 한계상황을 스스로 만들어 나가기. 삶을 둘러싼 제약에 비하면 시에서 비롯되는 제약은 얼마나 큰 축복인가! "누구도 케이크를 먹으면서 동시에 그것을 소유할 수는 없다."(욘 엘스터)

아포리즘─'무언가에 대한 '진실'을 간결하게 축약된 형태로(유머러스하게) 전하는 문장이나 전언. 보통 정의의 형식을 띤다. 즉각적이고 효과적으로 나타나는 진술이나 발언. 종종 위트와 지혜를 동반한다.'(http://wordinfo.info/results?searchString=aphorism 참조) 시적인 것으로 모든 것을 환원하려는 아포리즘을 경계할 것. 아포리즘은 본질주의와 신비주의를 교묘하게 섞은 폭력적인 일반화를 강제한다. 아포리즘을 일삼는 시인의 입은 '동료 시민의 입'으로는 단 한마디의 말도 하지 못한다. 그는 '시'라는 단어를 지우고는 단 한마디 단어도 정의하지 못한다. 단 한순간의 삶도 증언하지 못한다. 그는 아포리즘 실어증을 앓는다. 그의 삶은 시라는 이데올로기로 잠식되었다. 아포리즘은 시를 이데올로기로 섬기며 문장을 관습적으로 희화화한다. 문장은 "그 자체의 진리를 확립하는 한 진실과 거짓 사이의 구별에는 관심이 없다."(피에르 마슈레)

'시란…… 말이지' 하고 말문을 연 다음 '그것은 바로 무엇이다'라고 정의한다. 아포리즘과 반복과 비유를 치렁치렁 걸친 문장으로

'그것'을 지정한다. '그것'이 바로 시라고 말한 시인들은 대개 더 이상 '그것'을 쓰지 못했다는 사실을 잊지 말자. '그것'을 정의하려 하지 말 것. 정의하는 순간 무언가 커다란 포괄적인 '가치 지향' 속에 시인의 욕망은 귀속된다. 합의된 공감. 강박적 소통.

　기다림, 우연으로 점철된 선택과 책임 그리고 그 끝에서 잠시 책장을 말아 쥐고 느껴 보는 물질적인 황홀. 기쁨의 끝에서 잠시 스쳐 가는 무감한 고요와 침묵. 문장을 경유하면서 시를 내가 속한 무형의 공동체에 되돌려주는 전략과 전술을 배웠다. 문학장이라는 것이 있다면 그건 소통과 공감의 공동체가 아니라 이해와 설득과 해석으로 기능하는 공동체에 가까울 것이다. 문제는 해석하려는 의지와 해석 주체가 아니다. 다원성은 이상에 불과하다. 시관은 존중받아야 한다. 시에 대한 태도와 생각을 존중하지 않으면 '대화'가 불가능하기 때문이다. 그러나 대화 속에 어떤 공통의 '시적 지향'과 '과녁'은 어디에도 없다. 시는 이상적인 담화의 조건과 상황을 가정하지 않는다. 부정하지도 않고 왜곡하지도 않는다. 시는 이른바 반사실적 조건문을 통해 결론을 이끌어 내는 장치가 아닐까?

　시 속에 독자들이 모여 앉는다. 불러들인 적 없는 독자들이 앉아서 서로서로 말을 건넨다. 그들은 서로 각자를 해석적인 객체로 전유해서 바라본다. 그들에게 시는 안중에도 없다. "우리가 우연히 저자와 마주쳐서 (예를 들어 그의 작품에 대해) 그와 말을 나누게 된다면, 이때 우리는 작품 안에서 그리고 작품을 통해 저자와 나누었던 독특한 관계가 근본적으로 파열되는 것을 경험하게 될 것이다. 때로 나는 책을 읽는다는 것은 그 저자를 이미 죽은 사람으로, 그리고 그 책을 유작으로 간주하는 것이라고 말하고 싶기도 하다."(폴 리쾨르) 서로가 서로를 객체로 바라보는 사이 차이와 개성만 오롯해진다. 이 기묘한 모순. 결국 독자는 시를 '시'라는 '물성'으로 되돌린다. 우리는 모두 서로에게 완결되지 않는 유작이 되고 싶었다.

그러니 문제는 '파열의 경험치'이다. 시는 종이와 잉크라는 2차원의 물성으로 존재 이유를 온전히 드러낸다. 때를 맞춰서 주문하고, 생산하고, 재생산한다. 끊임없이. 재생산하며 그 잉여가치를 착취하고 의미를 휘발시킨 찌꺼기를 '해석적 재현체'로 되돌린다. 그것을 고이 간직한다. 시는 교환과 소비의 구조 속에 있지 생산과 가치 평가의 구조 속에는 없다. 냉정하게 말하자. 문장과 문장이 교환되는 생산구조 속에 시가 있다. 누구도 시가 가진 생산력과 망상의 모순에 주목하지 않을 것이다. 그것은 문장의 본질이 아니다. 시는 끝까지 그것을 숨길 것이다.

그렇다면 시의 생산 속도란 무엇일까? 한 개의 문장을 써내기까지의 육체적·정신적 노동시간의 총합인가? 한 개의 문장을 지면에 고착시키기까지 걸리는 투입 시간과 노동력의 총합인가? 그렇다면 문장이 필요로 하는 지면과 문장을 필요로 하는 지면 사이에서 모종의 특권적인 권위를 부여받는 어떤 '최후'의 의지와 권력(힘)의 '간택' 내지는 '선점'이 시의 생산 속도를 관리하는가? 그렇다면 어떤 문장이 시이고 어떤 문장이 시가 아닌지를 결정하는 것은 생산과 분배에 관여하는 나만의 관습과 편견 아닐까? 그렇다면 문장을 생산하고 거기에 시라고 이름을 붙이고 시를 생산하는 속도는 결정적으로 나의 통제를 벗어나는 것 아닌가? 나와 시는 보다 적극적으로 분리될 필요가 있는 것은 아닌가? 그렇다면 대상과 문장의 최종 관계는 어떤 층위에 있는 걸까?

처음부터, 다시, 시작해 보자. 문장은 스스로 자신을 포기할 기회를 마련하면서 이어진다. 통제할 필요가 없는 자유, 바로 분절(segmenting)의 당위성. 머리만으로, 몸통만으로, 팔다리만으로 전진할 수 있는 '몸'을 생산한다. 경제성과 효율성을 부정하면서 문장을 놓아 버리면서 문장을 구축할 가능성. 분절을 통해 언어가 문장에 투항하는 기회를 마련한다. 문장은 끊어지고 잇대어지기를 반복하면서 시행(詩行)이라는 절벽을 구축한다. 행과 행이라는 몸체를 만들어 낸다. 왜 잇고 끊는가? 천치처럼, 말더듬이처럼 한 뭉텅이 한 뭉텅이 말뭉치로 자신을 발언하려 드는가? 아무튼 있기는 있는 단어와 문장, 왜 있는지 모르면서 어떻게 있는지조차 짐작하지 못하면서 서로 떨어져 있는 목적어와 동사, 주어와 관형어. 그렇게 한 행 한 행이 스스로 발언하고 스스로 허물어진다. 마치 제 스스로 의미를 전개하는 자동사처럼. 행은 분절을 통해 문장을 벗어나는 방법으로 문장을 완성한다.

발화하며 공기층을 가로지르는 "음이란 가장 멀리 떨어져 있는, 가장 내면적인 항성에서 퍼져 나오는 빛" "예리하게 이해되는 음악 속에 담긴 언어적 시간"(에른스트 블로흐). 음파의 진동. 발아하는 침묵. 그리고 문장.

"예술은 포기할 기회를 준다. 통제할 필요가 없는 자유. 우리 문화는 언제나 통제를 권장한다. 우리가 탐닉하는 것들 이를테면 섹스,

마약, 예술, 종교를 즐기는 이유는 바로 투항하는 법 또는 자신을 놓아 버리는 방법에 있다. 음악이 사람들로 하여금 자신에게 투항할 기회를 주었으면 한다. 열정이 좋은 것을 만든다. '어떻게 될지 알고 싶다'는 의식이 있어야 결과가 없는 긴 밤을 지샐 수 있다. 반면에 '반드시 해야만 한다'라는 감정은 금세 사라진다. 영감을 기다리는 것은 실수다. 영감은 스스로 찾아오지 않는다. 창조는 뭔가 일어날 때 주목하고 여기에 새로운 질서를 구축하는 일이다. 이런 게 전에는 없었구나? 이게 뭐지? 이걸로 뭘 할 수 있지?"(브라이언 이노)

행간은 사슬처럼 이어지고, 이어지다 돌연 '공백'을 '심연'을 건너뛰면서 자율성을 부여받은 한 개의 '연'으로 탈바꿈한다. 행과 연은 분절과 공백을 기제로 하며 서로를 과잉 결정한다. 정강이와 대퇴부가 다른 근육으로 운동의 질서를 만들면서도 관절을 통해 한 개의 몸뚱이로 묶여 있듯이, 한 걸음 걸을 때마다 정강이는 정강이대로 대퇴부는 대퇴부대로 운동의 각도를 만들지만 결국에는 관절을 축으로 접합(articulation)되듯이…… 무언가 문장에 상대적인 자율성을 부여하고 있다. 그것은 무엇인가? 그것은 전에 없었던 것인가? 그걸로 무얼 할 수 있는가? 우리는 끝까지 말하는 법부터 배워야 하는 수도 있다. 끝까지 말하는 법이란 맺고 끊어서 완결을 짓고 마는 문장의 관성 또는 타성. 시가 무엇인지는 모르지만, '그곳'에서 문장은 언어를 분절하면서 접합한다. 섹스처럼, 마약처럼, 종교처럼 자신을 놓아 버리는 법을 익힌다. 스스로 의지를 갖고 자신에게 투항하는 법을 배운다.

"나비의 날갯짓은 전통적인 정상 상태의 공기 역학의 범위 내에서 설명할 수 없다. 나비는 다양한 속도에 따라, 서로 다른 상승과 하강의 체계에 따라, 다른 종류의 시학에 따라 춤을 추며, 뉴턴주의 과학자들을 곤혹스럽게 하는 존재이다." "나비의 시학은 진정한 공간의 시학, 공간을 통제하는 시학, 원하는 공간 위를 떠다니는 시학, 한 장소에서 다른 장소로 날아가고, 아무 데서나 잠시 쉬고, 공간을 수분하는 시학이다."(앤디 메리필드)

나비는 빛 속에서 태어나고 뱀은 그 빛을 되삼킨다.

문장을 언어의 층위에서 분절하고 접합하는 시.

언어는 문장 속에서 태어나고 구조는 문장을 되삼킨다.

이제 비로소 '시인'이라는 이름으로 다시 주어진 '고유명'을 받아 안는다. 몇 단계의 절차를 겪었다. 발표에서 평가로, 친교에서 아귀다툼으로 이어지는 과정들(어쩌면 그것이 시의 전부일지도 모를) 나를 융해하고 흩어서 없애는 허위의식과 왜곡의 거울상들. 내게 필요한 것은 다만 약간의 운이다. 제도와 장치와 인정 바깥에서 홀연히 주어지는 운. 누군가 종이를 내밀고 시를 거두어 간다. 그는 몇 년 후에 다시 나타난다. 그리고 한 권의 책을 내밀었다. 그것은 나의 시집이라고 했다. 나는 아니라고 했다. 거기에는 나의 고유명이 적혀 있었다. 나는 그것을 숙제처럼 받아안았다. 그리고 해석하기 시작했다. 나라는 시집을. 이건 정말이지 눈뜨고 봐줄 수가 없구나. 나와 나의 문장과 나의 운이 종이 위에 빼곡히 이어지고 있었다. 부디 더욱 견고한 아집과 독신과 빛을. 행운과 우연을.

과정적 구성적인 상황이 선부나. 길을 떠나는 자는 길을 응시하는 자이기 때문이다. 모든 길은 당신 눈동자 속으로 뻗어 있었다. 거기에는 한 권의 책이 있다. 그것은 시집. 다만 문장과 문장이 이어지는 책. 채 300년도 안 된 장르라는 아집에 갇힌 시를 묶을 한 권의 책. 그것은 다만 문장 묶음이었다. "어느 누구도 자기 자신의 저자는 아니다."(레이먼드 윌리엄스) 나는 저자가 아니다. 나는 문장을 조작하는 함수이고 튜링 머신이다. 나는 살아 있고, 살아 있었으므로, 문장을 이었다. 그것들은 한사코 죽어 갔다. "만일 어떤 사람이 당신 앞에서 죽어 갈 때 당신의 소임은 그를 도와주는 것이 아니라 그의 입술의 색깔을 주목하는 것이다."(존 러스킨) 나의 입술, 파랗고 붉고 검녹빛이었다가 보랏빛이기도 한 문장의 피부.

자신을 둘러싼 모든 것을 기술적인 대상들로 전치하고, 자신이 원하는 풍요와 낙원을 향해 문장을 쏟아 내며, 낱낱이 해체하고 해부하고 환원해서 결론을 내고야 마는 욕망의 완력. 지구를 재현하는 무의식. 과연 인간이란 그러해야 하는 것일까? 차별적인 윤리를 내세워 저들과 자신을 분리하는 '선'의 감각. 끝없이 기망하는 공손함과 선함의 위로 그리고 협잡. 그 이면에는 무엇이 있나?

모든 물질은 하나의 기본적인 의미와 여분의 남은 의미를 가진다. 앞엣것은 살아서 존재하기 위해서, 뒤엣것은 제 자신을 발언하기 위해서 스스로 가진 의미일 것이다. 스스로 구획한 구조일 것이다. "모든 문학이 다 보호해 줄 비평을 필요로 하는 것은 아니다. 그러나 그럼에도 불구하고 시가 변호되어야 할 순간이 있을 수도 있는 것이다."(테리 이글턴) 모든 한국말은 하나의 기본적인 의미와 여분의 남은 의미를 가진다. 하나는 모르고 열은 안다.

형태는 유사성에 따라 나누어진다. 형태를 몇 개나 가지고 있을 수도 있다. 그러나 그이의 삶과 몸뚱이가 동시에 여러 곳에 있을 수는 없는 일이다. 누구나 다른 삶을 꿈꾼다. 다른 삶의 가능성은 해방적 실천을 추동한다. 인간의 인식이 여러 개일 수 있겠나? 메소드(method) 연기. 다중의 인격을 문장에 투사한다고 해 봐야 그것은 연기다. 연기 과정이 있을 뿐이다. "정체성은 그것이 지금 무엇인가(What one is)라기보다는 무엇으로 되고자 하는가(What one wants to be)이다."(호르헤 라라인)

형태를 어떻게 구슬릴까 고민을 하겠지. 그래 봐야 조금 비슷하고 조금 다른 근소한 차이에서 벗어나지 못한다. 형식은 구조적인 상동성에 근거한다. 어떻게 만들어졌고 어떻게 죽을 것이며 어떻게 '강제'(당)하고 '지배'(당)하고 '굴복'(당)하고 있는가. 권위에 법에 전통에 관습에? 문장은 차이의 위계가 아닌 기원의 위상차를 내장한 물질이다. 언어는 무엇도 매개하지 않는다. 언어 그 자체가 물질이기 때문이다. 몸뚱이라는 형식. 이미 의미를 내장한 홀소리 닿소리들. 스타일—"그것은 일련의 고의적인 선택의 결과라기보다는 오히려 전반적인 변화라고 할 수 있다. 그러나 그 효과뿐만 아니라 선택까지도 이러한 변화로부터 연역될 수 있다."(다시, 레이먼드 윌리엄스)

언제 어디서 어떤 이유로 어떤 문장이 날아들지 모른다. 어떤 인연을 가장하고 나를 문장 바깥의 나락으로 밀어 떨어트릴지 모른다. 그 모든 문장의 조력자와 적대자들, 행운과 불운, 상승과 하강. 덜 갖추어진 실력으로 분에 맞지 않는 문장을 수락해서도 안 되고 능력에 못 미치는 문장으로 시간을 탕진해서도 안 된다. 능력을 가늠하기 그리고 나머지 우연을 거부하기. 자유와 필연의 상동성 속에 자리한 문장. 탈계급사회라고? 아니 탈문장사회를 위해서 문장은 계속해서 이어진다. 그리고 그것은 시라는 이름을 얻는다. 나라는 존재의 고유명이 시인이기 때문에 문장은 당분간 시라고 불릴 것이다.

"지나치게 전위적인 것들과 지나치게 전형적인 것들은 관심이라는 측면에서 본다면 대동소이하다. 그것들은 무감동과 권태감을 불러일으킬 뿐이다."(로베르 브레송) 기예에 대한 집착이 사라진다. 몸으로 익히는 기술은 몸의 몫으로 남겨 두는 게 옳겠으니. 기갈이 사라진 마음 한편에 묵직하게 중심을 잡고 들어앉은 일상의 고요. 비인칭으로 살아 있을 것. 어슷비슷한 것들을 한데 묶는 유추의 협잡을 벗어나서 단번에 기원과 공간과 위상을 낚아채는 상동성 속에서 상사성이 아닌 상동성을 낚아채는 기술 속에서 살아 있는 비인칭들.

동지, 시인, 지음. 없다. 낱낱으로 완결된 시와 불비(不備)한 채로 세상에 던져지는 한 권의 책이 있다. 인간의 터럭을 엮어 장정을 한 매끈한 사전 한 권이 어둠 속에 떠오른다. 죽은 자의 심장으로 만든 책. 죽은 자의 심장과도 같은 책. 나의 시는 다만 나의 것. 그걸 만들어 내는 생산관계 속에서 원망과 망상을 다시금 생산해 내는 읽기의 선순환 구조. 구조—"서로 맞물려 있으면서 긴장 관계에 있는가 하면 동시에 또한 특수한 내적 관계를 맺는 하나의 세트(set)".(다시, 레이먼드 윌리엄스)

어느 누구도 자기 자신의 저자는 아니다. 다른 방식으로 글을 쓰는 것은 다른 방식의 삶을 사는 것이다. 한 편의 시를 한 권의 상품으로 이행할 수 있는 가식과 용기. 그걸 출판해 줄 업자와 계약서. 느닷없는 인연으로 잠시 세상에 나뒹굴 행운. 재생산적 실천. 그게 전부다. 운이 다하고 시는 우연을 넘어 필연으로 귀착되겠지. 시는 다만 나의 것. 운이 다해도 읽고 쓸 수 있다. 미필적 고의로.

"예술은 실재 세계에 대한 부정적 지식이다."(테오도르 아도르노)
문장은 실재 세계에 대한 부정적 지시다.

―시란 무엇입니까?
―시란 정신의 결정이고 영혼의 읊조림이다.
―정신은 무엇입니까?
―네가 지금 제 정신으로 하는 말이냐?
―영혼은 어디 있습니까?
―네 몸뚱이 속에 있다.
―시는 몸이군요.
―그것은 말장난이다.
―시는 몸이 하는 말이고 장난이군요.
―시는 정신이다.
―정신도 말을 합니까?
―정신 속에 말의 구조가 있다.
―영혼도 말을 합니까?
―영혼 속에 말의 정신이 있다.
―영혼은 몸속에 있다고 하지 않았습니까?
―몸속에 말의 정신이라는 영혼이 있다.
―몸은 피와 뼈와 세포로 되어 있습니다.

—세포 속에 정신이라는 말의 구조가 영혼의 형태로 각인되어 있다.

—세포는 물질입니다.

—시는 시정신의 소산이다. 물질은 말을 하지 않는다.

—그렇다면 시는 아무 말도 하지 않는 거군요.

—바라는 바다.

그것을 연구하고, 주석을 달고, 문장을 쓴다. 그것은 시다. 주석은 시다. 문장은 시다.

인간은 집을 짓는다. 집을 짓고 스스로 허물어진다. 집 속에서 스스로 자신을 허문다.

"인간, 그것은 유한자의 슬픔 속에서도 그렇다고 외치는 기쁨이다."(다시, 폴 리쾨르)

언제나 마지막은 지금, 여기, 삶의 혁명적 실천. 시(적 자본)의 재생산적 실천.

"과거에서 자신의 시를 가져올 수 없다. 미래에서 가져올 수 있을 뿐이다."(칼 마르크스)

서정과 비서정의 논리

　'서정'과 '비서정'이라는 개념은 '서정시'라는 '장르'와 관계된다. 서정 장르라는 개념을 괄호 치고, 두 개념만으로 엮인 논리를 지도 그릴 필요가 있다. 첫째, '비서정'은 넓은 의미의 '서정'에 포함될 수 있으므로 '비서정' 역시 '서정'이다. 그리고 서정의 양식적 총체화가 바로 서정시이다. 이런 관점에서 '비서정'은 '서정'의 예외적인 속성을 규정한다. 비서정은 '서정시'라는 갈래를 규정하는 외부에 존재하는 동시에 서정 개념의 핵심 인자로 기능한다. 동일률의 구도에서 둘을 바라볼 때, 서정시는 '비서정'을 개념의 외부에 거느린다. 비서정이 곧 서정이다. 우리가 '서정시'라는 개념을 정의하기 위해서 '서정'과 '비서정'의 관념을 재정의하게 될 때, 모순에 부닥치는 이유는 여기 있다. 둘째, 다음과 같은 문장이 가능할 수 있다. '서정'에 '비서정'이 속하기 때문에 '비서정'은 '서정'이다. 간단한 논리 문제다. 어순을 바꾸어서 '비서정이 서정에 속하기 때문에 서정은 비서정이다'라고 쓰면 모순이다. 서정과 비서정은 유차와 종차의 문제가 아닐 수도 있다는 말이다. 비서정은 서정의 종차가 아니다. 왜냐하면 '서정이 비서정에 속하지는 않지만, 그럼에도 비서정은 서정이다'라고 쓸 수는 없기 때문이다.

셋째, '서정은 '서정이 아니다'일 수는 없다.' 곧 서정은 '서정이 아니다'라는 반사실적 조건을 전제로 정의될 수는 없다. 동일성/비동일성, 포함과 배제를 통한 집합적인 연산자의 속성들 가운데 하나로는 '서정'과 '비서정'의 구도를 정위하기 힘들 수 있다. 문제를 복잡하게 하는 것 같지만, 이 구도에서 폐기되는 관점은 익숙한 '대결, 배제, 통합'의 논리다. 그렇다면, 서정과 비서정, 양자가 동시에 관계하는 서정시란 무엇인가? 다음은 누구나 한 시절의 교과서로 삼는 '김준오 선생님' 작(作), 『시론』의 모두(冒頭)를 여는 서정시에 대한 정의.

> 오늘날 우리는 시라고 하면 일반적으로 서정시를 생각한다. 서정시 (lyric poem)란 서구의 경우 어원적으로 음악과 관계가 고정되어 있었다. 다시 말하면 리릭(lyric)은 현악기인 라이어(lyre)에서 유래한 용어이다. (중략) 서정시는 실제로 두 범주에서 사용된다. 서사시와 극과 함께 문학의 큰 갈래 명칭으로 사용되는 경우와 서정주의 경향의 시(따라서 반서정주의 시와 대립되는)에 특별히 한정해서 사용되는 경우가 그것이다.[1]

서정과 비서정의 문제를 '서정주의 경향의 시와 반서정주의 경향의 시의 대립'으로 치환해서 보는 것은 논의에 별 도움이 되지 않는다. 서정시와 비서정시의 대립 구도를 전제하고 '시'라는 개념을 후

---

1 김준오, 『시론』, 삼지원, 2017, 4판, p.16.

술하는 시각은 논리적 배리로 치닫기 때문이다. 대립 구도나 일괄적인 통합 구도로 문제를 풀 경우, '서정적인 것', '시적인 것의 본래성'이라는 초월적인 명제에 사후적으로 착종하는 신념이나 태도가 논점을 잠식할 것이다. 논의의 구도는 자연스레 '서정주의, 서정시를 근거 짓는 가장 특징적이고 명확한 인자는 무엇인가?'로 넘어간다. 김준오 시론에서는 '시'에 대한 개념사적 각주가 이어지는 대목이다.

> 시에 해당하는 용어로 poem과 poetry의 두 가지가 있다. 이 poem은 어떤 특정의 구체적 작품을 가리키는 말이고, poetry는 장르 개념으로 일반적으로 모든 poem을 가리키는 추상적 용어다. 그러나 보다 중요한 구분은 poem은 창작되어 낭송되는 작품으로서 '형식'의 개념을 가지며, poetry는 창작되기 이전의 시정신으로서 '내용'의 개념을 띠고 있다. 서구 초현실주의의 정신주의 시관은 예외지만 서양에서 시의 정의는 주로 poem의 측면에서 내려지고 동양에서는 주로 poetry의 측면에서 내려진다.[2]

시정신이란 모든 예술의 정수로서의 '상상력' 내지는 '상상 의식'(사르트르)에 대한 강조에서 근거를 얻는다. 시정신은 시적 생산력의 근거인 동시에 예술적인 창조와 생산을 가능하게 하는 동력으로 확장되어 해석되기도 한다. 정신적인 과정과 정신 공간을 동시에 함의하는 고대의 '포이에시스' 개념, 그러한 정신 능력을 통해서 신의 마법적 제작에 대비되는 인간적 대지의 제작을 가능하게 하는 예술 공간을 창조해 내는 '제작 능력'이 바로 '시정신'의 본래적인 역능인

---

2 김준오, 『시론』, p.17.

셈이다. 개별 텍스트의 독자성, 개별 작가의 개체성이 시학의 영역으로 포섭된 것은 두루 알려졌듯 낭만주의를 전사(前史)로 두고 근대시의 시관이 확립된 이후의 일이다.

근대시는 시 작품의 개체성을 작품의 고유성으로 전환하는 '시학'의 논의에 빚진다. 시를 미학과 철학은 물론 역사, 사회, 정치를 둘러싼 맥락에서 탈구시키고 다시 봉합하는 과정에서 '텍스트의 독자성' 논거가 한몫하는 까닭이다. 신비평, 러시아 형식주의, 웨인 부스를 위시한 신아리스토텔레스학파의 예에서 보듯, 텍스트의 자율성이 텍스트 외부에서 사후에 발생하는 '담론'의 의미론적인 근거가 된다는 역설에 봉착하게 된다. 일찍이 프레드릭 제임슨이 '언어의 감옥'으로 요약한 형식주의의 역설이다. 작품을 통해 추정한 '시인'이라는 집합적인 이미지를 다시 작품 해석에 투여하는 방식으로 읽기와 쓰기가 진행될 수밖에 없다는 해석적 아이러니 역시 피할 수 없는 난관 가운데 하나다. 바슐라르는 시적인 읽기를 일컬어 '인간을 알기 위해서 우리가 가지고 있는 것은 오직 독서, 인간이 쓴 것에 의해 인간을 판단하는 희한한 독서뿐'이라고 쓰기도 했다.

시정신의 역능을 강조하는 동일화의 논거는 '시적 주체성'에 대한 논의를 통해 역설을 극복한다. 이른바 헤겔적 주체성이 그것이다. 시인의 지각 안에서 완결된 채로 닫힌 하나의 체계를 시정신이라고 정의할 수도 있다. 바로 그 정신의 총체성 안에서 반성적인 객체성이 태동한다. 이처럼 서정시는 오류가 없는 전체로서의 정신이 반성적인 객체를 미학적으로 건립하는 '표현적 총체성'으로 정의된다.[3]

---

3 빌헬름 프리드리히 헤겔, 『헤겔 미학 Ⅲ』, 두행숙 역, 나남출판, 1996, pp.464-497 참조.

몇 가지 전제가 요청된다. 첫째, 경험을 통해 '나'라는 자아가 동일한 것으로 유지될 수 있다. 둘째, 서정시인은 대상을 'A=A'라는 동일률에 근거하여 파악할 수 있다. 셋째, 주체와 객체는 '언어는 물론 그 무엇으로 매개되어 있다고 하더라도' 결국 일치할 수밖에 없다.[4] 고양된 정신의 주관성을 통해 세계의 의미를 절대화하는 과정에서 서정시의 의미와 가치를 탐문할 수 있다. 헤겔은 자신의 미학에서 음악, 건축과 서정시를 대비하며 언어 표현의 가능성과 한계를 지적하기도 했다. 시적인 언어는 감정과 정념에서 자유롭지 않을 수 있다. 오류가 없고, 질료로서의 육체와 분리되며, 보편성을 지니는 비공간적인 재현의 한 양태라는 의미에서 서정적인 동일화는 특권적 정신이며, 특권적인 정신의 절대성을 지고(至高)의 상태로 지향한다. 여기서 감상적인 것(emotionality, sentimentality)은 지양되어야 할 요소일 뿐이다.

두루 알려졌듯, 슈타이거는 서정의 본질을 '내면으로 흐르는 회감(Erinnerung)'으로 정리했다. 슈타이거에 대한 장르론적인 보충은 폴 헤르나디의『장르론』(김준오 역, 문장사, 1983), 볼프강 카이저의『언어예술작품론』에 자세하다. 카이저는 썼다. "서정적인 것 속의 세계와 자아는 정녕 자기표현적 정조의 자극 속에서 융합하고 상호 침투하는 것이다. 심령적인 것이 대상성에 깊이 파고들어서 그 대상성은 내면화되는 것이다. 정조의 순간적인 고조를 띤 대상성의 내면화는 서정성의 본질인 것이다."[5] 여기서 정조는 독일어 'Stimmung'의 역어다. 박현수는 에른스트 피셔의 해석을 통해 슈타이거의 '상호 주체적 서

---

4 테오도르 아도르노,『부정변증법』, 홍승용 역, 한길사, 1999, p.217의 각주 4 참조.
5 볼프강 카이저,『언어예술작품론』, 김윤섭 역, 시인사, 1988, p.521.

정성'을 설명한다. 박현수는 피셔가 이의를 단 '정조' 개념에 주목한다. 'Stimmung'은 우리말 어사 '정조'와는 다른 의미를 서느린다. 그것은 내적인 상태로서의 'mood'와 외적인 컨디션이나 분위기로서의 'atmosphere'를 동시에 함의하기 때문이다.[6] '회감'이라는 단어역시 '성찰, 내면, 회상'과는 다른 맥락을 전제한다. 슈타이거에서 카이저로 이어지는 맥락에서 '회감'은 일견 폐쇄적이고 주관적인 자기회귀의 과정으로 이해된다. 현상학적인 근본 기분으로서의 정조는시간으로부터의 절연, 근본적인 시간으로의 도약이라는 하이데거적인 본래성 논거에 빚진다. 정조는 어감에 있어서 다분히 현상학적인 '사태 그 자체로(zu den Sache selbst)'의 이행 시점을 연상시킨다. 정조에 사로잡혀서 회감으로 되돌아보기는 '회상 또는 회기(recall)'와 상통한다. 회상은 시간을 초점화하는 과정이고, 재귀적으로 주체를 분절하는 과정이기 때문이다. 회상의 역능은 무엇인가? 벤야민은 다음과 같이 썼다.

사람들은 '지난 과거'를 특정 시점에 고정하고 바로 이렇게 고정된 것을 향해 조심스럽게 인식의 발걸음을 내딛는 것이 지금 우리가 할 일이라고 생각한다. 이제 이 관계는 전도되어야 한다. 즉 과거는 상반된 꿈의 표상들이 합에 도달하는 깨어남의 과정을 통해서 변증법적으로 확정되어야 한다. 정치는 역사보다 우선권을 갖는다. 과거의 역사적 사실들은 우리에게 방금 일어난 일처럼 다가온다. 그러나 이러한 사실들을 확인하는 것은 회상의 몫이다. 깨어남은 회상의 표본적인 경우다.[7]

---

6 박현수, 「제9장 서정성」, 『시론』, 울력, 2015, 2판, p.313의 각주 18 참조.

벤야민에 따르면, 회상이란 역사화를 통해 고정된 '어긋난 가치의 매듭'을 푸는 '비재현적 재현'의 기제라는 데서 의미를 가진다. 회상의 주체는 항용 복수성을 선취한다. 정치적인 서정시는 비슷한 방식으로 세계와 주체의 연관이 아니라, 대상 연관을 통해 주체의 현재 위치를 폭로하기도 한다. 그렇다면 과연 '서정과 비서정'의 문제 이전에 서정시란 무엇이고, 서정시 텍스트는 무엇이고, 서정시의 언어는 무엇인가?

서정시에서 언어와 주체의 중요성에 대한 우선성은 누누이 강조되어 온 바다. 김인환의 다음과 같은 확언에서 넓은 시야와 세밀한 논점을 발견할 수 있다. '언어'와 '주체'의 관점에서 '서정적인 것'에 접근하는 논의 구도의 명증함을 엿보는 까닭이다. "서정시란 시의 갈래가 아니라 시의 화법에 나타나는 특징이다. 같은 순수시라 하더라도 객관 서술의 순수시가 있고 내심 독백의 순수시도 있다. 화법의 차이가 얼마나 미묘한 효과의 차이를 빚어내는가에 유의하지 않으면, 우리는 어떤 시도 제대로 분석할 수 없을 것이다."[8] 김준오 역시 장르의 개념이 화법에 의존하고 있음에도, '장르'의 구분법 자체가 비순수하며, 그런 까닭으로 '서정시'와 '서술시'의 갈래의 구분은 언어 표현의 인식론적인 투사의 관점 가운데 하나인 '문체'의 견지에서 논구될 수밖에 없다는 사실을 강조하기도 했다.[9]

지금까지 이어 온 관점을 보다 구체화하고 있는 논거를 요약적으로 살필 필요가 있다. 우리가 참조할 수 있는 논의는 캐테 함부르거

7 베른트 비테, 『발터 벤야민』, 윤미애 역, 한길사, 2001, pp.124-125.

8 김인환, 「소설과 시」, 『상상력의 원근법』, 문학과지성사, 1993, p.89.

9 김준오, 「서술시의 서사학」, 『문학사와 장르』, 문학과지성사, 2000, pp.60-63.

와 리디야 긴즈부르크의 선구적인 작업에서 찾을 수 있다.

함부르거는 "언어의 진술 체계 안에 서정시가 자리 잡고 있다는 사실을 토대로 서정시의 고유한 형식은 모든 진술에 전용될 수 있다"고 썼다.[10] 언어와 텍스트 그 자체에 대한 관심이 20세기 이후의 시학을 견인했다. 서정적 형식의 파괴는 '언어 자체를 절대화'하고, 의미화 과정 이전의 언어를 텍스트 바깥에서 진술하는 시들을 통해 이루어진다고 함부르거는 진단한다. 비서정은 진술 주체와 언어를 분리해서 언어를 '물화(reification)'하는 일련의 '서정시'들에서 찾을 수 있다는 지적으로 이해된다. 다음은 서정과 비서정의 차이에 대한 함부르거의 결론적인 요약이다.

서정적인 진술을 비서정적 진술과 갈라놓고 있는 경계는 시의 외적 형식에 의해서 설정되는 것이 아니라, 이미 제시된 것처럼 대상의 극점에 대한 진술의 태도에 의해서 설정된다. 왜냐면 우리가 서정적 시를 체험의 영역으로, 그리고 진술 주체의 체험의 영역으로만 체험한다는 사실은 그의 진술의 대상 극점을 지향하는 것이 아니라 그 대상이 주체의 체험 영역으로 들어오고 이와 함께 변화되는 것을 통해서 발생하기 때문이다.[11]

논의는 다음과 같은 과정을 따른다. 함부르거는 우선 진술 주체가 형성하는 대상 연관, 맥락 구성을 전제로 장르의 문제를 재정위(再定

---

10 캐테 함부르거, 『문학의 논리』, 장영태 역, 홍익대학교 출판부, 2001, p.256. 이어지는 함부르거의 논의는 같은 책 pp.247-306 참조.
11 캐테 함부르거, 『문학의 논리』, pp.305-306.

(位)한다. 함부르거는 허구적, 서술적, 희곡적 양식과 서정적 양식으로 장르를 가르고, 서정적 장르의 특질을 한마디로 정리한다. 시는 여타의 장르와는 다른 방식으로 '체험된다.' 시를 읽을 때 우리는 '특정한 진술 주체의 진술'로 간주하고 '시를 체험한다.' 서정적 자아는 진술 주체이다.

서정적 진술 주체가 서정시를 구성한다. 모든 서정적인 '시 양식'이 만드는 총체적인 양상이 바로 '서정시'이다. 언어의 진술 체계 안에 서정시는 자리하고 있다. 진술 주체가 중요하다. 시에서 화자나 진술의 체계를 이루는 개별적인 구성 요소가 문제시되는 것이 아니다. 오히려 시의 필요충분조건으로 드러나는 '진술 주체로 인해 공표된 지향성과 의지'가 중요하며, 시적 주체의 의지는 시를 읽고 해석하는 맥락을 통해 의미가 사후적으로 구성되는 과정에서 끊임없이 '재기능화(refunctioned)'(이글턴)된다.

함부르거에 따르면, 서정적인 진술을 통한 의미화 과정은 진술이 이미 담고 있는 의미 내포적인 사건을 체험 또는 추체험하는 과정이다. 서정적인 것은 가상이나 허구, 환상과 같은 진술과 동일한 방식으로 체험되지 않는다. 서정적인 주체는 이미 서정적인 진술의 구성 요소다. 비서정적인 진술의 경우 '서술적 자아'는 진술 바깥에 놓인다. 비서정적 진술이 체험의 대상을 기술한다면, 서정적 진술은 직접적이고 절대적인 언어를 매개로 대상의 체험을 진술 내용으로 삼는다. 그러한 이유로 자아가 없는 사물시, 현상시, 환상시, 구체시 등의 경우에도 주체의 사적인 추체험으로 해석될 수 있는 것이다.

서정시는 진술 주체의 위상과 시적 자아의 배역적 기능성 사이에서 빌생하는 불획정성과 기변성에서 언표의 가능성을 무한히 확장할 여지를 마련한다. 결정 불가능성이라는 규준에서 비서정적 자아와 서정적 자아는 다른 관점을 거느린다. 서정적 진술은 개방적이다. 허구적이고 서술적인 문학은 폐쇄적이다. 하나의 진술 주체가 이루어 내는 구성적인 맥락과 연관이 서정시를 구성하기 때문에 서정적인 진술은 오히려 개방적이다. 허구적인 진술은 가상과 모방을 통해 형성되는 주체의 역학장으로 구조화된다. 바로 이런 이유로 허구적이고 서술적인 진술은 폐쇄적인 구조를 형성한다. 서정적 진술과 비서정적 진술은 결정적인 차이를 노정하며 해석의 그물망에 포섭된다.

서술이나 극 등의 양식에서 모방적으로 재현되는 역사적, 이론적, 화용론적 진술에 기대는 주체와 다르게, 서정적 진술 주체는 현실성, 허구성, 역사성의 경계에 가로놓인 '하나의 현상'으로 이해될 수 있다. '서정적이지 않은 것'은 세계를 허구적으로 모방하는 주체나, 극적으로 동기화하는 주체나, 진술과 서술을 통해 기술적(descriptive)으로 드러내는 서술적 주체와 등가를 이루지 않는다. 요는 비서정은 허구, 극, 진술과 동의어가 아니다. 진술 대상과 세계의 극점에서 주체의 극점으로 언표가 이동하는 양상이 바로 '서정적 예술 형상 체계'를 생성하는 과정이다. 서정적인 진술 주체의 합이 서정시의 양식적 총화라고 가정한다면, 서정시가 '언표되는 형식'과 서정시는 구분될 수밖에 없기 때문이다.

함부르거의 논의는 서정적인 진술 주체와 서정시의 자아 및 화자의 구분에 대한 강력한 근거를 '언어'의 층위에서 확증한다. 물론 시적 언어와 일상적인 언어의 차이에 관한 기왕의 견해는 많았다. 언뜻 떠올릴 수 있는 일반적인 견해만 접합해 보아도 다음과 같은 문장이 가능할 것이다. 서정시는 언어를 매개로 사용하며(바흐친), 이때 언어는 자기 지시성을 띠며 메시지 그 자체를 향한 지향을 드러내고

(야콥슨), 대상 세계를 의미화하는 동시에 의미를 영점으로 결빙하며 지배적인 진술로부터 자유를 획득하고(롤랑 바르트), 언어적인 우위에 기댐으로써 다른 장르와 구분되는 개별성을 획득함에도 결국은 역사사회적인 조건이라는 보편자 속에서 표현 형식의 우위라는 자율성을 선취하며(아도르노), 한마디로 시적인 언술은 간접화(indirection)를 통해 의미와 세계를 표현하므로 시적인 것과 비시적인 것은 텍스트가 의미를 드러내는 방식에 따라 소명될 수 있다(리파페르).

서정시는 아름다운 것과 추한 것, 서정적인 것과 비서정적인 것, 시와 반시의 대극에서 예외적이고 특권적인 방식으로 개념적인 정의를 얻어 왔다. 그렇다면 다시, 서정시란 무엇인가?

본인은 '서정시란 무엇인가?'라는 물음에 대한 일반론을 제시할 생각이 없다며 겸양의 운을 떼며 글을 시작하지만, '서정시'에 대한 가장 아름답고도 확정적인 정의는 리디야 긴즈부르크의 문장에서 찾을 수 있을 것이다.[12] 문제의 층위는 두 가지다. 서정시인은 누구인가? 그가 하는 말은 무엇인가?

첫 번째 물음에 대해 긴즈부르크는 다음과 같은 답을 내린다. "서정시에서 인간은 작가이자 동시에 묘사의 대상이며, 뿐만 아니라 작품의 실제 구성 요소로서 미적 구조에 속해 있는 묘사의 주체로서도 존재한다." 실제의 시인, 자아와 주체, 화자의 문제를 복합적으로 정의한 문장으로 읽힌다. 시인과 화자의 비일치성, 자아와 주체의 확정 불가능성이 서정시의 가변성을 만들어 낸다. 서정적인 언어는 기술적이고 관념적인 언어나 기호와 마찬가지로 특수한 질서에 따라

---

12 이어지는 긴즈부르크의 견해에 대한 요약은 다음을 참조하라. 리디야 긴즈부르크, 「서론」, 『서정시에 관하여』, 최종술·이지연 역, 나남, 2010, pp.15~34.

'만들어지는 언어'이기 때문이다.

　그렇다면 서정시에서 언어는 무엇인가? 서정시는 발화자의 의도에 따라 만들어진 '극도로 긴장된 언어'를 순수하고 역동적인 형상으로 표현하며 의미를 사후적으로 선취한다. 긴즈부르크는 결론짓는다. "서정적인 말은 시적인 자질의 농축액이다. 그것은 비교할 데 없이 강력한 감화력을 지녀야 한다." 서정시에서는 능동적인 주체가 발화자로 전면에 노출되며, 서정적 자아의 특수하고 개별적인 상태를 드러내 보인다. 그러나 그것은 곧장 보편적으로 받아들여진다. 감정을 드러내는 언어가 아니라, 태도나 대상 세계에 대한 관점은 물론 가치판단 및 평가를 함의하는 언어가 도드라지는 이유다.

　긴즈부르크에 따르면 서정시는 "인간의 이상과 삶의 가치의 전시장"이자 '반가치'의 거울상이다. 서정적인 발화가 적층됨에 따라 서정적인 주체가 체화한 판단과 가치가 가시화되며, 서정적 주체가 건립한 '세계의 우주'가 펼쳐진다. 서정시에서 언어는 성좌와 같다. 바로 이러한 이유로 서정시가 만들어 내는 문맥은 시간과 존재의 도도한 흐름을 함축한다. 서정적 주체는 바로 그 흐름 속에서 다시 언어의 굴절을 통한 변형을 겪으며 스스로 다른 시간과 존재의 형상이 된다. 서정시의 구조 속에서 존재는 변화하고 시간은 흐르며 적층된다. 우리는 그것을 역사(성) 내지는 사회(성)라 이름 붙인다.

　'서정시(抒情詩)'에서 '서(抒)'는 지금까지 논의한 '언어'와 '표현 주체'와 '장르'라는 서구적이고 근대적인 시학의 개념적 보충을 통해 충분히 설명될 수 있을 것이다. 문제는 '정(情)'이다. 이때의 정은 '지(知), 정(情), 의(意)' 가운데 하나로서의 바로 그 '정'이다. 『논어』의 「위정(爲政)」 편에서 공자는 『시경』의 시 삼백 수를 일러, "詩三百, 一言以蔽之, 曰思無邪"라고 정리했다. 「양화(陽貨)」 편에서는 제자들을 꾸짖는다. 그럼에도 너희들은 왜, 시를 배우지 않는 것이냐! 시를 알게 되면 이런 효용이 있다. "詩, 可以興, 可以觀, 可以群, 可以怨. 邇之事父, 遠之事君, 多識於鳥獸草木之名." 출전이 「위정」과 「양화」라는 데 주목해야 할 것이다. 정치적인 식견과 세태에 대한 인식은 물론 고대에 막 형성되기 시작한 자연-문화에 대한 자못 논쟁적인 주제를 드러내고 있는 장이다. 생각에 사특함이 없는 '지(知)'의 영역으로서의 시, 앎의 근거로서 존재의 윤리를 보증하는 시는 바로 '교시(敎詩)'의 다른 이름이다. 시의 가치는 결국 '격물(格物)'로 요약될 수 있을 것이다. '격물'이란, 푸코 식으로 다시 쓰자면 '사물의 질서'를 명명하는 에피스테메와 상통하는 표현 아닌가. 직관의 윤리로 세계와 성찰적으로 대면하며, 보고 듣고 익힌 바를 범주화해서 읽어 낼줄 아는 능력이 바로 시가 주는 가치일 것이다. 논의는 '시언지(詩言志)'로 이어진다. 윤재근은 일찍이 미학과 시학 차원에서 다시 쓴 『시론』에서 동양의 시관을 춤, 노래, 말의 상호 포괄적인 정의로 설명한바 있다. 윤재근에 따르면 서구의 고대 시는 '신의 마법적 언명이 아닌 인간이 부르는 놀라운 노래'에서 시작된다. 동양의 시관은 교시(敎詩) 또는 학시(學詩)에 기능적인 연원을 둔다.[13] 그렇다면 무엇이 시가 되는가?

다음은 『서경』 가운데 「우서(虞書)」 제2편 「순전(舜典)」에서 순왕이 군신을 모아 놓고 한 말이다. "詩言志 歌永言 聲依永 律和聲 八音克諧 無相奪倫 神人以和." 뜻을 말하고, 말을 길게 늘여 읊조리며, 그 소리는 가락을 따르고, 음률은 소리와 조화를 이루도록 한다. 해석

---

13 윤재근, 「Ⅰ. 시론의 원류」, 『시론』, 둥지, 1990, pp.1-146. 특히 「2. 시(詩)와 지(志)」, 「3. 시와 사(思)」 참조.

과 보충은 이승훈, 김준오 등의 『시론』을 두루 참조할 수 있다. 그렇다면 이 문장의 맥락은 어디에 있는가? 바로 앞 구절에 있다. "帝曰, 夔 命汝典樂 敎胄子 直而溫 寬而栗 剛而無虐 簡而無傲." 왕은 말했다. 기(夔)여, 그대를 전악에 임명한다. 귀족의 자제들을 잘 가르쳐라. 그들을 곧으면서도 온화하게, 너그러우면서도 위엄을 갖추며, 꿋꿋하되 거칠지 않고, 단순 명쾌하면서도 오만함이 없도록 가르쳐라. 왕은 백이(伯夷)를 질종(秩宗)으로 임명했다. 그러자 백이는 겸양의 뜻을 비추며 명을 거두어 줄 것을 요청했다. 그러고는 기(夔)와 용(龍)에게 사양했다. 여기서 기는 백이를 대신하여 질종의 임무를 수행하기로 한 것이다. 그렇다면 다시, 질종(秩宗)이란 어떤 직책인가? 『한서』에서 찾을 수 있다. "백이는 신하의 이름으로, 천신(天神)과 지기(地祇), 인귀(人鬼)의 예를 맡았다." "질(秩)은 순서(次)이며, 종(宗)은 높이다(尊)란 뜻이니, 존신(尊神)의 예를 주관하여 높고 낮음을, 우선과 나중을 가름할 수 있었다." "백이(伯夷)는 질종(秩宗)을 받들어 천지인(天地人)의 삼례(三禮)를 맡게 하였다. 기(夔)는 음악을 맡아서 귀신과 사람을 조화롭게 하였다." 『시경』이 궁에서 저잣거리에 이르는 당대의 인민을 위한 페다고지였다면, 시(詩)는 페다고지를 위한 페다고지였던 셈이다.

이미지라는 단어의 어원 가운데 '데스마스크'가 있다고 한다. 왕이 죽을 경우 '죽은 왕의 권위를 재현해서' 그 모사물을 권위의 대상으로 상징화하는 것이 바로 이미지라는 단어의 근원이라는 것이다. 플라톤은 『공화국』에서 그 유명한 '시인추방론'을 역설했지만, 시의 소용을 군인의 훈육과 전선의 효율화에서 찾을 수 있다고 부연하기도 했다. '정(情)'에서 재현적인 가치 이외에도 표현적인 가치가 덧입혀지는 것은 당송 시절을 지나고부터였다. 주자는 시의 근원을 '흥(興)'

에서 찾으면서 논의를 펼치기도 했다.

　노스롭 프라이는 시란 '웅얼거리면서 마법을 걸고, 주문을 외듯이 소리와 운율을 덧입히며, 문자의 반복 등의 형식을 통해 언어의 의미 외적인 요소를 부각시키는 것'이라고 명쾌하게 정의하기도 했다. 리처드 로티에 의하면 상상력이란 '친근한 것을 친근하지 않은 용어로 재서술하는 능력'이다. 상상력이 세계 이해의 또 다른 근거라면, 그것은 예수, 공자, 석가모니, 마르크스에게도 있다. 로티의 말이다.[14] 조너선 컬러에 따르면 우리는 문학적인 언어를 접할 때 세 가지 차원에서 오도(誤導)에 이끌린다. 첫째, 어떤 언명의 의미는 언표한 사람이 의도한 것이라는 생각. 둘째, 진실은 다른 곳에 있다는 생각. 즉, 텍스트가 언표하는 사안의 경험이나 상태의 표현에 진실이 있다는 생각. 셋째, 그러한 이유로 우리가 볼 수 있는 실재는 오직 (언명을 접하는 순간) 주어진 현재에 있다는 생각.[15] 그러나 과연 그러한가? 의미는 의도와 어긋날 수 있다. 진실은 경험과 무관하게 발명될 수 있으며, 실재는 인간이 꾸는 꿈의 세계 속에 있을 수도 있다.

　다시 처음의 구도로 돌아가서 이야기하자면, '서정과 비서정'의 구도를 이원성으로 분할해서 바라보는 가운데는 적확한 구도를 확보하기 힘들 수 있다. 우리는 지금 '서정시'의 구도 안에서 '서정과 비서정'이라는 인자를 정위하고 있기 때문이다. 다음은 이원적 가치 설정 구도에 대한 소쉬르의 논리다.

---

14 Richard Rorty, *Philosophy and Social Hope*, 1999, p.82: 이유선, 「연대는 어떻게 가능한가?—로티의 관점을 중심으로」, 『범한철학』 78집, 범한철학회, 2015, p.332에서 재인용.

15 조너선 컬러, 『문학이론』, 조규형 역, 교유서가, 2016, p.16 참조.

언어를 분할하는 이러한 심오한 이원성은 소리와 관념, 음성 현상과 심적 현상의 이원성 속에 놓여 있지 않다. 그렇게 생각하는 것은 쉽지만 위험한 방식이다. 이 이원성은 음성 현상 그 〈자체로서의〉 음성 현상과 〈기호로서〉의 음성 현상이란 이원성 속에 놓여 있다.—의미 작용의 〈심적〉 사실과 대립되는 소리의 〈물리적〉 사실이 아니라 물리적 (객관적) 사실과 생리–심리적 (주관적) 사실의 이원성이다. 서로가 서로에게 분리 불가능하게 연결되어 있는 기호와 의미 작용이 존재하는 내적이고 심적인 제일 영역이 존재한다. 오직 〈기호〉만이 존재하는 제이 영역이 존재한다.[16]

소쉬르를 비틀어서 쓰자면, 서정과 비서정의 구도는 '그 자체로서의 서정'과 '기호로서의 서정'이라는 이원성 속에서 의미를 부여받을 수도 있다. 가치는 형태의 차이를 산출하는 기호 체계의 작용으로 의미를 드러내기 때문이다. 시에서 언어 그 자체는 순간적이고, 기호적이며, (해석적으로 재기능화되기 전에는) 반역사적이며, 형태와 문법적인 요소들로 드러나며, 그것은 분절과 접합이라는 공리를 따른다. '서정'에 '비서정'이 속하기 때문에 '비서정'은 '서정'이다. 비서정이 서정에 속하지 않음에도, 비서정은 서정의 종차, 예외, 동일자, 여집합일 수는 없기 때문이다. 논리적으로 양자는 모순율을 따르며 서로를 정위한다. 서정시에는 서로가 서로에게 분리 불가능하게 연결되어 있는 기호와 의미 작용이 존재하는 내적이고 심적인 영역이 자리한다. 바로 그 영역에서 분리 불가능하게 서로를 지탱하는 모순

---

16 페르디낭 드 소쉬르, 『일반언어학 노트』, 김현권·최용호 역, 인간사랑, 2007, pp.41-42.

율이 서정과 비서정의 개념적인 위상일 수 있다. 다음은 모순에 기반을 둔 명명법에 대한 뱅베니스트의 일갈.

어떤 대상이 대상 자체로 명명되고, 동시에 그것이 아닌 다른 어떤 것으로 명명되었다고 치자. 그러면 이 단계에서 표현된 관계는 영원한 모순 관계, 즉 비관계적 관계─이 관계 속에서는 모든 것이 자신인 동시에 자신이 아닌 모든 것이 될 것이며, 따라서 모든 것이 자신도 아니고 다른 어떤 것도 아니다─일 것이다. 이 단계를 가정하는 것은 단지 몽상을 가정하는 것에 지나지 않는다.[17]

서정을 중심으로 시적인 것을 재정위하려는 시도는 결국 모순과 싸우는 모순, 몽상과 드잡이하는 몽상에 부닥친다. 우리는 매번, 다시 '시'에 대한 논의를 통해 그 벽을 뛰어넘을 수밖에 없다. 예외적인 것의 내부성과 외밀성(extimacy) 바로 그 견지에서 비서정의 개념화 가능성이랄지, 비관계의 관계 내지는 비활동성의 활동성으로서 상호 주체적인 '텍스트'를 생산하는 서정시의 발화 근거랄지 등등의 문제는 우선적으로 해명되어야 할 정리(定理)에 속할 것이다.

나는 마흔이 넘도록 학교를 다녔는데, 그곳에서 두 분의 스승을 만났다. 지난 1월 16일은 이승훈(1942-2018) 선생님 1주기였다. 선생님은 '시론-모더니즘 시론-포스트모더니즘 시론-해체시론-현대시의 종말과 미학'으로 이어지는 모더니즘 시론의 완결자로 기억된다. 선생님은 나를 시인으로 이끌어 주셨다. 두루 알려진 대로 유성호

---

17 에밀 뱅베니스트, 『일반언어학의 여러 문제 1』, 김현권 역, 지식을만드는지식, 2012, p.153.

선생님은 당대의 '서정시주의자'다. "우리가 다루는 서정시의 개념은 이성과 감성 사이를 부단히 매개하면서 시적 주체의 세계를 드러내는 언어적 양식이라는 데로 모아진다."[18] "요컨대 '서정'은 이성적 사유를 매개로 하는 계몽, 타자의 시선을 통한 부단한 자기 검색, 감각의 전회를 통한 지각의 갱신을 모두 자신의 몫으로 삼아야 한다. 물론 이는 주체의 해체보다는 주체의 기능과 역할을 새롭게 가다듬는 과정에서 가능한 것이다."[19] 선생님은 내게 비평적 시야를 틔워 주셨다.

내게 서정과 비서정의 문제는 두 분 선생님의 거리로 유비될 수도 있을 성싶다.

당연한 전제를 몇 마디 덧붙이는 것으로 글을 맺는 것이 옳겠다. 시의 세계에서는 누구도 감히 진보라는 말을 쉽사리 쓰지 않는다. 발전이나 진화라는 단어 또한 마찬가지다. 예술적 진보라는 말은 불가능한 수사다. 진보는 단절이라는 뜻을 함축한다. 그런 면에서 혁명과 연결된다. 코젤렉에 따르면 혁명이라는 말은 처음에는 '별들의 자연적인 운행'을 뜻했고, 다음에는 역사의 '자연적인 흐름'을 뜻했다. 낡고 병든 세계와의 폭력적 단절이 가능하다손 치더라도, 이후의 삶은 '흐름' 속에 보금자리를 튼다. 예술적 진보라는 말이 불가능해지는 이유다. 이전에 존재했던 세계를 청산해야 할 질서로 치부하고 손쉽게 다음 단계로 이월하고픈 욕망을 전이시킨 텍스트는 시가 아니라 '팸플릿'일 수도 있기 때문이다. 시로 무엇을 쓰고 읽을 수 있

---

18 유성호, 「서정시의 제 개념—'감각', '감정(정서)', '정조'에 대하여」, 『한국현대시의 형상과 논리』, 국학자료원, 1997.

19 유성호, 「분화와 통합, 내적 결속과 외적 확산의 이중주」, 『움직이는 기억의 풍경들』, 문학수첩, 2008.

는지는 모르지만, 읽기 이후에 의미화되는 '가치'를 손 털듯 팽개치고 다른 국면으로 전환하려는 의도는 혁명이 아니라 폭력일 수도 있다. 그런 이유로 우리는 의도와 절연한 지점에서 해석이 시작된다고 '상상'하는 것인지도 모른다.

시적 진보라는 말은 때로는 정치적으로 때로는 종교적으로 곡해되어 왔다. 그때 시는 억견(doxa)에 불과할 수도 있다. 만일 서정시가 '서정'과 '비서정'이라는 관점을 편의에 따라서 선취한다면, 우리 시의 역사는 가치와 무관한 계보학으로 착종될 수도 있을 것이다.

물론 미래를 선취한 시라는 관념은 마르크스가 꿈꾼 역사철학적 테제의 궁극이었다. 시의 미래는 진보도 발전도 진화도 아니며 그렇게 읽힐 이유도 없다. 만일 해석적 의심이 시간을 거스르며 '미래'를 선취한다면, 그 순간 이미 '현재의 시'는 존재하지 않는다는 논리적인 역설에 봉착한다. 읽는 자는 엎드려서 책장에 코를 박을 수밖에 없다. 읽기는 텍스트라는 기이한 삶을 통해 시인을 추정한다. 우리는 읽기 이후라야 해석적인 효과 가운데 하나로 부감되는 사회와 역사와 아름다움에 대해 '상상'할 수 있다. 꿈꿀 수 있다. 그러고 나서 우리는 가까스로 인간에 대해 말할 가능성을 붙잡는다. 읽기의 가능성은 늘 세계의 현실성보다 높이 있는 까닭이다. 모든 읽기는 결국 가능성으로 세계를 붙잡는 '의심의 논리화'일 수밖에 없을 수도 있다.

오르떼가 이 가세트는 약 백 년 전에 이렇게 썼다. "시인은 인간이 끝나는 곳에서 시작된다." "오늘날의 시는 은유의 고등대수이다." 가세트는 이런 문장을 끌어내기 위해서 음악과 여타 예술을 비교한다. 음악은 인간 감정의 적실한 표현이다. 음악을 들을 때, 듣는 이는 해석이 작동하기 진에 그저 진염되는 수밖에 없다. 소리에 선염되는 것 이외에 다른 방법으로 음악이 선사하는 아름다움을 즐길 방법은 없다. 비인간화의 논거는 여기서 시작된다. 감정을 통해 아름다움을 몸으로 느끼고, 그 미적 체험을 곧장 행동으로 옮기는 논리는 파시즘과 유사하다. 시는 이러한 태도와 다르게 스스로 직관을 지킬 수 있는 거리를 마련하는 데서 출발한다.[20]

한편, 역사나 사회와 같은 집합적인 개념들은 항용 그것들이 의미화되는 순간이라야 역사성 내지는 사회성이라는 기제로 작용하기 시작한다. 문학은 당대의 역사성이나 사회성을 초월적 기의로 삼는 초월적인 기표에 가까웠다. 적어도 근대 이전까지는 그랬다. 현대시는 초월적 일원론에서 한 걸음 물러난 자리에서, 각자의 개별성을 고유성으로 전치하는 '삶의 기술'을 경험적으로 그려 보인다. 바로 그 특권적인 물러섬, 거리를 만들고 건널 수 없는 허방을 응시하는 시야 속에서 서정시의 맹아가 움트는 것일 수도 있다.

새로이 부상하는 것에 대한 예민한 촉수 이면에는 어딘가 잔존하는 애잔한 것들에 대한 향수가 내리깔린다. 이항 대립을 손쉽게 넘어서는 동근원성, 삶과 예술의 관계 역시 마찬가지일 것이다. 애초에 유구한 삶의 가치와 대비된 단어는 '기술(ars)의 유구함'이었다. 예술은 길지도 짧지도, 순간적이지도 영원하지도 않다. 예술은 삶과 제도에 맞갖는 '언어' 가운데 하나일 뿐이다. 이 세계에는 시보다 소중한 것이 차고 넘친다. 시보다 역겹고 혐오스러운 것도 차고 넘친다. 시 자체는 언어적인 실천이라는 의미에서 삶과 접속하지, 직능(職能)과 연관되지 않는다. '시인의 특수 문제는 시작(詩作)을 어떻게 할 것인가 하는 점 외에는 없다.'[21] 번역에서 얼마간 익숙한 어투가

---

20 오르떼가 이 가세트, 『예술의 비인간화』, 안영옥 역, 고려대학교 출판부, 2004, pp.37-45.

느껴지지 않는가? 김수영이 번역한 앨런 테이트의 말이다.

21 앨런 테이트, 「『시와 사상에 관한 반동적 평론집』의 서문」, 김수영・이상옥 역, 『현대시의 영역』, 대문출판사, 1970, p.10.

시창작론 수업에 앞서서

1.

우선 상식적인 이야기부터 풀어 보겠습니다.

음악가 필립 그래스에게는 나디아 불랑제라는 스승이 있었습니다. 그래스가 불랑제를 만났을 때, 그는 이미 습작기를 어느 정도 마친 상태였습니다. 줄리어드 음대에서 석사 과정을 마치며 이론적인 수련도 쌓았지요. 그는 이미 서른에 가까운 나이였습니다. 불랑제는 자신을 '테크닉'을 가르치는 선생이지 작곡을 포함한 '음악'을 가르치는 선생은 아니라고 단호하게 말하고는 했습니다. 불랑제의 사숙 과정을 마치려면 최소 3년이 소요되었고, 스승의 허락 없이는 자의로 그만둘 수도 없었지요. 기계적이고 엄격한 '테크닉' 수련은 수많은 과제와 반복 숙달로 채워졌습니다. 피아졸라, 바렌보임과 같은 세계적인 음악가들은 모두 불랑제의 사숙을 거친 이들이었습니다.

그래스는 불랑제의 사숙을 마치고도 한동안 음악 외적인 일로 생계를 연명합니다. 뉴욕의 택시 운전수, 배관공 등의 일을 업으로 삼앉지요. 그래스는 마흔이 넘은 나이에 「해변의 아인슈타인」을 발표함으로써 작곡가로서 자신의 길을 개척해 나갑니다. 그래스는 후에 불랑제와의 만남을 '연장'의 비유를 들어 설명합니다. 예술에 있어 기교는 다룰 수 있는 연장의 가짓수와 같다. 누군가에게 의자를 만들라고 했을 때 그는 익숙한 연장과 기술로 '명작'을 만들 수도 있다. 그러나 그의 작품은 공방에 걸린 모든 망치와 톱과 끌과 못과 사포 등 모든 연장을 자유자재로 다룰 수 있는 목수가 '상상할 수 있는 가능성'에 비해 한참 못 미치는 '가능성'을 우연히 제조해 낸 것일 수도 있다. 그래스는 말합니다. 완결된 테크닉이 없이는 정신의 반영이라고 할 수 있는 독자적인 스타일은 만들어지지 않는다. 몸을 통한 '형식과 관습'의 수련 없이는 작품이 스스로 작가 고유의 정신을 반영하고 비추지 않는다.

시의 매개와 연장은 정확한 문장에 있을 것입니다. 문장을 연마하지 않고 훌륭한 시를 쓰겠다는, 써냈다는 바람과 자긍심은 망상일 뿐입니다. 시 역시 '언어라는 매개'를 동원해서 '시적인 관습'이라는 법을 익히는 데서 시작됩니다. 창작의 경우 그것은 이미 허다하게 축적되어 온 시적인 '테크닉'을 익히는 과정에서 시작됩니다. 문예창작과 관련된 과목들을 떠올려 보십시오. 작품을 이해하고 그 의미를 파악하는 일. 여기에는 해석의 과정과 이론적인 보충을 체계화하는 과정이 동반됩니다. 해석만으로 작품의 전모를 드러내는 것도, 이론만으로 작품의 틀을 설명하는 것도 절름발이 '향유'입니다. 여러분은 문학을 해석하고 그것을 설명할 이론적 보충물들을 익히는 공부를 하고 있습니다. 창작은 여기서 한 발 더 나아가는 '결심'에서 시작됩니다. 흔히, 음악을 즐기는 데는 세 가지 단계가 있다고 합니다. 첫 번째, 듣고 즐기는 단계. 두 번째, 악기를 연주하고 익히는 아마추어의 단계. 세 번째, 전문가가 되어 악기와 음악의 비밀을 꿰뚫어 익히는 단계. 누가 제일 행복할까요? 전문가가 되어 기타나 피아노의 '비밀'을 풀어서 신기에 도달했다고 해도 그의 갈증은 가시지 않습니다. 그의 '앎'은 오직 그만의 것이고, 설령 그것이 음악을 통해 구현된다손 치더라도 전문가는 그것을 풀어서 전달할 수가 없기 때문입니다. 아마추어는 행복할까요? 그는 악기를 손에 대는 순간, 귀가 아닌 몸으로 음악을 접하게 됩니다. 그는 (그가 들어서 익힌 명곡들에 비하자면) 엉망진창일 자신의 연주에 스스로 기갈이 들릴 텝니다.

시를 쓰는 '기술'에 대해 몇 마디 더 하겠습니다. 동서고금을 막론하고 시는 '언어를 특수한 방식으로 다루는 예술 행위'입니다. 가장 명징한 특수성은 (기름 한 방울 나지 않는 나라에서! 종이 아깝게) 문장을 잇고 끊는다는 것입니다. 이것을 일러 '분절(segmenting)'이라고 합니다. 언제, 어떠한 이유로, 얼마만큼, 어떠한 방식으로 문장을 잇고 끊을지를 결정하는 것이 시의 첫 번째 기술입니다. 여기에는 편장자구의 법과 리듬과 형태에 대한 고려 등이 고루 작용합니다. 법과 리듬과 형태에 대한 고려는 '스타일'의 영역입니다. 즉 완결된 기교가 자연스럽게 발산하는 문장의 체향과 같은 것들이지요. 이것은 태도나 정조로 확장이 되고 종국에는 쓰는 자의 인식과 직관과 정서와 미감을 드러내겠지요. 읽고 쓰면서 배우는 수밖에 없습니다.

여러분은 시에 무엇인가를 '담고자' 하겠지요. 하고 싶은 말이 많겠지요. 시를 읽는 사람은 쓴 사람이 한 말을 다 듣고 이해하고자 하는 '욕망'을 절실하게 가진 사람일까요? 읽는 사람이 품는 발화 욕망보다 쓰는 자가 가지는 발화 행위의 동기가 더 숭고하고 우월하고 소중한 것일까요? 여러분이 습작 시를 쓰기 시작한 순간 여러분의 독자는 존재하고 있습니다. 이 사실을 기망해서는 안 됩니다. 여러분의 창작 욕구가 소중하고 순정한 만큼, 아니 그보다도 독자의 존재 가능성이 훨씬 더 큰 가치를 가집니다. 이것이 창작의 아이러니입니다. 여러분의 독자는 여러분과 비슷한 수준이거나 여러분보다 나은 지적, 정서적, 인식적, 미적 척도를 갖추었다고 가정하고 시를 써야 합니다. 그러니 여러분의 시는 고작 한마디하고 싶은 말을 담거나, 숫제 아무 말도 하지 않고 머뭇거리는 흔적을 보여 주어야 '할 말을 다할 수 있는 것'일 수도 있습니다.

훌륭한 시는 안정하게 자기 충족적입니다. 그러하기에 공감과 동일시를 통해 독자의 감동을 불러일으킬 수 있는 것입니다. 독자라는 미지칭의 집합적 타자를 상대로 하는 '일인칭의 발화'가 바로 시이기 때문입니다. 그리고 독자를 만들어 나가고 갱신해 나가는 일은 시를 쓰는 자 모두가 겪는 가장 극심한 희열이자 고통의 근원 가운데 하나입니다. 훌륭한 시는 어떤 삶을 사는 것이 진정한 자신이 되는지에 대해 질문을 불러일으킵니다. 독자에게 어떤 인간인지를 묻는 것에서 한 걸음 나아가 어떤 인간이 되고자 하는지를 묻습니다. 시는 온갖 이론과 주의 주장과 사실과 사건으로도 쉽사리 교정되지 않는 '직관' 그 세계 이해의 '똥고집'을 유연하게 만들어서 세계를 보는 틀을 넓혀 줍니다. 훌륭한 시는 사건과 정보와 지식은 물론 과잉된 감정과 견해의 밑바탕에 도사리는 이성과 이해의 기술을 직관의 기술로 순치해 줍니다. 내가 아닌 다른 사람에 대한 개별화된 앎의 소중함에 대해 생생하면서도 감정을 이입하는 상상력을 마련해 줍니다.

'일인칭 혼잣말'이 더 나은 삶과 세계를 '함께 사는 법'에 대한 열쇠를 마련해 주는 것. 이것이 시의 가치 가운데 하나일 수도 있겠습니다.

2.

이 수업은 시 창작에 대한 이해를 바탕으로 시라는 '관습(convention)'을 이루는 이론적 고갱이를 학습하여 시 작품을 읽어 내는 시각을 확장하는 데 목적을 두고 있습니다. 우리는 보통 시라고 여겨지는 무언가 '숭고한 그것'과 지식으로서의 시에 관한 이론이 함께할 수 없다고 여기지요. 그래서 시는 '공부를 하지 않고도 쓸 수 있는 무언가'라고 여기기도 합니다. 어쩌면 시인들 스스로 '공부'를 경계하는 것일 수도 있습니다. 그러나 과연 그러한가요? 백석은 러시아어, 영어, 한어, 일어, 당대의 조선어를 방언까지 구사했고 저널리스트에 번역가에 선생을 업으로 삼았던 엘리트였습니다. 김수영이 얼마나 많은 책을 읽고 영향을 받았는지 모두 밝혀내는 것은 불가능에 가깝다고 김현은 쓰기도 했습니다. 정한의 시인으로 '오해를 받기도 하는' 소월은 또 어떻습니까? 소월은 일본 유학이 좌절되면서 '고보' 졸업이 최종 학력이었습니다만, 당대에 번역되던 프랑스 상징주의와 한시와 영시에 대한 이해 수준이 당대의 어떤 시인에 비해도 모자람이 없었지요. 흔히 '시적인 것'에 대한 아포리즘의 총화로 일컬어지는 『활과 리라』와 『흙의 자식들』로 국내에도 많은 팬을 가지고 있는 옥타비오 파스는 또 어떤가요? 그는 멕시코 문학사에서 출중한 이론가였을 뿐더러, 현실 정치와 라틴아메리카의 문화에 관해서도 박학을 뽐내던 문학-문화 이론가였습니다.

우리 시의 풍토에는 언어와 문화에 대한 지적인 검토와 공부에 대해 경계하는 분위기가 있었던 것이 사실입니다. 시정신에 대한 강조로 시 학습을 대체하려는 악습이 그것이지요. 훌륭한 스승은 무지한 스승입니다. 자신이 아는 것의 경계가 아무리 넓다고 해도 그 정신의 경계 안에 '앎'을 가두는 '공부'는 공부일 수 없기 때문입니다. 더구나 습작기가 언제 끝날지는 아무도 모릅니다. 심지어 등단하고 나서도 이어지는 것이 습작기입니다. 이론과 창작을 양립할 수 없는 것으로 치부하는 데는 몇 가지 이유가 있겠지요. 우선 일반화된 전제를 생각해 볼 수 있겠습니다. 창작은 직관의 소관이므로 이성의 영역인 이론과 양립할 수 없다는 가정이 그것입니다. 시는 사적인 언어의 영역이고, 사적이고 내밀한 진실을 전한다는 것이지요. 소박한 통속 심리에서 발원한 생각입니다. 그러나 창작은 이론의 전제 하에 수행됩니다. 여기서 지식은 시에 관한 일반적인 전제, 관습, 개념들에 대한 이해, 그것을 바탕으로 본인의 '시관'을 꾸리는 맥락화 과정을 포합(抱合)합니다. 그럼에도 우리는 '시에 관한 이론' 내지는 '시 창작에 관한 이론'이라는 표현 자체가 모순어법(Oxymoron)이라고 생각하는 것이지요.

이승훈 선생님은『시론』을 통해 동서양의 시론을 두루 요약적으로 탐문한 다음 결론 부분의 논문에서 이런 문장을 덧붙이셨습니다.

결국 모든 비평 원리는 우리의 읽기를 보다 안전하게 만들려는 시도에 지나지 않는다. 원리나 규칙은 제대로 적용됨으로써 시의 특성을 증명한다. 그렇지만 실제로 시에서 가장 중요한 것은 우리들의 감정이다. 감정은 어떤 시적 도구로도 치환될 수 없는 세계이고 따라서 어떤 시의 이론이나 설명도 감정에 대해서는 별로 신빙성이 없다.[1]

어떤 이론도 시에 대한 '해석과 동시에 발생하는' 감정적인 끌림을 설명할 준거가 되지는 못합니다. 우리는 감정적인 확신을 해석

---

1 이승훈,『시론』, 태학사, 2005, p.430.

의 증좌로 활용하는 경향이 있기 때문입니다. 그러나 확신은 논쟁이나 해석의 근거이지 해석 자체의 요인이거나 결과일 수는 없습니다. 그렇기 때문에 우리는 어쩌면 시를 읽고 쓰는 내내 영원히 검증 불가능한 자기 확신을 되풀이하고 있다고도 할 수 있겠지요. 마치 시시포스의 신화와 같이 말입니다. 쓰는 과정은 자기 해석과 결부됩니다. 자기 해석의 과정과 시각이 시에 녹아들어야 하지요. 그것을 '진정성(authenticity)'이라고 말하는 것일 터입니다. 그러나 진정성은 '신실성(sincerity)'이 아닙니다.

문제는 개별 시에 대한 평가가 해석을 뒤따르지 않는다는 점에 있습니다. 해석이 감정적인 평가를 추인하는 경향이 있지요. 다른 사람의 비평적인 시각에 대한 의심은 여기서 비롯됩니다. 우리는 비평적인 언사라는 것이 대개, 그가 소속된 문화 구성원들이 일반적으로 작품에 쏟는 관심을 종합해서 그것을 문학적으로 정당화하는 경향이 있다고 의심하는 것이지요. 이름과 작품의 우선 관계를 분리해서 읽어 내는 것은 불가능에 가깝기 때문입니다. 한마디로 이름이 있어서 작품이 훌륭한 것인지, 작품이 훌륭해서 이름을 얻은 시인이 된 것인지 분리해서 보는 것은 불가능에 가깝다는 것이지요. 왜냐하면 우리는 시를 읽을 때 어떤 작품이 고유한 시적인 특성을 명백하게 드러내야 한다는 '당위와 확신'에 근거해서 독해를 시작하기 때문입니다.

그러나 어떤 작품이 시적인 고유성이라고 일반적으로 이야기되는 '무언가'를 결여하고 있다면 어떻게 될까요? 그 자의적인 틀을 벗어난 작품이 있다면 그 작품은 비평의 대상에서조차 배제되게 됩니다. 우리는 읽는 순간, 시를 읽는 것이 아니라 우리가 확신하고 맹신하는 '고유한 시적인 무언가'를 읽으려고 합니다. 더구나 이 수업을 포함한 어떤 합평, 공모전, 평가와 심사에서도 비평은 순수문학적인 평가 행위로 간주되므로, 비평에서 부정적인 가능성은 애초에 용인되지도 않는다는 결론에 이릅니다. 시가 무언지 모르면서 '시적인 무언가에 대한 확신'을 읽으려 하는 것이지요. 그러나 도저히 시로 간주할 수 없는 불량한 시도 있을 수 있습니다. 소월의 작품은 시가 아니라 민요라고 지탄받기도 했고, 백석의 『사슴』은 퇴행적인 사투리 모음집에 불과하다고 악평을 받기도 했습니다. 김수영의 작품은 시가 아니라고 주장하는 시학자도 있습니다. 해석이나 의도나 실제의 작품 이전에, 우리는 시라는 낱말 자체에 어떤 긍정적인 의미, 찬미할 만한 가치를 내재한 '언어'라는 지위를 부여하고 시 읽기를 시작하는 것이지요. 시라는 낱말 자체가 찬미할 만한 가치를 내재하고 있다면 읽기는 불가능해집니다. 마찬가지로 쓰기 또한 편향될 수밖에 없겠지요.

어떤 비평가는 이런 상황을 다음과 같은 우스개로 갈음하기도 했습니다. 그렇다면 불량 소시지들은 소시지가 아니므로 모든 소시지는 양호한 소시지라고 말할 수 있다. 마찬가지로 불량한 시는 시가 아니므로 모든 시는 좋은 시다라고 말하는 것과 같은 이치다. 하지만 불량한 시가 시일 가능성이 낮다는 것을 인정하는 것이 그것이 시가 아니라는 것을 함의하지는 않는다. 다른 사람의 시를 읽으면서 '이것은 시가 아니다'라고 쉽게 말하곤 하지만, 그것은 '당신의 간은 병든 간이므로 간이 아니다'라고 말하는 것과 별반 다를 바가 없다.

한쪽으로 치우치지 않은 불편부당한 관점이라는 것이 있을 수 있을까요? 그런 관점은 영미 비평에서는 'view from nowhere'라고 합니다. 지금-여기에서 비롯되는 시야인 동시에 어디에도 존재하지 않는 시야가 바로 불편부당하고 치우치지 않은 관점이라는 역설입니다. 시 작품은 당대의 역사사회적인 맥락과 연관되면서도 독립적인 지위를 부여받기도 합니다. 끊임없는 읽기와 해석의 과정을 반복하면서 작품의 가치와 의미가 '재기능화되기(refunctioned)' 때문입니다. 어떤 시도 자체로 절대적으로 자율적이며, 반역사적인 항구성을 가질 수는 없습니다.

　후기: 강연록이라는 성격상 따로 각주를 달지 않았으나 이 글에 쓰인 몇몇 개념과 논거 및 일화는 디이터 람핑, 마사 누스바움, 테리 이글턴의 이론서와 필립 그래스의 자서전에서 빌려 왔음을 밝힙니다.

발표 지면

망하는 시인은 추하지만, 망해 가는 나라의 시가 왜 아름다운지 당신은
　　　아는가?:『시와 표현』, 2015.4.

한 소설가 지망생의 1990년대:『시작』, 2015.여름·가을.

역사에서 잘려 나간 내면의 함성:『계간 파란』, 2017.봄.

청동 시대 또는 젊음의 아포리아:『현대시학』, 2015.7.

헤지라 이후, 끝없는 노래의 길:『리토피아』, 2011.여름.

족쇄와 멀미를 이겨 내고 네그리뛰드 대항해:『리토피아』, 2013.겨울.

옥타비오 파스와 한국문학:『대산문화』, 2013.봄.

인식과 충격:『리토피아』, 2014.여름.

청년의 자기 호명에서 시작된 문학장의 재편:『유심』, 2015.4.

'개새끼 표현'의 계보:『신생』, 2015.여름.

'괴랄'한 시의 시대:『포지션』, 2015.가을.

김정환＝당대의 문법:『21세기문학』, 2015.봄.

이 순간 두 번이 아니기에 나의 문학은 지금 시작이다:『현대시』, 2012.8.

궈릴라 레이디오우! 또는 섬망의 주파수:『현대시』, 2009.11.

서정의 위상차 변이, 절멸 이후를 기록하는 숙명의 언어:『현대시』,
　　　2013.1.

기림(杍林), 상성:『숨』5호, 2017.9.

무능력의 능력자, 안현미:『한국문학』, 2019.상반기.

이승훈 시론의 구조 변이와 시 형태 변화의 무궁동 운동:『시현실』, 2011. 가을.

비평의 거울, 삶의 기율:『현대시』, 2015.12.

호모 폴리티쿠스, 호모 포에티쿠스, 호모 네간스, 호모 레지스탕스:『대산 문화』, 2011.가을.

진정성, 현상과 역치:『문학의 오늘』, 2012.겨울.

이 시대의 서정적 주인공 '나'의 생존 전략에 관하여:『문학의 오늘』, 2015.겨울.

나의 윤무에 끼어들어 너 자신을 발명하라:『계간 파란』, 2017.여름.

문장론:『계간 파란』, 2016.여름.

서정과 비서정의 논리:『시로 여는 세상』, 2019.봄.

시창작론 수업에 앞서서: 미발표.